Anna Mocikat

M U C

Roman

KNAUR

Besuchen Sie uns im Internet:
www.knaur.de

FSC
www.fsc.org
MIX
Papier aus verantwortungsvollen Quellen
FSC® C083411

Originalausgabe Dezember 2014
Knaur Taschenbuch

Ein Projekt der AVA international GmbH
Autoren- und Verlagsagentur
www.ava-international.de
Redaktion: Alexandra Baisch
Umschlaggestaltung: ZERO Werbeagentur, München
Umschlagabbildung: gettyimages/Anju/Sparwasser; FinePic®, München
Satz: Adobe InDesign im Verlag
Druck und Bindung: CPI books GmbH, Leck
ISBN 978-3-426-51540-2

2 4 5 3 1

Für Chris

1. Kapitel

Wildnis

Pia wandte den Kopf, um hinabzublicken. Ihre Füße baumelten haltlos über dem fast unendlichen Abgrund. Nur noch mit einer Hand klammerte sie sich am Felsen fest und spürte, wie die Kraft in ihren Fingern langsam nachließ. Eine Sekunde der Unvorsichtigkeit hatte genügt, um auf dem losen Geröll auszurutschen und den Halt zu verlieren.

Ihr linker Arm schmerzte, und die bis zum Zerreißen gespannten Muskeln begannen zu zittern. Sie mussten ganz allein sowohl ihr Gewicht als auch das ihres Rucksacks tragen.

Nur keine Panik, redete Pia sich zu, *du schaffst das!*

Sie schwang den rechten Arm nach oben und versuchte auch mit der zweiten Hand an der Felskante, an der sie sich festhielt, Halt zu finden, doch ihre Finger rutschten an der glatten Oberfläche ab.

Die Finger ihrer linken Hand glitten weiter nach unten, sie würde sich nur noch wenige Sekunden festhalten können. Erneut machte sie den Versuch, sich mit den Füßen abzustützen, doch die Steine waren lose und rollten unter ihren Zehen davon.

Pia sah, wie einer der Steine mehrmals gegen die Felswand knallte, als er die etwa vierhundert Meter hinabstürzte, die sie vom sicheren Boden trennten. Sie schloss die Augen und holte tief Luft. Das war ihre letzte Chance, wollte sie dem Stein nicht folgen und auf den scharfen Felsen unten im Tal zerschmettern.

Panik drohte sie zu überkommen, als sie ganz deutlich vor sich sah, wie sie blutüberströmt, mit unnatürlich abgewinkeltem Hals und offenen Augen am Boden lag, während über ihr

Krähen kreisten und sie mit ihren schwarzen Vogelaugen anstarrten …

Dann jedoch biss sie die Zähne zusammen und schwang mit einem Aufschrei erneut den rechten Arm hoch. Diesmal bekam sie die Kante zu fassen. Sie verlagerte ihr Gewicht auf beide Arme und atmete tief durch. So schnell würde sie nicht aufgeben, ihre Reise durfte nicht vorbei sein, ehe sie richtig angefangen hatte!

Mit der Muskelkraft ihrer Arme zog sie sich langsam hoch. Schon war sie mit dem Kopf über der Kante, nur noch ein paar Zentimeter und sie würde sich mit den Ellbogen abstützen können. Noch einmal mobilisierte sie all ihre Kräfte und wuchtete ihren Oberkörper schließlich über die Kante. Schwer atmend zog sie dann auch ihre Beine in Sicherheit, lehnte sich gegen die Felswand und schloss für einen Moment die Augen.

Dann jedoch fing sie plötzlich an zu lachen, während ihr Körper sich langsam wieder entspannte. Sie öffnete die Augen und stieß einen lauten Jubelschrei aus, der von den Felswänden widerhallte.

Sie hatte es geschafft!

Und das war auch gut so, denn schließlich war sie nicht geflohen, um wenige Stunden später in eine Schlucht zu stürzen.

Langsam beruhigte sie sich und begann, ihre noch immer vor Anstrengung zitternden Armmuskeln zu massieren. Schließlich holte sie eine der Leichtmetallflaschen aus dem Rucksack und trank etwas Wasser. Die Flaschen hatten ihrem Großvater gehört und stammten aus der alten Zeit, in der Menschen in der Lage gewesen waren, Metall herzustellen, das so leicht war wie Stroh. Pia hatte sie im Keller zusammen mit dem Rucksack gefunden und mitgenommen. Sie zweifelte daran, dass sie jemand vermissen würde. Schließlich war es in ihrer Heimat verpönt, Dinge aus der alten Zeit zu benutzen.

Während Pia sich allmählich entspannte und die warme

Frühlingssonne auf ihr Gesicht scheinen ließ, spürte sie mit einem Mal, wie hungrig sie war. Seit ihrem Aufbruch mitten in der Nacht hatte sie sich keine Pause gegönnt und nichts mehr gegessen. Zu groß war die Furcht gewesen, jemand könnte sie verfolgen und einholen. Auch jetzt, da sie fast hundert Meter der Felswand hinabgeklettert war, blickte sie immer wieder ängstlich nach oben. Eine Sekunde lang meinte sie Gesichter an der obersten Kante der Schlucht zu sehen, doch es war nur der Schatten einer krummen Fichte, deren Zweige über den Abgrund wuchsen.

Sie versuchte sich einzureden, dass ihre Sorge unbegründet war. Wenn man überhaupt bemerkt hatte, dass sie verschwunden war, so musste man sich doch eigentlich freuen, sie los zu sein. Dennoch wusste sie, sie würde sich erst sicherer fühlen, wenn sie am Fuß der Felswand stand. Niemand würde es wagen, ihr dorthin zu folgen, davon war Pia überzeugt.

Sie griff in den Rucksack, der aus dem sonderbar leichten und doch ungeheuer reißfesten Material der alten Zeit gefertigt war, und holte etwas Brot, Ziegenkäse und einen Apfel hervor. Das sollte fürs Erste genügen, denn sie wusste nicht, wie lange sie mit ihren Vorräten auskommen musste. In der Eile hatte sie einfach nur das Nötigste eingepackt.

Kauend blickte sie in das Tal hinab, das friedlich im Sonnenschein dalag. Zerklüftete Steilwände umrahmten es, irgendwo rauschte ein Wasserfall. Schwarze Vögel, vielleicht Dohlen oder Krähen, kreisten über der gewaltigen Schlucht und nutzten die Thermik, um ohne einen Flügelschlag hinauf- und wieder hinabzugleiten. Die Luft roch würzig nach Nadelholz und Frühlingsblumen. Pia sog sie tief in ihre Lungen.

Der Duft der Freiheit, dachte sie, und der Gedanke verursachte ein aufgeregtes Kribbeln in ihrem Bauch.

Die Berge hier unterschieden sich deutlich von dem Hochgebirge, aus dem sie kam. Je weiter sie nach unten blickte, desto dichter wurde die Vegetation. Der Wind, der zu ihr hochblies, war warm – um einiges wärmer, als sie es zu dieser Jahreszeit von zu Hause gewohnt war.

Die niedrigeren Gipfel der Alpen, zu denen Pia unterwegs war, lagen jedoch in dunstigen Wolken verborgen, weshalb sie nicht weit über das vor ihr liegende Tal hinaussehen konnte. Sicher war nur, dass sie noch eine ganze Weile brauchen würde, bis sie das Flachland erreichte. Vorausgesetzt sie wurde nicht unvorsichtig und brach sich auf dem Weg nach unten doch noch den Hals.

Auf einmal meinte sie, weit unten das Heulen von Wölfen zu hören, aber dann war wieder alles ruhig bis auf das Gekrächze der Dohlen. Gerne wäre sie noch länger sitzen geblieben und hätte das prächtige Panorama betrachtet, doch das wäre keine gute Idee.

Sie musste es schaffen, die Steilwand vor Einbruch der Dunkelheit vollständig hinabzuklettern. Vorsichtig erhob sie sich, schulterte ihren Rucksack, betrachtete die fast senkrechte Felswand unter sich und schwang sich schließlich über die Kante, um den Abstieg fortzusetzen.

Die weitere Kletterpartie gestaltete sich viel anstrengender und schwieriger als vermutet. Aber Pia biss sich durch. Umzukehren war schließlich keine Option.

Sie hatte die Schuhe ausgezogen, um besser Halt zu finden, und wusste, dass ihre Füße spätestens in der Talsohle wund sein würden, vorausgesetzt ihre Kräfte verließen sie nicht vorher. Sie versuchte, die Zweifel zu verdrängen, aber dennoch konnte sie nicht anders, als immer wieder nach unten zu sehen und sich vorzustellen, was passieren würde, wenn sie den Halt verlor und stürzte. Von Kindesbeinen an war sie für ihr Leben gerne geklettert, aber eine so große und steile Wand hatte sie noch nie bewältigen müssen. Das war etwas völlig anderes.

Mehrmals rutschte sie auf losem Geröll aus und schaffte es nur mit viel Glück, das Gleichgewicht zu halten oder noch schnell eine Spalte zu finden, an der sie sich festkrallen konnte. Je weiter ihr der Abstieg gelang, desto sicherer fühlte sie sich aber auch, denn es wurde immer unwahrscheinlicher, dass ihr jemand so weit hinab folgte. Abgesehen davon, dass kaum jemand im Dorf so gut klettern konnte wie sie, bildete der Steilhang auch eine natürliche Grenze zu dem Tal, in dem sie aufgewachsen war. Und das wurde von den Bewohnern normalerweise nie verlassen.

Als Pia ein paar Stunden später auf einem Felsvorsprung eine kleine Pause machte, um zu verschnaufen und etwas zu trinken, stand die Sonne bereits hoch und brannte warm auf ihrer verschwitzten Haut.

Noch einmal betrachtete sie die Abhänge der Berge sowie das Tal, dem sie immer näher kam. Die Bäume schienen dichter und größer zu sein, außerdem wimmelte es nur so von den unterschiedlichsten, ihr unbekannten Pflanzen und Büschen. Überall blühten bunte Frühlingsblumen, und je tiefer sie kam, desto mehr Tiere und Insekten bekam sie zu Gesicht. Es schien, als erwartete sie unten eine ganz neue Welt. Sie fragte sich, was diese Welt für Überraschungen und Gefahren für sie bereithalten würde. Jedes Kind im Dorf wuchs mit Schreckensgeschichten über das Flachland auf. Angeblich waren wilde Tiere noch die geringste Bedrohung, auf die man treffen konnte. Wahrscheinlich waren das meiste aber nur Ammenmärchen.

Pia ignorierte ihre zunehmend schmerzenden Glieder, rappelte sich auf und kletterte weiter.

Doch je länger der Abstieg dauerte, desto mehr zehrte er an Pias Kräften. Irgendwann beschloss sie, nicht mehr nach unten zu sehen, sondern sich einfach nur auf den nächsten Schritt zu konzentrieren. Als die Sonne schließlich hinter den westlichen

Bergspitzen verschwand und die Landschaft um sie herum in rötliches Abendlicht tauchte, erreichte sie einen etwas breiteren Felsvorsprung. Sie hielt inne und betrachtete schwer atmend und schwitzend das Tal unter sich. Ihre Hände und Füße brannten schmerzhaft, und ihre überlasteten Armmuskeln zitterten. Doch sie hatte es fast geschafft. Der Felsvorsprung lag nur etwa 15 Meter über der Talsohle und war umringt von würzig duftenden Tannenwipfeln und Büschen, die sich hier einen Standort erkämpft hatten. Der felsige Boden war mit weichem Moos bedeckt.

Pia war so aufs Klettern konzentriert gewesen, dass sie vollkommen die Zeit vergessen hatte. Als sie sich mit schmerzenden Knien auf das Moos setzte und durstig die erste ihrer zwei Wasserflaschen leer trank, registrierte sie, dass es bald dunkel werden würde.

Das vor ihr liegende Tal war so dicht bewachsen, dass sie nicht sehen konnte, wie es dahinter aussah. Deswegen beschloss sie, die Nacht auf dem Felsvorsprung zu verbringen und den Abstieg am nächsten Morgen zu beenden. Sie aß noch etwas von dem Brot und dem Käse, was ihren beißenden Hunger nicht im Geringsten befriedigte, doch sie zwang sich dazu, nicht mehr von ihren knappen Vorräten zu verbrauchen.

Danach streckte sie sich und massierte vorsichtig ihre schlanken und doch muskulösen Arme und Beine. Sie waren hart und bebten. Fast fühlte es sich an, als gehörten sie nicht ihr, sondern einer Fremden. Bestimmt würde sie einen schrecklichen Muskelkater bekommen. Ihre Füße waren an zahlreichen Stellen aufgeschürft und taten höllisch weh, dennoch fühlte Pia sich so glücklich wie nie zuvor in ihrem Leben. Es war die richtige Entscheidung gewesen, das Dorf zu verlassen, und das beste Geschenk, das sie sich zum zwanzigsten Geburtstag hatte machen können. Sie stellte sich die Gesichter der Leute vor, wenn ihnen auffiel, dass sie weg war, und musste grinsen. Man hatte sie zu einem Leben zwingen wollen, für das sie nicht geschaffen war, und sie hatte alles auf eine Karte gesetzt, um diesem Schicksal zu entkommen.

Nie wieder, schwor sie sich, würde sie andere Menschen über ihr Leben bestimmen lassen.

Als es dunkel wurde, legte sie sich auf das Moos und benutzte ihren Rucksack als Kopfkissen. Die Abendluft war mild und um einiges wärmer, als sie es von den höheren Lagen kannte, und sie war dankbar dafür. Immerhin hatte sie keine warme Decke mitgenommen, nur ein robustes altes Ding aus Hanf. Der Felsvorsprung war nicht breit, aber sie fürchtete nicht, im Schlaf über die Kante zu rollen und abzustürzen. Immerhin, so überlegte sie, während sie langsam zur Ruhe kam, war sie noch nie in ihrem Leben aus dem Bett gefallen, warum sollte ihr das hier also zum ersten Mal passieren?

Sie streckte sich erneut und dachte an MUC. Jene sagenumwobene Stadt, zu der sie unterwegs war. Ihr Bruder Paul war bereits vor mehr als fünf Jahren dorthin aufgebrochen und nie wieder zurückgekommen. Im Dorf war man überzeugt davon, dass er tot war, doch Pia glaubte das nicht. Und wenn er noch am Leben war, würde sie ihn finden, da war sie sich sicher.

Vom klaren Sternenhimmel über ihr schienen unzählige kleine Lichter auf sie hinab. Ein großer, fast voller Mond ging auf und tauchte die Wildnis in unwirklich anmutendes Licht. Plötzlich hörte sie ganz in der Nähe das Geheul von mindestens drei Wölfen. Sie drehte sich auf die Seite und blickte von ihrem Felsvorsprung hinab. Die dunklen Bäume unter ihr wogten leise im Wind, irgendwo raschelte etwas im Gebüsch, doch sie konnte keine Wölfe entdecken. Und doch hatten der dunkle Bergwald und die ungezähmte Natur plötzlich etwas Bedrohliches.

Angestrengt lauschte sie in die Dunkelheit. Nichts rührte sich. Wahrscheinlich waren die Wölfe weitergezogen. Sie versuchte sich damit zu beruhigen, dass Wölfe nicht klettern konnten und sie hier oben sicher war, aber dennoch hatte sich ein mulmiges Gefühl in ihrer Magengegend festgesetzt, das nicht mehr verschwinden wollte.

Zum ersten Mal wurde ihr bewusst, dass sie ganz allein war. Inmitten einer unberechenbaren Wildnis, in der scheinbar seit mehr als hundert Jahren keine Menschen oder Zivilisation anzutreffen waren. Sie war völlig auf sich allein gestellt, und niemand würde ihr helfen, falls sie in Schwierigkeiten geriet. Und vielleicht stimmten all die Horrorgeschichten, die man sich über das Flachland erzählte, ja doch?

Pia versuchte, diese negativen Gedanken zu verdrängen, als sie sich zurück auf den Rücken rollte und wieder zu den Sternen hochblickte. Sie hatte sich entschieden, das schützende Dorf im Hochgebirge der Alpen zu verlassen, und es gab kein Zurück mehr. Und wenn sie es sich recht überlegte, so konnte es da unten nichts geben, was ihr mehr Angst machte als das Leben, das sie im Dorf erwartet hätte. Lieber würde sie sterben, als dorthin zurückzugehen.

Allein die Erinnerung an ihr Zuhause löste in Pia ein Gefühl der Beklemmung aus. Das Leben jedes Einzelnen war genau reglementiert, die Aufgaben streng nach Geschlechtern unterteilt. Die Männer arbeiteten auf dem Feld und kümmerten sich um die Tiere, die Frauen besorgten den Haushalt und zogen die Kinder groß. Diese wurden von klein auf auf ihre Aufgaben vorbereitet: Die Jungen hüteten die Tiere auf den Almen, die Mädchen lernten kochen und passten auf die jüngeren Geschwister auf. Schon früh war Pia klar gewesen, dass sie sich von den übrigen Kindern im Dorf unterschied, und das nicht nur aufgrund ihres äußerlichen Andersseins. Sie konnte lesen, war wissensdurstig und wurde geradezu magisch angezogen von allem, was aus der alten Zeit stammte. Typische Frauentätigkeiten wie Kochen, Nähen oder Kinderhüten langweilten sie.

Wann immer sie konnte, schlich sie sich davon, um den Jungen auf den Almen zu helfen, im Gebirge herumzuklettern oder eines der wenigen Bücher aus der alten Zeit zu lesen, die ihrem Großvater gehört hatten. Im Sommer stieg sie nachts heimlich aufs Dach, um stundenlang die Sterne zu betrachten und von der Welt außerhalb des Tales zu träumen, das ihr mehr und mehr als Gefängnis erschien, je älter sie wurde.

Vielleicht hätte Pia sich leichter mit dem Leben in dieser Enge und geistigen Starre arrangieren können, wenn sie nicht so anders ausgesehen hätte als alle anderen. Aber an ihr haftete seit ihrer Kindheit der Makel der »Unreinheit«. Sie war eine Missgeburt, des Lebens unwürdig. Und das nur, weil sie nicht wie alle anderen rote Haare hatte.

Nach dem Tod ihrer Mutter waren die Dinge noch schwieriger geworden, denn Pia musste bei Onkel und Tante leben. Sie stritt sich ständig mit Tante Marion, die sie ablehnte und sie nur deshalb unter ihrem Dach duldete, weil ihr Mann es seiner Schwester am Totenbett versprochen hatte. Der Konflikt spitzte sich zu, als Pia ins heiratsfähige Alter kam und keiner der Männer im Dorf um sie warb. Als Tante Marion klarwurde, dass sie Pia womöglich nie loswerden würde, ließ sie sie ihre Abneigung noch deutlicher spüren als vorher.

Pia selbst war es recht gewesen, dass es keinen Anwärter gab, denn sie konnte sich ein Leben als Ehefrau und Mutter nicht vorstellen. Zudem ließ die Auswahl an Männern auch sehr zu wünschen übrig. Die meisten in Pias Alter waren völlig desinteressiert an der Welt außerhalb des Dorfes und konnten ihre Sehnsucht danach nicht nachvollziehen. Außerdem waren sie ihr geistig weit unterlegen, denn kaum einer von ihnen konnte lesen.

Je älter sie wurde, desto größer wurde in Pia der Wunsch, das Dorf zu verlassen und irgendwo ein neues, besseres Leben zu beginnen. Besonders stark war das Gefühl geworden, nachdem ihr Bruder fortgegangen war. Sie hatte sich einsam und verlassen gefühlt und immer wieder Ausschau nach ihm gehalten in der Hoffnung, er würde zurückkehren, um sie, wie versprochen, mit nach MUC zu nehmen. Doch er kam nicht. Und in Pia wuchs die Gewissheit, dass sie ihr Schicksal selbst in die Hand nehmen musste.

An ihrem zwanzigsten Geburtstag hatte man ihr schließlich keine andere Wahl gelassen, als zu fliehen. Und insgeheim war Pia sogar froh darum, denn jetzt, da sie die Luft der Freiheit atmen durfte, fragte sie sich, warum sie nicht schon längst gegangen war.

Sie atmete tief ein und stellte sich wieder einmal vor, wie es in MUC so war. In ihrer Phantasie war es ein strahlender Ort der Freiheit, voller Wunder und Wissen aus der alten Zeit. Ein Ort, an dem Menschen wie sie keine Aussätzigen waren. Ihr Großvater hatte oft von der Größe MUCs erzählt und wie gewaltig die Häuser aus der alten Zeit waren, doch so groß war Pias Vorstellungskraft nicht. Sie kannte nur die zwei- bis dreigeschossigen Häuser ihres Dorfes.

Irgendwann schlief sie mit einem Lächeln auf den Lippen ein.

Als Pia erwachte, war es schon wieder hell, und warme Sonnenstrahlen schienen ihr ins Gesicht. Verschlafen blickte sie sich um. Sie hatte mindestens zwölf Stunden geschlafen, allen heulenden Wölfen zum Trotz. Beim genüsslichen Strecken merkte sie, dass ihre Beine und Arme nicht so schlimm schmerzten wie befürchtet. Die Nacht auf dem weichen Moos war viel erholsamer gewesen, als sie es sich je hatte vorstellen können. Zufrieden und voller Tatendrang aß sie schnell einen weiteren Teil ihrer Vorräte und wollte schon aufbrechen, als sie etwas sah, das ihr Vorhaben vorübergehend auf Eis legte. Ein riesiger Braunbär stand unterhalb der Felskante und blickte zu ihr hoch. Sie konnte sehen, wie sich seine Nase bewegte, als er schnüffelte und wahrscheinlich überlegte, ob sie essbar war. Angst kroch in ihr hoch wie eine kalte Klaue. Bären waren berüchtigt. Jedes Kind wusste, wie gefährlich sie sein konnten, und man erzählte sich, dass es in den niederen Alpenregionen sehr viele gab.

Pia zwang sich, ruhig stehen zu bleiben, und versuchte, keine unnötigen Bewegungen oder Geräusche zu machen. Soweit sie wusste, konnten Bären gut klettern, aber wahrscheinlich war sie hier oben sicher, wenn sie ihn nicht provozierte. Zudem spürten Tiere, wenn man Angst hatte. Dadurch wurde man in ihren Augen zur Beute. Pia atmete tief durch und bemühte sich, ihre Beklemmung zu verdrängen.

Der Bär stellte sich auf die Hinterläufe und betrachtete sie neugierig. Wahrscheinlich hatte das imposante Tier noch nie zuvor einen Menschen gesehen.

Wenn du mir nichts tust, tue ich dir auch nichts, dachte sie und vermied es, dem Bären in die Augen zu sehen.

Als hätte er ihre Gedanken gelesen, ließ er sich wieder auf alle viere zurückfallen und schlenderte seelenruhig weiter. Dann raschelte es im Gebüsch hinter ihm, und ein Bärenjunges kam zum Vorschein. Tapsig lief es der Mutter hinterher, die Pia offensichtlich als gefahrlos eingestuft hatte und langsam außer Sichtweite schritt.

Pia merkte erst jetzt, dass sie vor Anspannung die Luft angehalten hatte, und ließ sie mit einem leisen Seufzer aus ihrer Lunge entweichen. Das war noch mal gutgegangen. Aber ihre Aufmerksamkeit durfte keine Sekunde nachlassen, oder sie würde auf dem Speisezettel eines Bären oder Wolfes landen. Und im Flachland, so munkelte man, gab es angeblich viel gefährlichere Kreaturen. Aber bis dahin war noch ein weiter Weg …

Sie sah sich gründlich um, ob nicht andere Raubtiere in der Nähe waren, und machte sich dann an den Abstieg der letzten Meter.

Zunächst kam Pia gut voran, als sie das unbekannte Tal durchquerte. Weder Wölfe noch Bären kreuzten ihren Weg, sie sah lediglich einen Fuchs flüchten, als sie in seine Nähe kam, sowie einige Dohlen und andere Vögel, die sie jedoch nicht kannte. Als sie hochblickte, schwebte ein majestätischer Steinadler über dem Tal.

Die Vegetation hier unten war üppiger, als sie es von zu Hause gewohnt war. Auf dem mit Nadeln bedeckten Moosboden wuchsen überwiegend Fichten und Kiefern. Dazwischen sprossen Büsche und Blumen, die Pia zum Teil noch nie gesehen hatte. Die reine Bergluft war getränkt vom Duft frischer Tannenzapfen und Frühlingsblüten. Nach einer Weile hörte sie ein Plätschern und folgte dem Geräusch. Die Bäume lichteten sich und gaben schließlich die Sicht auf eine Quelle frei. Das Wasser sprudelte aus einem Felsen und bildete einen kleinen, glasklaren Teich, der in einen winzigen Bach mündete.

Pia wusch sich und füllte ihre Flaschen auf. Es tat gut, ihre schmerzenden Füße im kalten Nass baumeln zu lassen, und am liebsten wäre sie länger auf der kleinen Lichtung um den Teich verweilt. Die Sonne schien durch die hohen Baumkronen und glitzerte auf dem leise gurgelnden Wasser. Ansonsten war außer Vogelgezwitscher und dem Summen von Insekten nichts zu hören. Pia konnte sich nicht erinnern, jemals einen so schönen und warmen Frühlingstag erlebt zu haben. Erneut tauchte sie ihr Gesicht und die langen, schwarzen Haare ins kühle Wasser und betrachtete dann ihr Spiegelbild in der sonnigen Oberfläche. Wie konnte es sein, dass sie mit ihren dunklen Haaren und braunen Augen so anders war als alle anderen? War sie »unrein«, wie man im Dorf immer gesagt hatte? Alle, die so waren wie sie, starben bereits im Mutterleib oder kurz nach der Geburt. Seit dem großen Sterben war das schon so. Niemand wusste, warum Pia überlebt hatte, und das war den Dorfbewohnern unheimlich gewesen.

Nur ihr Großvater hatte das Gerede für Unsinn gehalten. In seinen Augen war das große Sterben keine Strafe Gottes und Pia weder unrein noch absonderlich. Für ihn war sie etwas Besonderes. Pia lächelte, als sie an ihn dachte. Wer weiß, vielleicht war sie gar nicht so anders und vielleicht gab es in MUC noch mehr Menschen wie sie? Ihr Bruder war davon überzeugt gewesen, als er in die große Stadt im Norden aufgebrochen war. Was konnte passiert sein, dass er sein Versprechen brach und nicht zurückkam, um sie zu holen?

Pia nahm noch einen letzten Schluck des frischen Quellwassers und folgte dann dem Bach bergab. Er wand sich durch das Alpental und mehrere Schluchten nach unten, wurde breiter und schneller. Nach einer Weile stürzte er als Wasserfall eine hohe Klippe hinab, und Pia musste erneut ihr ganzes Können unter Beweis stellen, um die zum Teil glitschigen Felsen hinunterzuklettern. Unten entdeckte sie eine Art Pfad, der vielleicht vor langer Zeit von Menschenhand angelegt worden war, den Spuren nach nun jedoch von Tieren benutzt wurde, und folgte ihm. Er war zwar ziemlich überwuchert, aber noch gut zu erkennen.

Die Bäume wurden hier um einiges größer als in Pias Heimattal und das Grün üppiger. Zudem wurde der dichte Nadelwald immer öfter von mächtigen Laubbäumen unterbrochen. Am Boden wuchsen Büsche, Ranken und Schlingpflanzen, die ihr den Abstieg erschwerten. Mehrmals musste sie sich regelrecht durchs Unterholz kämpfen, um dem Pfad mit von Dornen zerkratzten Armen weiter zu folgen.

Als Pia für ein paar Minuten innehielt, um zu verschnaufen, bemerkte sie dicht am Wasser ein prächtiges Spinnennetz, das im schräg einfallenden Sonnenlicht glitzerte. Fasziniert trat sie näher und entdeckte die dazugehörige Spinne, die ein schwarzes Kreuz auf dem Rücken trug und um einiges größer war als die Spinnen in ihrem Dorf. Pia konnte sich des Eindrucks nicht erwehren, dass alles größer wurde, je weiter sie den Berg hinabstieg. Sie überlegte, ob die Spinne wohl giftig war, wollte dies aber lieber nicht herausfinden.

Es sah ganz danach aus, als wäre sie seit Jahrzehnten, wenn nicht sogar seit mehr als einem Jahrhundert der erste Mensch, der sich hier durch den Urwald kämpfte. Doch dieser Gedanke machte ihr nichts aus, im Gegenteil, eigentlich gefiel er ihr sogar. So pfiff sie fröhlich vor sich hin, als sie über einen großen Baumstamm balancierte, der über den mittlerweile zu einem kleinen Fluss gewordenen Bach gestürzt war. Kurz bevor sie die andere Seite erreichte, hatte sie plötzlich das Gefühl, beobachtet zu werden. Als sie den Kopf drehte, blickte sie in die katzenartigen Augen eines Luchses, der keine zwanzig Meter entfernt am Wasser stand. Kleine Tropfen glitzerten in seinen langen Barthaaren. Er war von Pia beim Trinken gestört worden. Das Tier zeigte aber keine Scheu oder Aggressivität, es betrachtete sie nur neugierig. Pia erschrak und verlor kurzzeitig das Gleichgewicht, schluckte dann jedoch ihre Angst hinunter. *Nur keine Schwäche zeigen.*

Nachdem sie ihre Balance wiedererlangt hatte, ging sie so selbstsicher wie möglich weiter. Sie spürte den Blick der Raubkatze im Rücken, bis sie zwischen den dichtstehenden Bäumen verschwunden war. Als sie sich schließlich umdrehte, war sie allein mitten im Wald. Außer dem Plätschern des Flusses und dem Kreischen eines Raubvogels, der irgendwo in höheren Lagen nach Beute Ausschau hielt, herrschte Stille.

Es war bereits Nachmittag und ein starker, aber warmer Wind wehte, als sie schließlich das Ende des Pfades erreichte. Er mündete in eine Lichtung, die an die Überreste einer der alten Straßen grenzte. Hinter Pia thronten die mächtigen Gipfel des Hochgebirges, die Berge um sie herum waren jedoch bereits viel niedriger und bis an die Spitzen mit dichtem Wald bewachsen.

Pia betrat die Lichtung und sah sich um. Zu ihrer Überraschung standen hier, zum Großteil überwuchert, aber dennoch erkennbar, einige der Fahrzeuge aus der alten Zeit. Es waren etwa zwei Dutzend in verschiedenen Größen und zum Teil in unterschiedlichen Farben lackiert, auch wenn der Rost bei einigen den Farbton im Laufe der Jahrzehnte unkenntlich gemacht hatte. Sie standen in Reih und Glied da, als wären die Menschen mit ihnen hierhergekommen, um dann zu Fuß von der Lichtung aus auf dem Pfad weiterzugehen, den Pia gerade hinabgekommen war.

Langsam schritt sie zwischen den Autowracks hindurch und betrachtete sie. Sie kannte diese seltsamen Fahrzeuge der alten Welt, denn hinter dem Dorf gab es eine Müllhalde, wo man Schrott und alte Artefakte entsorgte. Darunter waren auch einige Autos. Als Kinder hatten Pia und ihr Bruder es geliebt, dort zu spielen.

Doch diese hier waren anders. Man hatte sie nicht entsorgt, sondern vor mehr als hundert Jahren ordentlich aufgereiht. Sie wirkten auf Pia wie ein Friedhof. Stumme Zeugen einer längst vergangenen Ära, die schlagartig zu Ende gegangen war.

Plötzlich raschelte es im Gebüsch neben ihr, und Pia zuckte zusammen. Wahrscheinlich nur ein Hase oder ein Vogel, versuchte sie sich zu beruhigen, starrte aber trotzdem gebannt auf den Strauch. Sie atmete erleichtert aus, als sich ein paar Sekunden später eine Krähe in die Luft erhob. Trotzdem: Die Atmosphäre hier hatte etwas Gespenstisches.

Es war das erste Mal, dass Pia auf Artefakte der alten Welt traf, die noch so waren wie zum Zeitpunkt des großen Sterbens. Sie hatte das Gefühl, als würden die Fahrzeuge sie feindselig anstarren, als machten sie ihr Vorwürfe, dass sie am Leben war und all die Menschen, die mit ihnen hergekommen waren, nicht.

Sie schüttelte den sonderbaren Gedanken ab und ging langsam weiter. Zeit und Witterung hatten einem kleinen roten Auto derart übel mitgespielt, dass ein großes Loch in seinem Dach klaffte und ein Baum sich seinen Weg daraus bahnte. Daneben stand ein großes Auto, das noch relativ gut erhalten war. Pia trat näher und blickte durch die schmutzige Scheibe hinein. Auf dem Rücksitz entdeckte sie eine Tasche. Sie war aus dunklem Leder mit eingestanzten Verzierungen, die zwei ineinander verschlungene C darstellten, und sah ziemlich gut erhalten aus. Vielleicht befand sich etwas Nützliches darin?

Sie betrachtete die Tür und überlegte, wie man sie öffnen konnte. Dann entdeckte sie eine kleine Klappe, die von einer Schicht Moos bedeckt war. Sie zog daran, und mit einem leisen Klick öffnete sich die Autotür.

Pia betrachtete das Innere des Fahrzeugs. Die Sitze waren mit dunklem Leder bezogen und wirkten trotz einiger Risse noch gut erhalten. In der Mitte des Lenkrads prangte ein silberner Stern. Langsam nahm sie auf dem Fahrersitz Platz. Das alte Leder knirschte ein wenig unter ihrem Gewicht, doch der Sitz war weich und bequem. Sie fuhr mit dem Finger über das ebenfalls lederbezogene Lenkrad und versuchte sich vorzustellen, wie es wohl gewesen sein mochte, so ein Gefährt zu steuern und mit unvorstellbarer Geschwindigkeit von einem Ort zum nächsten zu reisen. Ein plötzlicher Windstoß wirbelte Laub auf der Lichtung auf und weckte Pia aus ihren Tagträumereien. Sie griff nach der Tasche und durchwühlte sie. Das meiste darin hatte die Zeit nicht überdauert oder war schlicht zu nichts zu gebrauchen. Eine alte Haarbürste, ein löchriger Schal aus glänzendem, weichen Stoff, ein verrosteter Schlüsselbund sowie eine kleine Karte, auf der mit geschwungener Handschrift geschrieben stand: Tom Handy, darunter eine zehnstellige Nummer. Ob Tom Handy wohl der Besitzer des Autos gewesen war? Und was hatte die Nummer zu bedeuten? Die Artefakte aus der alten Zeit waren voller Rätsel. Pia durchwühlte den Rest der

Tasche und fand ein leeres Fläschchen, auf dem »Chanel« stand, sowie ein kleines, flaches Etwas mit einer glasähnlichen Oberfläche und dem Symbol eines angebissenen Apfels. Sie drehte das Gerät hin und her, konnte sich nicht erklären, wofür es wohl gedacht gewesen war, und warf es schließlich weg. Es war zwar interessant anzusehen, aber völlig nutzlos, und sie hatte nur wenig Platz in ihrem Rucksack.

Ganz unten in der Tasche entdeckte sie jedoch etwas, das sie gebrauchen konnte. Es war ein kleiner, silberner Gegenstand, den man oben aufklappen konnte. Ein Rädchen kam unter der Klappe zum Vorschein, und als Pia daran drehte, fing das Ding plötzlich an zu brennen. Sie erschrak zunächst, doch dann wurde ihr schnell klar, worum es sich dabei handeln musste. Ihr Großvater hatte ihr von sogenannten Feuerzeugen erzählt. Sehr praktisch, wenn man schnell Licht brauchte. Er erzählte, selbst im Dorf hatte es in seiner Jugend noch ein paar funktionierende gegeben, doch irgendwann gingen sie, wie so vieles aus der alten Zeit, verloren. Pia steckte es in ihren Rucksack. Sonst gab es hier nichts Nützliches mehr, also machte sie sich wieder auf den Weg, denn sie wollte noch ein Stück zurücklegen, ehe es dunkel wurde und sie sich einen Unterschlupf für die Nacht suchen musste. Ohne sich noch einmal umzublicken, ließ sie den kleinen Autofriedhof hinter sich, während der Wind stärker wurde.

Sie beschloss, der alten Straße zu folgen, die weiter bergab führte. Der Asphalt war rissig und stellenweise mit Schlamm bedeckt. In zahlreichen Löchern wuchsen Pflanzen und Büsche, hin und wieder hatten die Wurzeln eines Baumes den Belag hochgewölbt oder regelrecht gesprengt. An manchen Stellen konnte man jedoch noch die verblichene Farbe des Mittelstreifens sehen.

Pia wusste, dass solche Straßen in der alten Zeit von Fahrzeugen benutzt wurden, wie sie sie auf der Lichtung gesehen hatte. Den Erzählungen nach musste es damals sehr viele solcher Straßen gegeben haben und noch mehr Fahrzeuge. Und unvorstellbar viele Menschen. Mit unterschiedlichen Haar- und sogar Hautfarben.

Schon immer hatte sich Pia gerne Gedanken darüber gemacht, wie die alte Welt wohl ausgesehen haben mochte. Was waren das für Menschen, die solche Wunder wie mechanische Fahrzeuge bauen konnten? Angeblich hatte es sogar Flugmaschinen gegeben! Die meisten im Dorf hielten das für Hirngespinste, schließlich hätte Gott den Menschen Flügel gegeben, wenn er wollte, dass sie fliegen. Pia jedoch glaubte an die Flugmaschinen. Ihr Großvater erzählte immer, wie sein eigener Großvater, der das große Sterben überlebt hatte und aus MUC stammte, davon geschwärmt hatte, wie er selbst als kleiner Junge mit solch einer Maschine gereist sei. Pia stellte sich das unglaublich aufregend vor.

Während sie diesen Gedanken nachhing, kam sie auf der Straße schnell voran und hatte bereits ein gutes Stück an Höhe verloren, als die Dämmerung einsetzte. Der Wind war böig geworden und zerrte an ihren Kleidern. Das anfänglich angenehme Rauschen der Bäume und Blätter hatte sich zu einem lauten Tosen gesteigert. Kein Zweifel, ein Sturm zog auf. Pia musste sich einen sicheren Unterschlupf suchen – und zwar schnell.

Sie hastete weiter und wurde eine halbe Stunde später belohnt, als sie auf einer Anhöhe unweit der Straße ein Haus entdeckte. Aus der Entfernung sah es weitgehend intakt aus. Pia hielt darauf zu und bahnte sich ihren Weg durch das dichte Unterholz, was bei dem immer stärker werdenden Wind und der zunehmenden Dunkelheit kein leichtes Unterfangen war. Die seit mehr als hundert Jahren ungestört wuchernde Vegetation hatte den Wald zu einem beinahe undurchdringlichen Dickicht werden lassen. Nadelbüsche zerkratzten Pia Gesicht und Hände, ihre langen Haare verfingen sich immer wieder in tiefhängenden Zweigen, so dass sie sie schließlich in ihr Hemd steckte, um überhaupt noch voranzukommen. Sie biss die Zähne zusammen und kämpfte sich durch.

Es war schon fast vollkommen dunkel, als sie endlich die Anhöhe erreichte. Das Haus sah nicht viel anders aus als die Gebäude in ihrem Dorf: große Holzbalkone und dazu passende Dachgiebel und Fensterläden. Ein halbverfallener Holzzaun umschloss den verwilderten Garten, in dem trotz der Dunkelheit die Silhouetten alter Obstbäume zu erkennen waren. Steinerne, zum Teil mit Grasbüscheln bedeckte Stufen führten zu einer großen, hölzernen Eingangstür. Wahrscheinlich ein altes Bauernhaus.

In keinem der Fenster brannte Licht, das ehemals schöne Gebäude schien verlassen zu sein. Dennoch näherte sich Pia vorsichtig. Bisher hatte sie auf ihrer Wanderung noch keinerlei Anzeichen für menschliches Leben entdeckt, aber sie wusste, dass ihr Dorf nicht die einzige bewohnte Siedlung in der Region war. Zudem erzählte man sich zahlreiche Schreckensgeschichten über Wilde und Banditen, die außerhalb der schützenden Bergtäler hausten.

Pia sprang über den größtenteils verfallenen Holzzaun und ging gerade auf die Tür zu, als plötzlich alles vom gleißenden Licht eines Blitzes erhellt wurde. Geblendet blieb sie stehen, während ein markerschütterndes Donnern ertönte und an den Felswänden der umliegenden Berge widerhallte. Der Sturm war jetzt sehr nahe. Gleich würde es anfangen zu regnen.

Zunächst fielen einige große Tropfen, die jedoch schnell in einen sintflutartigen Regen übergingen. Pia rannte die letzten Meter bis zum Haus und die Stufen zum Eingang hinauf. Die Tür war zwar überdacht, doch der starke Wind peitschte den Regen weiterhin gegen Pia, als sie anklopfte. Vielleicht wohnte ja doch jemand hier. Und dieser Jemand würde es ganz sicher nicht erfreulich finden, wenn sie einfach so reinspazierte.

Es kam keine Antwort. Sie hämmerte lauter gegen die alte Holztür, die mit Schnitzereien versehen war, die bäuerliches Leben darstellten.

Immer noch nichts. Anscheinend war das Haus wirklich verlassen. Pia war bereits völlig durchnässt, als sie sich schließlich gegen die Tür stemmte, um sie zu öffnen, doch sie war fest verschlossen. Keine Chance. Sie musste einen anderen Weg ins Innere finden.

Widerwillig verließ sie den halbwegs sturmgeschützten Eingangsbereich und lief um das dunkle Haus herum. Der Wind war nun so stark, dass er ihr das Laufen erheblich erschwerte, und mit dem Sturm hatte eine pechschwarze Dunkelheit eingesetzt. Dennoch entdeckte sie ein Fenster im ersten Stock, das durch einen umgestürzten Baum eingeschlagen worden war.

Schnell griff sie nach dem Fensterbrett im Erdgeschoss, schwang sich darauf und stieg von da auf den hölzernen Rahmen. Er war morsch, hielt ihrem Gewicht jedoch stand. Von dort aus war es für sie ein Leichtes, sich auf den Fensterrahmen darüber zu ziehen. Ihre Arme schmerzten noch von der langen Kletterpartie, doch sie ignorierte das einfach. Sie wollte so schnell wie möglich ins Trockene. Wenige Sekunden später schwang sie sich durch das zertrümmerte Fenster in einen stockfinsteren Raum. Immerhin schien das Dach des Hauses intakt zu sein, denn das Zimmer war trocken. Vorsichtig machte Pia ein paar Schritte, blieb dann jedoch stehen.

»Hallo?«, rief sie in die Dunkelheit. »Ist hier jemand?«

Bis auf den Sturm, der draußen tobte und die hölzernen Fensterläden gegen die Mauern schlug, blieb es im Haus stumm. Die Luft war feucht und roch muffig, wie nach schimmeligem Obst.

»Hallo?«, rief sie noch einmal, so laut sie konnte. Wasser tropfte aus ihren Haaren und ihrer Kleidung und bildete eine kleine Pfütze um ihre völlig aufgeweichten Schuhe.

Dann wurde das Zimmer für eine Sekunde vom weißen Licht eines weiteren Blitzes erleuchtet, und gleichzeitig ertönte grollendes Donnern.

Pia schrie erschrocken auf und machte einen Satz nach hinten. Da war jemand im Zimmer! Sie hatte kurz in tiefliegende, leblose Augenhöhlen geschaut. Auf dem Bett an der gegenüberliegenden Wand lag eine Person und grinste sie mit unnatürlich weißen Zähnen an!

Schwer atmend und der Panik nahe wich sie zurück bis zum Fenster, bereit, jederzeit hinauszuspringen, sollte sie angegriffen werden, als ein erneuter Blitz das Haus erhellte.

Wieder blickte Pia in das weiße Gesicht mit den entblößten Zähnen, das sie anzustarren schien. Doch jetzt erkannte sie, womit sie es zu tun hatte. Der Mensch auf dem Bett konnte ihr nichts mehr tun. Er war seit langer Zeit tot.

Erleichtert seufzte sie auf und stellte fest, dass ihr ganzer Körper bebte.

Aber sie zwang sich, Ruhe zu bewahren. Mit verkrampften Fingern griff sie in ihren Rucksack und holte das Feuerzeug heraus. Doch ihre Hände zitterten so stark, dass sie einen Moment brauchte, ehe sie die kleine Flamme zum Leuchten brachte. Als sich dann das warme Licht um sie herum ausbreitete, fühlte sie sich etwas wohler. Es war wie ein kleiner, schützender Kegel, der die unheimliche Finsternis von ihr fernhielt.

Zum ersten Mal konnte sie sich nun in dem fremden Haus etwas umblicken. Sie befand sich in einem geräumigen Schlafzimmer. Im Halbdunkel konnte sie einige Möbel entdecken, einen Schrank, einen kleinen Tisch, zwei Nachtkästchen neben dem großen hölzernen Bett. Langsam drehte sie sich in dessen Richtung. Das Skelett darin wirkte im Licht des Feuerzeugs zwar noch unheimlich, jedoch nicht mehr so furchterregend wie zuvor. Zumindest konnte sich Pia nun sicher sein, dass das Haus verlassen war.

Ein weiterer Blitz erhellte das Zimmer, und der dazugehörige Donner erschütterte das Haus so stark, dass Pia einen Moment lang fürchtete, es könnte einstürzen.

Dieses Haus steht schon verdammt lange da, also wird es den Sturm auch noch überleben, beruhigte sie sich und strich sich mit dem Handrücken über das feuchte Gesicht. Sie konnte nicht sagen, ob es Regenwasser oder Schweiß war.

Dann trat sie langsam auf das Bett zu. Im Licht des Blitzes hatte sie auf dem Nachtkästchen daneben etwas gesehen. Sie hoffte, dass es das war, was sie dachte.

Noch ein Schritt, dann reichte ihre Flamme aus, um das Nachtkästchen zu erhellen, und Pia stieß einen Laut der Erleichterung aus, als ihre Vermutung bestätigt wurde: Auf ihm stand eine große Kerze. Sie war zwar völlig eingestaubt, aber der Docht ließ er sich nach anfänglichem Knistern und Flackern entzünden.

Nun wurde der Raum besser beleuchtet, nur noch die Ecken waren in Dunkelheit gehüllt. Das Licht warf flackernde Schatten an die Wände, die mit alten, zum Teil aufgeweichten oder zerfetzten Tapeten bedeckt waren, deren Farbe wahrscheinlich mal ein helles Blau gewesen war. Die robust wirkenden Möbel waren aus hellem Holz, auf dem kleinen Tisch standen eine zersprungene Blumenvase sowie ein paar Bilderrahmen, die so verstaubt waren, dass Pia die Bilder im gedämpften Licht nicht erkennen konnte. Dann erweckte die Wand gegenüber dem Bett ihre Aufmerksamkeit. Eine große Fotografie dort zeigte eine so realistische Landschaft, dass man das Gefühl hatte, an diesem Ort zu sein. Pia hatte schon früher Fotografien aus der alten Zeit gesehen – ihr Großvater hatte einige aufgehoben –, doch noch nie eine so große. Auch die Landschaft darauf war sonderbar und gleichzeitig so wunderschön, dass sie eigentlich unmöglich echt sein konnte. Abgebildet war eine riesige Wasserfläche, wahrscheinlich das Meer. Sie hatte schon davon gehört, es sich aber nie vorstellen können. Das Wasser war kristallblau und brandete in kleinen Wellen an eine weiße Sandfläche, die von eigenartigen Bäumen mit spitzen, langen Blättern gesäumt war. Im Hintergrund ging gerade die Sonne unter. In einer Ecke des Bildes befand sich ein violetter Schriftzug, und Pia trat näher, um ihn im flackernden Licht der Kerze lesen zu können: »Hawaii«. Was das wohl bedeuten mochte? Vielleicht der Ort auf dem Bild? Wie wundervoll musste die alte Zeit gewesen sein, wenn die Menschen an Orte wie dieses Hawaii reisen konnten!

Ein Blitz riss sie aus ihren Träumereien, und der eine Sekunde später folgende Donner war noch heftiger als die davor. Der Sturm draußen nahm an Heftigkeit zu. Sie hatte Glück gehabt, das Haus rechtzeitig gefunden zu haben.

Als sie ihre Aufmerksamkeit erneut dem Bett zuwandte, bemerkte sie, dass darin nicht nur ein Skelett lag, sondern zwei. Sie trat näher, und eine Gänsehaut überzog ihre Arme. Die beiden Skelette trugen noch Reste von Kleidung; die des einen sah aus wie ein Kleid. Sie lagen eng umschlungen da, Arm in Arm. Vorsichtig setzte Pia sich auf die Bettkante und betrachtete die Toten. Es waren eindeutig Liebende, die gemeinsam in den Tod gegangen waren, als das große Sterben begann.

In diesem Moment wurde ihr das Ausmaß der Katastrophe, die vor mehr als hundert Jahren über die Menschheit hereingebrochen war, viel deutlicher bewusst als je zuvor. Im Dorf sprach man eher abfällig darüber, so als hätten die Menschen es nicht anders verdient. In diesem verlassenen Haus inmitten eines tobenden Sturms sah Pia nun aber ganz deutlich vor sich, wie es stattdessen gewesen sein musste.

Dieser Mann und seine Frau hatten hier glücklich in einem schönen Haus gelebt. Sie hatten im Bett geschmust und gemeinsam von Hawaii geträumt. Eines Tages begann das große Sterben, und sie wurden krank. Fast alle wurden krank, und den Erzählungen nach existierte die Zivilisation, wie man sie bis dahin gekannt hatte, weniger als drei Tage später nicht mehr. Diesem Mann und seiner Frau war nichts anderes übriggeblieben, als sich ins Bett zu legen und gemeinsam auf den Tod zu warten. Arm in Arm …

Pia zitterte leicht, als ein erneuter Donner sie aufrüttelte. Die leeren Augenhöhlen des Skeletts, vor dem sie sich so erschreckt hatte, schienen sie noch immer anzustarren. Doch das machte ihr keine Angst mehr. Sie wirkten eher traurig und verzweifelt auf sie. Pia spürte einen Anflug von Melancholie, als sie das Echo des Dramas, das sich in diesem Zimmer abgespielt haben musste, in sich aufnahm.

Sie saß noch eine Weile da und betrachtete die Toten, überlegte, wer sie wohl gewesen sein mochten und welchen Platz sie in der hochentwickelten Gesellschaft der alten Zeit innegehabt hatten. Schließlich merkte sie, dass sie todmüde war. Es wurde Zeit sich einen Schlafplatz zu suchen. »Gute Nacht«, flüsterte sie den skelettierten Bewohnern des alten Hauses zu und verließ das Zimmer.

2. Kapitel

Einsamkeit

Es war bereits hell, als Pia erwachte, doch der Sturm tobte noch immer. Wenigstens war das Gewitter mit seinen lauten Donnern irgendwann in der Nacht weitergezogen, so dass sie tief und ungestört schlafen konnte.

Fahles Licht erfüllte das Zimmer, in dem sie sich befand. Draußen war der Himmel von dunklen Wolken bedeckt, und der orkanartige Wind pfiff und heulte durch jede Ritze des Hauses. Fast hörte er sich an wie Gesang. Gesang von Toten aus längst vergangenen Zeiten.

Pia lag auf einem dunkelgrünen alten Ledersofa im Erdgeschoss. Der Raum war groß und hatte neben zahlreichen Fenstern mit großen Naturholzrahmen auch eine Tür aus Glas, die in den windgepeitschten Garten führte. Pia hatte dieses Zimmer als Schlafplatz ausgesucht, weil alle Fenster noch intakt waren und es warm und trocken war. Zwei Sofas und ein Sessel standen um ein schwarzes flaches Artefakt aus der alten Zeit herum, welches an die Wand montiert war und den Bewohnern des Hauses scheinbar sehr wichtig gewesen sein musste, da man es von allen Sitzen gut sehen konnte. Auf der anderen Seite des Raumes stand ein massiver Holztisch mit sechs Stühlen, die farblich den hölzernen Balken angepasst waren, die die Decke des Wohnzimmers stützten. Hinter dem Tisch standen Bücherregale. Die hellgraue Decke, unter der Pia lag, war zwar staubig und mottenzerfressen, hatte aber ihren Zweck erfüllt. Sie rieb sich die Augen und gähnte. Ihre nasse Kleidung hing zum Trocknen auf dem Sessel neben dem Sofa. Pia griff danach und stellte fest, dass sie noch immer klamm war. Aber das kümmerte sie nicht sehr. Wahrscheinlich konnte sie ihre Reise heute sowieso nicht fortsetzen. Nur mit Unterwäsche bekleidet trat sie zum Fenster und blickte hinaus. Es war im Laufe der Zeit an der Seite etwas undicht geworden, und sie spürte, wie der Wind gegen die Scheibe drückte und durch die Ritzen pfiff. Es regnete nicht mehr so stark wie letzte Nacht, jedoch würde der Sturm ein sicheres Vorankommen unmöglich machen. Einen Moment lang betrachtete Pia die sich im Wind biegenden und wogenden Bäume und Sträucher. Erst jetzt, im trüben Tageslicht, bemerkte sie, dass das Haus fast vollständig von Schlingpflanzen und Büschen überwuchert war. Wie hatte sie ernsthaft glauben können, es wäre noch bewohnt? Man hatte das Gefühl, das Gebäude sei von der Natur regelrecht verschluckt worden. Der Himmel war so dunkel und wolkenverhangen, dass sie die Berge ringsum kaum sehen konnte.

Pia seufzte. Es war aussichtslos. Sie würde wohl abwarten müssen, bis sich das Wetter besserte. Sie drehte sich vom Fenster weg und betrachtete erneut das Zimmer, in dem sie sich befand. Es gab Schlimmeres, als eine Weile hierzubleiben. Das Haus war gut erhalten und voller Schätze aus der alten Zeit. Langweilig würde es bestimmt nicht werden.

Voller Neugier begab sich Pia auf Entdeckungstour. Ihr erster Gang führte sie in die Küche, in der Hoffnung, vielleicht noch etwas Essbares zu finden. Von ihrem Großvater wusste Pia, dass die Menschen früher Methoden hatten, Essen für lange Zeit zu konservieren.

Die Küche war ziemlich eingestaubt, und viele Gegenstände waren verrottet, rostig oder mit Schimmel überzogen, einiges war aber noch ziemlich gut erhalten.

Manche der Einrichtungsgegenstände kannte Pia aus den Häusern im Dorf, wie die Schränke und die Spüle. Auch der

Herd war ihr vertraut, denn ein solcher war in Tante Marions Küche gestanden, wenngleich er mangels Strom als Arbeitsplatte gedient hatte. Andere Geräte waren ihr völlig fremd. Auf einem Beistelltisch befand sich zum Beispiel eine sonderbare Maschine, aus der kleine Rohre ragten. Ein Aufkleber mit dem Schriftzug »Lavazza« war daran befestigt. Pia runzelte die Stirn, als sie das Gerät betrachtete. Sie hatte nicht die geringste Ahnung, wozu es wohl gut sein mochte. Ebenso wenig konnte sie sich vorstellen, wozu der schwarze Kasten mit den Schlitzen auf der oberen Seite gedacht gewesen war, der neben dem Herd stand. Direkt neben einem vergammelten Brotkasten stand ein weiteres Gerät mit einer kreisrunden, gezackten Klinge, die vertikal an der Seite angebracht war. Diese war jetzt völlig verrostet, musste früher aber messerscharf gewesen sein. Fest stand, die alten Menschen schienen kaum etwas von Hand gemacht zu haben. Für alles hatten sie Maschinen.

Die Küche besaß einen kleinen Nebenraum, der wohl als Speisekammer gedient hatte. Das meiste hier war seit langer Zeit verrottet und der Raum mit dichten Spinnweben durchzogen, doch in der Ecke auf einem Regal entdeckte Pia, wonach sie gesucht hatte.

Ordentlich sortiert standen dort zahlreiche, metallische Zylinder. Pia wusste, was das war: Konservendosen. Sie hatte etliche davon leer und verrostet auf dem Schrottplatz hinter dem Dorf gesehen. Von ihrem Großvater wusste sie, dass früher Nahrung darin eingelagert wurde.

Sie nahm eine der Dosen in die Hand, entstaubte vorsichtig das verblichene Etikett und betrachtete es. Der Aufdruck besagte, dass sich in der Dose Pfirsiche befanden. Pia hatte keine Ahnung, was Pfirsiche waren, aber die Abbildung deutete darauf hin, dass sie hier eine Art Obst oder Gemüse vor sich hatte. Auf der Dose daneben stand »Ravioli«. Auch das sagte Pia nichts, aber die Speise auf dem Bild sah interessant aus.

Eine ganze Reihe gleich aussehender Dosen erweckte ihre Aufmerksamkeit. Ein wunderschöner Hund mit cremefarbenem Fell und gutmütigem Blick war darauf abgebildet. Konnte es sein, dass die Menschen der alten Zeit Hunde gegessen hatten? Pia mochte Hunde und konnte sich beim besten Willen nicht vorstellen, diese freundlichen und intelligenten Tiere zu essen. Zudem waren sie für die Menschen ihres Dorfes wichtige Weggefährten, die Wache hielten, Ratten jagten und beim Hüten der Tiere halfen. Andererseits musste man bei den Bewohnern der alten Zeit mit allem rechnen. Im Dorf erzählte man sich, ihre Kultur sei grausam und rücksichtslos gewesen.

Sie nahm eine der Hundedosen in die Hand und las, was darauf stand. Dann stellte sie die Dose fasziniert wieder zurück. Darin befand sich nicht etwa Hundefleisch, sondern Futter für Hunde! In welchem Überfluss hatten die Menschen damals gelebt, wenn sie solchen Aufwand betrieben, um sogar Futter für Hunde herzustellen. Im Dorf bekamen Hunde einfach die Reste der Mahlzeiten. Je mehr sie über die Zivilisation lernte, die vor mehr als hundert Jahren ausgelöscht worden war, desto begeisterter war Pia. Hoffentlich würde sie in MUC noch mehr über die Welt ihrer Vorfahren herausfinden können.

Das Knurren ihres Magens riss sie aus ihren Gedanken. Sie hatte in den letzten drei Tagen nur wenig gegessen, und das machte sich jetzt bemerkbar. Sie nahm eine Pfirsich- und eine Raviolidose mit in die Küche und betrachtete sie von allen Seiten. Es musste einen Trick geben, wie man sie öffnen konnte, doch sie kam nicht darauf.

Plötzlich erschien ein Bild aus ihrer Kindheit vor ihren Augen. Sie hatte ihrem Großvater geholfen, den Keller aufzuräumen, und war dabei auf diverse Dinge aus der alten Welt gestoßen. Als sie ihm fragend einen zangenähnlichen Gegenstand unter die Nase hielt, hatte er gelächelt, erklärt, das sei ein Dosenöffner, und ihr gezeigt, wie man ihn benutzte. Den könne sie wegschmeißen, denn es gebe keine Dosen mehr.

Aufgeregt begann Pia, die Schubladen und Schränke in der Küche des alten Hauses zu durchsuchen. Wenn die Hausbewohner Dosen angesammelt hatten, dann musste da auch irgendwo ein Dosenöffner sein. Schließlich fand sie ein Ding, das dem Dosenöffner aus ihrer Erinnerung ähnelte. Es war ziemlich verrostet und ließ sich nur noch schwer bewegen, doch sie würde sich damit behelfen müssen. Nach ein paar Fehlversuchen gelang es Pia schließlich die Raviolidose zu öffnen.

Der Inhalt schwamm in sonderbar roter Soße und roch fremdartig, ließ Pias Magen jedoch noch heftiger knurren. In einer Schublade fand sie eine Gabel, die noch benutzbar aussah, rieb sie notdürftig an ihrem Ärmel ab und probierte vorsichtig das Gericht. Die Ravioli schmeckten zunächst ungewohnt. Teig und Fleisch erkannte sie, aber da waren sonderbare Gewürze, die sie noch nie gekostet hatte. Salzig, feurig und mild in einem. Die rote Soße schien aus Früchten oder Gemüse gemacht zu sein, die es in den Bergen nicht gab. Pia kaute und schluckte, dann nahm sie noch einen Bissen.

Es schmeckte köstlich! Alles, was sie im Dorf gegessen hatte, war im Vergleich dazu fad gewesen. Schließlich war man auf die wenigen Gewürze und Kräuter angewiesen, die im rauhen Alpenklima gedeihen konnten. Sie erinnerte sich daran, wie ihr Großvater erzählt hatte, früher habe man bei jedem Gericht Salz verwendet, weil es im Überfluss vorhanden war. Das musste es sein, was die mehr als hundert Jahre alten Ravioli so köstlich machte.

Sie leerte die ganze Dose und probierte dann auch die Pfirsiche, welche unglaublich süß schmeckten und fast von allein im Mund zergingen.

Noch kauend, machte sich Pia daran, das restliche Haus zu

erkunden. Sie stieß auf etliche interessante Geräte, wie zum Beispiel einen flachen Gegenstand, den man aufklappen konnte und in dem sich bewegliche Tasten mit Buchstaben verbargen. Er stand auf einem Schreibtisch in einem kleinen Zimmer, in dem sich ansonsten mehrere Regale mit Büchern befanden. Sie spielte mit den Fingern auf den Tasten herum, doch nichts passierte. Vielleicht war das eine Art Musikinstrument? Höchstwahrscheinlich war es eines jener zahllosen Dinge der alten Zeit, die mit Elektrizität betrieben worden waren. Sie hatte keine genaue Vorstellung, was Elektrizität eigentlich war, aber es musste eine Art wundersame Energie gewesen sein, die die alten Maschinen zum Leben erweckt hatte. Die Leute im Dorf hielten das für Teufelswerk, aber was wussten die schon?

Die Wände des Hauses waren mit ausgeblichenen Bildern und alten Fotografien geschmückt. Zurück im Wohnzimmer, fand Pia eine, die ihr besonders gut gefiel. Darauf waren ein Mann und eine Frau zu sehen, die vor einer riesigen steinernen Pyramide standen und glücklich lächelten. Der Mann war blond, und die Frau hatte lange schwarze Haare wie Pia. Früher schien das nichts Ungewöhnliches gewesen zu sein. Sie fragte sich, an welch sonderbarem Ort das Foto gemacht worden war. Wahrscheinlich weit weg von hier. Dasselbe Paar war noch auf anderen Fotos zu sehen. Bestimmt waren es die Toten aus dem ersten Stock.

In den Regalen des Wohnzimmers entdeckte sie viele Bücher und zahlreiche durchsichtige Hüllen, in denen glänzende Scheiben steckten. Die meisten Bücher waren im Laufe der Zeit feucht geworden oder Schimmel und Insekten zum Opfer gefallen, aber einige waren noch unversehrt.

Fasziniert blätterte Pia in einem Buch, das nur aus Bildern bestand. Der Titel lautete »Die Alpen«, und doch schien die Region früher ganz anders ausgesehen zu haben. Die Berge waren damals nicht so bewachsen, dafür im Winter voller Schnee, den man jetzt nur noch in den höchsten Regionen fand.

Überall auf den Bildern sah man den Einfluss von Menschen und ihren Maschinen. Fast schien es, als hätte sich die Natur die Welt zurückgeholt, nachdem das große Sterben annähernd die ganze Menschheit ausgelöscht hatte.

Nachdem sie das Buch über die Alpen ausgiebig betrachtet hatte, wandte Pia sich wieder dem Regal zu. Die meisten noch gut erhaltenen Bücher hatten keine Bilder, sondern enthielten Erzählungen unterschiedlichster Art. Auf manchen Umschlägen waren exotische Landschaften oder Gebäude abgebildet, auf anderen Menschen in unterschiedlichsten Lebenssituationen. Pia fiel auf, dass sich überdurchschnittlich viele Geschichten mit menschlichen Grausamkeiten befassen mussten, denn die Einbände prägten Messer, Äxte und andere Waffen, die sie noch nie zuvor gesehen hatte. Auf anderen wiederum waren Leichen und Blut abgebildet. Sie fragte sich, warum Tod und Gewalt die Menschen der alten Zeit so fasziniert hatten. In ihrem Dorf war man jeden Tag froh, wenn nichts Ungewöhnliches oder gar Schreckliches geschah. Schließlich erregte eine lange Erzählung mit dem Titel »Faust« Pias Aufmerksamkeit, und sie zog das Buch heraus. Umschlag und Schrift des Titels unterschieden sich in ihrer Gestaltung von den übrigen Büchern im Regal. Es sah ganz danach aus, als ob das Werk aus einer anderen Zeit stammte als die anderen, als wäre es irgendwie noch älter. Die Geschichte war in einer sonderbar klingenden Sprache geschrieben und mutete fast wie ein Lied an. Nachdem Pia ein paar Zeilen gelesen hatte, wusste sie, dass dieses Buch etwas Besonderes war. Sie steckte es in ihren Rucksack, um es später zu lesen.

Es war bereits Nachmittag, und der Sturm machte keine Anstalten, sich zu beruhigen, als sie erneut das Zimmer mit den Skeletten betrat. Bei Tageslicht betrachtet, hatten die Toten nichts Furchteinflößendes mehr, und Pia schämte sich ein wenig, dass sie letzte Nacht so erschrocken war. Sie überlegte, ob sie das Liebespaar beerdigen sollte, entschied sich jedoch dagegen. Die beiden schienen da, wo sie waren, ihren Frieden gefunden zu haben. Warum sollte man sie aus ihrem Bett entfernen und in kalte, schlammige Erde legen?

Stattdessen durchstöberte sie den Kleiderschrank in der Hoffnung, noch ein paar brauchbare Sachen zu finden. Ihre Hanfkleidung war noch immer nass, und sie brauchte etwas zum Anziehen. Erstaunt stellte sie fest, dass die Menschen früher eine riesige Auswahl an Kleidung besaßen. Vor allem die Frau hatte so vieles gehabt, dass sie wochenlang jeden Tag etwas anderes tragen konnte. Da waren Hosen, Röcke, Oberteile und Kleider in unterschiedlichsten Farben und Schnitten. Pia schlüpfte in eine Hose aus robustem dunkelblauem Material sowie in ein schwarzes Oberteil. Als sie sich darin in dem staubigen Spiegel in der Schranktür betrachtete, staunte sie, wie weiblich die Kleidung sie aussehen ließ. Sie hätte gerne etwas mehr davon eingepackt, doch sie musste mit leichtem Gepäck reisen, wenn sie schnell vorankommen wollte. Und da war es wichtiger, ein paar Vorräte mitzunehmen als Kleider, die einer Toten gehörten. Sie fand eine Haarbürste, mit der sie ihre Haare in Ordnung brachte, die durch den Sturm und ihre Wanderung wild und zerzaust um ihren Kopf hingen. Dann lächelte sie der schlanken, athletischen Frau im Spiegel zu.

Als sie am Abend auf dem Sofa im Wohnzimmer lag und dem Heulen des Windes lauschte, überlegte sie, ob sie nicht einfach hierbleiben sollte. Das Haus war weitestgehend gut erhalten. Sie könnte den dazugehörigen Garten roden und Gemüse anpflanzen. Bestimmt gab es auch in der Nähe einen Brunnen oder Bach. Hier hätte sie Ruhe und könnte ein friedliches, selbstbestimmtes Leben führen … vielleicht sogar eigene Ziegen und andere Tiere halten.

Dann jedoch dachte sie wieder an die skelettierten Bewohner und verwarf den Gedanken. Sie war erst zwanzig Jahre alt und gesund. Wenn sie Glück hatte, würde sie noch dreißig Jahre leben, vielleicht sogar länger. Wollte sie wirklich all diese Zeit allein in einem abgeschotteten Haus mitten in der Wildnis verbringen? Und irgendwann auch als skelettierte Leiche in einem Bett enden, allerdings ohne jemanden, der sie in den Armen hielt? Und in hundert Jahren käme dann vielleicht jemand vorbei, der sie finden und sich wundern würde, wer sie gewesen war?

Pia schüttelte den Kopf. Nein, sie konnte nicht hierbleiben. Sie musste weiter und ihren Bruder finden. Und MUC.

Am nächsten Morgen hatte sich der Sturm gelegt. Zwar war der Himmel noch bewölkt, doch der Wind hatte sich beruhigt, und es regnete nicht mehr.

Pia aß eine weitere Dose Ravioli, packte so viele Konserven unterschiedlichen Inhalts in ihren Rucksack, wie sie tragen konnte, dazu den Dosenöffner, einen Löffel und eine Kerze. Sie verließ das Haus über das zerbrochene Fenster im ersten Stock. Sie hätte auch die Tür entriegeln können, doch sie wollte die toten Bewohner weiterhin in Frieden ruhen lassen.

Die Erde war schlammig und vom starken Regen aufgeweicht, als sie sich durch das dichte Unterholz zurück zur Straße mühte. Zahlreiche abgebrochene Äste bedeckten den Boden, und etliche Bäume waren umgeknickt. Einen so starken Sturm hatte Pia noch nicht erlebt, aber das Tal, in dem sie aufgewachsen war, lag sehr geschützt. Sie hatte gehört, im Flachland gäbe es oft verheerende Stürme und Flüsse, die über die Ufer traten, doch sie hatte es als Märchen abgetan. Nun wurde sie eines Besseren belehrt. Noch war sie in den Bergen, doch Pia fragte sich, wie schlimm die Stürme weiter unten werden konnten. Und welche der Schreckensgeschichten, die im Dorf kursierten, noch so stimmten.

Nachdem sie sich zur Straße durchgekämpft hatte, folgte sie dieser weiter bergab. Im Laufe des Tages lichteten sich die Wolken, und die Sonne zeigte sich wieder. Die Luft wurde zunehmend schwüler und machte Pias Wanderung anstrengend, denn sie war die klare Luft des Hochgebirges gewohnt. Der Wald um sie herum wurde immer dichter und das Gestrüpp immer höher. Zudem mussten sich die fürs Gebirge charakteristischen Fichten und Tannen den Platz zunehmend mit mächtigen Laubbäumen teilen, je näher sie dem Voralpenland kam. Die Felsen, die sie passierte, waren mit Moos und Farnen bedeckt. Immer wieder stieß sie nun auch auf Häuser, die jedoch weit weniger gut erhalten waren als das, in dem sie übernachtet hatte. Viele hatten Wind und Wetter nicht standhalten können, andere waren so von Pflanzen überwuchert, dass sie fast nicht mehr als Gebäude zu erkennen waren. Bei einem war das Dach eingestürzt, und ein großer Baum wuchs daraus empor.

Ein paar Kilometer weiter endete die alte Straße abrupt. Eine vor kurzem niedergegangene Schlammlawine hatte sie weggespült, und nun war der Weg wegen hoch aufgetürmten Gerölls unpassierbar. Als Pia das Hindernis betrachtete, erkannte sie, dass die Lawine Bäume und auch ganze Häuser mit sich gerissen hatte. Ein Stück Dach mit roten Ziegeln und Überreste von Möbeln ragten aus dem Schlamm hervor. Daneben war das Wrack eines sehr großen Fahrzeugs zu sehen. Es sah mit seinen zahlreichen Sitzen und Fenstern so aus, als ob es dazu gedient hätte, viele Menschen zu transportieren.

Dicht dahinter entdeckte Pia etwas, das ihr einen Stich versetzte. Vier starre Gliedmaßen ragten aus dem Schlamm. Sie waren von rotbraunem Fell bedeckt und hatten Hufe. Wahrscheinlich hatte der Hirsch es nicht geschafft, sich rechtzeitig vor dem Erdrutsch in Sicherheit zu bringen. Ein Schwarm Fliegen schwirrte um den Kadaver herum. Pia wandte den Blick ab und ging weiter. Auch sie hätte unter der Lawine begraben werden können, wenn sie nicht Schutz in dem robusten, alten Haus gesucht hätte.

Wegen des Erdrutsches war die alte Straße unpassierbar, und so musste Pia sich einen anderen Weg suchen. Sie entschied sich, nach links auszuweichen, durch ein Waldstück, das überwiegend aus Fichten bestand. Durch die unzähligen Fichtennadeln, die einen braun-grünen Teppich bildeten, war der Boden unter ihren Füßen ganz weich. Je weiter sie jedoch kam, desto feindseliger erschien ihr die Umgebung. Fast konnte man den Eindruck gewinnen, die Menschen wären nicht mehr willkommen in der Natur. Vielleicht stimmte es ja, was man sich über das große Sterben erzählte? Dass es eine Strafe war, die dazu gedient hatte, die Welt von Menschen zu säubern. Aber nicht Gott hatte sie geschickt, sondern die Natur selbst, die es satthatte, jemandes Untertan zu sein …

Nach ein paar Minuten stolperte Pia über etwas Hartes, das unter den Nadeln begraben war. Es knackte sonderbar, und als sie stehen blieb und sich bückte, bemerkte sie, dass sie auf den Kieferknochen eines Schädels getreten war. Eines menschlichen Schädels.

Eine Gänsehaut überkam sie, während sie die metallenen Plomben auf den Backenzähnen des Schädelstückes betrachtete. Das große Sterben hatte Milliarden Menschen das Leben gekostet, streng genommen mussten die ehemals bewohnten Gebiete also ein einziger großer Friedhof sein. Pia hoffte, sie würde nicht zu oft auf sterbliche Überreste treffen. Sie konnte nicht verhindern, dass sie ihr Angst machten.

Es war bereits Nachmittag, als Pia ein weiteres Hindernis vor sich erblickte. Sie hatte gerade eine Schlucht durchquert und stand nach einer kurzen Kletterpartie nun auf einer Felserhöhung vor einem Tal. Links und rechts wurde es von Bergen begrenzt, die nur wenige Kilometer weiter in die hügelige

Landschaft des Voralpenlandes mündeten. Eigentlich ein Katzensprung für sie, wäre da nicht das Dickicht, das den Grund des Tales fast vollständig bedeckte.

Pia kletterte die Felsen hinab, um die Pflanzen genauer zu betrachten. Sie standen so eng beieinander, dass man nur wenige Meter durch sie hindurchsehen konnte, und sie waren allesamt so hoch wie Pia, viele überragten sie sogar um einen Kopf oder mehr. An sich wäre das kein größeres Problem, wenn es sich bei dem Bewuchs nicht um Brennnesseln gehandelt hätte.

Zunächst konnte Pia kaum glauben, womit sie es zu tun hatte. Auch im Dorf hatte es Brennnesseln gegeben, jedoch nur vereinzelt und im Sommer. Die größten hatten ihr dort höchstens bis zur Hüfte gereicht. Doch diese hier waren regelrechte Monster und stellten ein undurchdringliches Hindernis dar.

Unschlüssig wanderte Pia ein paar Schritte auf und ab und überlegte, was sie tun sollte. Wenn sie umdrehte, um sich einen anderen Weg zu suchen, waren die letzten vier Stunden Fußmarsch völlig umsonst gewesen. Und wenn es dann dunkel wurde und sie sich einen sicheren Schlafplatz suchen musste, könnte sie zwar wieder in dem alten Haus übernachten, dann hätte sie sich die ganzen Strapazen des Tages aber auch sparen können. Nein, es musste einen Weg durch dieses Tal geben.

Sie blickte an sich herab. Die dunkle Hose aus dem alten Haus war aus so dichtem Stoff, dass ihre Beine geschützt sein müssten. Das Problem war der Oberkörper. Sie hatte keine Kleidung dabei, die ihn ausreichend abdecken würde.

Sie biss sich auf die Unterlippe und überlegte. Dann griff sie in ihren Rucksack und holte die Hanfdecke hervor, unter der sie schlief. Sie schlang die Decke so um sich, dass sie sich wie eine Kapuze um Arme, Rücken und Kopf schmiegte. So konnte sie zwar kaum etwas sehen, aber zumindest hoffte sie, Gesicht und Arme weitestgehend vor dem Nesselgift zu schützen. Dann betrat sie das Brennnesselfeld.

Es fühlte sich an, als würde der Marsch durch das brennende Dickicht eine Ewigkeit dauern, und er verlief auch nicht ganz so, wie Pia es sich gewünscht hatte. Sie brauchte ihre Arme, um sich einen Weg zu bahnen, weshalb ihre Hände und Unterarme innerhalb kurzer Zeit höllisch brannten und von Blasen überzogen waren. Zudem peitschten ihr immer wieder niedrigere Zweige ins Gesicht, so dass sie mehrmals vor Schmerz aufschrie und irgendwann nur noch laut fluchte. Ihr improvisierter Umhang blieb viel zu oft im Gebüsch hängen, und jedes Mal streiften die unbarmherzigen Blätter ihren Hals und die Schultern.

Als Pia schließlich das Feld hinter sich gelassen hatte, standen ihr Tränen in den Augen, und ihr ganzer Körper fühlte sich an wie unter Feuer. Sie nahm die Decke ab und setzte sich auf einen Stein, um zu verschnaufen, während ihr die schlimmsten Flüche, die niemand im Dorf laut zu sagen wagte, durch den Kopf schossen. An ihren Händen und Armen bildeten sich bereits große, wässrige Blasen, die bestimmt stundenlang weh tun würden.

Dann jedoch hob sie den Kopf und lauschte. Das Brennnesselfeld wurde von einer Felsengruppe begrenzt, auf der einige krumme Fichten wuchsen. Dahinter nahm sie ein gurgelndes Geräusch wahr, das nur eines bedeuten konnte.

Pia sprang auf, ignorierte ihre schmerzenden Hände, packte die Decke in den Rucksack und erklomm so schnell wie möglich die Felsen. Sie hatte sich nicht getäuscht, hinter ihnen lag ein Fluss. Schnell rannte sie die Böschung hinunter und riss sich die Kleidung vom Leib, um nackt in das klare Wasser des Bergflusses zu springen.

Es war so kalt, dass sich ihr Körper bereits nach ein paar Sekunden anfühlte wie ein Eisklumpen, und die Strömung zerrte an ihren Gliedern, doch sie kümmerte sich nicht darum. Ein Seufzer der Erleichterung entfuhr ihr, als das Wasser ihre blasenüberzogene Haut kühlte. Sie holte tief Luft und tauchte unter, während am Horizont die Sonne als rotglühender Ball unterging und sich ihre letzten Strahlen auf dem welligen Wasser spiegelten.

Pias Haare waren noch nass, als sie später vor einem kleinen Feuer saß und eine Ravioli-Dose leer löffelte. An Händen und Gesicht war ihre Haut zwar weiterhin gerötet, der Schmerz hatte jedoch nachgelassen.

Nach ihrem Bad hatte sie beschlossen, nicht mehr weiterzuziehen, sondern auf einer kleinen Lichtung unter einer großen, alten Eiche in der Nähe des Flusses ihr Lager aufzuschlagen. Sie konnte weit und breit kein Gebäude entdecken, das ihr Schutz bieten konnte, außerdem war sie nach der Tortur des Brennnesselfeldes auch zu müde gewesen, um lange zu suchen.

Als die Dämmerung in dunkle Nacht überging, kam auch die Natur zur Ruhe. Irgendwo zirpte eine Grille, und eine Eule ließ ihren unverkennbaren Schrei ertönen. Die Blätter und Nadeln des Mischwaldes um sie herum rauschten im sanften Wind. Es roch nach Moos und Pilzen. Pia legte noch etwas Holz aufs Feuer, ehe sie sich ausstreckte. Das rötliche Licht flackerte und warf lange Schatten in die Unendlichkeit des Waldes. Irgendwo knackte ein Zweig, und Pia zuckte unmerklich zusammen. *Keine Sorge,* beruhigte sie sich. *Du hast ein Feuer, wilde Tiere werden dich meiden.*

Dennoch fühlte sie sich unbehaglich, während sie in den rauschenden Wald starrte. Eine Mücke schwirrte herbei und setzte sich auf ihren Arm. Sie bemerkte das Insekt und schlug mit der flachen Hand darauf. Wenn sie heute Nacht gefressen würde, dann von Mücken, nicht von wilden Tieren, beruhigte sie sich. Sie hatte schon etliche erschlagen, doch die Biester gaben nicht auf. Pia hatte noch nie in ihrem Leben so viele

Mücken gesehen, oben in den Bergen gab es sie nur selten und wenn, dann im Hochsommer. Hier in den tieferen Regionen schien tatsächlich ein anderes Klima zu herrschen. Es war wärmer und feuchter, ein Paradies für Mücken und andere Blutsauger.

Sie legte den Kopf auf ihren Rucksack und überlegte, ob sie noch ein wenig in dem erbeuteten Buch lesen sollte. Doch kaum hatte sie den Gedanken zu Ende gebracht, war sie auch schon eingeschlafen.

Sie träumte von MUC. Es war wunderschön mit seinen phantastisch anmutenden Gebäuden aus der alten Zeit. Sauber, glitzernd und voller noch funktionierender Artefakte. Die Menschen grüßten sie freundlich, während sie eine große Straße entlangschritt, die uralte, aber perfekt erhaltene Häuser säumten. An einem großen Torbogen wurde ein Fest gefeiert. Als Pia näher kam, erkannte sie, dass einer der Feiernden ihr Bruder war. Sie rannte. Rannte auf ihn zu, rief seinen Namen. Er drehte sich in ihre Richtung, und sein Lächeln erstarb. Alle anderen waren auf einmal verschwunden. Am Horizont zog ein dunkler Sturm auf.

»Paul!«, rief Pia erneut und merkte, dass sie sich plötzlich so langsam bewegte, als wäre sie irgendwo kleben geblieben.

»Paul! Ich bin's!«

Seine Augen blickten sie kalt an, und er sprach, ohne die Lippen zu bewegen. »Du musst hinauf, Pia. Hoch hinauf!«

Verdutzt blieb sie stehen, während es um sie herum schlagartig finstere Nacht wurde.

»Ich verstehe nicht …«, stammelte sie.

»Hinauf«, wiederholte er. Doch plötzlich stand nicht mehr ihr geliebter Bruder vor ihr, sondern ein grässliches Wesen mit einem Wolfskopf und gefletschten Zähnen. Es warf den Kopf hoch und heulte markerschütternd …

Mit einem Schrei riss Pia die Augen auf. Sie zitterte am ganzen Leib. *Ganz ruhig,* beruhigte sie sich. *Das war nur ein Traum. Nur ein Traum.*

Sie setzte sich auf und blinzelte. Irgendetwas war anders. Als sie den Kopf drehte, wusste sie, was. Die kleine Lichtung, auf der sie schlief, wurde nur vom hellen Vollmond erleuchtet. Das Feuer war erloschen, nur etwas Glut glomm noch vor sich hin.

Auf einmal wurde die schwarze Nacht von einem gespenstischen Heulen erfüllt. Dem Heulen eines Wolfes.

Pia fuhr zusammen. Das Heulen war ganz nahe. Offensichtlich war doch nicht alles nur ein Traum gewesen! Sie rappelte sich auf und starrte angestrengt in die pechschwarze Dunkelheit des Waldes, konnte aber nichts erkennen. Dann jedoch ließ ein erneutes Heulen sie erzittern. Es kam aus der gegenüberliegenden Richtung. Mehrere Wölfe antworteten.

Pia musste all ihre Kraft zusammennehmen, um nicht panisch loszurennen. Das durfte sie auf keinen Fall! Dann wäre sie eine leichte Beute. Und vielleicht hatte es das Rudel ja gar nicht auf sie abgesehen?

Als Antwort auf ihre Frage erschienen nur wenige Meter von ihr entfernt zwei silbrig glänzende Augen im Schatten der Bäume. Pia biss sich auf die Zunge, um nicht laut loszuschreien. Ein weiteres Augenpaar wurde links von ihr sichtbar, dann noch eins. Und noch eins.

Die haben mich umzingelt!

Ganz tief in ihr antwortete eine sarkastische Stimme, so würde ein Rudelangriff von Wölfen nun mal funktionieren. Nicht umsonst hatten die Leute im Dorf eine Holzpalisade um die Häuser gebaut.

Sie ignorierte die innere Stimme und blickte wie erstarrt in Richtung der glänzenden Raubtieraugen, die langsam näher kamen. Unwillkürlich wich sie zurück, bis sie mit dem Rücken an der alten Eiche stand, unter der sie geschlafen hatte.

Die glänzenden Augen wurden zum Teil eines Wolfskopfes, der sich nun schleichend in das unwirklich scheinende Mondlicht auf der Lichtung bewegte. Der Leitwolf hob die Lefzen und fletschte die Zähne, während sein Rudel langsam den Kreis um Pia schloss. Sein Fell schimmerte im Mondschein, als er sich vor ihr aufbaute.

Eiskalte Todesangst umklammerte Pias Herz und schnürte ihr die Kehle zu. Gleich würden die Wölfe sich auf sie stürzen, und dann wäre es vorbei …

»Hinauf, Pia!«, erklang plötzlich das Echo der Stimme ihres Bruders in ihrem Kopf. »Hinauf!«

Der Leitwolf war nun ganz nahe und setzte zum Sprung an, doch Pia kam ihm zuvor. Reflexartig ging sie ein wenig in die Knie und sprang hoch, so schnell und weit sie konnte. Ihre Finger bekamen einen Ast zu fassen. Gleichzeitig stürzte der Wolf mit einem aggressiven Knurren auf sie zu. Pia zog sich mit aller Kraft nach oben, um den messerscharfen Zähnen zu entgehen, die nur wenig unter ihr aufeinanderschlugen, als der Wolf nach ihren Füßen schnappte.

Trotzdem streifte einer seiner spitzen Eckzähne ihre Wade und ritzte sie auf. Erschrocken kreischte Pia auf und trat um sich, während sie sich gleichzeitig auf den Ast hievte. Sie spürte den heißen Atem des Raubtiers an ihren Beinen. Wie dämonische Schatten kamen jetzt auch die anderen Wölfe von allen Seiten angeschossen.

Sie schrie vor Schmerz und blanker Todesangst, als der Leitwolf am Baumstamm hochsprang und wütend knurrend versuchte, sie doch noch zu erreichen. Der Ast, auf dem sie saß, begann unter ihrem Gewicht zu knarzen und sich gefährlich nach unten zu beugen.

Hinauf! Ohne nachzudenken, richtete Pia sich auf, griff nach den Ästen über ihr und kletterte auf den nächsten Ast, als der unter ihr brach. Atemlos kletterte sie weiter, bis sie schließlich in etwa vier Metern Höhe sitzen blieb. Schwer keuchend blickte sie hinab.

Das Wolfsrudel hatte sich unter dem Baum versammelt, heulte und knurrte bedrohlich, konnte sie jedoch unmöglich erreichen. Sie zählte sechs Tiere, aber vielleicht waren es auch mehr. So genau konnte sie das im schummrigen Mondlicht nicht erkennen.

Pia lehnte sich an den mächtigen Stamm und schloss kurz die Augen. Ihr Herz hämmerte, und ihr war ein wenig schwindelig. Langsam hob sie ihr Bein und betrachtete die Wunde, die ihr der Leitwolf zugefügt hatte. Es war ein tiefer Schnitt, der höllisch schmerzte und blutete, doch sie konnte ihr Bein problemlos bewegen. Muskeln und Knochen waren von den reißenden Zähnen verschont geblieben. Sie zog das Hanfhemd aus, das sie zum Schlafen über das neue Oberteil aus dem Schrank angezogen hatte, und drückte es auf die Wunde.

Ein paar Blutstropfen fielen nach unten und ließen die Meute, die den Baum belagerte, noch wütender werden. Die Tiere knurrten und jaulten, weil ihr Abendessen außer Reichweite war. Ein großer grauer Rüde sprang immer wieder am Baumstamm hoch.

Während der Leitwolf und zwei weitere seines Rudels Pia nicht aus den Augen ließen, durchwühlten die anderen Tiere ihre Sachen. Ein Wolf grub seine Schnauze tief in ihren Rucksack, erschnupperte ein Stück Käse und verschlang es mit einem Schmatzen, ehe sich die anderen auf ihren Rucksack stürzten, in dem jetzt nur noch die Konservendosen waren. Die Tiere stupsten sie mit den Nasen an, schenkten ihnen aber keine weitere Beachtung, als sie feststellten, dass es sich dabei scheinbar um nichts Essbares handelte.

Oben auf ihrem Ast versuchte Pia, sich zu beruhigen. Es war alles in Ordnung, sie hatte es rechtzeitig auf den Baum geschafft. Hier war sie in Sicherheit. Nun musste sie nur noch warten, bis das Rudel das Interesse an ihr verlor und weiterzog. Lange konnte das nicht dauern. Sie musste einfach durchhalten …

Sie lehnte sich an den Baum, spürte seine rissige Rinde im Rücken und schloss die Augen. Das verletzte Bein hatte sie vor sich auf den Ast gelegt, das andere ließ sie wenige Meter über den Bestien baumeln, die noch immer mit hungrigen Augen zu ihr hochblickten.

Einfach nur durchhalten …

Doch so einfach war das nicht. Die Wölfe bewiesen eine Hartnäckigkeit, die Pia nie für möglich gehalten hätte. Als die Nacht nach gefühlten hundert Stunden endlich zu Ende ging und erste Sonnenstrahlen die dichten Baumkronen durchbrachen und Pias vor Kälte und Müdigkeit steifen Körper wärmten, war das Rudel nach wie vor vollzählig unter ihrem Zufluchtsort versammelt. Der Leitwolf lag direkt unter dem Ast, auf dem sie kauerte, und blickte mit gespitzten Ohren und im Sonnenschein gelblich glänzenden Augen zu ihr. Eigentlich war er ein wunderschönes Tier mit seinem grau-schwarzem Fell, das zum Kraulen einlud. Aber Pia hatte noch deutlich in Erinnerung, wie der Wolf seine spitzen weißen Zähne im Mondlicht gefletscht hatte. Er würde sie töten, wenn sie ihm die Chance dazu gab. Sie sah ihm in die Augen, und er erwiderte ihren Blick, dann fuhr er sich mit seiner langen Zunge über die Lefzen.

Pia streckte sich auf ihrem Ast, so gut es ging, und seufzte. Die Wunde an ihrem Bein schmerzte zwar, hatte jedoch aufgehört zu bluten. Doch langsam wurde es in ihrem Refugium ziemlich unbequem. Egal wie sie ihr Gewicht verlagerte, es gelang ihr nicht, zu entspannen. Ihr Rücken schmerzte und sie hatte Durst.

Zäh verstrichen die Stunden, aber das Wolfsrudel gab seine Belagerung nicht auf. Es war bereits später Nachmittag, als Pia die Augen aufriss und mit Erschrecken feststellte, dass sie zwischenzeitlich eingeschlafen war. Sie war ins Rutschen geraten und konnte sich gerade noch ausbalancieren, ehe sie von ihrem sicheren Ast stürzte.

Ein Teil des Rudels war im Laufe des Tages verschwunden, andere, oder auch dieselben, so genau konnte Pia sie nicht unterscheiden, waren dazugekommen.

Pias Angst wich zunehmend Verzweiflung. Sie steckte in der Klemme. Hunger und Durst begannen sie zu quälen, und ihr ganzer Körper schmerzte von der unbequemen Sitzposition. Wenn das so weiterging, würde sie verdursten, oder ihre Kräfte würden schließlich so weit nachlassen, dass sie doch noch vom Baum stürzte. Sie dachte erneut an die langen Zähne und gierigen Augen ihrer Belagerer und schauderte. Wie es wohl war, bei lebendigem Leibe gefressen zu werden? Wie mochte es sich anfühlen, wenn Dutzende dieser Zähne sich in das eigene Fleisch bohrten, um einen in Stücke zu reißen?

Ihr wurde übel bei dem Gedanken, und ihr Magen fing an zu rumoren. Vielleicht lag das aber auch am Hunger.

Versuche dich zu entspannen, ermahnte sie sich. *Irgendwann muss es denen doch zu langweilig werden. Einfach nur durchhalten!*

Leichter gesagt als getan.

Ihr Blick fiel auf die Wasserflasche, die aus ihrem Rucksack gerollt war und nun in der Asche ihres kleinen Lagerfeuers lag. So nah und doch unerreichbar fern. Bei dem Gedanken an kühles Wasser zog sich ihr Mund zusammen. Noch nie in ihrem Leben hatte sie solchen Durst verspürt und bislang hatte sie sich nicht vorstellen können, wie furchtbar das war. Sie hatte das Gefühl, von innen heraus auszudörren, wie ein rissiger Acker im Hochsommer. Es war schlimmer als Hunger oder Schmerz … es raubte ihr den Verstand.

»Habt ihr nichts Besseres zu tun?«, schrie sie mit einem Mal wütend, und mehrere Wolfsköpfe hoben sich in ihre Richtung. »Haut endlich ab! Verschwindet!«

Pias Stimme hörte sich krächzend an, und ihre Zunge war wie ein träger, trockener Klumpen. Der Rudelführer drehte ein wenig den Kopf, als er sie mit seinen intelligenten, hungrigen Augen betrachtete.

»Ihr kriegt mich nicht!«, schrie sie weiter. »Ich bin nicht euer Sonntagsbraten, also haut ab! Verschwindet!«

Unvermittelt musste Pia lachen. Die Situation war so absurd komisch. Vor ihrem inneren Auge entstand das Bild von ihr als dampfendem Sonntagsbraten, und sie kicherte.

Aber eigentlich war ihr gar nicht nach Lachen zumute. Schlagartig wurde ihr bewusst, dass sie hier sterben würde. Pia hörte auf zu kichern, und Tränen rollten über ihre trockenen Wangen. Sie wusste, das würde ihren Durst verschlimmern, aber sie konnte sie nicht aufhalten. Sie saß in der Falle, und es gab nichts, was sie unternehmen konnte, um sich aus der Situation zu befreien. Alles, was ihr blieb, war, auf das Ende zu warten.

Warum sollte sie nicht einfach aufgeben und sich fallen lassen? War die Idee, ganz allein aufzubrechen, nicht von vornherein ein Hirngespinst gewesen? Hatte sie tatsächlich geglaubt, sie könnte sich durch die Wildnis schlagen und MUC finden, eine Stadt, von der viele Dorfbewohner glaubten, sie wäre nichts weiter als ein Mythos?

Mit einem Mal fühlte sie sich klein und verletzlich – und sehr einsam. Als wäre sie der letzte Mensch auf Erden. Umgeben von einer lebensfeindlichen Wildnis, ein kleiner Fremdkörper.

Sie schloss die Augen und dachte über ihr Leben im Dorf nach. Die Enge und die Ignoranz der Menschen. Ihr eigenes Anderssein. Sie stellte sich das Leben vor, das man ihr in der Gemeinschaft zugedacht hatte, und wusste wieder, dass sie keine andere Wahl gehabt hatte. Ihr Bruder war schon vor Jahren fortgegangen. Pias Mutter war gestorben, als Pia noch ein Kind war, und ihren Vater hatte sie nie kennengelernt. Seit dem Tod des Großvaters gab es niemanden mehr, der ihr nahestand oder bereit war, sie so zu akzeptieren, wie sie war. In ihrem Heimatdorf erwartete sie nichts anderes als die Aussicht auf ein Leben in Trostlosigkeit. Und als man ihr schließlich an jenem verhängnisvollen Abend vor ihrem Geburtstag verkündete, welche Pläne man für sie hatte, war Pia nichts anderes übriggeblieben, als zu gehen. Sie hatte niemanden mehr auf dieser Welt – außer ihrem Bruder. Ihn musste sie finden – ihn und MUC.

Und jetzt saß sie mitten im Nirgendwo auf einem Baum, vor dem ein Rudel Wölfe lauerte und sich vorstellte, wie sie wohl schmeckte. Und niemand würde ihr zu Hilfe kommen.

Doch als sie an MUC dachte und daran, wie sie seit ihrer Kindheit davon träumte, diese sagenumwobene Stadt mit eigenen Augen zu sehen, wallte plötzlich ein Funken neuer Energie in ihr auf – gepaart mit unbändiger Wut. Sie war nicht so weit gekommen, um jetzt aufzugeben, bloß weil sie in einer gefährlichen Situation steckte. Sie wollte nicht aufgeben. Sie durfte nicht!

»Ich werde MUC finden, ob ihr's wollt oder nicht!«, rief sie den Wölfen zu. »Ich weiß, dass ich es schaffe, und ihr könnt mich alle mal!«

Völlig unbeeindruckt von dieser Kampfansage verharrten die Wölfe jedoch weitere endlose Stunden unter ihrem Baum. Schließlich wurde es wieder Nacht, und ein Rauschen zog durch die Blätter des Waldes. Der Himmel war wolkenverhangen, weder Mond noch Sterne waren zu sehen. Es war so finster, dass Pia kaum die Hand vor Augen erkennen konnte, aber das Leuchten der Wolfsaugen unter ihrem Baum blieb. Hin und wieder heulten sie, und Pia hörte ein Rascheln, wenn sie sich bewegten, ansonsten blieb die Nacht stumm und schwarz.

Sie war so durstig und müde, dass sie in einen Dämmerzustand fiel, der es ihr unmöglich machte einzuschätzen, wie viel Zeit vergangen war. Dennoch hielt sie irgendwo in den Tiefen ihres Bewusstseins trotzig an dem Gedanken fest, dass sie Paul und MUC finden würde, und dann würde alles gut werden.

Wieder schlummerte sie ein und wurde Minuten, Stunden oder Tage später – sie konnte nicht mehr sagen, wie lange sie schon auf ihrem Baum saß – von erneutem Wolfsgeheul geweckt.

»Ach, haltet doch die Klappe!«, fuhr sie die Tiere an, war gleichzeitig aber auch dankbar, denn vielleicht wäre sie sonst im Schlaf doch noch vom Baum gestürzt.

Sie fühlte sich so schwach, dass es ihr schwerfiel, bei Bewusstsein zu bleiben und die nötige Muskelspannung zu bewahren, um aufrecht zu sitzen. Ihr Durst war jetzt so groß, dass sie das Gefühl hatte, als wäre sie geschrumpft, als hätte sie kein Blut mehr in den Adern, sondern eine zähe Brühe. Ohne dass sie etwas dagegen unternehmen konnte, produzierte ihr Verstand laufend Bilder von Wasser. Ein klarer, kühler Bergbach, der kleine See neben ihrem Dorf, schmelzende Eiszapfen, frisch gefallener Schnee, ein mächtiger Wasserfall, die unendliche Wasserfläche, die sie auf dem Hawaii-Bild gesehen hatte …

Gerade als sie dachte, sie würde noch den Verstand verlieren, durchbrach ein neues Geräusch die nächtliche Stille des Waldes.

Das Klatschen von Wasser auf Blättern. Es regnete!

Pia konnte es zunächst gar nicht glauben. Als wären die Bilder in ihrem Kopf Wirklichkeit geworden.

Gierig hob sie den Kopf, um die Tropfen mit dem Mund aufzufangen. Zunächst war sie wenig erfolgreich, auch wenn der kühle Regen zumindest ihrer Haut guttat. Dann jedoch bekam sie mehr Wasser, als sie sich eigentlich gewünscht hatte, denn nun stürzte der Regen wie eine Wand herab. In Sekundenschnelle war Pia klitschnass und trank gierig das kalte, erfrischende Wasser, das direkt vom Himmel in ihren Mund floss.

Nach einer Weile zwang sie sich, mit dem Trinken aufzuhören. Der Regen war kalt, und sie befürchtete, ihr könnte übel werden, doch sie spürte, wie die Lebensgeister ihres Körpers erwachten. Sie war wieder hellwach und dachte gar nicht daran aufzugeben. Ihr glückliches Lachen wurde vom Plätschern des Starkregens verschluckt.

Es regnete stundenlang. So lange, dass Pia schließlich erbärmlich fror und am ganzen Körper zitterte. Irgendwann fragte sie sich sogar, warum sie so glücklich über den Regen gewesen war. Die Dunkelheit um sie war so vollkommen, dass sie noch immer nichts erkennen konnte, nicht einmal mehr die glänzenden Augen ihrer Bewacher. Sie schloss die Augen und versuchte sich mit der Vorstellung abzulenken, wie es wohl in MUC sein würde.

So verging die Nacht. Der Regen hörte erst kurz vor der Morgendämmerung auf. Inzwischen zitterte Pia so sehr, dass sie sich kaum noch auf ihrem Ast halten konnte. Als es jedoch langsam heller wurde, fiel ihr etwas auf, das sie schon gar nicht mehr für möglich gehalten hatte.

Die Wölfe waren weg!

Pia richtete sich auf und suchte die ganze Lichtung ab. Nichts. Keine Spur von ihnen.

Sie hatten endlich aufgegeben! Wahrscheinlich wollten sie nicht länger im Regen ausharren und auf einen Braten warten, der sich partout weigerte, vom Baum zu kommen. Am liebsten hätte Pia vor Glück laut geschrien, doch sie biss sich auf die Zunge und unterdrückte den Jubel. Vielleicht war das Rudel noch in der Nähe.

Langsam ließ sie sich von dem Ast nach unten gleiten. Ihr Körper schmerzte nach dem langen, unbequemen Sitzen höllisch, doch sie war am Leben. Mit steifen Beinen ging sie vorsichtig ein paar Schritte auf die Lichtung und sah sich um. Immer noch keine Spur von den Wölfen.

Sie war allein. Dennoch hatte sie nicht vor, ihr Glück überzustrapazieren. Die Wölfe konnten jederzeit zurückkommen. Sie zog sich die Decke über die Schultern, um sich zu wärmen, packte ihre Sachen zusammen und rannte, so schnell sie konnte, in Richtung der aufgehenden Sonne, die ihren unterkühlten Körper mit ihren Strahlen zu wärmen begann.

Erst als sie den Wald hinter sich gelassen hatte und auf einer felsigen Anhöhe stand, wagte sie es, zu verschnaufen und etwas zu trinken.

Und als Pia dann nach unten blickte, weiteten sich ihre Augen.

3. Kapitel

Zivilisation

Bisher hatte Pia auf ihrer Reise nur verstreute Spuren der alten Zeit gefunden. Vereinzelte Gebäude, Autowracks. Die Häuser im Dorf, in dem sie geboren und aufgewachsen war, stammten größtenteils noch aus der alten Zeit, doch es war nur ein kleiner Ort mit nicht viel mehr als dreihundert Einwohnern.

Das, worauf sie jetzt blickte, war eine Stadt.

Es konnte zwar unmöglich MUC sein, das den Erzählungen zufolge von einem Ende des Horizonts bis zum anderen reichte, aber es war eine richtige Stadt, viel größer als ihr Dorf. Dort unten gab es zahlreiche Bauwerke, wie Pia sie noch nie gesehen hatte. Im Zentrum standen große Gebäude aus grauem Beton, Stahl und Glas. Aber auch solche, die prächtig und ungewöhnlich aussahen; wahrscheinlich stammten sie aus früheren Jahrhunderten. Am Ortsrand sah Pia auch lange flache Häuser, die zum Teil umringt waren von großen Plätzen, auf denen etliche Autowracks versammelt waren. In den Außenbezirken entdeckte sie zudem kleinere Häuser, die mit ihren dunkelroten Ziegeln und eingearbeitetem Holz nicht viel anders aussahen als die im Dorf. Aus dem Gebäude, das am weitesten von ihr entfernt war, ragten hohe Schornsteine auf. Straßen durchzogen die ganze Stadt. Am beeindruckendsten war aber eine Straße gigantischen Ausmaßes, die von der Stadt bis zum Horizont reichte.

Kein Zweifel, sie war im Flachland angekommen, das mächtige Gebirge lag hinter ihr.

Ob in dieser Stadt wohl Menschen wohnten? Wenn nicht, so hoffte Pia zumindest, eine geschützte und trockene Stelle zu finden, wo sie sich von den Strapazen der letzten beiden Nächte erholen konnte. Jeder Muskel ihres Körpers schmerzte, zudem fror sie in ihrer nassen Kleidung, und sie hatte das Gefühl, seit hundert Jahren nicht mehr geschlafen zu haben. Ein wohlbekanntes Geräusch hinter ihr im Wald riss sie aus ihren Überlegungen und ließ sie zusammenzucken. Wolfsgeheul.

Zum Glück klang es nicht so, als ob das Rudel nahe wäre, trotzdem wollte Pia es nicht auf eine weitere Begegnung mit ihnen ankommen lassen. So schnell es ihr verletztes Bein zuließ, kletterte sie den Hügel hinab und lief auf die unbekannte Stadt zu.

Aus der Nähe betrachtet, entpuppten sich die Häuser und Straßen als sehr viel maroder, als sie gedacht hatte. Überall bröckelte der Putz, und die eingeschlagenen Fensterscheiben wirkten wie tote Augen, die Pia zu beobachten schienen. Trotz strahlendem Sonnenschein hatte die Atmosphäre etwas sehr Unheilvolles und Gespenstisches.

Die Gebäude am Stadtrand waren von Pflanzen überwuchert, je tiefer Pia in die Stadt vordrang, desto weniger wurden es jedoch, ganz so, als ob sich die Natur nur langsam in die früheren Zentren menschlichen Lebens vorantastete. Am Straßenrand breiteten sich wilde Büsche aus, und auf dem Bordstein wucherte hohes Gras. Dennoch hatte es die Natur in den dicht bebauten Straßen mit ihrer Rückeroberung schwerer als in den kaum besiedelten Bergen.

Krähen saßen auf alten Masten und Dachgiebeln und beobachteten Pia misstrauisch mit ihren seltsamen Augen, als sie die stellenweise löchrige Straße entlangschritt. Sie passierte eine Kreuzung, an der eigenartige Stangen standen, deren drei Lampen eingeschlagen waren. Eine davon hing krumm und verbogen über der Straße. Ein Eichhörnchen balancierte darauf. Als es Pia entdeckte, blieb es stehen, blickte kurz in ihre Richtung und lief dann schnell hinab zu einem Baum, der mitten auf dem Gehsteig wuchs.

An der Kreuzung sah Pia die Überreste weißer Streifen auf dem Boden. Sie wusste aus Erzählungen, was das war. In der alten Zeit hatte man solche Streifen auf die Straßen gemalt, damit Fußgänger diese unbeschadet überqueren konnten. Es musste damals eine unvorstellbare Menge an Autos gegeben haben, wenn Fußgänger nicht einfach so auf die Straße gehen konnten. Nun standen nur noch vereinzelte, zum Teil ausgebrannte Wracks auf dem rissigen Asphalt.

Es war so totenstill, dass es fast schon unnatürlich wirkte. Außer einem vereinzelten Krähen und ihren Schritten hörte Pia nichts. Anscheinend war die komplette Stadt verlassen. Dennoch wurde sie das Gefühl nicht los, auf dem Weg ins Zentrum beobachtet zu werden. Wieder musste sie daran denken, dass die ganze zivilisierte Welt im Grunde ein einziger Friedhof war, und sie fröstelte.

Tote Menschen können dir nichts mehr tun, nur Lebende, wiederholte sie still einen Satz, den ihr Großvater gerne gesagt hatte.

Trotzdem zuckte Pia zusammen, als sie ein Rascheln in einem abgebrannten Haus hörte. Sie spürte, wie sich ihre Nackenhaare aufstellten. Das Gefühl, beobachtet zu werden, verstärkte sich.

»Hallo?«, rief sie, ihren ganzen Mut zusammennehmend. »Ist hier jemand?« Die Worte hallten gespenstisch an den alten Mauern der zerstörten Häuser wider.

Ein leises Murmeln ließ Pia zusammenzucken. Sie fuhr herum und sah sie. Eine Gruppe Menschen.

Wie aus dem Nichts standen sie da und betrachteten sie. Wahrscheinlich hatte Pias Gefühl sie nicht getrogen, und die

Fremden beobachteten sie bereits, seit sie die Stadt betreten hatte. Es waren knapp ein Dutzend Gestalten in abgerissener Kleidung, die zum Teil aus Fellen bestand, und soweit Pia es erkennen konnte, waren es Männer unterschiedlichen Alters. Einige von ihnen waren mit großen Stöcken und Eisenstangen bewaffnet.

Pia schluckte ihre Angst herunter und widerstand dem Drang wegzulaufen, als drei der Männer auf sie zukamen. Immerhin waren es Menschen. Vielleicht konnten sie ihr helfen, auch wenn sie auf den ersten Blick alles andere als vertrauenerweckend aussahen.

»Ich … ich will keinen Ärger. Ich bin nur auf der Durchreise«, sagte sie langsam und versuchte, ihrer Stimme Festigkeit zu verleihen.

Die drei Männer antworteten nicht. Alle hatten rote oder rotblonde Haare und ungepflegte Bärte. Ihre Blicke bargen etwas Stumpfsinniges und Gieriges. Sie erinnerten sie an die Wölfe, die ihren Baum belagert hatten, und Pia erkannte, dass sie von diesen Menschen keine Hilfe zu erwarten hatte. Sie mussten über die Generationen hinweg jegliches Maß an Zivilisation verloren haben.

Instinktiv begann sie zurückzuweichen. Sie war zwar verletzt und unterkühlt, aber wahrscheinlich könnte sie die Fremden abhängen. Im Dorf war sie immer die Schnellste gewesen, schneller als die meisten Jungen. Also holte sie tief Luft, drehte sie sich blitzartig um und rannte in die entgegengesetzte Richtung.

Doch schon nach wenigen Schritten prallte sie gegen zwei weitere Männer. Sie hatten sich unbemerkt von hinten an sie herangeschlichen. Auch ihre Bärte waren rot und zottelig, und sie verströmten einen unangenehmen Geruch nach Schweiß und ungewaschenen Körpern. Der größere der beiden breitete die Arme aus und packte Pia. Erschrocken schrie sie auf und versuchte sich loszureißen. Doch der Mann lachte nur und schlug ihr ins Gesicht, während der andere schon nach ihr griff.

Auch die weiteren Männer waren nun nahe genug, um ebenfalls einzugreifen. Pia sah sich umringt von fünf größeren und stärkeren Gegnern. Sie strampelte, schrie und trat nach Leibeskräften um sich, doch sie hatte keine Chance.

Schließlich verpasste ihr einer der Männer einen brutalen Schlag in den Bauch, dass sie nach Luft schnappend in sich zusammensank. Kehliges Gelächter ertönte. Sie musste noch weitere Schläge einstecken, ehe eine Faust sie am Kopf traf und alles schummrig wurde.

»Genug!«, hörte sie eine Stimme, verschwommen und wie aus weiter Ferne. »Macht sie nicht kaputt!«

Die Kerle hielten in ihrem Tun inne, und Pia hatte das Gefühl, sterben zu müssen. Noch immer bekam sie kaum Luft, und ihr ganzer Körper schmerzte so sehr, dass sie sicher war, niemals wieder laufen zu können. Vor ihren Augen flirrte alles, und ein hoher Ton hallte durch ihre Ohren. Die Gestalten um sie herum waren grau und konturlos, ihre Stimmen und das Gelächter hörten sich mehr tierisch als menschlich an. Sie schmeckte Blut in ihrem Mund.

Dann wurde sie hochgehoben, und einer der Männer legte sie sich wie einen Sack Getreide oder ein erlegtes Reh über die Schulter. Sein säuerlicher Körpergeruch stieg ihr in die Nase, und ihr Magen krampfte sich zusammen. Sie wollte sich übergeben, hatte aber seit zwei Tagen nichts gegessen.

Langsam kehrten ihre Sinne zurück, und sie erkannte, dass sie durch die Stadt getragen wurde. Die Männer um sie herum grölten und johlten. Sie waren offensichtlich begeistert von ihrem Fang.

Einer von ihnen durchwühlte interessiert ihre Haare. Ein anderer betatschte ihren Körper. Dreckige Hände fuhren über ihren Bauch und ihre Brüste, dann hinab zwischen ihre Beine.

Ekel und Scham durchströmten sie, und sie kämpfte mit den Tränen. Sie war zu schwach, um sich zu wehren oder auch nur zu bewegen.

»Hey!«, rief der Mann, der sie auf der Schulter trug, mit unverhohlener Aggression. »Ich sagte, nich' kaputtmachen! Zuerst der Bürgermeister!«

Sofort ließen die Hände von ihr ab, und sie hörte enttäuschtes Gemurmel. Pia seufzte erleichtert, auch wenn die Vorstellung, dem Bürgermeister der Bande zu begegnen, sie nicht gerade zuversichtlich stimmte. Aus dem Augenwinkel sah sie, wie erneut ihr Rucksack geplündert wurde. Achtlos rissen die Männer den Inhalt heraus. Sie zerrissen das Buch und ließen die Konservendosen verächtlich auf die Straße fallen. Wahrscheinlich wussten sie nicht, wie man sie öffnete oder dass sie überhaupt Essbares enthielten. Offensichtlich hatte sie nichts dabei, was für sie von Interesse war. Das Feuerzeug hatte Pia zum Glück in ihre Hosentasche gesteckt, nachdem sie ihr kleines Lagerfeuer im Wald entzündet hatte. Vor ewigen Zeiten, wie es ihr jetzt schien.

Je tiefer sie in die Innenstadt vordrangen, desto besser konnte sie wieder sehen, doch nun wurde sie von hämmernden Kopfschmerzen gequält. Sie erblickte noch mehr zerlumpte Gestalten, darunter auch Frauen und Kinder. Überall lagen Unrat und Müll. Der Gestank nach Urin, Exkrementen und verwesendem Abfall verschlug ihr fast den Atem. Feuerstellen brannten auf offener Straße, an einigen davon wurde gekocht. Die Frauen wirkten eher scheu und verschreckt, als die grölende Horde an ihnen vorbeizog. Einige warfen Pia jedoch feindselige Blicke zu. Eine ältere Frau mit wirren, roten Haaren und fauligen Zähnen, spuckte einen dunklen Klumpen aus, als Pia an ihr vorbeigetragen wurde.

Pias Ekel wurde von Sekunde zu Sekunde größer und verdrängte für einen Moment sogar ihre Angst. Wie konnten diese

Menschen so leben? War das alles, was von der einst stolzen Zivilisation voller Wunder noch übrig war?

Das muss ein Alptraum sein. Gleich würde sie erwachen. Das hier konnte einfach nicht die Realität sein. Sie würde erwachen und sich freuen, die Wölfe unter ihrem Baum wiederzusehen. Die hatten zumindest weniger gestunken.

Erneut musste sie gegen die Bewusstlosigkeit ankämpfen. Wenn sie jetzt ohnmächtig wurde, würde sie vielleicht nie wieder aufwachen. Vielleicht besser so, wenn das die Realität war …

Nur am Rande bemerkte sie, dass sie in ein Haus und Treppen hochgetragen wurde, die bedenklich knarzten. Überall blätterte der Putz, an den Wänden hing schwarzer Schimmel, und es roch nach Moder. Der stinkende Mann betrat einen großen Raum und ließ sie auf den Boden fallen wie einen nassen Sack.

»Du wartest«, befahl er. »Bürgermeister kommt gleich.«

Er blickte sie drohend an, und sie verstand. Eine falsche Bewegung und sie würde es bereuen.

Zitternd rappelte sie sich ein wenig auf und sah sich um, während ihr Bewacher an der Tür Position bezog. Der Raum war nicht ganz so verdreckt und stinkend wie der Rest der Stadt. Abgenutzte Möbel standen herum. Eine fleckige Couch mit löchrigem Bezug, der vielleicht einmal rot gewesen war, ein Tisch, auf dem Essensreste herumlagen, und ein großer Ledersessel, der dem Bürgermeister ganz offensichtlich als eine Art Thron diente. In der Ecke stand ein metallenes Bett, das mit schmutzigen Laken bezogen war. An der Wand hing ein Bild, das die Fotografie eines übermäßig muskulösen Mannes mit einem Schwert zeigte. Überall im Zimmer lagen Schmuck sowie andere Gegenstände herum, die völlig nutzlos waren, dem Bürgermeister jedoch wahrscheinlich als Prestigeobjekte dienten. Direkt neben ihr stand ein Kerzenständer mit vergoldeten Haltern, jedoch ohne Kerzen. Wahrscheinlich wussten die Menschen dieser Stadt nicht, wie man welche herstellte. Ein großes Fenster mit unversehrter Glasscheibe stand offen und ließ frische Luft herein, die den Geruch nach ungewaschenen Körpern und Schimmel erträglicher machte.

Je mehr Pias Sinne zurückkamen, desto intensiver suchten ihre Augen den Raum nach einer Waffe oder Fluchtmöglichkeit ab. Doch ihr blieb nicht lange Zeit dazu, denn nach wenigen Minuten hörte sie trampelnde Schritte auf der Treppe, und der Bürgermeister betrat das Zimmer. Er war ein großer, schwerer Mann mit langen, karottenroten Haaren, einem strubbeligen Vollbart und sehr heller Haut. Seine kleinen blassblauen Augen funkelten vor Boshaftigkeit und animalischer Lust, als er Pia erblickte.

Pia stand auf und wich einen Schritt zurück, als er auf sie zukam und sie eingehend musterte. Er griff nach ihren Haaren, die er neugierig betrachtete. Pia zitterte unter seiner Berührung. Seine Hand war rauh und kratzte unangenehm über ihre Haut. Schwarzer Dreck hatte sich unter seinen ungepflegten gelblichen Fingernägeln angesammelt.

»Du bist anders«, stellte er fest. »Was machst du hier, ganz allein in unserer Stadt, Frau?«

Seine Stimme klang rauh, und sein Atem roch derart stark nach fauligen Zähnen, dass Pia schlecht wurde. Sie wagte nicht, ihm in die Augen zu sehen. Ihr Ekel war so übermächtig, dass sie ihre Angst ignorieren und endlich wieder klar denken konnte. Sie musste hier raus! Irgendwie musste sie es schaffen, von hier zu verschwinden. Sie wollte sich lieber gar nicht vorstellen, was passieren würde, sollte ihr das nicht gelingen. Aber sie hatte sich nicht tagelang durch die Wildnis gekämpft, es mit Wölfen, Bären und Stürmen aufgenommen, um jetzt von einer Horde Wilder vergewaltigt zu werden!

»Antworte!«, herrschte er sie an und zog grob an ihren Haaren. »Oder kannst du die Sprache nicht?«

»Ich bin auf dem Weg nach MUC …«, antwortete Pia leise, während ihre Augen das Fenster untersuchten.

Er hielt inne. »MUC?« Bei dem Wort nahm seine Stimme einen sonderbaren Klang an.

Pia sah kurz zu ihm hoch und meinte für einen Moment, Angst in seinen Augen zu sehen. Irgendetwas hatte den großen, kräftigen Mann beunruhigt und aus dem Konzept gebracht. Der Bürgermeister war für eine Sekunde abgelenkt und in Gedanken versunken.

Jetzt!, forderte ihre innere Stimme. *Jetzt oder nie!*

Ohne länger zu zögern, griff Pia nach dem wuchtigen Kerzenständer rechts hinter ihr. Sie schwang das schwere Dekostück mit ganzer Kraft und traf den Mann damit in Bauch und Weichteile. Der Hüne stieß ein pfeifendes Geräusch aus und krümmte sich nach vorn. Die Angst in den Augen des Bürgermeisters verschwand, und an ihre Stelle trat blankes Erstaunen.

Pia wartete nicht ab, was er als Nächstes tun würde, sondern stürzte schon auf das offene Fenster zu und blickte hinab. Das Gebäude war zu hoch, um rauszuspringen. Beim Aufprall auf dem harten Asphalt würde sie sich alle Knochen brechen. Schnell blickte sie über die Schulter und sah, wie zwei zerlumpte Männer auf den zusammengekrümmten Bürgermeister und sie zuliefen.

Es gab nur einen Ausweg. Hinauf.

Sie sprang auf das Fensterbrett und drehte sich mit dem Gesicht zur Fassade. Einer der Männer wollte sich auf sie stürzen, war aber zu langsam, um sie zu erwischen. Pia griff nach dem Fenstersims über sich und zog sich ein Stockwerk höher. Unter ihr erschien ein zotteliger Kopf und blickte ratlos nach oben, während der Bürgermeister endlich seine Stimme wiedergefunden hatte.

»Miststück … Drecksschlampe! Lasst sie nicht entkommen!«, brüllte er.

Pia hörte nicht darauf, sondern konzentrierte sich. Sie war zahllose Male aus dem Fenster im Haus ihrer Tante geklettert, um über das Dach davonzuschleichen, aber das hier war etwas anderes. Dieses Haus war um einiges höher, und es ging um alles.

Sie holte tief Luft und versuchte, nicht darauf zu achten, wie wild ihr Herz in ihrer Brust schlug. Mit einem langen Satz sprang sie von dem Fenstersims über den Abgrund nach rechts. Ihre Hände packten das Geländer eines rostigen Balkons, und sie schwang sich darauf. Das verletzte Bein und die unterkühlten Muskeln schmerzten, dennoch schaffte sie es, vom Balkon aus die heruntergekommene Fassade des Hauses emporzuklettern und aufs Dach zu gelangen.

Sie atmete tief durch und überlegte einen Moment lang, was sie als Nächstes tun sollte. Unten vor dem Haus sammelte sich bereits eine Gruppe Menschen, die alle durcheinanderschrien und auf sie zeigten. Auf den Balkon, auf dem sie noch vor wenigen Sekunden gestanden hatte, stürzte nun ein Mann mit Glatze und einer Planke in den Händen, aus der rostige Nägel herausragten. Er starrte zu ihr hoch, schien ihr jedoch nicht nachklettern zu können.

»Auf dem Dach!«, schrie er in das Haus hinein.

Pia wusste, dass sie nicht viel Zeit hatte. Auch wenn ihre Verfolger ihr nicht sofort folgen konnten, so war es nur die Frage von wenigen Minuten, bis sie aufs Dach gelangen würden. Sie musste hier weg!

Das Dach fiel leicht ab und sah stabil aus. Sie lief die Schräge hinab bis zur Kante und sah hinunter. Die Menschen unten auf der Straße folgten ihr, ließen sie nicht aus den Augen. Sie waren wie eine Horde Geier, die nur darauf warteten, dass sie einen falschen Schritt machte und in die Tiefe stürzte.

Doch den Gefallen würde sie ihnen nicht tun. Sie betrachtete das Haus nebenan, das etwa drei Meter entfernt war. Sie hörte Lärm und Rufe hinter sich, als eine Falltür geöffnet wurde und mehrere Gestalten auf das Dach kletterten, und zögerte nicht länger. Mit ein paar Schritten Anlauf setzte sie über die Tiefe und erreichte trotz ihrer Erschöpfung das Gebäude nebenan mühelos. Sofort rannte sie weiter und überquerte das Dach. Die alten Ziegel rutschten ihr immer wieder unter ihren Füßen weg, doch sie hielten ihrem Gewicht stand. Ein Blick über die Schulter zeigte ihr, dass einer der Männer ihr gefolgt war. Er sprang unbeholfen über den Zwischenraum, rutschte jedoch auf den Ziegeln aus, stürzte auf die Kante und fiel nach unten. Pia hörte seinen Schrei und dann ein grauenhaftes, knallendes Geräusch, als er auf der Straße aufschlug. Eine Frau kreischte, und der Tumult auf der Straße wurde noch größer.

Sie werden dich töten, schoss ihr durch den Kopf. *Wenn sie dich erwischen, werden sie dich töten.* Rasch verdrängte sie den grauenerregenden Gedanken. Sie durfte sich einfach nicht erwischen lassen!

Atemlos erreichte sie die gegenüberliegende Kante und sprang, ohne zu zögern, auf das nächste Gebäude. So arbeitete sie sich von Haus zu Haus weiter, jagte und sprang von Dach zu Dach. Dabei wurden die Häuser immer niedriger, je weiter sie sich vom Zentrum entfernte. Sie sah sich nicht um, wusste jedoch, dass sie weiterhin verfolgt wurde.

Mit ihrem letzten Sprung landete sie auf einem flachen Dach aus rissigem Beton. Sie rannte weiter und hatte es auch schon fast überquert, als sie aus den Augenwinkeln etwas sah. Rechts von ihr führte eine Leiter hinab zu den Hinterhöfen. Sie stürzte darauf zu und blickte nach unten. Die Leiter war rostig und sah nicht gerade stabil aus, war aber ihre beste Chance zu entkommen.

Ohne zu zögern, kletterte sie flink hinab. Das rostige Metall quietschte, doch das mehr als hundert Jahre alte Gebilde hielt, auch wenn es bei jedem ihrer Schritte bedenklich hin- und herschwankte. Die Leiter endete etwa drei Meter über dem Boden. Pia hängte sich an die letzte Sprosse, ließ sich fallen und rollte sich auf dem weichen Gras ab, das sich auf dieser Seite des Gebäudes wild ausgebreitet hatte.

Sofort sprang sie jedoch wieder auf. Jetzt war nicht der richtige Augenblick zum Ausruhen, auch wenn ihre Lunge brannte und sie von dem Schlag auf den Kopf noch immer hämmernde Kopfschmerzen hatte.

Sie lief über den verwilderten Hinterhof, auf dem ein ausgebrannter Lastwagen lag. Im Vorbeilaufen bemerkte Pia, dass Lebensmittel darauf gemalt waren, Äpfel, Birnen, Brot und andere Dinge, die sie nicht zuordnen konnte.

Sie kletterte über einen umgestürzten Baum und rannte zwischen zwei verfallenen Häusern hindurch, ehe sie es wagte, stehenzubleiben und sich umzusehen.

Nichts. Ihre Verfolger waren zwar außer Sichtweite, aber sie hatte sie noch lange nicht abgehängt. Sie konnte sie hören. Aufgeregte und hektische Rufe, die von der Hauptstraße herüberhallten. Man suchte nach ihr. Noch war es nicht vorbei.

Als Pia schließlich nach einem anstrengenden Katz-und-Maus-Spiel den Stadtrand erreichte, hatte sie unerträgliches Seitenstechen. Die Häuser hier waren bedeutend kleiner, und es sah so aus, als wäre jedes einzelne geplündert und verwüstet worden. Offensichtlich hatten die Bewohner der Stadt über die Jahrzehnte alles Verwertbare mitgehen lassen. Nun blieb ihnen kaum das Nötigste zum Überleben.

Pia blieb mitten auf der Straße stehen, beugte sich vor, schnappte nach Luft und hielt sich den Bauch. Sie war am Ende ihrer Kräfte und konnte einfach nicht mehr. Schweiß rann ihr in Bächen über Gesicht und Arme. Sie ließ den Kopf zwischen den Beinen hängen und erstarrte, als sie hinter sich sah.

Keine hundert Meter von ihr entfernt bogen ihre Verfolger um die Ecke. Es waren mindestens zwei Dutzend Kerle, die mit allerlei Schlagwaffen ausgerüstet waren. Sie hatten sie gefunden.

Pia entfuhr ein leiser Schrei der Verzweiflung. Wie lange wollten diese Barbaren sie noch verfolgen? Mühevoll richtete sie sich wieder auf und rannte weiter. Ihre Lunge brannte, bei jedem Schritt durchzuckte ein schmerzhafter Stich ihre Wade, und ihre Beine fühlten sich an wie Gummi. Lange würde sie nicht mehr durchhalten. Dennoch zwang sie sich weiterzulaufen. Die Anstrengung hatte ihr annähernd jede Denkfähigkeit geraubt, und sie registrierte kaum noch etwas um sich herum. Weiter, einfach weiter. Irgendwie.

Sie ließ die Stadt hinter sich und näherte sich der großen Straße, die sie bereits von der Anhöhe aus gesehen hatte. Aber welche Rettung konnte sie dort erwarten?

Plötzlich spürte sie einen fürchterlichen Krampf im rechten Bein. Sie versuchte weiterzulaufen, doch es ging nicht. Unsanft stürzte sie auf den harten Boden und blieb ein paar Sekunden reglos liegen. Wie lange hatte sie eigentlich nichts mehr getrunken? Kein Wunder, dass sie Krämpfe bekam, sie war völlig dehydriert. Mit zitternden Fingern und Tränen in den Augen massierte sie das verkrampfte Bein, während sie vorsichtig nach hinten blickte. Sie erstarrte.

Ihre Verfolger kamen immer näher! Und ihnen war nicht entgangen, dass sie am Boden lag. Pia hörte Gegröle und Gelächter. Sie war ihnen hilflos ausgeliefert, und das wusste die Meute.

Steh auf! Steh verdammt noch mal auf, oder du wirst nie wieder irgendwo hingehen!

Sie wusste nicht, woher sie die letzten Kraftreserven mobilisieren konnte, doch irgendwie schaffte sie es, aufzustehen und weiterzulaufen. Das Geschrei hinter ihr wurde lauter.

Sie konnte ihnen nicht entkommen, indem sie einfach weiterrannte, das wurde Pia schmerzhaft klar. Ihre einzige Chance lag darin, einen Ort zu finden, an dem sie sich verteidigen konnte.

Hinauf.

Direkt vor ihr befand sich ein eigenartiges, halboffenes Gebäude, unter dessen Dach sich ein paar stark verwitterte Säulen und einige Autowracks befanden. »Ara« stand in verwaschenen Buchstaben auf dem zerbeulten Vordach. Der letzte Buchstabe war so voller Moos, dass er nicht mehr lesbar war.

Schwer atmend kletterte Pia auf eines der Wracks. Ihre Knie zitterten, aber sie schaffte es, auf eine der Säulen daneben zu springen, auf der »Diesel« stand. Über ihr hingen einige lose Drähte. Mit letzter Kraft zog sie sich daran auf das flache Dach über den seltsamen Säulen.

Und jetzt? Ihre Verfolger waren zwar nicht so geschickt wie sie, aber es würde bestimmt nicht lange dauern, bis auch sie das Gebäude erklommen hätten. Oder sie würden sie einfach belagern. Wie die Wölfe im Wald.

Keuchend beobachtete Pia, wie die zerlumpten Männer zu ihr aufschlossen. Auch sie waren verschwitzt und müde, aber das hatte ihre Aggressivität nicht vermindert, im Gegenteil. Sie schienen im Jagdfieber zu sein.

»Komm da runter, Frau!«, rief der Bürgermeister atemlos, der es sich offenbar nicht hatte nehmen lassen, an der Hetzjagd teilzunehmen. »Wir tun dir nichts!«

Die anderen Männer lachten und brüllten höhnisch. Pia wusste nicht, was sie tun sollte. Sie saß in der Falle. Egal, was sie jetzt unternahm, sie würden sie kriegen.

Das war's. Das Ende ihrer Reise.

Plötzlich durchbrach ein ohrenbetäubender Knall das Gejohle der Meute und Pias lähmende Verzweiflung. Es hörte sich an wie ein Donner und war ganz nahe.

»Ihr werdet ihr nichts tun!«, rief eine Stimme. Völlig verdutzt wandten sich der Bürgermeister und seine Kumpane nach links, woher die Stimme und der Knall gekommen waren.

Keiner von ihnen, auch Pia nicht, hatte die kleine Gruppe bemerkt, die hinter dem Gebäude links von ihnen hervorgekommen war. Sie waren zu fünft, vier Männer und eine Frau, und sie waren das komplette Gegenteil der verwahrlosten Stadtbewohner, die sie verfolgten, ja, sie waren sogar anders als alle Menschen, die Pia bisher gesehen hatte.

Am imposantesten war die Frau. Sie war ungewöhnlich groß und schlank, und ihr jungenhafter Körper wurde von ihrer Kleidung perfekt zur Geltung gebracht. Die enganliegende Hose steckte in hohen, staubigen Stiefeln und bedeckte gerade mal ihre Hüfte. Ein Stück ihres flachen Bauches lag frei, so dass ihr Nabel sichtbar war. Darüber trug sie ein dunkelgrünes ärmelloses Oberteil sowie lederne Manschetten. Ihre lockigen feuerroten Haare zogen sich als schmaler Streifen mitten über ihren Schädel. Die Seiten waren kahl geschoren. Ein breiter Gürtel, in dem eine lange Machete befestigt war, hing über ihrer Hüfte. In der Hand hielt sie ein kleines, schwarzes Ding, das gen Himmel gerichtet war, doch als die Stadtbewohner zu ihr blickten, richtete sie es auf sie. Es war eine jener Waffen aus der alten Zeit, mit der man schießen konnte!

»Ihr wisst, was das ist, oder?«, fuhr die Frau fort, und ihre Stimme hatte eine Lässigkeit, als ob sie mit Kindern spräche und nicht mit mordlustigen Barbaren. Sie deutete auf ihre Waffe und anschließend auf ihre Kameraden. Zwei der Neuankömmlinge hatten ebenfalls etwas, das Schusswaffen sein mussten, allerdings waren sie viel größer und mussten mit beiden Händen festgehalten werden.

Als die Blicke der Männer der Bewegung folgten, herrschte unter Pias Verfolgern schlagartig Totenstille. Das Lachen war ihnen vergangen. Offensichtlich wussten sie sehr genau, womit sie es zu tun hatten.

»Die gehört uns«, knurrte der Bürgermeister schließlich.

»Ach wirklich?«, sagte die Fremde. »Und wem wird wohl das Gehirn gehören, das ich gleich aus deinem Schädel auf die Straße pusten werde, Arschloch?«

Gemurmel und Unruhe machte sich bei der Horde Männer breit. Die Stimmung war zum Zerreißen gespannt. Es klickte, als die Begleiter der Frau ihre großen Waffen auf die Gruppe richteten. Pia wagte kaum zu atmen, während sie die Szene beobachtete. Sie konnte nicht glauben, was da unten geschah.

Die Anführerin ließ sich nicht beeindrucken. »Ich zähle jetzt bis drei und dann habt ihr euch verpisst, oder meine Freunde hier eröffnen das Feuer. Eins …«

Sie richtete ihre Waffe direkt auf den Bürgermeister und sah ihn ungerührt an. Er erwiderte ihren Blick. In seinen Augen stand blanker Hass, und vor lauter Wut pochte eine Ader an seiner Stirn.

»… zwei …«

Sie spannte den Hahn ihrer Waffe, und das Klicken hallte laut durch die angespannte Stille.

Und plötzlich war es vorbei. Der Bürgermeister warf Pia einen letzten, wütenden Blick zu, wandte dann den Kopf und trottete davon. Widerwillig folgten ihm seine Leute. Manche fluchten leise. Pia seufzte vor Erleichterung auf. Ihre Verfolger zogen tatsächlich ab!

Als die Meute weit genug weg war, steckte die Frau ihre Waffe in den breiten Gürtel und blickte zu Pia hoch. »Okay, kannst jetzt runterkommen.«

Aber Pia zögerte. Konnte sie diesen Leuten wirklich trauen? Sie hatten sie gerettet, ja. Aber welche Ziele verfolgten sie? Andererseits: Hatte sie tatsächlich eine Wahl? Ihre Beine fühlten sich an wie Watte, und sie hatte das Gefühl, hundert Jahre schlafen zu können.

Die Frau bemerkte ihre Unsicherheit und lachte. »Na los!

Oder denkst du, wir haben unseren Arsch für dich riskiert, um dich jetzt bei lebendigem Leib zu verspeisen?«

Einer der Männer trat neben sie. Er war etwa in Pias Alter, hatte ein zart geschnittenes Gesicht und blonde, glatte Haare, die in der Sonne rötlich schimmerten.

»Aela, jetzt lass sie! Siehst du nicht, dass sie viel durchgemacht hat?« Er wandte sich an Pia und lächelte. »Du bist jetzt in Sicherheit. Verstehst du unsere Sprache?«

»Ja.« Es war mehr ein Krächzen als ein menschlicher Laut. Obwohl sie sich kaum noch auf den Beinen halten konnte, kletterte sie in nur wenigen Sekunden hinab. Der junge Mann lächelte breiter, während die Frau, die er Aela genannt hatte, sie neugierig musterte. Sie war fast einen Kopf größer als Pia. Ihre Augen waren von einem kristallhellem Blau und ihre Haut so blass, dass sie fast durchscheinend wirkte.

Pia wollte sich gerade bedanken, dass diese Fremden ihr das Leben gerettet hatten, doch sie kam nicht dazu. Noch ehe sie den Mund geöffnet hatte, sackten ihre Knie unter ihr zusammen, und ihr wurde schwarz vor Augen.

Es war bereits dunkel, als sie wieder zu sich kam. Zunächst hörte sie nur vereinzelte Stimmen, irgendwo unterhielten sich Menschen, jemand lachte. Es knisterte und knackte ganz in ihrer Nähe, und Pia war wohlig warm.

Langsam öffnete sie die Augen. Sie lag auf weichem Moos und ein paar Decken neben einem großen Lagerfeuer. Mindestens zwanzig Menschen saßen darum herum oder hatten nicht weit davon entfernt ihr Lager aufgeschlagen. Sogar Kinder waren darunter.

Vorsichtig stützte Pia sich auf die Ellbogen und schaute sich um. Sie hatte keine Ahnung, wo sie war und wer diese Menschen waren.

»Hey, du bist ja wach!«, sagte eine freundliche Stimme neben ihr. Sie drehte den Kopf und sah den jungen Mann mit den rotblonden Haaren und dem schönen Gesicht.

»Geht es dir besser?«

Sie nickte. »Ja, ich denke schon.«

Ihre Kehle fühlte sich nicht mehr so trocken an, und auch ihre Kopfschmerzen waren verflogen. Als sie sich an die Stirn griff, stellte sie fest, dass jemand die Wunde an ihrer Schläfe verbunden hatte, ebenso wie den Wolfsbiss an ihrem Bein.

»Du solltest etwas trinken«, meinte der Mann und reichte ihr eine Flasche, die so ähnlich aussah wie die, die sie in der Stadt verloren hatte. Eine Leichtmetallflasche aus der alten Zeit. Pia griff danach und trank gierig. Das Wasser schmeckte köstlich, kühl und klar. Sie spürte, wie ihre Lebensgeister langsam geweckt wurden.

Der junge Mann lächelte sie aus seinen haselnussbraunen Augen freundlich an. Im Schein des Feuers sah Pia, dass seine Nase und Wangen von Sommersprossen bedeckt waren. Er trug dunkle Kleidung, die robust aussah und aus der alten Zeit zu stammen schien.

»Ich heiße Robin«, stellte er sich vor.

»Pia«, antwortete sie und setzte die Flasche fast leer ab. »Vielen Dank … für alles.«

»Nicht der Rede wert.« Er erhob sich. »Ich hole dir was zu essen.«

Er verschwand kurz in einer Ecke des Lagers, und Pia nutzte die Zeit, um sich weiter umzusehen. Allem Anschein nach befanden sie sich irgendwo auf einer Anhöhe in einem Wald. Eine Brise wehte durch ihr Haar. Es war eine warme Nacht. Der wohlige Duft von frischem Laub und brennendem Holz vermischte sich mit dem verführerischen Geruch von warmem Eintopf.

Als Robin wenige Minuten später zurückkehrte, trug er eine Schale aus demselben leichten Metall wie ihre Flaschen und reichte sie ihr. Der Inhalt schien eine Art Eintopf zu sein und roch köstlich. Sie hatte ganz vergessen, wie hungrig sie war, und stürzte sich gierig darauf.

Robin setzte sich neben sie und betrachtete sie aufmerksam. »Hast ganz schön lange nichts mehr gehabt, wie?«

Pia nickte kauend. Nach den Entbehrungen der letzten Tage erschien ihr der würzige Gemüseeintopf wie der Himmel auf Erden. Sie dachte kurz nach.

»Drei Tage«, sagte sie. »Denke ich …«

Robin nickte und blickte sie aus gutmütigen Augen mitfühlend an.

»Man sieht, dass du einiges durchgemacht hast. War das ein Wolf?« Er deutete auf ihr verletztes Bein.

»Ein Rudel hat mich zwei Tage und zwei Nächte lang belagert.«

Wenn sie jetzt darüber sprach, kam ihr das Ereignis fast schon unwirklich vor. Hatte sie das alles tatsächlich erlebt? Oder war das nur ein Traum, aus dem sie schon bald in ihrem Bett im Haus ihrer Tante in den Bergen erwachen würde? Sie verwarf den Gedanken und fragte stattdessen: »Hast du mich verbunden?«

Er schüttelte den Kopf. »Aela. Sie wird bestimmt bald mit dir reden wollen. Ist derzeit auf Wache.«

»Klingt, als ob sie hier das Sagen hätte.«

Robin lächelte. »Und wie!«

Pia verspeiste den Rest ihrer Suppe und stutzte. Eine Frau hatte hier das Sagen? In ihrem Dorf war die Rollenverteilung der Geschlechter klar geregelt gewesen. Eine Frau an der Spitze? Undenkbar!

Robin deutete ihren Gesichtsausdruck falsch. »Keine Sorge, sie ist nur halb so hart, wie sie tut. Und sie ist neugierig auf deine Geschichte.«

Pia nickte. Jetzt, nachdem sie gegessen und getrunken hatte, fühlte sie sich auf einmal wieder unglaublich müde und erschöpft.

»Schlaf ruhig noch etwas«, sagte Robin und nahm ihr die Schale ab. »Das wird dir guttun.«

Sie lächelte schwach. »Danke …«

Kaum hatte sie den Kopf abgelegt, schlief sie tief und fest.

Pias Schlaf war traumlos und erholsam. Als sie erwachte, war es bereits hell. Zunächst war sie etwas verwirrt und wusste nicht, wo sie war. Dann jedoch fiel ihr alles wieder ein. Ihre Reise, die Belagerung, die beschwerliche Flucht aus der Stadt und die Fremden, die sie gerettet hatten.

Sie setzte sich auf und sah sich leicht ratlos um. Im Lager herrschte reger Betrieb, Aufbruchsstimmung. Das Feuer wurde gelöscht und Sachen wurden zusammengepackt. Und dabei wusste sie noch immer nicht, wer diese Leute waren.

»Guten Morgen, Pia«, hörte sie eine bekannte Stimme. Robin kam auf sie zu, dicht gefolgt von Aela und einem weiteren der Männer, die sie gerettet hatten. »Geht es dir besser?«

Pia lächelte. »Viel besser. Danke!«

»Ist unser Dornröschen also endlich wach?« Aela verschränkte lässig die Arme und betrachtete sie mit ihren hellen, wachsamen Augen.

Pia erinnerte sich daran, was Robin letzte Nacht über seine Anführerin gesagt hatte, und beschloss, sich nicht einschüchtern zu lassen.

»Vielen Dank noch mal für die Rettung«, erwiderte sie mit fester Stimme.

Aela lächelte leicht und sah dadurch nicht mehr ganz so streng und verwegen aus. Sie war wahrscheinlich nur wenige Jahre älter als Pia, vielleicht Ende zwanzig.

»War uns ein Vergnügen«, antwortete Aela. »Diese Arschlöcher hätten eigentlich jeder eine Kugel verdient, aber dafür ist

Munition zu kostbar. Warum waren die eigentlich hinter dir her? Wie eine von denen siehst du nicht aus.«

»Dafür drückt sie sich schon viel zu gut aus«, bemerkte der dritte Mann, ein Kraftpaket mit dunkelroten raspelkurzen Haaren.

»Sie haben mich angegriffen, als ich in die Stadt kam«, erklärte Pia.

Aela runzelte die Stirn. »Du hattest keine Ahnung, dass das passieren würde? Wo kommst du her, Kleine?«

»Ihr Name ist Pia«, warf Robin ein.

Aela warf ihm einen spöttischen Blick zu. »Wo kommst du her, *Pia?* Was machst du hier draußen?«

Pia überlegte einen Moment. Diese Leute hatten sie zwar gerettet, aber konnte sie ihnen vertrauen? Robin schien ein netter Kerl zu sein. Doch Aela schüchterte sie ein, auch wenn Pia versuchte, es sich nicht anmerken zu lassen. Und der muskulöse Mann betrachtete sie unverhohlen argwöhnisch. Sie entschloss sich zu einer diplomatischen Antwort. »Ich komme aus einem Dorf im Hochgebirge.«

Erstaunen blitzte in Aelas Augen auf. »Und du hast dich ganz allein bis hierher durchgekämpft? Warum?«

»Ich bin auf der Suche nach meinem Bruder.«

»Wie bist du den Wilden überhaupt entkommen?«, erkundigte sich der Mann mit den kurzen Haaren misstrauisch.

»Denkst du, sie macht mit denen gemeinsame Sache, oder was?«, fragte Robin ungeduldig.

»Lass sie erzählen«, forderte Aela und setzte sich neben Pia. »Ich bin neugierig. Wir nennen die Stadt, in der man dich überfallen hat, das Inzest-Loch. Die Bewohner sind so degeneriert, dass sie nur noch die niedrigsten Instinkte kennen. Normalerweise kommt man bei einer Begegnung mit denen nicht so glimpflich davon. Das gilt vor allem für Frauen.«

Also schilderte Pia ihre Flucht über die Dächer der Stadt.

Aela hörte aufmerksam zu und hob bewundernd eine Augenbraue.

»Das glaubst du doch wohl selbst nicht«, schnaubte der dritte Mann, als sie fertig war.

»Halt die Klappe, Sam«, fiel ihm Aela ins Wort. »Du hast selbst gesehen, wie geschickt sie auf die alte Tankstelle geklettert ist. Und das, obwohl sie kaum noch laufen konnte.«

Aela stand auf. »Wir lassen dir etwas Wasser und Essen da, damit du deine Suche fortsetzen kannst. Halte dich in Zukunft fern von Siedlungen, die du nicht kennst, verstanden?«

Pia nickte. Das war ihr mittlerweile auch klargeworden.

»Wir müssen jedenfalls weiter. Es ist noch ein ganzes Stück bis MUC – und nicht gerade der einfachste Teil der Strecke.«

Pias Augen weiteten sich. »Ihr … geht nach MUC?«

»Yep«, bestätigte Aela kurz.

»Unsere Aufgabe ist es, diese Leute sicher dorthin zu bringen.« Robin deutete auf die Familien hinter ihnen.

Pias Herz machte vor Aufregung einen Satz. MUC existierte tatsächlich, allen Unkenrufen der Dorfbewohner zum Trotz! Diese Leute kannten offensichtlich den Weg, und in einer so großen Gruppe wäre sie viel sicherer.

»Nehmt mich mit!«, platzte sie heraus.

Aela drehte sich zu ihr um. »Du willst nach MUC?«

»Dorthin ist mein Bruder gegangen.«

»Wir sind keine Wohlfahrtsorganisation«, sagte Sam mit grimmigem Unterton. »Diese Leute hier haben uns eine Menge dafür bezahlt, dass wir sie mitnehmen. Du siehst nicht so aus, als ob du was Wertvolles dabeihättest.«

Das stimmte leider. Pia hatte alles Hab und Gut in der fürchterlichen Stadt verloren. Und bei den wenigen Besitztümern wäre wahrscheinlich nichts dabei gewesen, was Aela und die anderen als wertvoll erachtet hätten. Doch sie hatte alles riskiert, um hierherzukommen. Sie musste nach MUC, und diese Leute waren ihre beste Chance.

»Ich kann mich nützlich machen«, bot sie an. »Ich kann euch helfen.«

»Wirklich?« Sam ließ sich nicht erweichen. »Und wobei?«

»Ich … ich …«, begann Pia und blickte hilfesuchend zu Robin.

Die Frage war berechtigt. Was konnte sie eigentlich, was dieser Gruppe von Nutzen sein könnte?

»Vielleicht kannst du das tatsächlich«, sagte Aela langsam. Dann huschte ein Lächeln über ihr strenges Gesicht. »Wir brechen in wenigen Minuten auf. Willkommen an Bord!«

»Danke«, sagte Pia aus tiefstem Herzen.

»Bedank dich, wenn wir da sind«, erwiderte Aela und ging weiter. »Vielleicht wirst du es dann bereuen.«

Verärgert stampfte Sam seiner Anführerin hinterher. »Sie ist ganz offensichtlich *anders*. Das könnte Ärger geben, und Ilja wird das nicht gefallen!«

»Lass das meine Sorge sein«, hörte Pia Aelas Antwort, dann war sie inmitten des Gewühls der Aufbruchsstimmung verschwunden.

Nur Robin blieb und grinste ihr zu. »Sie mag dich.«

»Meinst du? Ich hatte weniger den Eindruck …«

Sein Grinsen wurde breiter. »Oh, glaub mir, man merkt ganz schnell, wenn Aela einen nicht mag. Bist du fit genug, um mit anzupacken?«

»Klar!« MUC war endlich in greifbare Nähe gerückt.

4. Kapitel

Stau

Sie kamen nur langsam voran. In der Gruppe, die Aela und ihre Leute nach MUC eskortierten, gab es sowohl Kinder als auch ältere Leute. Nicht jeder war gut zu Fuß, also mussten sie häufig eine Rast einlegen. Doch Pia war das träge Tempo ganz recht. So konnten ihre Verletzungen besser heilen. Außerdem reichte es ihr zu wissen, dass sie auf dem richtigen Weg war. Im Schutz der Gruppe würde sie MUC schon bald erreichen.

Sie hatte geholfen, das Lager abzubauen, und trug nun einen großen Rucksack mit Decken und Geschirr, der wie ihrer aus dem sonderbaren, reißfesten Material der alten Zeit gefertigt war. Der Tag wurde schnell heiß und schwül. Pia schwitzte unter dem Gewicht ihrer Last, doch sie hatte sich vorgenommen, sich nicht zu beklagen. Sie musste sich ihre Passage nach MUC schließlich erst noch verdienen. Aela sollte es nicht bereuen, sie mitgenommen zu haben. Auch wenn die Anführerin offengelassen hatte, wobei Pia noch mit anpacken sollte, so konnte es nicht schlimmer sein, als ihre Reise allein weiterführen zu müssen. Die bisherigen Erfahrungen ließen Pia daran zweifeln, es jemals ohne Unterstützung bis nach MUC zu schaffen.

Als die Reisegruppe aus dem dichten Wald trat, der als Nachtlager gedient hatte, stießen sie auf die riesige Straße, die Pia bereits in der Stadt wahrgenommen hatte, die Aela als Inzest-Loch bezeichnete. Sie war einmal mehr von deren Größe beeindruckt.

Der Asphalt war rissig und wellig, an manchen Stellen von Gras und Moos bewachsen, hin und wieder hatten sich sogar

Büsche und Bäume ihren Weg durch die harte Oberfläche gebahnt, doch weite Teile der »Autobahn«, wie Robin die Straße genannt hatte, waren noch gut erhalten. Immer wieder passierten sie Fahrzeugwracks, die meisten geplündert und verrostet. Nur wenige waren noch so intakt wie jene, die Pia auf der Lichtung in den Bergen gefunden hatte.

Nachdem sie eine Kuppe erklommen hatten, über die die Autobahn führte, breitete sich vor ihnen eine riesige Ansammlung von Fahrzeugen aus der alten Zeit aus. Sie standen in langen Reihen und erstreckten sich bis zum Horizont. Pia blieb einen Moment stehen und betrachtete das Bild des Verfalls vor ihr. Die unendlichen Kolonnen der Autowracks wirkten bedrückend. Einmal mehr konnte Pia das gewaltige Ausmaß der Katastrophe erahnen, die die Welt vor mehr als hundert Jahren heimgesucht hatte.

»Stau«, sagte Robin neben ihr.

Verwirrt wandte Pia den Kopf. »Wie bitte?«

Robin lächelte, und kleine Fältchen bildeten sich um seine Augen, deren helles Braun im Sonnenlicht einen goldenen Schimmer hatte. »So nannte man das früher, wenn zu viele Autos auf einem Fleck zusammenkamen und nichts mehr vorwärtsging.«

»Ach so. Unglaublich, wie viele es sind.«

»Niemand weiß, wie viele es in der alten Zeit gab, aber fast jeder hatte eins.«

Sie gingen weiter, erreichten den vor sich hin rostenden Stau und schlängelten sich zwischen den Fahrzeugreihen hindurch. Die majestätische Bergkulisse hinter ihnen strahlte in der Sonne und bildete einen surrealen Kontrast zu der Blechwüste um sie herum. In einem der Fahrzeuge befanden sich noch die Überreste eines Skeletts. Es saß hinter dem Steuer und schien darauf zu warten, dass es endlich weiterging. Ein kleines Mädchen begann zu weinen.

»Es soll einige solcher Staus auf den großen Straßen geben, aber dieser hier ist der längste«, erklärte Robin, dann blickte er zu dem weinenden Kind, das von seiner Mutter weitergezogen werden musste, und senkte die Stimme. »Viele haben Angst, hier durchzuwandern. Sie glauben, dass es hier spukt. Aber es ist die kürzeste und sicherste Strecke nach MUC.«

Pia konnte den Gedanken gut nachvollziehen. Die Atmosphäre inmitten der stählernen Zeugen der Vergänglichkeit war beklemmend. Sie war froh, dass sie mit einer Gruppe hier vorbeikam und nicht allein.

»Wie weit ist es noch?« Ohne es zu merken, sprach auch sie leiser.

»Würde eins dieser Dinger noch funktionieren, wären wir wahrscheinlich in zwei Stunden da. So dauert es noch etwa drei Tage. Vorausgesetzt, die Leute können das Tempo halten.« Sein Tonfall verriet, dass er diesbezüglich skeptisch war.

»Warum bringt ihr sie überhaupt nach MUC?«, fragte Pia, während sie ein paar von den großen Fahrzeugen passierten, die wahrscheinlich dazu bestimmt gewesen waren, Güter zu transportieren. Sie waren geradezu riesig und mit Rädern bestückt, die Pia teilweise bis zur Brust reichten. Manche waren mit zerfetzten Planen bedeckt, die im leichten Wind hin und her schlugen. Auf einem war ein dämlich grinsendes Schweinchen abgebildet. Der Schriftzug war verblichen und nicht mehr lesbar.

Robin lachte, und das Geräusch hallte an den unzähligen Wracks wider. Die Gruppe war erstaunlich ruhig geworden. Kaum jemand sprach noch etwas. »Weil man uns gut dafür bezahlt.«

»Nein, ich meine, warum wollen die anderen dorthin?«

Sein sommersprossiges Gesicht wurde ernst. »Weil sie denken, MUC sei der beste Ort in dieser gottverlassenen, abgefuckten Welt.«

Was zum Teufel sollte »abgefuckt« bedeuten? Das Wort hatte Pia noch nie gehört. Aber so, wie er es sagte, wahrscheinlich nichts Gutes.

»Und, ist es der beste Ort der Welt?«, fragte sie leise.

Robin zuckte die Schultern. »Keine Ahnung. Ich bin da geboren. Im Vergleich zu allem, was ich sonst so gesehen habe, auf jeden Fall. Aber angeblich soll es weiter im Norden noch andere bewohnte Städte geben. Und es gibt Gerüchte, jenseits des Meeres gäbe es sogar noch eine funktionierende Kultur, ähnlich wie in der alten Zeit.«

Pia hätte gerne noch mehr über diese anderen Städte gehört, doch Aela bat Robin, der Familie mit dem weinenden Kind zu helfen.

»Sonst sitzen wir noch in hundert Jahren auf diesem verfickten Schrottplatz herum«, stellte sie fest.

Sie bedachte Pia mit einem prüfenden Blick, dann setzte sie sich wieder an die Spitze des Zuges.

Den restlichen Tag wanderte Pia allein. Sie wusste nicht, wie sie ein Gespräch mit Aela und Sam beginnen sollte, und die Menschen, die für die Reise nach MUC bezahlt hatten, musterten sie skeptisch. Niemand schien Interesse an ihr zu haben. Grundsätzlich machte das Pia nichts aus, sie war es gewohnt. Zeit ihres Lebens war sie in ihrem Heimatdorf eine Außenseiterin gewesen. Zum einen natürlich wegen ihres Aussehens, aber auch, weil sie schon von klein auf kein großes Interesse daran gezeigt hatte, sich im Stricken oder Nähen zu üben. Im Nachhinein war Pia heilfroh darum. Immerhin glaubte sie nicht, dass gute Fertigkeiten in Hausarbeiten ihr auf dieser Reise das Leben gerettet hätten.

Als der Tag langsam zur Neige ging und die Sonne ihnen geradewegs in die Augen schien, hatten sie den Stau immer noch nicht hinter sich gelassen. Hinter jeder Kurve erwartete Pia, dass er zu

Ende wäre, doch dem war nicht so. Die Autos reihten sich endlos aneinander, und das rostige Metall der Fahrzeuge schimmerte rötlich im Nachmittagssonnenlicht. Wenn man sich erst einmal daran gewöhnt hatte, dann hatte der Stau nichts Beängstigendes mehr. Er war nichts anderes als eine riesige Schrotthalde.

Schließlich gab Aela das Zeichen, ein Nachtlager aufzuschlagen. Sie verließen die Autobahn und wählten eine ruhige Ecke in der Nähe von ein paar alten, verlassenen Gebäuden, die daran grenzten. »Rasthaus« stand auf einem davon, dessen Dach eingestürzt war. Daneben ragten aus dornigen Büschen die Überreste dieser seltsamen Säulen empor, die Aela »Tankstelle« genannt hatte. Das Logo darauf sah so ähnlich aus wie die gelbliche Muschel, die ihr Großvater aufgehoben hatte, die Schrift war nicht mehr zu erkennen.

Obwohl sie gerne so schnell wie möglich nach MUC gelangt wäre, war Pia dankbar für die Rast. Ihre Schultern schmerzten unter dem Gewicht des Rucksacks, und sie merkte erst jetzt, dass sie sich von den Strapazen ihrer bisherigen Reise noch nicht erholt hatte. Seit der Belagerung auf dem Baum fühlte sie sich bei Anstrengungen schnell ausgelaugt. Zudem taten ihr die Prellungen und Blutergüsse an Armen und Beinen weh, die ihr die Wilden zugefügt hatten, und das bei jedem Schritt. Sie hatte den Eindruck, der alte Mann, der zu einer der Flüchtlingsfamilien gehörte, lief schneller und leichtfüßiger als sie. Aber immerhin verheilte die Wunde am Bein ziemlich gut. In ein paar Wochen würde nur noch eine kleine Narbe daran erinnern, welchen Alptraum sie durchlebt hatte.

Nachdem sie das Nachtlager aufgebaut hatten, ließ Pia sich völlig erschöpft neben dem großen Feuer nieder. Jeder Muskel ihres Körpers schmerzte, doch sie wollte sich das nicht anmerken lassen. Sie streckte ihre rissigen Hände aus und wärmte sie am knisternden Feuer. Der Abend war zwar mild, aber dennoch tat es gut, die Energie des Feuers zu spüren.

Nachdem sie sich bei Sam ihr Abendessen abgeholt hatte, setzte sie sich wieder ans Feuer und betrachtete ihre Mitreisenden. Die Familien mussten sich selbst versorgen, Sam kochte offensichtlich nur für die Leute aus MUC. Pia war überrascht, wie gut das Essen war, das der grobschlächtige Hüne gezaubert hatte, dann galt ihre Aufmerksamkeit wieder ihrer Umgebung.

Die Menschen, die Aela und ihre Leute nach MUC eskortierten, sahen anders aus als die meisten, die Pia kannte. Sie waren kleiner und hatten kantigere Gesichtszüge. Manche redeten in einer Sprache, die Pia nicht verstand. Wahrscheinlich kamen sie von weit her. Aber alle hatten sie rote Haare. In verschiedenen Nuancen zwar, manche glatt manche gelockt, aber dennoch rot. Niemand war so wie sie.

Herzhaft kehliges Lachen ertönte. Es war Sam, der gemeinsam mit Aela und Robin unter einem Baum unweit des Feuers saß. Die mächtigen Wurzeln des Baumes hatten den Asphalt vor dem eingefallenen Gebäude gesprengt und wanden sich wie Krampfadern über den ehemaligen Parkplatz.

Aela hatte offensichtlich einen Witz erzählt, und Pia musste lächeln, als sie den bislang eher griesgrämigen Sam so vergnügt sah. Sie hätte gerne gewusst, worum es ging. Robin bemerkte, dass sie zu ihnen sah, kam zu ihr und setzte sich neben sie ins buschige Gras. »Warum hast du dich nicht zu uns gesetzt?«

Sie zuckte mit den Schultern. »Ich wollte nicht stören«, sagte sie schließlich, während sie den Rest ihrer Suppe löffelte.

»Tust du nicht«, widersprach Robin. »Ich denke, sogar Sam ist neugierig auf dich, auch wenn er es sich nicht anmerken lässt.«

Pia blickte erneut zu dem großen Baum. Sam aß noch, aber Aela war aufgestanden und streckte sich. Ihre blasse Haut schimmerte im Feuerschein. Dann wandte sie sich ab und verschwand in der Dämmerung. Wahrscheinlich übernahm sie die erste Nachtwache.

»Danke noch mal für die Rettung«, sagte Pia leise. »Ich will mir gar nicht vorstellen, was sonst aus mir geworden wäre …«

»Wir haben deine Flucht schon von weitem beobachtet, und Aela war schnell klar, dass wir etwas tun müssen.«

Pia ließ den Blick über die Reisenden wandern, ehe sie sich wieder zu Robin drehte. Er betrachtete sie aufmerksam. Seine Augen ruhten auf ihren Haaren, und zum ersten Mal hatte sie den Eindruck, jemandem gefiel, was er da sah. Ein angenehmes Gefühl der Wärme breitete sich in ihrem Bauch aus und wanderte von dort bis in ihren Kopf.

»Gibt es in MUC andere wie mich?«, fragte sie in die zwischen ihnen entstandene Stille.

»Was meinst du damit?«

»Na ja … solche, die eben anders sind.« Sie deutete auf ihre Haare.

Zu ihrer Überraschung nickte er. »In der Gemeinschaft, in der Sam, Aela und ich leben, ja. Aber sie sind nicht so wie du. Jemanden wie dich habe ich noch nie gesehen. Du bist einzigartig. Kostbar.«

Sie lachte auf. »Du machst Witze!«

Er blieb ernst. »Seit dem großen Sterben gibt es fast niemanden mehr, der keine roten Haare hat. Natürlich sind die wenigen Überlebenden kostbar.«

Sie hob den Kopf und runzelte die Stirn. »So habe ich das noch nie gesehen.«

Die angenehme Wärme in ihrem Körper wurde intensiver. Es fühlte sich an, als wäre sie zu lange zu dicht am Feuer gesessen, doch das konnte nicht sein. Das Feuer war gerade so weit von ihr entfernt, dass es ihre Gliedmaßen wärmte. Das, was sie spürte, musste von innen kommen.

Robin lächelte kurz, dann senkte er den Blick. »Hast du deswegen dein Dorf verlassen? Weil du anders bist?«

»Ja, auch«, bestätigte Pia. »Und weil mein Bruder nach MUC gegangen ist.«

»Wie lange ist dein Bruder fort?«

»Fünf Jahre.«

Robin schwieg einen Moment und betrachtete Pia nachdenklich, dann grinste er. »Ich glaube, du verschweigst etwas.«

Pia sah ihn mit großen Augen an. »Wie kommst du darauf?«

»Ganz einfach.« Der Schein der Flammen spiegelte sich in seinen Augen. »Du bist dein ganzes Leben so. Dein Bruder ist seit fünf Jahren fort. Außerdem überleben nur wenige, die allein durch die Wildnis reisen. Warum also gerade jetzt? Warum nimmst du diese halsbrecherische Reise genau jetzt auf dich? Irgendetwas muss passiert sein, das dich plötzlich fortgetrieben hat.«

Pia scharrte mit den Füßen und blickte ins knisternde Feuer. »Du bist ganz schön scharfsinnig.«

»Das haben schon einige zu mir gesagt.« Sein Grinsen wurde breiter. »Also, was ist es?«

Pia seufzte. Robin hatte recht. Eigentlich hätte sie schon viel früher gehen sollen. Aber sie hatte einen Anstoß gebraucht, ehe sie sich auf den Weg machen konnte. Einen Tropfen, der das Fass zum Überlaufen gebracht, etwas, das ihr das Leben im Dorf endgültig zur Hölle gemacht hatte.

»Man wollte mich verheiraten«, sagte sie schließlich.

Robin lachte auf. »Wirklich? Und ich dachte, du hättest irgendein Verbrechen begangen … nicht, dass mich das gestört hätte.«

»Sehr komisch«, entgegnete Pia, doch sie konnte ihm nicht böse sein. Seine Art zu lachen war herzlich und ansteckend.

»War er denn so schlimm?«, fragte Robin.

In Gedanken kehrte Pia zurück in die Enge des Dorfes, in dem sie aufgewachsen war. Sie konnte regelrecht den Duft des Bratens riechen, den Tante Marion zubereitet hatte, als sie sich an den Tag erinnerte, der alles verändert hatte. Es war Pia sofort eigenartig vorgekommen, dass Marion sie breit anlächelte, als sie nach Hause kam. Jetzt erschien ihr das Grinsen wie das einer Katze, die gerade eine Maus erlegt hatte. Noch eigenartiger war jedoch die Anwesenheit der Dorfältesten und des Priesters. Im Laufe des Abends erfuhr Pia, warum die Tante ein Festessen für die hohen Gäste zubereitet hatte.

Ihre Verlobung sollte bekanntgegeben werden. Ohne dass mit ihr gesprochen worden war, hatte man sie einfach so verlobt. Pia stockte zunächst vor Wut und Erniedrigung der Atem, weil einfach so hinter ihrem Rücken über ihr Leben bestimmt wurde, als wäre sie ein Stück Vieh. Aber ein Blick in die triumphierenden Augen ihrer Tante genügte, um zu wissen, dass nichts, was sie sagte oder tat, etwas an dem Beschluss ändern würde. Als Pia zu ihrem Onkel sah, starrte dieser in sein Essen, das er nicht angerührt hatte. Er schämte sich, wagte jedoch nicht, etwas einzuwenden. Seine Schwäche widerte Pia an.

Die Verlobung war schon schlimm genug, denn Pia wollte nicht heiraten, doch die Auswahl des Bräutigams schockierte sie regelrecht. Sein Name war Dirk, er war schon fast fünfzig und somit ein alter Mann. Er hatte nur noch wenige Zähne, fettige graue Haare, die ihm ungepflegt ins Gesicht hingen, sowie einen runden Bauch, der in krassem Kontrast zu seinen dürren Beinen stand. Zudem wusste jeder im Dorf, dass er verrückt war. Er redete mit Personen, die nicht da waren, und schlug seine Tiere. Seine erste Frau war vor mehr als zehn Jahren unter rätselhaften Umständen ums Leben gekommen. Man munkelte, Dirk hätte sie totgeschlagen, aber da es keine Beweise gab, begnügte sich die Dorfgemeinschaft damit, ihn zu meiden und sich selbst zu überlassen.

Aber er war der einzige Mann, der bereit war, Pia zu heiraten, und Tante Marion war glücklich, sie endlich loszuwerden. Als ihr zugedachter Ehemann sie mit wirren, blutunterlaufenen

Augen betrachtete und ein grausames Grinsen über seinen zahnlosen Mund huschte, das kleinen Kindern den Schlaf geraubt hätte, beschloss Pia abzuhauen.

Noch in derselben Nacht war sie aufgebrochen, und trotz allem, was sie durchgemacht hatte, bereute sie ihren Entschluss keine Sekunde.

»O ja, das war er«, sagte sie und seufzte. »Lieber gehe ich zu dem Wolfsrudel zurück als zu dem.«

Doch Robin war nicht bereit, sie aufgrund der schlechten Erinnerungen in die Melancholie abrutschen zu lassen.

»O Mann«, sagte er und machte ein gespielt mitfühlendes Gesicht. »Der arme Kerl. Muss bitter sein, aufzuwachen und festzustellen, dass die Zukünftige sich lieber allein durch den Urwald schlägt, als auch nur einmal sein Bett zu teilen. Dem hast du ganz schön den Tag versaut.«

Er lachte herzlich und stupste sie mit dem Ellbogen an.

Pia konnte nicht anders, als mitzulachen. Es tat gut. Sie konnte die Vergangenheit ruhen lassen und nach vorn blicken. Was auch immer auf sie zukam, neben ihr saß jemand, der es gut mit ihr meinte und ihr Freund sein wollte. Sie war nicht allein. Die weite Welt war ein wenig heimeliger geworden.

Es war noch dunkel, als Robin sie zu ihrer Nachtwache weckte. Das große Lagerfeuer knisterte noch immer vor sich hin, offensichtlich hatte jemand kontinuierlich Holz nachgelegt, damit es nicht ausging. Über dem Lager hing eine friedliche Atmosphäre. Die meisten schliefen, ein sanfter Wind raschelte in den Blättern, und weit weg ließ ein Uhu seinen Jagdschrei hören.

Leise entfernte Pia sich etwas vom Lagerfeuer und wartete ein paar Minuten, bis sich ihre Augen an die Dunkelheit gewöhnt hatten. Dann kletterte sie über einen Baum auf den noch erhaltenen Teil des »Rasthaus«-Gebäudes und setzte sich auf das mit trockenem Laub bedeckte Dach.

Von hier aus konnte sie sowohl das Lager als auch die große alte Straße überblicken. Die Nacht war relativ hell, zahllose Sterne funkelten über ihr, und der abnehmende Mond tauchte alles in silbriges Licht. Die Autowracks in der unendlichen Kolonne warfen lange Schatten auf das umliegende Gelände und wirkten wie große, plumpe Tiere, die sich zum Sterben an einem Ort versammelt hatten. Hinter ihnen waren die schwarzen Umrisse der Alpen sichtbar.

Für Pia war das eine ungewohnte Perspektive. Früher war sie oft nachts auf das Dach ihrer Tante geschlichen, um ihre Gedanken zu sammeln und von MUC zu träumen, während sie die Sterne beobachtete. Doch immer waren die Berge direkt um sie herum gewesen, wie ein riesiger, unüberwindbarer Wall, der sie vor der Außenwelt fernhielt. Nun lagen sie südlich von ihr, wie ein friedlich schlummernder Riese.

Die Nacht blieb ruhig, so dass Pia mühelos die Umgebung im Auge behalten und ihren Gedanken nachhängen konnte. Sie hatte sich nach dem Essen noch ein wenig mit Robin unterhalten. Er war neugierig auf das Leben in ihrem Dorf gewesen. Pia hatte ihm erzählt, wie beengt und eingeschränkt die Sicht der Bewohner auf das Leben und die Welt außerhalb ihres Tales gewesen war. Dabei hatte sie nicht nur Erleichterung darüber empfunden, dass sie dieses Leben endlich hinter sich gelassen hatte, sondern zu ihrem Erstaunen auch Heimweh. Die Berge waren ihr Zuhause. Sie aus der Ferne zu betrachten war ungewohnt.

Sie streckte sich und schob mit den Füßen das trockene Laub hin und her. Es war erstaunlich warm, so dass sie keine Decke brauchte, obwohl sie reglos hier oben saß. Nicht einmal im Hochsommer waren die Nächte im Gebirge so mild wie hier, obwohl es gerade mal Frühling war. Als Pia von dem Schnee im Winter erzählt hatte, glänzten Robins Augen wie die eines Kindes. Er hatte noch nie in seinem Leben Schnee gesehen.

Ein paar Stunden nachdem Pia ihre Schicht übernommen hatte, begann es langsam zu dämmern, und das vom silbrigen Mondschein durchsetzte Schwarz der Nacht wich einem tiefen Grau. Als dann vom Osten her erstes Licht die Landschaft umhüllte, nahm die Umgebung allmählich Farben an. Bald würden Sonnenstrahlen die Alpengipfel zum Glühen bringen. Pia gähnte und streckte sich. Es würde wieder ein langer und anstrengender Tag werden – der sie näher an MUC brachte.

Plötzlich erstarrte sie und hielt mitten im Gähnen inne. Im Zwielicht der Morgendämmerung hatte sie aus den Augenwinkeln eine Bewegung wahrgenommen. Unweit der übervollen Straße gingen Tiere. Es waren vier an der Zahl, und sie musste zweimal hinsehen, um sicherzugehen, dass es keine Sinnestäuschung war. Sie hatte noch nie zuvor solche Wesen gesehen.

Sie ähnelten Katzen, nur dass diese Exemplare viel größer waren, sogar größer als Wölfe. Pia schätzte ihre Körperlänge auf mindestens 1,70 Meter. Die Wesen bewegten sich langsam und majestätisch im dunstigen Licht. Mit offenem Mund beobachtete sie, wie die vier entspannt an ihr vorbeizogen, während die ersten Sonnenstrahlen ihr Fell in hellem Sandgelb erleuchten ließen.

»Wunderschön, nicht wahr?«

Pia zuckte zusammen und wandte den Kopf. Aelas blasse, schlanke Gestalt stand neben ihr. Pia hatte gar nicht gehört, dass sie zu ihr hochgeklettert war, so fasziniert war sie von den seltsamen Katzen gewesen. »Ja. Was sind das für Tiere?«

Aela lachte auf. »Gab's in deinem Dorf nicht, was?«

Pia schüttelte den Kopf und beschloss, die versteckte Spitze in Aelas Frage zu ignorieren. Robin beteuerte zwar, seine Anführerin sei im Grunde ein guter Mensch, aber Pia hielt es trotzdem für besser, sich nicht mit ihr anzulegen.

»Löwen«, erklärte Aela, griff in ihre Tasche und holte ein

kleines, weißes Röhrchen hervor. Sie steckte es sich in den Mund und zündete es mit einem ähnlichen Feuerzeug an, wie Pia es gefunden hatte. Die Männer im Dorf rauchten manchmal Pfeife, die sie mit einer Mischung aus Bergkräutern stopften, aber solche kleinen Stäbchen hatte sie noch nie gesehen. Sie überlegte einen Moment, ob sie Aela danach fragen sollte, entschied sich aber dagegen. Sie wollte Aela gegenüber nicht als Dorf-Dummchen erscheinen, besser sie fragte Robin bei Gelegenheit mal danach. Stattdessen wandte sie sich wieder den riesigen Katzen zu.

»Ja, sie sind wunderschön«, sagte Pia und beobachtete, wie das Löwenrudel langsam hinter einer buschigen Kuppe verschwand. »Aber auch ganz schön groß. Sind die nicht gefährlich?«

Aela inhalierte etwas Rauch und ließ ihn langsam aus ihrer Lunge entweichen. »Normalerweise nicht, es sei denn, man reizt sie oder ist allein unterwegs. Gruppen lassen sie in Ruhe. Sind übrigens alles Weibchen, die übernehmen das Jagen. Die Männchen liegen faul herum und bewundern sich den ganzen Tag selbst. Fast wie bei den Menschen.«

Aela grinste, und Pia musste leise lachen. Wenn sie an die Männer im Dorf dachte, war der Vergleich gar nicht so abwegig.

»Als das große Sterben begann, sind die Löwen aus den Zoos ausgebrochen«, erzählte Aela weiter und fuhr sich mit der Hand gedankenverloren durch ihr feuerrotes Haar, das im Morgenlicht schimmerte und leicht wirr von dem schmalen Streifen, auf dem es auf Aelas Kopf wachsen durfte, abstand. »Löwen und viele andere Tiere, die in diesem Teil der Welt ursprünglich gar nicht heimisch waren. Als das Klima wärmer wurde, haben sie sich vermehrt und angepasst.«

»Zoos?«

»Typisch menschliche Erfindung der alten Zeit. Man holte sich Tiere aus allen Ecken der Welt und sperrte sie ein, zur Belustigung. Ein Raubtier sollte frei sein, findest du nicht?«

Kurz wirkte Aelas Gesicht kalt und unnahbar, und Pia fragte sich unwillkürlich, ob die Menschen der alten Zeit doch nicht so perfekt und strahlend gewesen waren, wie sie immer gedacht hatte. In ihrem Dorf hatte es Hühner, Ziegen und einige Rinder gegeben, auf die die Menschen angewiesen waren, um zu überleben. Diese Tiere lebten zwar auch in Gefangenschaft, jedoch waren sie im Gegenzug auf den Schutz und die Pflege der Menschen angewiesen. Womöglich hatte Aela jedoch recht, wenn sie es verurteilte, dass man so majestätische Tiere wie Löwen zur Belustigung einsperrte.

Inzwischen hatten sich Aelas Gesichtszüge wieder entspannt, und das heller werdende Tageslicht ließ ihre ungewöhnlichen Augen erstrahlen.

»Ich übernehme hier, bis wir aufbrechen«, sagte sie. »Geh frühstücken und hilf den anderen beim Packen.«

Geschickt schwang Pia sich vom Dach. Bevor sie ins Lager zurückging, blickte sie sich noch einmal um. Aelas knabenhafte Silhouette hob sich dunkel gegen die Berge ab, die zunehmend in der aufgehenden Sonne erstrahlten. Sie rauchte und blickte gedankenversunken in die Ferne.

Eine knappe Stunde nach Sonnenaufgang brach die Reisegruppe auf. Aela wollte zügig vorankommen.

»Ehe der See und die Vogelstadt nicht hinter uns liegen, gibt's kein Abendessen«, erklärte sie bestimmt und setzte sich an die Spitze des Zuges.

Sie folgten weiterhin der alten Autobahn mit ihrem nicht enden wollenden Stau. Das reine, strahlende Blau des Morgenhimmels wurde nur hin und wieder von ein paar kleinen weißen Wolken unterbrochen. Der Tag würde heiß werden.

Nachdem sie etwa eine Stunde lang marschiert waren, wand sich die Straße über eine stark überwucherte Kuppe. Auch hier wuchsen Moos und kleine Büsche zwischen den rostigen Autowracks. Stellenweise waren unter dem spröden Asphalt deutlich die Wurzeln großer Bäume zu sehen, die das Erdreich unter der Straße für sich in Anspruch nahmen.

Ein Reh spazierte über die Autobahn und zupfte Blätter von einer gewundenen Kastanie, die auf dem Mittelstreifen wuchs. Als es die Menschen kommen sah, hob es den Kopf und bewegte die Ohren, dann machte es einen eleganten Satz zwischen den Wracks hindurch und verschwand im Dickicht. Danach war außer Vogelgezwitscher weit und breit nichts mehr zu hören.

Pia begann zu schwitzen, als sie die Kuppe passierten, sie war das warme Klima des Flachlands noch nicht gewohnt. Oben blieb sie einen Moment stehen und betrachtete staunend die Landschaft, die sich vor ihr erstreckte. Inmitten der hügeligen und von dichten Wäldern bewachsenen Ebene lag ein gigantischer See, dessen Wasser tiefblau in der Sonne glitzerte und auf dessen Oberfläche sich die Berge spiegelten.

Pia hatte noch nie einen so großen See gesehen. Sie wusste zwar, dass es noch weit ausladendere geben musste, und irgendwo lag auch das Meer, das unvorstellbar groß sein und von Horizont zu Horizont reichen sollte, aber wenn man nur kleine Bergseen und Flüsse gewohnt war, dann erschien einem der See vor Pia riesig – und wunderschön. Links entdeckte sie zwei Inseln, auf der einen ragte ein alter Kirchturm aus dem grünen Dickicht. Nachdem sie kurzzeitig von diesem Anblick ganz überwältigt war, setzte sie sich rasch wieder in Bewegung und folgte den anderen.

Am See endete der Stau, zumindest auf der Spur nach Südosten. Zwei Lastwagen hatten sich am Kopf des Staus ineinander verkeilt und so ein Durchkommen für alle nachfolgenden Fahrzeuge unmöglich gemacht. Die Gruppe wechselte auf die freie Fahrbahn, und von nun an ging es schneller vorwärts. Der Asphalt war noch relativ gut erhalten, und die Fahrbahn wurde nur hin und wieder von Autowracks, umgestürzten Bäumen oder Büschen unterbrochen.

Sie passierten mehrere kleine Ortschaften, die jedoch weitestgehend zerstört und von der Natur verschluckt waren. Auf einem Hügel, unweit der alten Straße, standen ein paar zerlumpte Gestalten und beobachteten die Gruppe, die an ihnen vorbeizog.

»Sind die eine Gefahr für uns?«, erkundigte Pia sich bei Robin, der in ihrer Nähe lief. Sie hatte das Erlebnis im Inzest-Loch am Alpenrand noch deutlich in Erinnerung und fühlte sich angesichts der Fremden unwohl.

»Die meisten von denen leben in kleinen Gemeinschaften und müssen um ihr Überleben kämpfen«, erklärte Robin. »Sie haben mehr Angst vor uns als wir vor ihnen. Es gibt nur wenige Orte, die man meiden muss, weil sie gefährlich werden können. In einen davon hattest du dich verirrt.«

Pia betrachtete die Waffe, die er heute wieder deutlich sichtbar über der Schulter trug. Es war ein großes schwarzes Gewehr und sah gefährlich aus. Das dachten wohl auch die zerlumpten Menschen auf dem Hügel und blieben daher fern.

»Kannst du damit umgehen?« Sie deutete auf das Gewehr.

Ein Grinsen huschte über Robins jugendliches Gesicht. »Ich könnte …«

»Aber?«

Er rückte ganz dicht an Pia heran, so dass sich ihre Köpfe beim Gehen fast berührten.

»Kannst du ein Geheimnis bewahren?«, flüsterte er.

Verwundert runzelte Pia die Stirn. »Klar …«

»Mit dem Ding hier kann man höchstens Ameisen was zuleide tun. Ist nur ’ne Attrappe.« Sein Grinsen wurde breiter. »Aber behalte das unbedingt für dich. Unsere Kunden wissen nichts davon.«

Pia war verwirrt. »Ja, aber … ich habe doch Aela schießen gesehen!«

»Aela hat die einzige funktionierende Waffe dabei. Der Rest waren mal Schusswaffen, aber das ist lange her«, erklärte Robin leise. »Intakte Gewehre sind eine Rarität und sehr wertvoll. Und es gibt kaum noch Munition. Niemand wird sich also mit uns anlegen, wenn er glaubt, wir hätten mehrere davon.«

Er lachte und zwinkerte Pia verschwörerisch zu.

»Ganz schön gerissen«, sagte sie.

»In der neuen Zeit überlebst du nur, wenn du stärker bist als der Rest«, erwiderte Robin. »Oder cleverer.«

Etwa eine Stunde später erreichten sie eine Stelle, an der die alte Straße an den See grenzte. Die Sonne stand hoch am Horizont und brannte Pia unbarmherzig in den Nacken. Auch die Migranten waren erschöpft, und so erlaubte Aela eine Pause.

Dankbar legte Pia ihr Gepäck ab, quetschte sich durch die Blechleichen zum Wasser, zog die Schuhe aus und trat ins kühle Nass. Der See war angenehm kalt, wenn auch um einiges wärmer, als sie es von den Gewässern in den Bergen gewohnt war.

Sie setzte sich hin, wobei sie ihre Füße im Wasser behielt, und blickte nachdenklich über den See. Das Wasser war klar, nur dort, wo es tiefer war, kräuselten sich kleine Wellen. Unweit von ihr planschten schon ein paar Kinder der Reisenden im Wasser. Ihr fröhliches Gelächter mischte sich mit dem Kreischen der Möwen, die zahlreich um ein Schiffswrack kreisten, das in Ufernähe aus dem Wasser ragte. Der Bug war vollständig versunken, nur das rostige Heck mit einer Schiffsschraube, die mittlerweile als Möwennest diente, lag noch über dem Wasser. Auf dem Schiff gab es viele Bänke und Sitze. Wahrscheinlich hatte es früher einmal Menschen über den See zu den Inseln transportiert. Früher, in der alten Zeit. Ehe das große Sterben alles veränderte.

Robin trat zu ihr und füllte ein paar Flaschen mit Wasser.

»Zum Glück ist das Wasser hier sauber. Es gab kaum Industrie in der Gegend in der alten Zeit.«

»Kann man das Wasser aus anderen Seen denn nicht trinken?« Die Vorstellung, dass es verschmutzte Gewässer geben sollte, war Pia neu. In ihrem Dorf hatte man aus jedem Bach und jedem Weiher trinken können, das Wasser war überall glasklar und erfrischend gewesen.

Robin musterte sie prüfend. »Du weißt nicht viel über die alte Zeit, oder?«

Beschämt blickte sie zur Seite. Alles, was sie wusste, hatte sie von ihrem Großvater gelernt. Die meisten in ihrem Dorf wussten kaum etwas über die alte Zeit – und wollten das auch gar nicht.

»Damals gab es unglaublich viele Fabriken, die alles Mögliche produzierten. Viele arbeiteten mit giftigen Stoffen. Als dann plötzlich niemand mehr da war, um sie zu warten, ergoss sich vielerorts der ganze Dreck ins Umland. Ganze Landstriche wurden verwüstet oder vergiftet.«

»Das ist ja furchtbar! Warum haben die Menschen denn mit so gefährlichen Giften gearbeitet?«

»Weil sie es konnten«, meinte Robin düster. »Aber das ist noch nicht das Schlimmste. Die Menschen hatten früher beispielsweise riesige Kraftwerke, um Elektrizität zu erzeugen. Etliche davon sind nach dem großen Sterben in die Luft geflogen, weil niemand mehr wusste, wie man sie bedient. Diese Gegenden sind jetzt so giftig, dass du stirbst, wenn du sie nur betrittst. Angeblich ist dort sogar die Natur sonderbar. Nordöstlich von MUC gibt es ein solches Gebiet. Aber niemand war je dort. Zumindest niemand, der noch lebt.«

Pia schwieg und füllte die restlichen Flaschen. Ihr Blick blieb erneut an dem Schiffswrack hängen, das nun düster und bedrohlich auf sie wirkte. Die alte Zeit war vielleicht doch nicht so, wie sie immer geglaubt hatte. In ihrer Vorstellung waren die alten Menschen so weit fortgeschritten und gebildet, dass sie auch weise waren. Aber so wie Robin es schilderte, schienen sie nicht weiser oder klüger gewesen zu sein als ihre wenigen Nachfahren. Mit Kräften zu spielen, die man nicht kontrollieren konnte, war in Pias Augen geradezu kindisch und naiv – oder größenwahnsinnig. Vielleicht hatten die Leute im Dorf ja tatsächlich recht, wenn sie versuchten, die alte Zeit zu verdrängen.

Aber Pia hatte ihre Entscheidung getroffen. Sie wollte nach MUC, egal, was sie dort erwarten mochte. Je mehr sie über die Welt erfuhr, desto ausgeschlossener war für sie eine Rückkehr in die Enge des Tales. Also half sie Robin, die Wasservorräte zu verstauen, bevor sie sich wieder auf den Weg machten.

So plötzlich, wie er angefangen hatte, war der Stau dann auch vorbei. Er hatte sie schon so lange begleitet, dass Pia sich die große alte Straße ohne ihn beinahe nicht mehr vorstellen konnte. Doch als die Autobahn eine Biegung machte, war er weg. An seinem Ende standen ein paar Dutzend Fahrzeuge, die ineinander verkeilt und völlig ausgebrannt waren. Offensichtlich hatte sich hier ein Unfall ereignet. Auch mehr als hundert Jahre nach dem Ereignis schien der Ort nach Tod und Verwesung zu riechen. In ihrem Kopf hörte Pia das Echo der Schreie verbrennender Menschen, die vom unbarmherzig knisternden Feuer verschlungen wurden. Trotz der Hitze spürte sie wie, eine leichte Gänsehaut ihre Arme überzog. Für Aela war das Stauende kein Grund, das Tempo zu verlangsamen, und so war der Unfall schon bald hinter einer Biegung verschwunden.

Ein leichter Wind wehte, und die Sonne wanderte bereits nach Westen. Nach dem See war die Gruppe ein paar Stunden lang durch die Wildnis gezogen. Nur die heruntergekommene Straße erinnerte daran, dass dies einstmals ein von Menschen bewohntes Gebiet gewesen war.

Auf einer relativ steilen Anhöhe drehte sich Pia noch einmal um und blickte zurück. Der See glitzerte im Nachmittagslicht, wirkte friedlich und wunderschön, trotz des Staus an seinem Ufer und dem Schiffswrack, das auch aus der Entfernung noch deutlich zu erkennen war. Würde sie jemals wieder ihre Füße in diesen See strecken? Und würde sie eines Tages vielleicht sogar das Meer sehen? Pia grinste in sich hinein. Noch hatte sie MUC nicht erreicht, und schon begann sie, von ferneren Zielen zu träumen. Das »Hawaii«-Bild mit der märchenhaft anmutenden Landschaft fiel ihr ein. Sah so das Meer aus?

Dann jedoch erregte etwas anderes ihre Aufmerksamkeit und riss sie aus ihren Tagträumereien. Unter ihnen, nicht weit von der großen Straße entfernt, lag eine Stadt. Auf den ersten Blick sah sie nicht viel anders aus als diejenige, in der sie überfallen worden war. Es gab ein Zentrum mit höheren Gebäuden unterschiedlicher Größe und Form, darum herum kleinere Häuser mit den typischen Holzbalkonen und Balken. Allerdings war diese Stadt viel überwucherter als das Inzest-Loch. Diese hier war regelrecht von Pflanzen verschluckt worden, so dass nur noch Dächer und größere Gebäude aus dem Grün hervorragten. Pflanzen und Bäume wuchsen überall, auf Gebäuden, den Straßen, sogar aus den Fenstern heraus. Das hier musste die »Vogelstadt« sein, von der Aela gesprochen hatte.

Und jetzt verstand Pia auch, warum sie diesen Ort so nannte: Sie hatte noch nie so viele unterschiedliche Vögel auf einem Haufen gesehen. Manche der Arten kannte Pia, die meisten hatte sie noch nie zuvor gesehen. Ganze Schwärme flogen über der Stadt auf und ab. Andere saßen in Reihen auf Dächern und Kabeln. Es waren große und kleine, bunte und schwarze, Singvögel, Tauben, Raben und Krähen. Sehr viele Krähen.

Ein paar Schwalben flogen ganz dicht an die Reisenden

heran, so als wollten sie die Neuankömmlinge begutachten, dann schwenkten sie plötzlich in der für sie typischen Art ab, flogen kurz dicht am Boden und verschwanden im Dickicht.

Pia beeilte sich, Robin einzuholen, der ein wenig vor ihr ging und einem besorgten Vater versicherte, dass die Vögel seine Kinder nicht fressen würden. Dann wandte er sich zu Pia und rollte mit den Augen. Sie grinste, musste sich aber insgeheim eingestehen, dass sie die Sorge des Mannes nachvollziehbar fand. Die Vogelstadt hatte definitiv etwas Beunruhigendes an sich. Eigentlich mochte Pia Vögel, in den Bergen hatte sie ihnen gerne zugeschaut, wie sie in der Thermik auf und ab schwebten. Lediglich Steinadler konnten Jungtieren gefährlich werden, wenn man nicht aufpasste. Das, was die Vögel in dieser Stadt so unheimlich machte, war ihre schiere Menge. Es erweckte ganz den Anschein, als ob die Stadt komplett ihnen gehörte, und jeder, der das in Frage stellen wollte, egal ob Mensch oder Tier, würde Bekanntschaft mit Zigtausenden Schnäbeln und Krallen machen.

»Warum leben hier so viele Vögel?«, fragte sie Robin, nachdem dieser den Mann endlich losgeworden war.

»Keine, Ahnung, ehrlich. Die scheinen die Stadt als idealen Nistplatz auserkoren zu haben. Vielleicht liegt es an der Lage oder am Wetter. Ist aber ein cooler Anblick, findest du nicht?«

Pia wusste nicht genau, was »cool« bedeuten sollte, aber so wie Robin es sagte, schien er von der Vogelstadt fasziniert zu sein, also musste es etwas Gutes sein. Auch wenn ihr der Ort nicht geheuer war, so musste sie zugeben, dass er einen einzigartigen Anblick bot. Bei genauerem Hinsehen erkannte sie etliche Vogelnester an den Häusern. Zudem trug der Wind das Geräusch von Tausenden Vogelstimmen zu ihnen hoch; Zwitschern, Krähen, Piepsen, das sich zu einem undefinierbar lärmenden Brei vermischte. Die Straße schlängelte sich nun einen Hügel hinab in ein stark bewaldetes Tal. Je tiefer die Gruppe kam, desto mehr verschwand die seltsame Vogelstadt aus ihrem Sichtfeld.

Und egal wie faszinierend der Anblick auch sein mochte, sie war sehr froh, dass sie die Stadt hinter sich ließen und nicht durch sie hindurch mussten. Ihr Gefühl sagte ihr, dass es besser war, die Vögel in ihrer Stadt in Ruhe zu lassen. Je länger ihre Reise dauerte, desto mehr wurde ihr bewusst, dass der Mensch eigentlich nur noch ein Fremdkörper auf der Welt war. Auch wenn er in der alten Zeit einst die Erde beherrscht hatte, so war davon nicht mehr viel zu sehen. Die Menschheit hatte ihre Führungsrolle an die Natur abgegeben. Orte wie die Vogelstadt waren der Beweis dafür.

Sie schlugen ihr Nachtlager unter einer Autobahnbrücke auf, die mindestens dreißig Meter hoch und breit genug war, dass alle unter ihr Platz fanden und vor Regen geschützt waren. Pia stockte der Atem angesichts des riesigen Bauwerks. Sie war beeindruckt, dass Menschen früher in der Lage gewesen waren, so etwas Gewaltiges zu bauen. Ein kleiner Fluss schlängelte sich unter der Brücke hindurch. Das Wasser plätscherte durch das rostzerfressene und algenbehangene Wrack eines großen Fahrzeugs, das Robin »Bus« genannt hatte.

Jetzt saß sie neben ihm etwas erhöht auf einem Vorsprung und blickte auf die Migranten hinab, die sich langsam zur Ruhe betteten. Die Flammen des großen Feuers warfen lange Schatten auf die alten Betonpfeiler, die die Autobahn auch nach mehr als einem Jahrhundert scheinbar mühelos stützten. Der Mond ging gerade am Horizont auf, war jedoch noch vom dichten Wald um sie herum verdeckt. Lediglich sein rötlicher Schein war bereits zu erkennen.

Robin war für die erste Nachtwache eingeteilt worden, und Pia hatte beschlossen, ihm etwas Gesellschaft zu leisten. Sie war zwar hundemüde von der langen Wanderung, doch in ihrem Kopf schwirrten noch zu viele Gedanken und Fragen, als dass sie hätte schlafen können.

»Was genau war eigentlich das große Sterben?«, fragte Pia unvermittelt.

Verwundert drehte er den Kopf zu ihr. In der Dunkelheit schimmerten seine Augen fast schwarz.

»Ich kann dir nur sagen, was man sich bei uns darüber erzählt«, antwortete er schließlich.

»Das ist bestimmt mehr, als ich darüber weiß. Bei uns im Dorf hieß es, das große Sterben wäre eine Strafe Gottes gewesen und hätte die Sündigen von der Erde getilgt.«

Robin lachte leise auf. »Ob du es glaubst oder nicht, nicht nur in deinem Dorf glaubt man solchen Mist. Ich denke, Gott kommt schnell ins Spiel, wenn man versucht, etwas so Unfassbares zu erklären wie das große Sterben.«

»Was hat es dann ausgelöst?«

»Ein Virus.«

Pia runzelte die Stirn. Sie hatte keine Ahnung, was das war.

Robin bemerkte es im aufgehenden Mondlicht.

»Eine Krankheit«, beantwortete er ihre unausgesprochene Frage. »So aggressiv, dass jeder Infizierte innerhalb von zwei Tagen starb.«

Pia betrachtete den langsam aufziehenden Halbmond. Ihr Großvater hatte etwas Ähnliches erzählt und dafür regelmäßig nur Kopfschütteln geerntet.

»Wieso sind nicht alle Menschen daran gestorben?«

»Manche waren immun, also nicht anfällig für die Krankheit«, erklärte Robin. »Genauer gesagt, nur rothaarige Menschen. Ich habe mal gehört, es liegt an den Genen. Die Gene von rothaarigen Menschen sind etwas anders als die vom Rest. Sie machen sie immun gegen die Krankheit.«

»Gene?«, hakte Pia nach.

Robin seufzte. »Da fragst du den Falschen, Pia. Ich bin nur

ein Schlepper, Schmuggler und Dieb und habe wenig Ahnung von solchen Dingen. Aber ich glaube, Gene sind das, woraus wir Menschen bestehen. Ganz kleine Teilchen des Körpers.«

Pia schwieg. Das alles klang zwar verwirrend und phantastisch, doch es machte irgendwie auch Sinn. Deswegen starben alle Kinder, die »anders« waren, kurz nach der Geburt. Sie waren nicht immun, sie hatten nicht die »Gene«, jene rätselhaften Bausteine des Menschen, die sie schützten. Sie betrachtete ihre Hand und fragte sich, ob man diese Teilchen erkennen konnte, wenn man genau hinsah. Und ob ihre anders waren als die von Robin.

»Wenn das so ist«, sagte sie schließlich, »warum lebe ich dann?«

»Gute Frage. Vielleicht, weil du etwas Besonderes bist?«

Robin sah sie von der Seite an, und sie konnte seinen Blick auf ihrem Gesicht spüren. Dann drehte er den Kopf weg und blickte wieder in die Nacht hinaus.

Pia blieb bei ihm sitzen, bis ihre Schicht begann. In ihrem Kopf schwirrten mehr Fragen als je zuvor. Vielleicht gab es in MUC jemanden, der ihr Antworten geben konnte. Und vielleicht hatte Robin recht, und sie war keine Abartigkeit, sondern etwas Besonderes.

5. Kapitel

Prüfung

Es regnete den ganzen nächsten Tag, aber das hielt Aela nicht davon ab, die Gruppe zum Weiterreisen anzutreiben. Nach kurzer Zeit waren alle bis auf die Haut durchnässt. Immerhin war die Luft warm, was die Reise durch den Regen zumindest erträglich machte. Sie verließen die große alte Straße und folgten nun stark verwitterten und zugewachsenen Wegen querfeldein. Ab der Brücke sei die alte Straße nicht mehr sicher, erklärte Robin. Sie führe an Städten vorbei, die bewohnt seien, und man wolle kein Risiko eingehen. Nach ihren bisherigen Erfahrungen konnte Pia das gut verstehen.

Zunächst führte ihre Reise durch endlose Wälder, die sich über die hügelige Landschaft erstreckten. Die meiste Zeit wanderte Pia in Gedanken versunken vor sich hin und lauschte dem beruhigenden Geräusch des unablässig auf die Blätter prasselnden Regens. Auch die anderen in der Gruppe waren ungewöhnlich still.

Nach einer Weile gesellte sich Robin zu Pia, und sie unterhielten sich. Sie hatte tausend Fragen zu MUC, den Menschen dort und der Gemeinschaft, in der Robin lebte und die er bisher nur einmal kurz erwähnt hatte. Doch er wich den meisten aus. Zu MUC würde sie sich schon bald selbst ein Bild machen können und über die Gemeinschaft, der er angehörte, dürfe er nicht reden. Dadurch wurde Pias Neugier natürlich nur noch größer. Zu gerne hätte sie mehr über die geheimniskrämerische Gruppe erfahren, doch Robin ließ sich nicht erweichen. Das machte Pia zwar ein wenig misstrauisch, änderte aber nichts daran, dass sie

Robin von Tag zu Tag mehr mochte. Er nahm sie so, wie sie war, und wollte ihr Freund sein – und Freunde hatte Pia bis jetzt nicht viele gehabt.

Auch im Umgang mit Sam schmolz das Eis nach und nach. Seit Pia die Mahlzeiten zusammen mit den Schleppern einnahm, taute der grobschlächtige Hüne langsam auf. Wenn Aela dabei war, ließ er sich sogar hin und wieder ein Lächeln entlocken oder erzählte einen Witz. Er erinnerte Pia an einen großen, zotteligen Hund, der in ihrem Dorf gelebt hatte, als sie noch klein war. Er gehörte den Nachbarn und knurrte jeden an, der sich dem Haus oder der Familie näherte. Nur wenn er seinen Herrn oder dessen Kinder sah, wandelte sich sein Gesichtsausdruck sofort, und er wurde sanft wie ein Lamm.

Aus Aela wurde Pia jedoch weiterhin nicht schlau. Sie wirkte unnahbar und über alle erhaben. Mal war sie freundlich und lächelte Pia zu oder fragte, wie es ihr ging. Manchmal aber war sie abweisend und beherrscht. Dennoch mochte Pia, wie sie mit entschlossenen Schritten die Gruppe anführte, mit ihrer seltsamen Frisur und der knappen Kleidung. Niemand wagte jemals, ihre Autorität in Frage zu stellen, was Pia insgeheim bewunderte. Sie war überzeugt, dass man Aela selbst dann als Anführerin akzeptieren würde, wenn sie so schwarze Haare und dunkle Augen hätte wie sie selbst.

Gegen Mittag wurde der Regen schwächer, und auch die Landschaft veränderte sich. Der Boden wurde weicher und schlammiger, der Baumbewuchs weniger, bis sie sich schließlich mitten in einem Sumpf befanden. Aela verließ die Straße und führte sie auf einen Weg, der leicht erhöht über mehrere Hügelkuppen verlief.

»Die Sümpfe sind entstanden, nachdem mehrere Flüsse über die Ufer getreten sind«, erklärte Robin. »Keiner weiß genau, wieso, aber angeblich gab es weiter im Norden ganze Landstriche, die überflutet wurden. Es hat wohl was mit dem Klima zu tun. Kann hier ziemlich gefährlich werden, wenn man den Weg nicht kennt. Dafür hat man Ruhe vor den Wilden und Banditenbanden, die die großen Straßen nach MUC belagern. Wir nennen die Gegend ›Die Sümpfe der Traurigkeit‹.«

»Warum?« Als Pia sich jedoch umsah, erschien ihr ihre Frage sofort dämlich. Die tiefhängenden Wolken und das diffuse Licht ließen die Sümpfe in der Tat unendlich traurig erscheinen. Zum Teil war der Boden mit dickem Schlamm und an manchen Stellen mit Wasser bedeckt. Abgestorbene Bäume ragten daraus hervor, hin und wieder auch seltsame Schilder und Tafeln aus der alten Zeit. Sie passierten ein paar Häuser, die bis zum Giebel im Schlamm feststeckten. Krähen und Pia unbekannte Wasservögel mit langen Hälsen flogen über die trostlose Landschaft.

»Keine Ahnung«, antwortete Robin. »Irgendjemand hat die Sümpfe mal so genannt, und seitdem heißen sie so. Meine Oma hat erzählt, der Begriff stamme aus irgendeinem Buch, das man ihr als Kind vorgelesen hatte.«

»Kannst du denn lesen?«, erkundigte Pia sich, als sie die Überreste eines Dorfes passierten, das annähernd vollständig von Schlamm verschluckt worden war. Es roch nach fauligen Gasen, als ob die ehemaligen Bewohner des Dorfes unter dem Schlamm verwesen würden.

Robin lächelte stolz. »Ein bisschen.«

»Ich auch. Und schreiben.«

»Wow. Das können nicht viele.«

»Auch in MUC nicht?«

Robin stieß ein bitteres Lachen aus. »Gerade da nicht.«

Das wunderte Pia, doch sie kam nicht dazu, ihn weiter zu dem Thema zu befragen.

»Aela sollte erfahren, dass du lesen kannst«, sagte er nachdenklich und kämpfte sich nach vorn zu Aela durch.

Die Reise durch das Moor erschien Pia unendlich lang, und sie war heilfroh, dass sie ihr Nachtlager erst aufschlugen, als die Sümpfe endlich hinter ihnen lagen. Aela führte sie durch eine verlassene Siedlung, an deren Ende ein großes Gebäude stand, das wahrscheinlich einmal als Lagerhalle gedient hatte. Was auch immer die Menschen der alten Zeit darin aufbewahrt hatten, war im Laufe der Zeit geplündert worden, denn nun war das Gebäude fast leer. Nur ein paar kaputte Container sowie ein seltsames, kleines Fahrzeug, das vorn eine Art Gabel hatte, waren noch übrig. Die Träger der Halle glänzten rostig, die gläsernen Fenster im oberen Bereich waren eingeschlagen, und auf dem Boden wuchsen Moos und kleine weiße Blumen. Doch das Dach war noch intakt und bot der Gruppe Schutz vor dem nicht enden wollenden Regen.

Da kein trockenes Holz zu finden war, verzichteten sie auf ein großes Feuer. Sam zündete lediglich ein kleines am Eingang der Halle an, um wilde Tiere abzuschrecken. Pia übernahm die erste Wache und setzte sich neben das Feuer, dessen feuchte Nahrung aus Holz und Laub es mehr qualmen als brennen ließ.

Die schwarze, sternenlose Nacht verging ruhig, und das einzige Geräusch, das Pia hörte, war das des stetigen Regens. Der Tag war so anstrengend gewesen, dass sie Mühe hatte, wach zu bleiben, und ihre feuchte Kleidung ließ sie frieren.

Doch es gab etwas, das ihr Herz höher schlagen ließ und sie vor Vorfreude von innen wärmte. Aela hatte beim Abendessen erwähnt, wenn alles gutginge, würden sie schon morgen die Vororte von MUC erreichen. Und so wie Pia Aela einschätzte, würde sie dafür sorgen, dass alles gut lief.

MUC.

Nicht mehr lange und sie war endlich da. Der Gedanke ließ sie in freudiger Erwartung zittern. So lange hatte sie davon geträumt, und nun war sie fast da. Sie freute sich schon unbändig darauf, die große Stadt mit all ihren Geheimnissen zu erkunden. Und vor allem: ihren Bruder wiederzusehen.

Sie hoffte so sehr, dass er es vor fünf Jahren nach MUC geschafft hatte und noch am Leben war. In Aelas Team kannte niemand einen jungen Mann namens Paul, der aus den Bergen gekommen war. Gleich am ersten Tag hatte Pia alle nach ihm gefragt. Aber die Stadt war groß, und nicht jeder kannte jeden, hatte Robin ihr versichert. Vielleicht würde sie Paul ja finden.

Mit diesen Gedanken verging ihre Schicht, und trotz der Vorfreude auf MUC war Pia erleichtert, als Sam zu ihr kam, um sie abzulösen. Sie konnte kaum noch die Augen offen halten, das Geräusch des Regens, der gleichmäßig auf das alte Dach der Halle und den zerklüfteten Asphalt davor fiel, hatte ihrer Erschöpfung den Rest gegeben. Sobald sie den Kopf auf ihr Lager gebettet hatte, war sie auch schon tief und fest eingeschlafen.

Um die Mittagszeit des nächsten Tages hörte der Regen endlich auf, und der Himmel klarte etwas auf. Sofort stieg die Temperatur, und die Luft wurde schwül. Das Land wurde flacher, und die Alpen waren durch den Dunst nur als graue Umrisse am Horizont hinter ihnen zu sehen.

Die Gruppe hatte sich zunächst durch einen dichten Wald kämpfen müssen, ehe sie in einer völlig abgebrannten, kleinen Stadt wieder auf eine halbwegs erhaltene Straße traf. Während sie an den verkohlten und zum Teil eingestürzten Ruinen entlangging, fragte Pia sich, was hier wohl vorgefallen war. Jedes einzelne Haus war hier so gründlich zerstört, dass der Brand unmöglich ein Unfall gewesen sein konnte. Sie überlegte, ob sie Robin danach fragen sollte, entschied sich jedoch dagegen. Sie wollte ihm nicht mit ihrer ständigen Fragerei auf die Nerven gehen.

Hinter der zerstörten Siedlung stieg das Gelände wieder an. Das Erdreich war matschig und machte es den Reisenden schwer, den Hügel zu erklimmen. Der Schlamm klebte an den Schuhen, und es war sehr beschwerlich, einen Fuß vor den anderen zu setzen. Doch als sie oben war, konnte Pia sie plötzlich sehen. Die Vororte von MUC.

Sie blieb stehen, um zwischen tiefhängenden Zweigen alter Kastanienbäume hindurch die großen grauen Häuser zu betrachten, die sich vor ihr in den dunstigen Himmel streckten. Zum Teil waren die Häuser zwanzig Stockwerke hoch und in Gruppen errichtet. Sie wirkten wie antike Wächter aus Beton und Stahl, die MUC vom Rest der Welt abschirmten. Noch nie hatte Pia so hohe Häuser gesehen und noch dazu so viele. Sie konnte sich nicht vorstellen, wie es möglich gewesen war, solche Monster von Gebäuden zu errichten.

»Ist was, Prinzessin?« Sam hatte mit ein paar Migranten hinter ihr den Hügel erklommen.

»Sie sind so riesig«, flüsterte Pia noch immer staunend.

Sam erwiderte nichts. Stattdessen hörte sie sein herzhaftes Lachen neben sich. Er klopfte ihr auf die Schulter und ging schmunzelnd an ihr vorbei. Pia runzelte die Stirn. Sie hatte keine Ahnung, was Sam so lustig fand.

Schließlich gab sie sich einen Ruck und ging weiter. Sie war nun die Nachhut und musste darauf achten, den Anschluss nicht zu verlieren.

Die verwitterte Straße führte sie durch ein Waldstück mit seltsam krummen Bäumen, die Pia noch nie zuvor gesehen hatte. Je weiter sie sich von den Alpen entfernten, desto häufiger stieß sie auf ihr fremde Pflanzen und Bäume. Danach wechselten sich unterschiedliche flache Gebäude ab, die vielleicht einst als Lagerhallen oder Fertigungsstätten gedient hatten. Viele waren eingestürzt oder völlig verwittert. Der starke Pflanzenwuchs zeigte deutlich, dass schon lange keine Menschen mehr hier lebten.

Eines der Gebäude stach Pia besonders ins Auge. Es war größer als die anderen und von einem riesigen Parkplatz umgeben. Etliche Fahrzeuge standen noch da und rosteten unaufhaltsam dem Verfall entgegen. Deutlich war noch die dunkelblaue Farbe erkennbar, in der das hallenartige Haus gestrichen war. Darauf thronte ein riesiger Schriftzug, dessen gelbe Farbe noch gut erhalten war: »IKE«. Der letzte Buchstabe war zu verwittert, um noch lesbar zu sein. Pia konnte sich beim besten Willen nicht vorstellen, was das schlichte Gebäude beherbergt haben mochte, dass so viele Menschen mit den Autos dorthin gekommen waren. Die alte Zeit war voller Rätsel.

Mit der Zeit wichen die flachen Gebäude zunehmend verfallenen Wohnhäusern. Je näher die Gruppe den riesigen Betonblöcken kam, desto besser konnte Pia Details erkennen. Die Bauwerke wirkten fast identisch, und einst mussten hier viele Menschen gewohnt haben, wie Pia anhand der unzähligen Fenster und Balkone zu erkennen glaubte. Unfassbar vielen Menschen. Pia schätzte, dass in jedem der riesigen Häuser mehr Familien gewohnt hatten als in ihrem ganzen Dorf zusammen. Sie fragte sich, wie viele der ehemaligen Bewohner noch hinter den tristen grauen Mauern lagen, verwest und skelettiert. Die zahllosen Fenster, in denen zum Teil noch Vorhänge und Gardinen zu sehen waren, wirkten wie leere, tote Augenhöhlen, die jeden Ankömmling stumm zu beobachten schienen. War das wirklich MUC? Die gelobte Stadt, in der das Leben so viel besser war? Pia schauderte ein wenig. Doch das konnte nicht sein. Robin hatte ihr erzählt, dass sie zuerst durch die Vororte mussten, ehe sie nach MUC kamen. Dort lebte der letzte Rest der alten Zivilisation weiter, während dieser Ort hier tot und längst verlassen war.

Am frühen Nachmittag kam die Sonne heraus und brannte heiß auf sie hinunter. Aela ordnete eine Pause an, und die Gruppe verteilte sich im Schatten der großen Laubbäume rechts und links von der alten Straße. Pia wollte sich gerade neben Robin setzen, der auf der Motorhaube eines alten Autos Platz genommen hatte, als Aela hinter ihr auftauchte.

»Pia, du kommst mit mir.« Ihr Ton duldete keine Widerrede. Verwundert drehte sich Pia zu ihr um. Was wollte Aela von ihr?

Robin steckte seine Wasserflasche weg und machte Anstalten, sich vom Fahrzeugwrack zu erheben.

»Ich sagte Pia«, wiederholte Aela, und Robin hielt inne. »Du bleibst da.«

»Aber …«, begann Robin, verstummte jedoch, als Aela unmerklich den Kopf schüttelte.

»Viel Glück«, sagte er stattdessen zu Pia.

»Wobei?« Pia fühlte sich zunehmend unwohl. Was hatte Aela mit ihr vor? Wieso wirkte Robin so nervös?

Er antwortete nicht, zeigte stattdessen auf seine Anführerin, die sich bereits mit schnellen Schritten von ihnen entfernte. Pia hatte keine andere Wahl, als Aela zu folgen. Bisher waren die Leute aus MUC reserviert, aber freundlich zu ihr gewesen, hatten sie aufgenommen und als eine der ihren behandelt. Es gab also nichts, wovor sie sich jetzt fürchten musste. Oder?

Aela schritt mit ihren langen Beinen zielsicher durch den verwilderten Garten eines Hauses und schwang sich dann geschickt über eine Mauer, die höher war als sie selbst. Pia folgte ihr ohne größere Schwierigkeiten. Die Straße war voller Schlaglöcher, die sich mit Regenwasser gefüllt hatten und an der links und rechts überall die Autos aus der alten Zeit parkten. Aela schwieg, und Pia wusste nicht, was sie tun oder sagen sollte.

»Wo gehen wir hin?«, fragte sie schließlich.

Aela antwortete nicht, sondern beschleunigte das Tempo, als Pia aus dem Augenwinkel eine Bewegung wahrnahm und sich reflexartig umwandte. Irgendetwas war hinter eines der Autowracks geschlichen, doch es war nichts zu sehen. Pia glaubte schon, ihre Sinne hätten ihr einen Streich gespielt, als sie plötzlich sah, was es war.

Ohne es zu wollen, zuckte sie bei dem Anblick zusammen. Zwischen zwei Autos stand ein Wesen und betrachtete sie. Es war so groß wie ein zweijähriges Kind, saß aufrecht da und ähnelte auf erschreckende Weise einem Menschen.

Es konnte aber unmöglich ein Mensch sein. Der ganze Körper war mit sandbraunem Fell bedeckt, das Gesicht war klein und runzelig, und es hatte einen langen Schwanz. Zwei neugierige, intelligente Augen blickten Pia direkt ins Gesicht.

Aela lächelte, als sie Pias Reaktion auf das Tier bemerkte. »Keine Sorge, der tut dir nichts. Vorausgesetzt, du lässt ihn in Ruhe.«

»Was ist das?« Das Tier betrachtete Pia seelenruhig und kaute an einem langen Grashalm, den es in seiner fast menschlichen kleinen Hand hielt.

»Ein Affe«, erklärte Aela. »Ein Rhesusaffe, um genauer zu sein. Die haben sich nach dem großen Sterben ausgebreitet. Es gibt hier außerdem Paviane, Schimpansen und noch ein paar andere Arten.« Aela ging weiter, als wäre das Geschöpf das Alltäglichste auf der Welt.

Pia starrte den Affen an, der scheinbar belustigt zurückstarrte, dann folgte sie Aela.

»Wenn du nicht aufpasst, beklauen sie dich«, fuhr diese fort, als Pia zu ihr aufgeschlossen hatte. »Sind ziemlich clever, die kleinen Biester.«

Pia beobachtete, wie der Affe ihnen am Straßenrand folgte. Vor ihnen erstreckten sich nun die hohen Wohnblocks, die sie vorher aus der Ferne bestaunt hatte, und als sie genauer hinsah, erkannte Pia, dass scheinbar zahlreiche Affen in ihnen lebten. Sie kletterten munter von Fenster zu Fenster, eine Affenmutter saß mit ihrem Jungen auf einem eisernen Konstrukt, das über der Straße hing und das Robin einmal »Ampel« genannt hatte.

»Robin hat mir erzählt, du könntest lesen und schreiben«,

nahm Aela das Gespräch wieder auf, während Pia voller Faszination die Affen betrachtete.

»Ja«, antwortete sie langsam. Was sollte das alles hier? Warum hatte Aela sie von der Gruppe fortgeführt? Was wollten sie hier inmitten dieser Affenstadt?

»Bald sind wir in MUC und wir und die Migranten gehen dann getrennte Wege. Dich könnten wir aber mitnehmen.«

Pia hatte sich noch nicht viele Gedanken darüber gemacht, was sie tun würde, wenn sie in MUC ankam. Sie hatte einfach nur hinkommen und sich auf die Suche nach Paul machen wollen. Aber wenn sie den Erzählungen von Robin und Aela glauben konnte, war das vermutlich nicht so einfach, wie sie gedacht hatte. Aelas Angebot war verlockend, denn bei ihnen zu bleiben war ihre beste Option, um sich ein Bild von den Zuständen in MUC zu machen, ohne ganz auf sich allein gestellt zu sein.

Andererseits wusste Pia nicht viel über Aelas Gemeinschaft, denn Robin hatte sich diesbezüglich in Schweigen gehüllt. Aber Aela und die anderen hatten sie gerettet, verarztet und mitgenommen. Egal wie die Leute waren, zu denen sie in MUC gehörten, Pia glaubte nicht, dass sie von ihnen etwas zu befürchten hatte. Zudem war das Zuhause der Schlepper ihre einzige Anlaufstelle in einer fremden, riesigen Stadt. Und Robin war auf dem besten Weg, ein richtiger Freund zu werden.

Sie waren an einem niedrigen Betongebäude angekommen, das ebenso trostlos aussah wie die Hochhäuser.

»Ich habe gesehen, dass du klettern kannst. Beweise mir, wie gut du wirklich bist, und ich nehme dich mit zu unseren Leuten.«

Pia betrachtete das Haus. Es hatte fünf Stockwerke, und oben auf dem Dach saßen mehrere Affen, die zu ihnen herabblickten.

»Kein Problem.« Auf ihrer Flucht vor den Banditen hatte sie

sich im Fassadenklettern geübt. Der Unterschied zum Erklimmen einer steilen Felswand war gar nicht so groß.

Sie spreizte die Hände und ließ ihre Gelenke leise knacken. Zwar war sie müde von der langen Wanderung der letzten Tage, aber sie würde es schon schaffen. Sie musste einfach.

»Ich will dich von der dritten Etage winken sehen«, verlangte Aela, während sie Pia aufmerksam betrachtete.

»Was ist mit den Affen? Werden die mich in Ruhe lassen?«

Aela grinste. »Finde es heraus. Wenn du für uns arbeiten willst, wirst du auch nie unter idealen Bedingungen klettern können.«

Pia atmete tief durch. Das klang nicht gerade beruhigend. Aber ihr blieb nichts anderes übrig, als es herauszufinden, wenn sie bei Aelas Gruppe bleiben wollte.

Langsam ging sie auf das alte Gebäude zu und überlegte, wo ein Aufstieg am einfachsten sein würde. Aela blieb zurück und zündete sich in aller Ruhe eine Zigarette an, so hießen die weißen Hülsen, die sie immer wieder rauchte, wie Pia mittlerweile in Erfahrung gebracht hatte. Sie konnte den Blick ihrer ungewöhnlich hellen Augen förmlich im Rücken spüren. Er schien sich wie eine eiskalte Nadel an sie geheftet zu haben.

Noch einmal musterte sie das graue Betongebäude, das ihre Prüfung sein sollte. Es war von etlichen Rissen durchzogen. Wilder Efeu bedeckte die rechte Seite fast vollständig und bildete das perfekte Klettergerüst für die kleinen Affen. Doch Pia war dafür zu schwer. Sie musste einen anderen Weg nehmen. Das Haus hatte auf jeder Etage mehrere Balkone, deren Geländer noch stabil aussahen. Wenn sie auf das Vordach des Eingangsbereiches kletterte, konnte sie von da aus ohne größere Probleme den ersten Stock erreichen.

Sie konzentrierte sich und sprang mit aller Kraft in die Höhe. Ihre Finger griffen nach dem kalten, rostigen Metall des Vordachs. Sie fanden Halt, und Pia sie zog sich mühelos hoch. Aela wollte sehen, was sie draufhatte, und sie sollte nicht enttäuscht werden.

Mit ihrem nächsten Satz heftete Pia sich an ein Fensterbrett über ihr, hangelte sich nach oben und warf einen Blick in die dahinterliegende Wohnung. Dort standen noch einige Möbel, doch sie waren faulig und modrig. Ein in Pastelltönen gemaltes Jesusbild hing an der Wand über einem mottenzerfressenen Sofa, das vielleicht einmal blau gewesen war. Im Türrahmen, der ins nächste Zimmer führte, breitete sich Moos aus, und es stank nach Affenpisse. Pia rümpfte die Nase.

Vorsichtig drehte sie sich auf dem Fenstersims um, balancierte an den rechten Rand und überbrückte mit einem großen Schritt die Lücke zum Fenster nebenan. Von hier aus konnte sie die Streben des nächsten Balkons erreichen. Ein Windrädchen aus rostigem Metall drehte sich dort nach mehr als hundert Jahren immer noch in der warmen Brise. Es steckte in Blumenkästen, die vollkommen mit Unkraut zugewachsen waren. Pia sprang, krallte sich an den metallenen Stäben des Balkons fest und zog sich hoch. Ihr Aufstieg wurde jedoch von aufgeregtem Gekreische unterbrochen. Ein Affe mit zwei Babys saß auf einem Möbelstück, das mal ein Regal gewesen war, und fauchte Pia an, als sie durch die zerstörte Fensterscheibe vom Balkon in ein weiteres modriges Wohnzimmer blickte.

»Schhh. Ich tue dir doch nichts.«

Der Affe, ein größeres Exemplar, hörte auf zu kreischen und zu fauchen, sträubte jedoch sein schwarzes Fell und blickte Pia feindselig an. Seine Augen wirkten fast menschlich, doch die messerscharfen Zähne, die er entblößt hatte, waren es definitiv nicht.

Pia wollte es lieber nicht auf einen Kampf ankommen lassen. Rasch kletterte sie auf das Geländer des Balkons und hangelte sich von dort ein Stockwerk höher. Nun hatte sie den von Aela vorgegebenen dritten Stock erreicht.

Hier erwarteten sie keine Affen. Dieser Balkon war ziemlich verschmutzt und die dahinterliegende Wohnung verwüstet. Ob von Plünderern oder Affen, konnte Pia nicht sagen. Jedenfalls war kaum noch zu erkennen, dass dies einmal eine menschliche Behausung gewesen war. Über einen Riss in der Wand war zudem Nässe eingedrungen. Ein großer feuchter Fleck hatte sich um den Riss gebildet, und ringsum ließ schwarzgrüner Schimmel die ursprüngliche Farbe der Wand nur noch vermuten. Pia drehte sich um und blickte zu Aela hinunter, die an ihrer Zigarette zog. Ihr Gesicht war auf die Entfernung undurchdringlich, so dass Pia nicht abschätzen konnte, ob sie mit ihrer Leistung zufrieden war oder nicht.

Durch die Anstrengung war Pias drahtiger Körper von einem leichten Schweißfilm überzogen, und sie atmete ein wenig schneller, war jedoch noch lange nicht müde Auch die Höhe machte ihr nichts aus. Zwar würde sie genügen, um ihr das Genick zu brechen, sollte sie ausrutschen und stürzen, aber verglichen mit der Felswand, die sie auf ihrer Reise hatte bezwingen müssen, war das hier gar nichts.

Aela wollte herausfinden, aus welchem Holz Pia geschnitzt war, und sie würde es ihr zeigen. Ihr Ehrgeiz war geweckt. Das Haus war aufgrund der Balkone zum Glück leicht zu besteigen. Ein kleines Lächeln huschte über Pias Gesicht, als sie die Hand hob und Aela zuwinkte. Dann drehte sie sich um und setzte den Aufstieg fort.

Den vierten Stock erklomm sie problemlos, und auch die fünfte Etage erreichte sie rasch. Nur etwa zwei Meter trennten sie nun vom flachen Dach des Hauses. Sie spürte noch immer Aelas scharfe Augen auf sich, aber sie widerstand dem Drang, nach unten zu sehen.

Der oberste Balkon, auf dem sie nun stand, war über und über mit Vogelexkrementen bedeckt, und ein großes, verlassenes Nest lag in der Ecke. Zum letzten Mal schwang sich Pia auf das stählerne Geländer des Balkons, um von dort aus nach der Kante des Daches zu greifen.

Doch als sie sich aufrichtete, rutschte ihr linker Fuß auf dem kotverschmierten Geländer aus. Sie geriet gefährlich ins Schwanken und balancierte in schwindelerregender Höhe auf einem Fuß. Unter ihr erstreckte sich der zerknittert wirkende Asphalt der Straße. Nichts würde ihren Sturz aufhalten oder abbremsen, wenn sie das Gleichgewicht verlor und fiel. Adrenalin schoss durch Pias Adern, während kalter Schrecken ihr Herz wie eine Hand umklammerte. Ohne es zu merken, hielt sie den Atem an, als ihre Arme verzweifelt in der Luft ruderten, um zu verhindern, dass ihr Oberkörper noch weiter in den Abgrund gezogen wurde.

Das war's, sagte eine zynische Stimme in Pias Kopf. *Prüfung nicht bestanden.*

Noch nicht, dachte sie, während sie instinktiv die Muskeln ihres rechten Beines anspannte.

Als sie es nicht mehr schaffte, sich auszubalancieren, und das Gewicht ihres Oberkörpers sie endgültig nach unten zu ziehen drohte, sprang Pia mit aller Kraft mit dem rechten Bein vom Geländer ab.

Im Flug schien die Zeit einen Augenblick stillzustehen. Der warme Frühlingswind fuhr ihr durch die Haare, und sie spürte jede Faser ihres Körpers. Ihr Blick war geschärft und saugte jedes einzelne Detail um sie herum auf. Der zersprungene Asphalt unter ihr wirkte, als hätte ein Riese Wellenmuster hineingeritzt. Aelas weit aufgerissene hellblaue Augen starrten zu ihr hoch. Ihre Zigarette lag auf dem Boden und qualmte nun in einem Grasbüschel neben ihren Füßen weiter vor sich hin.

Die Kante des Daches war zum Greifen nahe. Die Finger ihrer rechten Hand streckten sich, verfehlten sie jedoch um wenige Millimeter. Pia war drauf und dran, erst gegen die Wand zu prallen und dann fünf Stockwerke hinab auf die Straße zu stürzen.

Doch dann spürte sie kalten Beton unter den Fingern ihrer linken Hand und griff danach.

Ihr Körper knallte trotzdem gegen die Wand, aber ihre kräftigen und trainierten Finger hielten sie fest. Pia schrie vor Anstrengung und Angst leise auf, während ihre Hand sich automatisch festkrallte. Der Fingernagel ihres Mittelfingers brach, doch das kümmerte sie nicht. Ihr ganzer Wille konzentrierte sich darauf, die rechte Hand ebenfalls zur rettenden Kante zu bewegen. Sie zog den Arm hoch und schaffte es. Wenige Sekunden später kauerte sie auf dem Dach.

Pias Körper zitterte, als sie sich oben an der Kante aufrichtete, doch sie streckte die Arme in den Himmel und stieß einen Jubelschrei des Triumphes und der Erleichterung aus. Für einen Moment schloss sie dann die Augen und holte tief Luft, überwältigt von der Dankbarkeit, noch am Leben zu sein. Eine Sekunde lang hatte sie geglaubt, den kalten Hauch des Todes auf ihrer Haut zu spüren.

Ein klatschendes Geräusch riss sie aus ihrer Versunkenheit. Sie öffnete die Augen und blickte hinab. Aela stand vor dem Gebäude und applaudierte ihr mit langsamen, energischen Bewegungen. Pia meinte sogar, ein erleichtertes Lächeln auf ihrem Gesicht zu erkennen, aber sie war zu hoch, um es mit Sicherheit sagen zu können. Sie hob die Hand und winkte ihr zu.

Prüfung bestanden. Aela würde lange suchen müssen, um jemanden zu finden, der besser klettern konnte als sie.

Der Wind strich angenehm kühl über Pias erhitzte Haut, und sie blickte staunend auf den Ausblick, der sich ihr bot.

Auf der Südseite, aus der sie gekommen war, standen weitere graue, zum Teil verfallene Wohnblocks, auf denen Affen kletterten. Dahinter erstreckte sich, so weit das Auge reichte, grünes Land bis zu den Alpen, die sich majestätisch dahinter erhoben. Ein schöner Anblick, doch für Pia nichts Ungewöhnliches.

Dann jedoch blickte sie nach Norden, und ihr Mund klappte auf.

Vor ihr lag MUC. Sie hatte gewusst, dass die Stadt groß war. Aber sie hatte es nicht für möglich gehalten, dass die Menschen der alten Zeit tatsächlich *so* große Städte gebaut hatten.

Denn MUC war schlichtweg riesig.

Es erstreckte sich fast von einem Ende des Horizonts zum anderen. Wohnblocks, kleinere und größere Häuser sowie flache Industriegebäude reihten sich aneinander, so weit das Auge reichte. Dazwischen Grün. Sehr viel Grün. Scheinbar hatte die Natur auch vor der Großstadt nicht haltgemacht. Außerdem entdeckte Pia über das ganze Stadtgebiet verteilt zahllose verschiedenartige Türme, die wahrscheinlich zu Kirchen gehörten. Zwei davon erregten ihr besonderes Interesse. Sie hatten runde, grünlich schimmernde Kuppeln, gehörten zu einem Gebäude und wären identisch gewesen – aber ein Teil der Mauer des rechten Turmes war eingestürzt, so dass er wie ein ausgeweidetes Tier wirkte.

Als Pia ihren Blick weiter schweifen ließ, entdeckte sie zudem turmartige Häuser mit glänzenden Fassaden aus viel Glas. Häuser, die unvorstellbar hoch und wunderschön waren, wie sie majestätisch in der Sonne funkelten und allen Gesetzen der Schwerkraft zu trotzen schienen. Dennoch war selbst aus der Entfernung zu sehen, dass sie stark unter den Einflüssen der Zeit gelitten hatten. Das Glas war größtenteils zerstört, und an manchen Stellen waren von den einstmals stolzen Gebäuden nur noch Stahlskelette übrig. Nur wenige Kilometer entfernt erkannte Pia zudem kleine Rauchsäulen. Dort lebten eindeutig Menschen.

Ein Pfiff riss sie aus ihrer faszinierten Erstarrung. Sie sah sich um. Auf dem Dach saßen unweit von ihr zwei kleine braungraue Affen, die sie neugierig und etwas ratlos musterten. Anscheinend wunderten sie sich, warum dieser komische Mensch hier hochgeklettert war, um nun mit offenem Mund vor sich hin zu starren.

Pia blickte nach unten, und ihr wurde bewusst, dass Aela gepfiffen hatte. Sie wollte, dass sie wieder herunterkam. Pia warf einen letzten Blick auf die vor ihr liegende Stadt, von der sie so oft geträumt hatte, dann machte sie sich an den Abstieg.

Obwohl sie diesmal vorsichtiger war als beim Aufstieg, sprang sie nur wenige Minuten später auf das weiche Gras, das die Straße unter dem Fenster im Erdgeschoss überwuchert hatte.

»Ich dachte schon, du wolltest da oben übernachten.« Aela klang beherrscht und unnahbar wie immer, doch in ihren Augen konnte Pia deutlich die Erleichterung erkennen, dass sie sie nicht vom Asphalt kratzen musste.

»MUC ist so riesig!« Pias Stimme überschlug sich beinahe vor Begeisterung.

Aela blickte sie einen Moment stumm an, dann lachte sie herzhaft und warm. Pia hatte sie noch nie so lachen gehört. Erleichterung schwang darin mit – und Sympathie.

»Du weißt, dass es in der alten Zeit viel größere Städte gegeben hat als MUC? Im Vergleich zu den Megacitys der alten Welt war MUC fast schon ein Dorf«, sagte sie schließlich und ging in die Richtung, aus der sie gekommen waren.

»Unvorstellbar. Warum hat man damals so gewaltige Städte gebaut?«

»Weil es unendlich viele Menschen gab. Und weil man es konnte.«

Einen Moment schaute Aela nachdenklich in die Ferne, dann fasste sie Pia an die Schulter.

»Das war sehr beeindruckend.«

»Danke.« Pia konnte sich ein breites Grinsen nicht verkneifen.

Aela sah es und kniff sie in die Seite.

»Aber wenn ich dich dabei erwische, dass du noch mal so leichtsinnig bist und meine Anweisungen nicht befolgst, dann erwürge ich dich eigenhändig, verstanden?«

6. Kapitel

Untergrund

Am späten Nachmittag durchquerte die Gruppe die Vororte von MUC und näherte sich langsam dem Stadtkern. Pia fiel auf, dass Aela und ihre Leute zunehmend nervöser wurden und die verlassenen Gebäude aufmerksam beobachteten, die nach und nach in rötliches Abendlicht gehüllt wurden. Sie hatten die Reisenden nach der Mittagspause darauf eingeschworen, von nun an keinerlei unnötigen Lärm zu machen, sich nur noch im Flüsterton zu unterhalten und unbedingt den Anweisungen der Schlepper genauestens Folge zu leisten – zur eigenen Sicherheit.

Einerseits kam Pia das alles sehr merkwürdig vor. Gab es etwa so nah am bewohnten Teil von MUC noch Banditen? Andererseits war sie nach ihrem Kletterausflug noch immer so euphorisch, dass sie keine Lust hatte, sich großartig darüber Gedanken zu machen.

Robin hatte sich sehr darüber gefreut, dass Pia in MUC fürs Erste bei ihnen bleiben würde. Sie verschwieg ihm allerdings den Beinahe-Absturz, und auch Aela äußerte sich nicht weiter dazu.

Jetzt, da sie kurz davor war, die Stadt ihrer Träume zu betreten, hätte Pia Robin am liebsten Löcher in den Bauch gefragt. Sie zwang sich jedoch, ruhig zu bleiben – *cool,* wie es Robin und die anderen auszudrücken pflegten – und die von Aela angeordnete Stille einzuhalten.

Die Gruppe eilte nun im Gänsemarsch durch vergleichsweise kleine Nebenstraßen und verwachsene überwucherte Gässchen, wobei Aela darauf achtete, dass alle möglichst im Schatten der Bäume blieben. Hin und wieder sah Pia noch ein paar Affen, aber es wurden weniger, je weiter sie in die Stadt vordrangen. Alles war stark überwachsen, und überall zwitscherten Vögel.

Sie kamen vorbei an kleinen Läden mit eingeschlagenen Schaufenstern, geplündert und verwüstet. Auch hier befanden sich die meisten Häuser in keinem guten Zustand. Überall blätterte der Putz von den Wänden, und etliche Steine fehlten in den Fassaden. In einigen der geplünderten Häuser standen zahlreiche Tische, Bänke und Stühle und ließen noch deutlich erkennen, was sie einmal gewesen waren. Pias Großvater hatte ihr einmal erzählt, dass es in der alten Zeit sogenannte Bars und Restaurants gegeben habe, Orte, an denen sich Menschen getroffen hätten, um zu essen und zu trinken. Dennoch wunderte sie sich, dass es so viele waren, je tiefer sie nach MUC hineinkamen. Die Menschen der alten Zeit hatten wohl viel Zeit für Muße gehabt. Pia stellte sich vor, wie wunderbar es gewesen sein musste, einfach in so einen Laden hineinzuspazieren und zu essen, worauf immer man Lust hatte.

Schließlich erreichten sie eine sehr breite Straße, die an die Autobahn erinnerte, sich jedoch mitten durch die Stadt zu ziehen schien. Gras und Löwenzahn wuchsen an manchen Stellen aus dem Asphalt, jedoch keine Bäume. Links sank die Straße ab und mündete in etwas, das ein Tunnel sein musste. Pia hatte davon gehört, dass die Menschen der alten Zeit in der Lage gewesen waren, Straßen unter der Erde oder sogar durch Berge zu bauen. Zu gerne wäre sie hineingegangen, um das Wunder der Baukunst aus der Nähe betrachten zu können, doch etwas anderes jenseits der großen Straße erregte ihre Aufmerksamkeit. Schon seit sie den Affenbezirk verlassen hatten, wunderte sie sich, warum so wenige Autowracks zu sehen waren. Vielleicht hatten die alten Bewohner MUCs keine Fahrzeuge benutzt und waren überall zu Fuß hingegangen? Aber mit dieser Annahme lag sie wohl falsch. Die Menschen des alten MUCs hatten sehr wohl Autos besessen. Sie standen nur nicht auf den Straßen herum und rosteten langsam vor sich hin. Jemand hatte sie eingesammelt und einem neuen Zweck zugeführt.

Staunend betrachtete Pia die vor ihr liegende Barrikade. Sie war etwa fünf Meter hoch, an manchen Stellen sogar noch höher, und bestand ausschließlich aus Autowracks. Wie eine riesige Grenzmauer erstreckte sie sich in beide Richtungen durch die Stadt.

»Dahinter beginnt das eigentliche MUC«, flüsterte Robin ihr zu.

Pia wollte etwas erwidern, Hunderte von Fragen schossen ihr durch den Kopf. Wer hatte diese Grenzmauer gebaut? Und warum? Wieso durfte man nicht auf sie aufmerksam werden? Weshalb mussten sie vorsichtig sein? Waren Neuankömmlinge in MUC etwa nicht willkommen? Doch Robin hielt den Finger vor die Lippen und bedeutete ihr, leise zu sein. Seine sonst so verschmitzten Augen wirkten sehr ernst.

Aela und ihre Leute wiesen die Gruppe per Handzeichen an, dicht an den Hausmauern zu bleiben. Die Sonne ging gerade in einem Meer aus Purpur unter, und einige letzte Strahlen kämpften sich zwischen den heruntergekommenen Häusern hindurch, doch die Straße, auf der sie sich bewegten, lag bereits im Schatten der Abenddämmerung.

Alle waren still und bewegten sich so geräuschlos wie möglich, sogar die Kinder. Selbst sie konnten die Anspannung der Erwachsenen und der sonst so selbstbewussten Schlepper spüren.

Plötzlich bedeutete Sam der Gruppe stehenzubleiben. Sie hatten ein stark heruntergekommenes und halb eingefallenes Wohnhaus erreicht, das aussah, als wäre es mehrere Jahrhunderte alt. Es hatte drei hohe Stockwerke mit langgezogenen Fenstern, die mit bröckelndem Stuck versehen waren. Aela zog ihre Pistole und schlich sich katzenartig durch die schiefhängende Tür in das alte Gebäude.

Sam blieb im Türrahmen stehen, während Robin weiterhin die Barrikade beobachtete. Dies konnte nur bedeuten, dass die Bewohner von MUC Gäste nicht willkommen hießen. Aber wieso? War es Migranten verboten, in die Stadt zu kommen?

Die nächsten Minuten vergingen nur sehr langsam, und die allmählich einsetzende Dunkelheit kroch über die verlassenen Gehsteige der Stadt. Dann tauchte Aelas blasse Hand in der Finsternis des Türrahmens auf. Sie winkte die anderen heran.

Einer nach dem anderen betraten sie nun das verfallene Gebäude. Pia und Robin bildeten die Nachhut. Doch als sie durch die holzwurmzerfressene Tür ins Innere des ehemals prächtigen und nun einsturzgefährdeten Hauses gehen sollte, erfüllten Pia mit einem Mal Bedenken.

Wenn du durch diese Tür gehst, wird dein Leben nie wieder so sein wie vorher.

Aber sie wollte doch, dass ihr Leben nie wieder so war wie vorher, widersprach sie der inneren Stimme. Es war absurd, dass sie nach allem, was sie durchlebt hatte, so kurz vor dem Ziel kalte Füße bekam. Sie holte tief Luft und fegte ihre Bedenken beiseite. Ein Lächeln huschte über ihre Lippen, und sie schüttelte über sich selbst den Kopf.

In dem Haus roch es nach Moder und Verfall. Es war so finster, dass Pia die Menschen vor sich nur als Schemen wahrnehmen konnte. Sie stolperte in der Dunkelheit. Robin griff nach ihrem Arm und hielt sie fest. Jemand zündete ein Feuerzeug an.

»Licht aus!«, zischte Robin. »Man kann es draußen sehen!«

Sofort wurde die kleine Flamme gelöscht. In dem schwachen Schein hatte Pia eine mit Schnitzereien versehene Treppe aus dunklem Holz gesehen, die sich elegant nach oben schwang.

Als das Haus gebaut worden war, musste es sehr vornehm gewesen sein.

Sie gingen an der Treppe vorbei und erreichten steinerne Stufen, die in den Keller führten. Der Geruch von nassem Stein und Schimmel drang herauf, als einer nach dem anderen den Schleppern nach unten folgte.

Die Treppe machte eine Biegung, hinter der Licht schimmerte. Aela hatte ein langes Streichholz angezündet, während Sam damit beschäftigt war, ein verrottetes Möbelstück beiseitezuschieben, das vielleicht einmal ein Bett gewesen war. Der feuchte Kellerraum sah verwüstet und geplündert aus und war jetzt voller Leute. Wer nicht hineinpasste, stand auf der Treppe. Pia fragte sich, was sie hier wollten, als sie den Grund ihres Hierseins sah. Unter dem alten Bett wurde eine Luke sichtbar, die in tiefe Finsternis zu führen schien. Eine klapprige Leiter ragte daraus hervor.

Nachdem alle die Leiter hinabgeklettert waren, verdeckte Sam die Luke wieder sorgfältig und verschloss die Falltür. Aela und Robin zündeten sorgsam bereitgelegte Fackeln an.

»Das Gröbste haben wir hinter uns.« Aela lächelte.

Allgemeine Erleichterung breitete sich aus, und ein kleines Mädchen kicherte.

Sie befanden sich in einem schmalen, steinernen Tunnel, der gerade so hoch war, dass Sam darin stehen konnte, ohne mit dem Kopf an die Decke zu stoßen. Der unterirdische Gang wirkte alt, er war vielleicht sogar noch älter als das zerfallene Gebäude darüber. Wer ihn wohl gebaut hatte und wozu?

Die Wände waren feucht und glänzten im Schein der rußigen Flammen. Eine große schwarze Spinne floh vor den Eindringlingen und dem Licht. Mit jener unheimlichen, geräuschlosen Geschicklichkeit, zu der nur Spinnen in der Lage waren, krabbelte sie die nackte Wand hoch und verschwand in einer Spalte dicht unterhalb der Decke. Pia bekam eine Gänsehaut. Zum einen war es hier unten um einiges kälter als an der Oberfläche, und zum anderen mochte sie keine Spinnen. Und diese hier war größer als alle, die ihr bisher untergekommen waren. Wenn sie die Lichtreflexe der Fackeln nicht getäuscht hatten, war sie fast so groß wie ihre Handfläche gewesen.

»Endspurt, Leute«, ermunterte Aela die Gruppe, und ihre feste Stimme hallte den finsteren Gang hinab. »Ich will zum Abendessen zu Hause sein.«

Der Tross setzte sich in Bewegung. Der Gang führte steil nach unten und war glitschig. Nach etwa hundert Metern mündete er in eine kleine Ausbuchtung, die vielleicht einmal als geheimer Lagerplatz oder Versteck gedient hatte. Pia entdeckte eine halbrund geformte Stahltür in der Ecke, die mit ihren großen Bolzennieten ganz anders aussah als die Türen aus der alten Zeit, die sie bisher gesehen hatte. Aela ging direkt darauf zu, und das quietschende Geräusch von Stahl auf Stahl ging durch Mark und Bein, als sie die Tür öffnete.

Ein leichter Wind wehte aus der Dunkelheit hoch, als befände sich hinter der Tür eine große Höhle. Die rostigen Metallgriffe einer weiteren Leiter wurden im Schein des Feuers sichtbar. Aela übergab ihre Fackel an Sam und stieg leichtfüßig auf die Leiter, ehe sie in der Dunkelheit verschwand. Kurz darauf warf Sam ihr die Fackel zu und kletterte dann ebenfalls nach unten. Als Nächstes waren die Migranten dran. Es dauerte eine Weile, bis Pia an die Reihe kam, denn Robin und sie bildeten noch immer die Nachhut. Sie wunderte sich, wohin Aela die Gruppe führte und wieso sie die Stadt unterirdisch betreten mussten.

Als sie schließlich die Leiter hinabstieg, wurde ihre Verwirrung noch größer, denn beim Aufkommen auf dem Boden knirschte dieser unter ihren Füßen. Er war über und über mit schwarzen scharfkantigen Steinen bedeckt. Ein beißender Geruch von Öl und Stahl lag in der Luft. Der Tunnel, in dem sie sich nun befanden, war viel größer und höher als der unterirdische Gang, der sie hierhergebracht hatte. Zudem wirkte die Decke im flackernden Schein der Fackeln gebogen, so als wäre der Tunnel nichts anderes als eine gewaltige steinerne Röhre. Fasziniert betrachtete Pia die Decke und ging ein paar Schritte vorwärts, bis ihre Füße in der Dunkelheit an etwas hängen blieben. Als sie hinabblickte, entdeckte sie zwei parallel zueinander verlaufende Stahlbalken, die in beiden Richtungen endlos in die Finsternis zu reichen schienen – genau wie der Tunnel selbst.

»Wo sind wir?«, fragte sie Robin, während die Gruppe Aela den Tunnel entlang folgte. Pia war mit ihrer Verwunderung nicht allein. Einige in der Migrantengruppe schienen ebenso verdutzt und beeindruckt zu sein wie sie.

»In der U-Bahn«, antwortete er, als wäre dies das Natürlichste von der Welt.

»U-Bahn?«

»Ein unterirdisches Schienensystem«, erklärte Robin. »Das Netz verläuft unter ganz MUC. In der alten Zeit fuhren hier Züge, die jeder benutzen konnte, um schnell von einem Ende der Stadt zum anderen zu kommen.«

Pias Augen weiteten sich. Sie hatte schon von sogenannten Zügen gehört, die auf Schienen fuhren und sehr viele Menschen mit unglaublicher Geschwindigkeit befördern konnten. Aber Züge unter der Erde? Die Menschen der alten Zeit waren in der Lage gewesen, so gigantische Tunnel zu bauen, dass Züge darin fahren konnten? Gab es irgendetwas, das die alte Welt nicht fertiggebracht hatte?

»Wie groß ist dieses Tunnelnetz?«, fragte sie schließlich.

»Keine Ahnung, um ehrlich zu sein. Mehr als hundert Kilometer auf jeden Fall. Kaum jemand kennt sich hier unten so richtig aus, und die Menschen auf der Oberfläche haben Angst hinabzusteigen. Sie sagen, es gibt hier Geister und Dämonen.« Robin grinste spitzbübisch. »Gut für uns.«

In diesem Moment versperrte etwas Großes, Dunkles der Gruppe den Weg. Der Schein der Fackeln traf auf gläserne Oberflächen, rostigen Stahl und erleuchtete Reste blauer Lackierung, der jedoch hundert Jahre alter Rost stark zugesetzt hatte.

»Eine liegengebliebene U-Bahn«, erklärte Robin. »Die Dinger sind überall in den Tunneln zu finden. Sind einfach stehen geblieben, als ihnen der Saft ausging.«

Pia betrachtete die Bahn, die wie ein riesiger toter Wurm vor ihnen lag. Sie versuchte sich vorzustellen, wie es wohl war, als diese Züge mit halsbrecherischer Geschwindigkeit durch die Tunnel rasten, vollbesetzt mit Menschen. Es gelang ihr nicht. Es war zu phantastisch.

Zwischen den kalten Wänden und der U-Bahn war links und rechts nur ein schmaler Streifen frei. Es war nicht leicht, sich dort hindurchzuquetschen, zumal fast alle Erwachsenen schweres Gepäck bei sich hatten. Während sie an dem alten Zug entlangging, spähte Pia durch eines der schmutzigen, aber noch gut erhaltenen Fenster. Ein skelettiertes Gesicht blickte ihr im Schein von Robins Fackel entgegen. Seine Augen wurden im flackernden Licht wieder lebendig, und die fauligen Zähne waren zu einem boshaften Grinsen entblößt. Pia zuckte zusammen.

Robin kicherte leise. »Bist nicht die Erste, der das passiert. Die sind hier überall.«

Erst da bemerkte Pia die anderen. Der Zug war voller Leichen. Sie lagen neben- und übereinander auf dem Boden des Waggons. Manche saßen, wie das Skelett, das sie zuerst gesehen hatte, noch auf den rissigen Polstern, ganz so, als würden sie darauf warten, dass die Bahn ihre Reise fortsetzte. Ein aufgeschlagenes Buch lag auf dem Schoß des Toten am Fenster, die Leiche ihm gegenüber hatte seltsame, weiße Stecker in den Überresten seiner Ohren, die mit einem weißen Kabel verbunden waren. Ein paar Sitze weiter kauerte ein Skelett, das Pias Interesse weckte. Es trug Überreste von Frauenkleidung und hatte seine Arme um etwas geschlungen. Bei genauerem Hinsehen erkannte sie, dass es sich dabei um die Leiche eines Säuglings handelte. Die winzigen Knochenhändchen hatten sich um die der Mutter gekrallt, und ein rosafarbener Schnuller hing noch an einem Bändchen um seinen Hals. Ein eiskalter Schauer durchfuhr Pia und sie wandte den Blick ab. Das große Sterben hatte vor niemandem haltgemacht. Kein Wunder, dass die Menschen die alte U-Bahn fürchteten. Sie war ein endloses Massengrab.

Wie fast die ganze Welt.

Pia war froh, als der Zug hinter ihnen war und nur die unendliche Schwärze des Tunnels vor ihnen lag, aus dem ein leichter, kühler Wind wehte. Nur wenige Minuten später weitete sich die finstere Röhre und mündete in eine unterirdische Halle, wo sie auf einen weiteren Zug stießen, der hier bis in alle Ewigkeit mit seinen stummen Passagieren auf eine Weiterfahrt wartete. Dieses Mal war es jedoch leichter, an ihm vorbeizukommen. Sam und Aela kletterten auf eine Plattform und halfen dann den Reisenden hinauf. Pia folgte ihnen und sah sich im unbeständigen Licht der Fackeln um. Wenn sie sich nicht täuschte, dann musste dies eine Art Bahnhof für die unterirdischen Züge gewesen sein. Die Wände waren mit grünlichen Fliesen bedeckt, die an mehreren Stellen abgeplatzt waren. Links und rechts führten Treppen nach oben, die jedoch in den oberen Bereichen verbarrikadiert zu sein schienen. Ein paar Bänke aus gitterartigem Metall waren über die Plattform verteilt. In der Mitte stand eine Art kleiner Schuppen, auf dessen Vordach noch das Wort »Snacks« zu lesen war. Die Tür hing in den Angeln, und was immer Snacks gewesen sein mochten, irgendjemand hatte sie vor langer Zeit geplündert. Eine riesige Ratte huschte durch die Tür und verschwand in der Dunkelheit des Treppenaufgangs. Als Pia an der Snacks-Bude vorbeiging, entdeckte sie an deren Wand noch ein paar alte Plakate. »Metallica: Live on Tour!« stand auf dem, das noch halbwegs leserlich war. Sie hatte keine Ahnung, was das zu bedeuten hatte, die Sprache war ihr fremd. Aber es konnte nichts Gutes sein, denn ein Totenkopf und ein Sarg waren auf dem Plakat abgebildet. Auf der anderen Seite der Plattform bewegte sich etwas im unsteten Licht. Anscheinend gab es hier noch mehr Ratten. Am anderen Ende des Bahnsteigs angekommen, kletterten sie erneut in einen stockfinsteren Tunnel. Kaum jemand sagte etwas. Pia war wohl nicht die Einzige, die die Atmosphäre gespenstisch fand.

Bereits nach kurzer Zeit hatte sie völlig die Orientierung und ihr Zeitgefühl verloren. Aela führte die Gruppe zielstrebig durch ein Labyrinth aus Tunneln und schmalen Durchgängen, die sich immer wieder kreuzten. Hin und wieder passierten sie einen der alten Bahnhöfe. Die meisten waren stark heruntergekommen und stanken nach Rattenkot und verwestem Müll. Pia konnte sich beim besten Willen nicht vorstellen, wie Aela die Orientierung behielt und sich nicht verlief.

»Wir haben da unsere Tricks«, sagte Robin, als sie ihn leise danach fragte.

»Und zwar? Die Tunnel sehen doch alle gleich aus!«

Robin grinste sie an, antwortete jedoch nicht.

Ein paar Minuten später stupste er sie an der Schulter und zeigte auf einige Symbole, die dicht über dem Boden in gelber Farbe an die halbrunde Wand gemalt waren: zwei kleine Kreise und ein Dreieck. Nur im Fackelschein und wenn man genau wusste, wo man zu suchen hatte, war die Zeichnung zu erkennen.

Pia wollte schon fragen, was es mit den Symbolen auf sich

hatte, doch Robin schüttelte kaum merklich den Kopf und deutete mit dem Kinn auf die Gruppe der Reisenden vor ihnen. Sie verstand. Die Schlepper wollten nicht, dass die Migranten wussten, wie sie in den Untergrundtunneln navigierten.

»Warum gehen wir eigentlich durch die Tunnel?«, flüsterte sie nach einer Weile. Aela hatte ihnen zwar nicht verboten, laut zu sprechen, doch Pia fand eine leise Stimme in dieser Umgebung angemessen. »Gibt es keinen einfacheren Weg?«

»Natürlich gibt es den. Einfach durch das Haupttor oder eines der drei Nebentore.« Der Sarkasmus in Robins Stimme war unüberhörbar.

»Sie lassen einen nicht rein?«

»Bingo!«, bestätigte er und benutzte mal wieder ein ihr unbekanntes Wort. »Nur wenn du einen Passierschein hast oder die Wachen dich kennen, lassen sie dich rein. Ansonsten hast du Pech gehabt. Die Tore und Schutzmauern werden streng bewacht. Von Männern, deren Waffen nicht nur Attrappen sind.«

»Aber warum?«

»Weil nicht noch mehr Leute von außen reinkommen sollen. Die Ressourcen sind knapp … und die ›heilige‹ Ordnung der Stadt könnte gestört werden.«

Pia ging ein Licht auf. »Deswegen bezahlen euch die Migranten. Damit ihr sie hineinschmuggelt. Und was passiert, wenn wir erwischt werden?«

Robin schwieg einen Moment. Das hieß wohl, dass es besser war, sich nicht erwischen zu lassen.

»Ich fürchte, du wirst noch feststellen, dass MUC nicht das gelobte Land ist, das du dir vorgestellt hast.« Robins Stimme schien sich der Düsternis des Tunnels anpassen zu wollen. Er deutete auf die Gruppe vor ihnen. »Die alle werden das. Es ist nicht das Land, in dem Milch und Honig fließen, so wie man es sich draußen, vor allem in den südlichen Regionen, erzählt. Hier fließen eher Blut und Tränen.«

Stunde um Stunde arbeiteten sie sich durch das unwegsame und verwirrende Labyrinth vorwärts. Pia fürchtete schon, ihre Reise durch die Unterwelt würde kein Ende nehmen, als Aela endlich den Tunnel verließ und sie in einen schmalen Seitengang führte. Nach wenigen Metern tauchte eine alte Leiter im Lichtschein auf, und die Migranten stiegen einer nach dem anderen hinauf.

Pia und Robin kletterten als Letzte hoch und fanden sich erneut in einem kleineren Tunnel wieder. Sowohl die Wände als auch der Boden waren feucht, und unweit der Luke hörte man das Plätschern von Wasser. In der Luft lag ein fauliger Geruch.

Die Gruppe folgte Aela und Sam etwa hundert Meter durch die Röhre, die wahrscheinlich in der alten Zeit zur Kanalisation gehört hatte, bis sie eine weitere Leiter erreichten. Diese war in so schlechtem Zustand, dass Pia befürchtete, sie würde ihnen nicht standhalten.

»Endstation, Herrschaften.« Aela drehte sich zur Gruppe. Selbst sie sah mittlerweile müde aus. Ein Raunen ging durch die Reisenden. Während der Wanderung durch die Tunnel waren die meisten in ein fast meditatives Schweigen gefallen, nun erwachten sie wieder zum Leben.

»Bevor wir uns verabschieden, zahlt jeder noch die zweite Hälfte der vereinbarten Summe.« Sam versuchte gar nicht erst zu verbergen, dass er es kaum noch erwarten konnte, die Migranten wieder loszuwerden. Er holte ein zerknittertes Blatt Papier hervor und ging die Gruppe der Reihe nach ab. Beutel mit klimperndem Inhalt wechselten den Besitzer. Manche übergaben jedoch Gegenstände, die Pia im Fackelschein nicht genau identifizieren konnte. Kleine, weiße Päckchen, einen Stab, der auf Knopfdruck leuchtete, einen mit Flüssigkeit gefüllten Kanister und einiges mehr.

Robin hielt sich etwas abseits. Er hatte sich an ein altes Rohr gelehnt und sah erschöpft aus.

»Was wird jetzt aus ihnen?«, fragte Pia leise.

Er zuckte mit den Schultern. »Keine Ahnung. Und offen gesagt, interessiert es mich auch nicht wirklich. Unser Job war es, sie hierherzubringen, mehr nicht. Von nun an sind sie auf sich gestellt. Viele kennen jemanden, der bereits in der Stadt wohnt, bei dem sie erst mal unterkommen. Die anderen werden es schwer haben. Sehr schwer.«

Auch wenn die meisten der Reisenden nichts mit Pia zu tun haben wollten, so hatte sie sich doch im Laufe der Wanderung an sie gewöhnt. Sie betrachtete ein kleines Mädchen mit rotblonden Zöpfchen, das im Arm seiner Mutter schlief. Es fühlte sich seltsam an, plötzlich getrennte Wege zu gehen, so als ob ein Kapitel für immer geschlossen würde. Gleichzeitig war sie erleichtert, dass sie bei Robin und den anderen eine erste Anlaufstelle hatte. Sie hatte keine Ahnung, was sie sonst gemacht hätte, ganz allein mitten in einer fremden, riesigen Stadt, in der Neuankömmlinge scheinbar nicht gerade freundlich aufgenommen wurden.

Robin lächelte ihr zu. »Ich bin froh, dass du mit uns kommst«, sagte er, fast so als hätte er Pias Gedanken gelesen.

Pia lächelte zurück. »Ich auch.«

»Okay, Leute«, sagte Aela gerade laut genug, dass alle sie verstehen konnten. »Wenn ich die Luke geöffnet habe, möchte ich keinen einzigen Mucks mehr hören, verstanden? Wir kommen zwar an einer Stelle raus, die nicht bewohnt ist und nachts sicher sein müsste, aber man weiß nie. Seid ihr oben, kann und wird euch niemand mehr helfen, ihr seid auf euch gestellt. Alles klar?«

Ein zustimmendes, aber auch angespanntes Murmeln ging durch die Menge.

»Viel Glück«, wünschte Aela noch.

Dann kletterte sie die nicht gerade vertrauenerweckende Leiter hoch. Sie verschwand in einer schwarzen Luke, und Pia hörte ein Geräusch, wie wenn ein großer Stein weggeschoben würde. Kurz darauf kam Aela zurück und blieb auf halber Höhe stehen. Wie durch ein Wunder hielt die Leiter ihrem Gewicht stand. Sie war stabiler, als es den Anschein hatte.

»Die Luft ist rein«, flüsterte Aela. »Los geht's! Beeilung!«

Sie kletterte wieder nach oben und half von dort aus den Reisenden, die nun nach und nach sich und ihr Gepäck durch die Luke zwängten. Sam packte unten mit an. Sein Gesicht wirkte angespannt, und seine mächtigen Kiefer mahlten vor sich hin. Immer wieder warf er einen besorgten Blick nach oben.

»Das ist eine der gefährlichsten Passagen der Reise«, flüsterte Robin Pia ins Ohr. Sein Mund war ihrem Gesicht ganz nahe, und sie konnte seinen Atem auf ihrer Haut spüren. »Wenn irgendetwas schiefgeht, sitzt Aela auf dem Präsentierteller.«

»Was passiert, wenn man sie erwischt?«, wisperte Pia zurück.

»Dann ist sie so gut wie tot«, sagte er.

Ein eisiger Schauer lief ihr über den Rücken. Was war MUC bloß für ein Ort? Nichts, was sie bisher darüber gehört hatte, wirkte besonders einladend. Vielleicht würde sich ihr lebenslanger Traum am Ende als große Enttäuschung entpuppen? Aber das wollte sie einfach nicht glauben. Aller Gefahr zum Trotz wünschte sie, sie könnte mit Aela an der Oberfläche stehen. Die Neugier, wie es oben aussah, war größer als die Angst. Und auch wenn sich MUC noch so von ihren Vorstellungen unterscheiden sollte, irgendwo dort musste Paul sein.

Sie spürte, wie Robin ihre Hand ergriff, drückte und sie festhielt. Seine Haut war angenehm warm und die Berührung außerordentlich beruhigend.

Schließlich reichte Sam die letzten Bündel mit Gepäck nach oben, und kurz darauf erschienen Aelas Stiefel und schlanken Beine wieder auf der Leiter. Pia hörte, wie sie die schwere Luke schloss, dann sprang Aela die letzten Sprossen hinab. Sie klopfte sich Schmutz und Staub von den Händen, hob ihren Rucksack sowie die Fackel auf, die sie auf einer trockenen Stelle unweit der Leiter abgelegt hatte.

»Arme Schweine.« Hinter einer Portion Hohn und Zynismus hörte Pia aufrichtiges Mitleid in ihrer Stimme. »Ich wette, die Hälfte überlebt nicht mal das erste Jahr.«

»Die Wette gewinnst du.« Sam streckte sich und gähnte. »War eine anstrengende Tour. Mann, kann ich's kaum erwarten, endlich wieder in meinem Bett zu schlafen.«

Robin hatte Pias Hand wieder losgelassen. Die Anspannung war von ihm abgefallen. Erleichterung breitete sich in seinem müden jugendlichen Gesicht aus. »Und ich erst.«

»Verschwinden wir von hier.«

Keiner ließ sich Aelas Aufforderung zweimal sagen.

Erneut bahnten sie sich ihren Weg durch die Kanalisation zurück zum alten U-Bahn-Tunnel der Stadt. Trotz ihrer Müdigkeit kamen sie ohne die Gruppe mit ihrem vielen Gepäck und den Kindern wesentlich schneller voran. Aela, Sam und Robin plauderten und scherzten gelöst über Personen und Dinge, die Pia nicht kannte. Sie wirkten ganz anders als während der gesamten Reise mit den Migranten. Pia lief schweigend neben Robin her und hörte ihnen zu, schließlich gab es nicht viel, was sie dem Gespräch hätte beisteuern können. Was würde wohl aus den Menschen werden, die sie mitten in der Nacht irgendwo in MUC zurückgelassen hatten? War es wirklich so schwierig, in dieser Stadt zu überleben, dass Aela und die anderen so wenig Vertrauen in das Schicksal der Neuankömmlinge hatten? Eine kalte Angst ließ ihr Herz einen Moment verkrampfen. Was, wenn Paul es auch nicht geschafft hatte? Was, wenn ihr Bruder tot war?

Die Vorstellung, ihr Bruder könnte tot sein, wurde mit einem Mal so stark, dass Pia kurzzeitig keine Luft bekam. Panik drohte sie zu übermannen, und am liebsten hätte sie laut aufgeschrien. Sie atmete tief ein und zwang sich mit ganzer Kraft, ruhig zu bleiben. Er war am Leben. Er musste es sein, beruhigte sie sich. Außerdem machte es keinen Sinn, sich jetzt darüber Gedanken zu machen, sollte dem nicht so sein. Schnell verdrängte sie ihre Sorge und bemühte sich, an etwas anderes zu denken. Ehe sie ernsthaft nach Paul suchen konnte, musste sie erst einmal einen Weg finden, in MUC zu überleben. Darauf musste sie sich zunächst konzentrieren. Wenn das geschafft war, konnte sie sich auf die Suche nach Paul machen. Die anderen waren so in ihr Gespräch vertieft, dass sie nicht bemerkten, was in Pia vorging, und sie war froh darum.

Sie stießen jetzt viel öfter auf die verlassenen und in diesem Teil des Labyrinths größtenteils stark verschmutzten oder mit stinkendem Schlamm bedeckten U-Bahnhöfe. Pia dämmerte, dass Aela die Bahnhöfe absichtlich umgangen hatte, als die Migranten noch bei ihnen waren. Die unterschiedlich gekachelten oder bemalten Haltestellen waren Fixpunkte, an denen man sich orientieren konnte. Ließ man sie aus, konnte keiner der Migranten jemals die Strecke rekonstruieren, die sie gegangen waren. Auch Pia hatte innerhalb kürzester Zeit die Orientierung verloren.

Je länger sie durch die unheimlichen Tunnel wanderten, umso mehr fragte sie sich, wo ihre neugewonnenen Freunde sie wohl hinbrachten. Gegen ihren Willen zweifelte sie mehr und mehr daran, ob es die richtige Entscheidung gewesen war, mit ihnen zu gehen. Vielleicht hätte sie doch mit den Migranten an die Oberfläche gehen sollen, um sich so schnell wie möglich auf die Suche nach Paul zu machen?

»Was ist los, Prinzessin?«, fragte Sam, als sie gerade einen Bahnhof, der etwas größer war als die anderen, hinter sich ließen und sich die schwarze Enge der Röhre erneut um sie geschlossen hatte. »Freust du dich nicht, dass wir bald da sind?«

»Doch«, antwortete Pia. »Ich kann unterirdische Tunnel bald einfach nicht mehr sehen.« Sie wollte sich ihre Zweifel auf keinen Fall anmerken lassen.

Sam und Robin schauten sich an, dann fingen sie plötzlich an zu lachen.

»Was ist so lustig?«, fragte Pia.

»Ach nichts …«, erwiderte Robin scheinheilig.

»Lasst sie in Ruhe«, sagte Aela bestimmt. »Sie ist müde, und das alles muss ganz schön verwirrend auf sie wirken.«

»Jup«, brummte Sam. »Manchmal kann man sich die Scheiße nicht aussuchen, in der man leben muss.«

Sie hatten inzwischen die U-Bahn-Tunnel verlassen und mussten sich eine Weile erneut durch die feuchten, engen Gänge der Kanalisation zwängen. Plötzlich jedoch öffnete sich der schmale, stinkende Gang, und Pia traute ihren Augen nicht, als sie sah, wo sie sich befanden.

»Willkommen im Hades«, sagte Sam.

7. Kapitel

Hades

Pia blieb stehen und betrachtete mit weit aufgerissenen, staunenden Augen das unglaubliche Bild, das sich ihr bot. Vor ihr lag eine riesige Höhle, doch Pia konnte sich nicht vorstellen, dass sie natürlichen Ursprungs war. In den Bergen hatte sie zahlreiche Höhlen gesehen, und keine war auch nur im entferntesten mit dieser hier vergleichbar. Der Boden war aus Stein und die Decke wahrscheinlich an die zehn Meter hoch. Die Höhle war in etliche Kammern aus Stein, Stahl und Beton unterteilt. Auf den ersten Blick schien sie sich über Hunderte von Metern zu erstrecken, aber genau konnte Pia das unmöglich sagen, denn Wände und Ecken lagen im Dunkeln. Sie hörte das Rauschen von Wasser, irgendwo musste es also einen unterirdischen Bach oder sogar Wasserfall geben. Kein Zweifel, dieses Gebilde musste von Menschenhand erschaffen worden sein. Aber warum hatten die Menschen der alten Zeit so etwas gebaut? Und wie?

Aela musterte sie amüsiert und klopfte ihr auf die Schulter. »Glückwunsch, Prinzessin. Nur wenige bekommen das zu sehen, was du gerade anstarrst.«

Sie lachte, dann ließ sie sich geschickt eine Leiter hinabgleiten. Sam folgte ihr. Pia rührte sich nicht, sondern betrachtete weiterhin fasziniert, was sich vor ihr ausbreitete.

»Was ist das?«, stieß sie schließlich hervor.

»Ich würde sagen, dein neues Zuhause. Komm.«

Auch Robin kletterte hinab. Pia gab sich einen Ruck und schwang sich ebenfalls auf die Leiter. In ihr neues Zuhause.

Staunend folgte sie Aela und den anderen zur Siedlung, die sich im Zentrum der Höhle befand.

Die Häuser im Hades waren aus Holz und Blech gezimmert und bestanden zum Teil aus Gebäudestücken von der Oberfläche, wie zum Beispiel Türen. Manche hatten zwar ein Obergeschoss, aber kein Dach. Fast alle waren beleuchtet, und der Schein von Kerzen, Öllampen und Feuern verlieh dem seltsamen Ort eine bizarre Heimeligkeit.

Pia konnte nicht sagen, wie viele Häuser es genau waren, denn das unterirdische Dorf war über mehrere Kammern der Höhle verteilt. Kinder spielten an einem großen Feuer, das in der Mitte eines Platzes brannte, der vermutlich als Versammlungsort diente.

Als sie sich der Siedlung näherten, traten wie aus dem Nichts drei Gestalten aus der Dunkelheit und stellten sich ihnen in den Weg. Pia zuckte unwillkürlich zusammen. Offensichtlich standen an strategisch wichtigen Punkten Wachen. Und anscheinend wussten die Menschen im Hades meisterlich, das Spiel von Dunkelheit und Schatten für sich zu nutzen.

»Dachte schon, ihr pennt«, empfing Aela die drei lächelnd.

»Hey!«, antwortete einer der Männer gespielt beleidigt. Seine Haut war rötlich, und er war kaum älter als Pia. »Wir haben euch schon gesehen, als ihr aus dem Tunnel gekrochen seid. Der große Stinker ist unverkennbar!«

Er deutete auf Sam. Zu Pias Überraschung wurde dieser jedoch weder wütend noch grimmig. Stattdessen ging er auf den Mann zu, umarmte ihn und rieb freundschaftlich seinen zotteligen Rotschopf. Jetzt erst fiel Pia die Ähnlichkeit auf. Dasselbe breite Kinn, die runden Augen und buschigen Augenbrauen. Die beiden mussten Brüder sein. Nun begrüßten auch die anderen Aela, Robin und Sam. Sam schüttelte allen die Hand und gab seinem Bruder einen kräftigen Klaps auf den Rücken. Pia musste lächeln.

»Wir haben euch schon vor ein paar Tagen zurückerwartet«, sagte Sams Bruder. »Was war denn los?«

»Komplizierte Fracht«, antwortete Aela knapp.

»Sind diese Pussies das nicht immer? Hat sich's wenigstens gelohnt?«

Aela machte eine abwehrende Handbewegung. »Nicht wirklich. Die armen Schweine werden immer ärmer. Und einen Nackten kann man nicht ausziehen, wie man so schön sagt.«

»Wer ist das denn?« Einer der Wächter deutete auf Pia, die sich bisher im Hintergrund gehalten hatte. Alle Köpfe drehten sich nun zu ihr.

»Das ist Pia. Sie gehört zu uns«, sagte Robin schnell.

Sams Bruder trat näher und wollte nach Pias Haaren greifen.

»Sie ist …«, begann er, doch Aela schlug mit einer erstaunlich schnellen Bewegung seine Hand weg.

»Finger weg! Oder möchtest du, dass man dich antatscht wie ein Stück Vieh?«

Sofort wichen Sams Bruder und die anderen zurück, und Pia atmete erleichtert auf. Sie hasste es, wenn Leute ungefragt ihre Haare anfassten.

»Wir haben keinen Platz für Streuner«, warf einer der Wächter etwas zaghaft ein. »Du kennst die Regeln …«

»Natürlich kenne ich die Regeln, Idiot«, erwiderte Aela scharf. »Ich habe sie gemacht.«

Sie zog Pia mit sich mit. Sam schnitt seinem Bruder und den anderen eine schadenfrohe Grimasse und folgte den beiden gemeinsam mit Robin.

Später, als Pia auf der alten Matratze in Robins kleinem Häuschen lag und nach oben blickte, fühlte sie sich gleichzeitig erschöpft und aufgewühlt. Das Häuschen war nur teilweise überdacht, und so konnte sie ungehindert auf das Gewölbe der Höhle schauen. Das war zwar kein Himmel, aber es tat gut, endlich mal wieder bequem zu liegen. Seit sie aus ihrem Dorf geflohen war, hatte sie nicht mehr in einem richtigen Bett geschlafen, geschweige denn sich nachts sicher gefühlt.

Sie sah sich um. Das Licht in der Hütte war gelöscht, doch sie konnte Robin am gegenüberliegenden Ende leise schnarchen hören. Er hatte ihr angeboten, bei ihm zu übernachten. Da sie erst spät in der Nacht angekommen waren, hatte Aela entschieden, dass Pia erst am nächsten Morgen herumgeführt und vorgestellt werden würde. Pia war ihr unendlich dankbar dafür, denn sie war ziemlich erschöpft, und die neuen Eindrücke drohten sie zu überwältigen.

Das alte, leicht rostige Bett, in dem sie lag, hatte Robins Mutter gehört, die vor wenigen Monaten gestorben war. Pia hatte stammelnd ihr Beileid bekundet, als sie davon erfuhr, doch Robin hatte abgewinkt.

»Es macht keinen Sinn, über den Tod zu reden. Er ist hier allgegenwärtig, das wirst du noch lernen.«

Pia streckte sich in ihrem Bett und musste erneut an ihren Bruder denken. War er tot, dann hatte sie keine Familie mehr. Doch noch ehe sie sich weiter den Kopf darüber zerbrechen konnte, war sie auch schon eingeschlafen.

Sie träumte davon, dass die U-Bahn noch in Betrieb war. Um Menschen in den Tod zu befördern. Ins große schwarze Nichts. »Das große Sterben« stand als Ziel auf dem Waggon, in den sich eine stumme Menschenmasse drängte. Sie wusste, dass sie all diese Menschen kannte, doch sie konnte ihre Gesichter nicht erkennen. Sie versuchte zu sehen, ob ihr Bruder darunter war, aber die Gesichter waren verschwommen und wirkten wie eine teigige, graue Masse. Einer nach dem anderen stiegen die Leute ein. Sobald sie den Waggon betreten hatten, verwandelten sie sich in vertrocknete Leichen mit dunklen Augenhöhlen.

Pia stand als Letzte in der Schlange, doch als sie an der Reihe war, schloss sich die Tür mit einem Quietschen, das nach einem wehleidigen Schmerzenslaut klang. Sie durfte nicht in den Zug. Plötzlich stand Robin neben ihr. Er trug ein schwarzes T-Shirt, auf dem ein Sarg und ein Totenkopf abgebildet waren.

»Psst!« Er presste einen Finger an seine Lippen. »Wir reden nicht darüber!«

Als Pia erwachte, war sie schweißgebadet. Sie konnte sich nicht mehr daran erinnern, was sie geträumt hatte, aber sie wusste noch, dass es kein guter Traum war. Orientierungslos sah sie sich um. Der Himmel über ihr war dunkel, doch ganz in der Nähe brannte eine kleine Lampe. Erst nach wenigen Sekunden begriff sie, wo sie war. Das über ihr war gar kein Himmel, es war die Decke der Höhle. Sie war genauso schwarz wie zu dem Zeitpunkt, als sie sich ins Bett gelegt hatte.

Pia wusste nicht, wie lange sie geschlafen hatte oder ob es Tag oder Nacht war. Mit einem Mal hatte die Finsternis der unterirdischen Siedlung etwas fürchterlich Beklemmendes.

»Du zitterst ja«, hörte sie Robins Stimme. »Ist alles okay?«

Er stand in der Mitte der Hütte und räumte ein paar Sachen aus seinem Rucksack. Eine kleine Öllampe erleuchtete sein Gesicht, das zu einem sorgenvollen Stirnrunzeln verzogen war.

»Ja, alles okay.« Sie lächelte ihn beruhigend an. »Ich hab bloß schlecht geträumt.« Es tat gut zu wissen, dass es jemanden gab, der sich um sie sorgte. Schlagartig fühlte sie sich nicht mehr so allein, und die Finsternis wirkte nur halb so bedrohlich.

Sein Stirnrunzeln wurde tiefer. »Meine Mutter pflegte zu sagen: Träume in der ersten Nacht an einem neuen Ort gehen in Erfüllung.«

Ein Schaudern kroch über Pias Rücken wie eine eiskalte kleine Spinne.

Robin sah ihre Bestürzung und lächelte. »Mach dir keine Sorgen, ist nur Aberglaube. Meine Mutter hat ihr ganzes Leben hier verbracht, also konnte sie bezüglich Ortswechsel wohl kaum aus Erfahrung sprechen.«

Er reichte ihr eine metallene Tasse. »Hier ist etwas Wasser.«

»Danke.« Sie setzte sich auf. Die Vorstellung, das ganze Leben in der Dunkelheit zu verbringen, gefiel ihr ganz und gar nicht. »Deine Mutter hat die Höhle niemals verlassen?«

»Das ist keine Höhle«, berichtigte Robin.

»Es ist aber von Menschen geschaffen, stimmt's?«

Robin nickte. »Das hier war mal ein Wasserreservoir. Es wurde als Schutz gegen Hochwasser gebaut vor zweihundert Jahren oder so. Bei Bedarf konnte es geflutet werden, aber wir haben die Schleusen unbrauchbar gemacht, also keine Sorge. Der E-Garten ist genau über uns.«

»E-Garten?«

»Hieß mal Englischer Garten und war der Stadtpark. Was davon noch übrig ist, dient heute als Ackerland. Auf diese Weise kann sich MUC mit Nahrung versorgen und sich vom Rest der Welt abschotten.«

Pia trank die Tasse aus. Das Wasser schmeckte etwas abgestanden und hatte eine erdige Trübung.

»Warum lebt ihr dann hier unten?«, fragte sie.

»Weil oben kein Platz für uns ist. Nicht für mich, nicht für dich … für niemanden hier.«

»Warum nicht?«

Doch Robin kam nicht dazu, ihre Frage zu beantworten. Aela klopfte an die improvisierte Tür und betrat die Hütte. Sie hatte sich umgezogen, trug eine enge, schwarze Hose und ein Oberteil, das ihre weißen, knochigen Schultern freiließ. Ihre Waffe hatte sie abgelegt.

»Guten Morgen.« Sie betrachtete Pia aufmerksam mit ihren ungewöhnlich hellen Augen. »Ilja will dich sehen.«

Etliche Augenpaare hefteten sich auf Pia, als sie Aela durch das unterirdische Dorf folgte. Sie konnte die Blicke so deutlich auf ihrer Haut fühlen wie brennende kleine Nadeln. Aber sie waren keineswegs feindselig. Sie war es gewohnt, angestarrt zu werden, doch die Menschen, denen sie hier begegnete, sahen sie mit neugierigen und freundlichen Augen an. Manche lächelten ihr sogar zu. Zu dieser Stunde war die Siedlung wesentlich belebter als am Vorabend. Und auch wenn keinerlei Tageslicht nach hier unten drang, so nahm Pia an, dass es wahrscheinlich Vormittag war.

Sie kamen an Männern, Frauen, Kindern, aber auch an alten Menschen vorbei. Die Leute trugen ausschließlich Kleidung aus der alten Zeit, die in Pias Augen fremdartig wirkte, denn es schien keinen großen Unterschied zwischen Männer- und Frauenkleidung zu geben. Ihr bot sich ein ganz anderes Bild als in ihrem Heimatdorf, wo die Bewohner ausschließlich selbstgefertigte Kleidung aus Hanf trugen, Hosen und Hemden für Männer, Kleider für Frauen.

Im Gegensatz zu ihrem Dorf waren im Hades allerdings manche Bewohner entstellt. Eine Frau mittleren Alters humpelte an Pia vorbei, und bei genauem Hinsehen merkte sie, dass eines ihrer Beine kürzer war als das andere. In der Nähe des Versammlungsplatzes spielten ein etwa sechsjähriges Mädchen mit fast blonden Haaren und ein paar andere Kinder ausgelassen mit einem schwarzen Hund mit spitzen Ohren. Die Kleine hatte nur einen Arm. Anstelle des anderen wuchs ihr eine Hand direkt aus der Schulter. Alles in allem schienen die Menschen trotz der ewigen Dunkelheit hier unten aber nicht unglücklich zu sein. Auf ihrem Weg hörte Pia Gelächter aus einer der Hütten, und von irgendwo her drang der Gesang einer Frau an ihr Ohr.

Als sie den Versammlungsplatz passierten, erkannte Pia, dass die hier aufgestellten Bänke und Sitze größtenteils aus der U-Bahn stammten. Darüber hinaus gab es einige hölzerne Tische und Stühle. An einem der Tische saßen zwei Männer und frühstückten etwas, das aussah wie Brei und süßlich roch. Sie sahen kurz hoch und nickten Aela respektvoll zu. Über ihren Köpfen hing eine Girlande mit Lampions. Die darin flackernden Lichter gaben dem Ort beinahe etwas Heiteres. Fast konnte man vergessen, dass sich die Siedlung in einer unterirdischen Zisterne befand. Es hätte jederzeit ein großer Mond aufgehen und das Zirpen von Zikaden einsetzen können. Das Feuer in der Mitte des Platzes wurde von den Bewohnern rund um die Uhr geschürt. Eine ältere Frau sowie ein Junge von vielleicht 14 Jahren kümmerten sich gerade darum.

Nun fand Pia auch heraus, woher das allgegenwärtige Rauschen kam, das ihr bereits bei der Ankunft aufgefallen war. In der nächsten Kammer der Höhle fiel ein kleiner Wasserfall von der Decke und bildete einen Bach, der in der Dunkelheit verschwand.

Schließlich blieb Aela vor einem Haus stehen, das etwas größer war als der Rest. Es hatte ein Obergeschoss und war größtenteils aus Holz gefertigt. Sie drehte sich zu Pia um und schenkte ihr ein kleines Lächeln.

»Hier rein.«

»Was passiert jetzt?«, fragte Pia unsicher. So ehrfurchtsvoll, wie Sam von diesem Ilja gesprochen hatte, schien er sehr wichtig zu sein.

Aela zuckte die Achseln. »Gar nichts. Wir häuten und essen dich nur.«

Pia starrte sie einen Moment lang an. Aela erwiderte ihren Blick mit ungerührter Ernsthaftigkeit. Plötzlich grinste sie und sah wie ein junges Mädchen aus.

Pia musste ebenfalls schmunzeln und ärgerte sich, dass sie tatsächlich auf Aelas Scherz hereingefallen war. »Ich fürchte, ich würde euch nicht schmecken. Zu zäh.«

Aela lachte laut auf. »Mag sein. Und jetzt komm.«

Sie betraten das Gebäude und stiegen über eine Leiter in den ersten Stock, der aus einem großen Zimmer bestand. Es war erstaunlich geräumig, wenn auch fensterlos. Zunächst empfand Pia das als eigenartig, doch bei genauerer Überlegung machte es durchaus Sinn, an einem Ort der ewigen Dunkelheit auf Fenster zu verzichten. An den Wänden standen mehrere Regale mit Büchern, die freien Stellen waren mit Bildern aus der alten Zeit geschmückt. Die Mitte des Raumes wurde von zwei breiten Sofas und zwei Sesseln beherrscht. Die Bezüge waren aus schwarzem Leder, das erstaunlich gut erhalten war. Mehrere Kerzen warfen ihr flackerndes Licht von einem eisernen Beistelltischchen aus in die Ecken des Zimmers. Es roch nach Rauch und Gewürzen, die Pia nicht kannte.

»Hier ist sie«, sagte Aela, während sie mit langen, selbstbewussten Schritten das Zimmer durchquerte und sich lässig in einen der Sessel fallen ließ.

»Du bist also Pia«, erklang eine Stimme. »Komm näher und setz dich.«

Vorsichtig machte sie einen Schritt nach vorn. Erst jetzt bemerkte sie eine große, schlanke Person in einem der Sessel. Etwas zögerlich nahm Pia auf dem Sofa gegenüber Platz. Sie versank tief in den weichen Polstern, und das alte Leder fühlte sich gut auf ihrer Haut an.

»Unser Mädchen aus den Bergen ist sich noch immer nicht ganz sicher, ob wir nicht vielleicht doch Kannibalen sind«, neckte Aela und legte eines ihrer langen Beine über die Lehne des Sessels. Sie schien sich hier ganz wie zu Hause zu fühlen.

»Keine Sorge, wir im Hades ernähren uns vegetarisch.« Ilja lächelte.

Pia staunte, als sie ihr Gegenüber betrachtete. Denn Ilja war eine Frau. Sie mochte vielleicht Ende vierzig sein, aber genau konnte Pia das in dem spärlichen Licht nicht sagen. Sie war dunkel gekleidet, und ein großer silberner Ring mit schwarzem Stein zierte eine ihrer schlanken Hände. In das Feuerrot ihrer kurzen Haare mischten sich etliche graue Strähnen. Das Ungewöhnlichste an der Anführerin der Unterwelt von MUC waren jedoch ihre Augen. Sie waren von strahlend durchdringendem Kristallblau. Pia schaute kurz zwischen den beiden Frauen hin und her. Es konnte keinen Zweifel geben. Aela war Iljas Tochter.

Ilja war die imposanteste und respekteinflößendste Person, der Pia jemals begegnet war. Unwillkürlich fühlte sie sich in ihren Bann gezogen, ohne genau sagen zu können, wieso. Es war Iljas besondere Ausstrahlung, die Art, wie sie einen mit ihren einzigartigen Augen betrachtete und dabei leise lächelte. Tief in sich fühlte Pia sofort, dass sie dieser Frau vertrauen konnte.

»Aela hat mir bereits von deinen ungewöhnlichen Fähigkeiten berichtet.« Iljas Stimme klang fest und ein wenig rauh. »Auch, dass du dich ganz allein vom Hochgebirge bis zur großen Straße durchgeschlagen hast. Höchst beeindruckend.«

Den forschen und durchdringenden Blick, mit dem Ilja sie musterte, kannte Pia mittlerweile recht gut von deren Tochter. Sie wusste auch, dass man sich davon nicht einschüchtern lassen durfte.

»Danke«, sagte sie schlicht und hielt dem Blick der Frau stand.

»Aela findet zudem, dass wir dich in unsere kleine Gemeinschaft aufnehmen sollten. Ich vertraue ihrem Urteil. Die Frage ist, ob du das auch willst?«

»Warum sollte ich das nicht wollen?«

Ilja lehnte sich in ihren Sessel zurück.

»Ich kann mir vorstellen, dass das alles hier sehr fremd und ungewöhnlich für dich sein muss. Weißt du überhaupt, wer wir sind?«

»Nun ja …« Pia überlegte, musste sich aber eingestehen,

dass sie nichts über den Hades wusste. »Offen gesagt, ich habe keine Ahnung.«

Ilja nickte. »Gut. Verschwiegenheit hat uns so lange überleben lassen.«

Sie machte eine kleine Pause, ließ Pia jedoch keine Sekunde aus den Augen.

»Wir sind Diebe und Schmuggler. Wir leben von dem, was wir aus der Stadt entwenden können, wenn auch nur von denen, die selbst genug haben. Wir leben hier unten im Hades, weil für Menschen wie uns an der Oberfläche kein Platz ist. Wenn du MUC erst einmal kennengelernt hast, wirst du verstehen, warum. Oben sind Kranke und Schwache, Menschen, die anders sind, sich nicht einfügen wollen oder können, nicht erwünscht. Menschen wie du.«

Pia blickte Ilja fest in die Augen. So viele Jahre hatte sie von MUC geträumt, der sagenumwobenen Stadt, in der alles besser war als in ihrem Dorf. Nun wurde ihr gesagt, dass es an diesem Ort für sie keinen Platz gab. Dass ihre einzige Chance zu überleben war, sich Dieben und Schmugglern anzuschließen, die sich zum Leben in den Untergrund zurückgezogen hatten, den sie selbst Hades nannten.

»Wir können keinen unnützen Esser brauchen«, fuhr Ilja fort. »Davon haben wir schon zu viele, auch wenn wir keinen einzigen von ihnen missen wollen. Wenn du bei uns leben willst, musst du mit anpacken. Du musst helfen, diese kleine Gemeinschaft am Leben zu erhalten.«

»Ich denke, ich habe schon auf der Reise hierher bewiesen, dass ich etwas leisten kann.«

Ilja nickte. »Das hast du. Aber hier im Hades ist das etwas anderes. Du wirst regelmäßig mit den anderen an die Oberfläche müssen. Und das kann sehr gefährlich werden.«

»Mit anderen Worten, du wirst auf Raubzüge geschickt«, schaltete sich Aela ein. Sie hatte sich eine Zigarette angezündet und ließ ihren Fuß, der in einem schweren Stiefel steckte, gemächlich hin und her wippen. »Du musst bereit sein, täglich deinen Arsch zu riskieren.«

»Jemanden, der so gut Fassadenklettern kann wie du, können wir sehr gut brauchen«, fügte Ilja hinzu.

Sowohl Ilja als auch Aela schwiegen und blickten Pia mit ihren ausdrucksstarken, schneidenden Augen an. Ihr wurde klar, dass die beiden eine Antwort von ihr erwarteten. Doch was sollte sie sagen?

Pia war unsicher. Aela, Sam und vor allem Robin waren sehr freundlich zu ihr gewesen, und sie hoffte, in diesen Menschen neue Freunde gefunden zu haben. Nach allem was sie auf ihrer Reise mitbekommen hatte und was Ilja ihr jetzt erzählte, konnte sie allein an der Oberfläche nicht überleben. Die beiden Frauen boten ihr ein Zuhause an, eine Gemeinschaft, deren Teil sie sein konnte, ungeachtet ihres Aussehens. Doch zu welchem Preis?

Diese netten Menschen waren Kriminelle, die davon lebten, andere auszurauben. Konnte Pia ihren Lebensunterhalt damit verdienen, dass sie Unrecht tat? Und vor allem, wollte sie das?

Außerdem war da noch Paul. Sie wollte sich so schnell wie möglich auf die Suche nach ihm machen. Vielleicht konnte sie ja bei ihm leben.

»Ich würde gerne die Oberfläche von MUC kennenlernen, ehe ich eine Entscheidung treffe«, sagte Pia schließlich.

Ilja betrachtete sie eindringlich, dann nickte sie. »In Ordnung. Ich will nicht, dass du das Gefühl hast, zu etwas gezwungen zu werden. Aela wird dich mitnehmen.«

Aela grinste und blies den Rauch ihrer Zigarette in kleinen Ringen aus, die sich um ihre eigenwillige Frisur kräuselten.

»Kannst nicht glauben, dass da oben nicht das versprochene Paradies auf dich wartet, wie? Ich hoffe, du wirst nicht allzu enttäuscht sein, Prinzessin.«

Ilja erhob sich majestätisch und streckte Pia die Hand entgegen. Schnell kroch Pia aus den tiefen Polstern und ergriff sie. Der Händedruck der Anführerin war fest, und sie überragte Pia fast um einen Kopf, obwohl sie selbst nicht gerade klein war.

»Willkommen«, sagte Ilja.

»Danke. Aber ich habe doch noch gar nicht zugesagt zu bleiben …«

Iljas Lächeln wurde breiter. »Das wirst du schon noch. Wenn du bereit bist, wird Aela dich ausbilden.«

Aela war ebenfalls aufgestanden und klopfte Pia auf die Schulter. Erst als sie Iljas Haus verlassen hatten, fiel Pia auf, dass ihr ungewöhnliches Aussehen zum ersten Mal in ihrem Leben kein Thema gewesen war.

Obwohl die Luft vor dem Haus nicht frischer war als innen, atmete Pia tief durch. Sie war erleichtert und gleichzeitig aufgeregt. Es war eine völlig neue Erfahrung für sie, Menschen zu treffen, die wollten, dass sie zu ihnen gehörte. Ilja hatte etwas von einer Ausbildung gesagt. Pia konnte sich nicht wirklich vorstellen, wie diese für einen Fassadenkletterer aussehen sollte, aber bestimmt wusste Aela, womit sie ihr gegebenenfalls das Leben schwermachen konnte.

Als diese hinter Pia aus dem Haus kam, sprang plötzlich wie aus dem Nichts ein kleiner braungrauer Affe auf ihre Schulter. Pia wich überrascht zurück, doch Aela lachte freudig und kraulte das Tier an Kopf und Hals.

»Habe mich schon gefragt, wo du steckst.« Pia war überrascht, wie viel Wärme und Zärtlichkeit in ihrer Stimme lag. »Hast nur Unfug im Kopf!«

Das Tier gehörte derselben Affenart an wie die in den Vororten von MUC. Rhesusaffen hatte Aela sie genannt. Nun war Pia klar, warum Aela so viel über diese Tiere wusste. Sie holte etwas aus ihrer Tasche, das nach getrocknetem Obst aussah, und gab es dem Affen. Ohne von Aelas Schulter zu weichen, nahm das Tier es in seine überraschend menschenähnlichen Händchen und begann, daran herumzukauen.

»Das ist Goliath«, erklärte Aela und ging mit dem Affen auf der Schulter weiter, der das Trockenobst genüsslich verputzte. »Lass dich nicht von seinen Rehaugen täuschen, er hat's faustdick hinter den Ohren.«

Pia folgte Aela zurück zum Versammlungsplatz. »Er lebt hier bei euch?«

»Genauer gesagt, bei mir«, sagte Aela.

Als Goliath fertig war, schlang er seine kleinen Arme um Aelas Hals, während sich sein langer Schwanz um ihren Arm ringelte.

»Ich habe ihn gefunden, als er noch ein Baby war. Mittlerweile ist er der Beste von uns.«

»Der Beste was?« Pia konnte sich nicht vorstellen, worin ein Affe mit Menschen konkurrieren könnte.

Aela grinste. »Im Stehlen natürlich. Ich habe in einem Buch aus der alten Zeit gelesen, dass diese Affen früher in Asien dazu ausgebildet wurden, Obst und Nüsse von den Bäumen zu pflücken. Im Grunde tut Goliath nichts anderes.«

Sie hatten den Hauptplatz erreicht, und Pia entdeckte eine unverwechselbare Gestalt. Auch wenn er ihnen den Rücken zugedreht hatte, so war Sams Statur schon von weitem erkennbar. Er hatte sich zu den Kindern gesellt, die Pia vorhin hatte spielen sehen.

»Hey, Dicker«, rief Aela und schlug Sam kräftig auf die Schulter. »Rate mal, wer sich uns anschließen wird.«

Sam drehte sich zu ihnen um und lächelte breit. Zu Pias Überraschung trug er einen Säugling mit Pausbäckchen und roten Locken auf dem muskulösen Arm. Nie im Leben hätte sich Pia ihn als Familienvater vorgestellt.

»Glückwunsch, Prinzessin«, grinste er. Sein grobschlächtiges Gesicht zeigte keine Spur mehr von der verbissenen Griesgrämigkeit, an die Pia sich bei ihm gewöhnt hatte.

»Eigentlich ist sich Prinzessin noch nicht sicher, ob sie uns wirklich trauen kann, aber Ilja will, dass sie bei uns bleibt. Also machen wir einen Spaziergang durch die Stadt und warten ab, wie Pia sich entscheidet«, fügte Aela hinzu.

Sam runzelte die Stirn, dann lachte er schallend. Das Baby in seinem Arm gluckste vor Vergnügen, als wüsste es, worum es ging.

Pia spürte, wie sie rot anlief, und ihr wurde klar, dass sie sich nach allem, was man für sie getan hatte, undankbar verhielt. Aber sie musste sicher sein, ehe sie eine Entscheidung traf, die ihr Leben für immer verändern würde.

»Dann viel Spaß. Wir sehen uns bestimmt später«, sagte Sam und wandte sich wieder den zwei anderen Kindern zu. Das Mädchen mit dem verkrüppelten Arm umarmte ihn.

»Sind das alles Sams Kinder?«, fragte Pia Aela, als sie ihr weiter durch die unterirdische Siedlung folgte.

»Yup. Vermehren sich wie die Karnickel, was? Ich wette, nach dem Begrüßungsfick gestern mit seiner Frau ist schon wieder ein neues unterwegs.«

»Was ist mit dem Arm seiner Tochter passiert?«

»Mutation«, sagte Aela. »Gab's in den ersten Jahrzehnten nach dem großen Sterben recht oft. Mittlerweile wird es seltener. Man sagt, es käme von der Strahlung. Ihr in den Bergen wart wahrscheinlich nicht davon betroffen.«

»Was denn für eine Strahlung?«

»Eine Art tödliches Gift, das aus den alten Kraftwerken kommt.«

Pia dachte kurz nach, bis ihr wieder einfiel, was Robin ihr am See von den schrecklichen Katastrophen nach dem großen Sterben erzählt hatte. Riesige Kraftwerke, die ganze Landstriche verseucht hatten.

»Bei uns leben relativ viele Mutierte«, fuhr Aela fort. »Oben in MUC wirst du aber garantiert keine sehen.«

»Warum?«

»Weil man sie nicht am Leben lässt.« Nur ein leiser Unterton in Aelas Stimme verriet ihre Wut.

Pia starrte Aela fassungslos an und wusste nicht, was sie sagen sollte. Je mehr die Hadesbewohner von MUC erzählten, umso deutlicher zeichneten sie das Bild eines Alptraums. Doch sie musste sich selbst davon überzeugen, dass es so war.

»Man tötet sie?«

Aela blieb vor einer windschiefen Hütte stehen, die offensichtlich nicht bewohnt war.

»Aber nicht doch. Man setzt das unwerte Leben nach der Geburt aus. Ist humaner, verstehst du?«

Ihre Augen verengten sich und glitzerten verdächtig. Goliath merkte, dass etwas nicht in Ordnung war, und schmiegte seine haarige Wange an ihre. Aelas Gesichtszüge entspannten sich, und sie wechselte das Thema.

»Da wären wir.« Sie deutete auf die Hütte, und Pia folgte ihrem Blick.

»Dein neues Zuhause, falls du das willst. Warte hier. Ich bringe dir was zum Anziehen, und dann gehen wir los.«

Sie entfernte sich mit langen, lässigen Schritten. Goliath auf ihrer Schulter drehte sich noch einmal um und schien zu grinsen. Dann wandte er sich Aelas Haarschopf zu.

Während Pia wartete, kämpfte sie weiter mit den Zweifeln in ihrem Kopf. Alle waren sich so sicher, dass sie hierbleiben würde. Was würde sie wohl vorfinden, wenn sie an die Oberfläche kam?

8. Kapitel

MUC

Bereit?«, fragte Aela.

Pia war mehr als das. Alles in ihr brannte regelrecht darauf, endlich an die Oberfläche zu kommen. Sie war Aela durch das Labyrinth der U-Bahn-Schächte und Kanalisationstunnel gefolgt und stand nun unter einer Luke wie jener, durch die sie die Migranten an die Oberfläche gebracht hatten. Die Sprossen der in die feuchte Wand eingearbeiteten Leiter waren aus Stein, und ein schwerer, gusseiserner Deckel versperrte den Weg nach oben. Pia zitterte vor Aufregung. Endlich war es so weit. Endlich würde sie MUC betreten.

Aela schob den Deckel ein wenig beiseite. Sofort strömte warmes Tageslicht in die Finsternis. Obwohl Pia noch nicht lange im Hades war, hatte sie den Anblick von Sonnenlicht schon viel zu lange vermisst.

Aela warf einen prüfenden Blick nach draußen, dann schob sie den Deckel so weit zur Seite, dass sie hindurchschlüpfen konnte. Pia folgte ihr die Stufen hinauf und quetschte sich durch die Luke.

Noch bevor ihre Augen sich an das Tageslicht gewöhnt hatten, fiel ihr der Geruch nach verbrannter Kohle, Feuchtigkeit und Urin auf. Gleichzeitig spürte sie die Wärme der Sonne auf der Haut, als sie sich aufrichtete und blinzelnd umsah.

Der Aufstieg aus der Kanalisation hatte sie in einen heruntergekommenen Hinterhof geführt. Die vier bis fünf Stockwerke hohen Häuser sahen ziemlich alt aus und schienen verlassen zu sein. Unkraut hatte sich in den zahlreichen Ritzen im brüchigen

Mauerwerk breitgemacht. Der überwucherte Boden war übersät von zersplittertem Glas, das von den zahlreichen zerbrochenen Fensterscheiben des Hauses stammte. Sonnenlicht spiegelte sich darin.

Aela nahm ihren Rucksack ab und tätschelte Goliaths Köpfchen, das neugierig daraus hervorschaute.

»Ab jetzt schön brav sein«, sagte sie zu dem Affen, als wäre er ein Mensch. »Du kennst das ja.«

Sie machte die Klappe des Rucksacks zu, so dass Goliath nicht mehr zu sehen war, aber trotzdem noch Luft bekam.

»Affen sind in MUC nicht erwünscht. Im Grunde sind keinerlei Tiere erwünscht, es sei denn, man kann sie essen«, erklärte sie Pia, die sich neugierig umsah. »Und denk dran, benimm dich möglichst unauffällig. Also kein erstauntes Herumgestarre, klar? Und den Leuten nicht in die Augen sehen, vor allem nicht den Männern.«

Pia nickte. Aela hatte sie bereits vor ihrem Aufbruch über alles genauestens »gebrieft«, wie sie es ausgedrückt hatte.

»Setz die Kapuze auf.« Aela überprüfte den Sitz des dunkelgrauen Schals, den sie sich um Kopf und Hals gebunden hatte. Wenn sie nun zu Boden blickte, war ihr Gesicht kaum noch zu erkennen. »Hier oben sind wir ganz auf uns gestellt, vergiss das nicht. Wenn irgendetwas schiefgeht, war's das.«

»Alles klar.« Pias Stimme bebte vor Aufregung.

Sie setzte die Kapuze ihres grauen Pullovers auf, wobei sie sorgsam darauf achtete, ihre schwarzen Haare, die sie zu einem Zopf geflochten hatte, vollständig zu verdecken. Eigentlich war es dafür zu warm, aber Aela bestand darauf, dass Pia zu jeder Zeit eine Kapuze trug. Niemand durfte ihre Haare sehen.

Aela hatte ihr zudem eine ihrer Hosen gegeben, »Jeans« genannt. Sie war Pia ein wenig zu eng und steckte in den Stiefeln, die sie ebenfalls bekommen hatte.

Aela nickte ihr zu und setzte sich in Bewegung. Sie überquerten den leeren Hof, wobei das zerbrochene Glas unter ihren Stiefeln knirschte. Eine Krähe flog auf, kreiste über ihnen und verschwand dann hinter einem Dach, das fast keine Ziegel mehr hatte. Aela trat in ein Gebäude, das mit seinen hohen Räumen und ausgeblichenen Malereien an den Wänden einst bestimmt sehr prunkvoll war, und Pia folgte ihr durch die windschiefe Tür.

Innen roch es nach Moder und Unrat, der überall verstreut herumlag. Anscheinend wurde das Gebäude nur noch als Müllabladeplatz benutzt. Fette Ratten mit langen, rosafarbenen Schwänzen tummelten sich in einem dunklen Korridor. Sie hatten offensichtlich etwas Fressbares gefunden und ließen sich von den beiden Frauen nicht stören, während diese den Gang passierten.

Als der Gestank beinahe unerträglich wurde, erreichten sie einen großen Raum, der an der Stelle zur Straße hin offen war, wo früher einmal große Schaufenster gewesen sein mussten. Was auch immer hier einst gelagert wurde, war längst verschwunden, doch ein leises Klimpern erregte Pias Aufmerksamkeit. Von der Decke hing ein prächtiger Kronleuchter aus verstaubtem Kristall. Seine filigranen Einzelteile schaukelten leicht im Luftzug, und die Kristalle klimperten, wenn sie aneinanderstießen. An der Wand darunter hing ein Schild, auf dem »Gucci« stand. War das der Name des Inhabers des Ladens? Was auch immer Gucci verkauft haben mochte, es war sicher wertvoll gewesen. Vielleicht Geräte, mit denen man Licht oder Feuer machen konnte? Doch sie hatte keine Zeit, diesem Gedanken länger nachzuhängen. Aela war durch die zerbrochene Fensterfront nach draußen getreten, und Pia folgte ihr.

Sie gingen eine kleine Seitengasse entlang, die teilweise mit Schutt bedeckt war, der von einer alten Hausfassade gefallen war. Nach etwa fünfzig Metern mündete die Gasse in eine etwas breitere Straße.

Das Erste, was Pia dort auffiel, war ein Bettler: ein zahnloser, alter Mann, der mit weißen blinden Augen durch sie hindurchstarrte und ihr seine hohle Hand entgegenstreckte. Er hockte in einem Haufen Lumpen, die nach Exkrementen stanken. Pia hätte ihm gerne etwas gegeben, doch sie hatte nichts. Aela ging scheinbar unbeeindruckt an dem Mann vorbei, und so blieb Pia nichts anderes übrig, als es ihr gleichzutun.

Die Straße war flankiert von alten Gebäuden, die einmal prunkvoll und teuer gewesen sein mussten. Sie hatten zum Teil kleine Mauerbogen vor den großen, weitgehend jedoch zerstörten Fenstern. Viele waren mit Stuck oder Steinmetzarbeiten verziert, die bereits vor dem großen Sterben alt gewesen sein mussten. Manche Häuser waren relativ gut erhalten, die oberen Stockwerke bewohnt, andere sahen ihrem unausweichlichen Verfall entgegen. Überall wucherte Gras. Die Straße war mit getrocknetem Schlamm bedeckt, und an vielen Stellen lag Müll herum. Aus den Seitengassen stank es nach Kloake, wahrscheinlich wurden sie als Toiletten benutzt. Doch der Gestank wurde überdeckt vom allgegenwärtigen Geruch nach brennendem Holz und Kohle. Dunkler Dunst hing wie eine Glocke über diesem Teil der Stadt.

Pia zwang sich dazu, nicht stehenzubleiben und zu starren. Jetzt, da sie die Menschen von MUC sah, verstand sie Aelas Befehl. Sie verstand auch, warum Aela ihren sonst so offenherzigen Kleidungsstil unter einem langen, dunklen Mantel versteckte.

Die Menschen an der Oberfläche waren ganz anders als die im Hades. Auch hier trug man Kleidung der alten Zeit, allerdings war sie oft verschlissen. Andere wiederum hatten einfach geschneiderte, sackartige Kleider, die wahrscheinlich ähnlich hergestellt wurden wie die Sachen in Pias Dorf, aus Hanf und Leder.

Die Gesichter der Menschen waren ernst und verhärmt,

kaum jemand lächelte. Nur eine Gruppe von Kindern mit schmutzigen Gesichtern rannte lärmend und lachend an ihnen vorbei. Ein Mann schob einen selbstgezimmerten Karren vor sich her. Kohlköpfe und kleine, krumme Karotten waren darin gestapelt. Sein pubertierender Sohn lief mit einem langen Stock neben ihm und beäugte misstrauisch jeden, der sie passierte. Die Bewohner des Hades waren offenbar nicht als Einzige auf Diebstahl angewiesen.

Immer wieder kamen sie an kleinen Feuern vorbei, neben denen Menschen auf der Straße oder auf rostigen Sitzen kauerten. Müde, alte Männer saßen vor den Häusern und beobachteten das Geschehen oder unterhielten sich.

Besonders sonderbar erschienen Pia die Frauen. Die meisten trugen lange Gewänder, viele hatten sich Tücher oder Schals um den Kopf gebunden, die ihre Haare bedeckten. Sie redeten nicht mit Männern, blieben meist unter sich. Manche saßen auch auf der Straße und bettelten.

Die ganze Zeit über hielt Pia vorsichtig Ausschau nach Paul. Natürlich wusste sie, dass es töricht war, denn die Stadt war riesig und die Wahrscheinlichkeit, ihn gleich bei ihrem ersten Ausflug an die Oberfläche zu finden, äußerst gering. Dennoch konnte sie nicht anders, als zu hoffen, sein Gesicht in der Menge zu entdecken.

Plötzlich wurde Pia unsanft aus ihrer stillschweigenden Suche gerissen. Ein Mann auf dem Rücken eines großen Tieres drängte sich unsanft an den Fußgängern vorbei und hatte sie angerempelt. Das Tier, auf dem er saß, hatte braunes Fell und lange Beine, die in Hufen mündeten. Sein schlanker, länglicher Kopf war umrahmt von einer glatten schwarzen Mähne, die spitzen Ohren waren aufgerichtet. Der lange Schweif war ebenfalls schwarz und peitschte hin und wieder durch die Luft, um lästige Fliegen zu vertreiben. Pia konnte nicht anders, als ihm fasziniert hinterherzustarren. Noch nie hatte sie ein so schönes und stolzes Tier gesehen. Sie hatte nur gehört, dass die Menschen in früheren Zeiten viele solcher Reittiere gehabt hatten, die man »Pferde« nannte.

Aela gab ihr einen kleinen Stoß und warf ihr einen mahnenden Blick zu. Schnell ging Pia weiter, doch gleich darauf erregte etwas anderes ihre Aufmerksamkeit. Eine junge Frau kam ihnen entgegen. Sie schob ein eckiges Gefährt vor sich her, das aus rostigem Gitter bestand und auf vier kleinen, quietschenden Rädchen fuhr. Sie transportierte darin allerlei in Lumpen gepackte, undefinierbare Dinge. Ein kleiner Junge von vielleicht drei Jahren lief barfuß an ihrer Hand.

Die meisten Menschen kamen von oder strebten zu einem großen Marktplatz am Ende der Straße. Als sie ihn erreichten, wusste Pia, warum. Fast wäre sie stehengeblieben und hätte wieder unbeherrscht herumgestarrt, ein drohender Blick von Aela hielt sie jedoch davon ab.

Der Platz war riesig. Rissige und zum Teil gesprungene Steinplatten bedeckten den Boden. Die umgebenden Häuser waren etwa fünf Stockwerke hoch und in unterschiedlichen Baustilen gehalten. Manche hatten die verschnörkelten und verzierten Fassaden, die Pia schon ein paarmal gesehen hatte, und die uralt zu sein schienen. Andere wiederum bestanden aus grauem Stein, viel Glas und waren eher schmucklos. Die meisten hier sahen bewohnt aus. In der Mitte des Platzes stand eine hohe Säule, auf der eine goldene Frauenstatue thronte. Daneben führte eine Treppe in den Untergrund. Ein rundes, verbeultes Schild hing darüber, dessen Farbe trotz Verwitterung noch als grün erkennbar war. Die Inschrift darauf bestand aus einem einzigen großen »S«. Darunter hing noch eines, das ein kaum noch lesbares »U« darstellte. Hinter dem Marktplatz erhob sich ein Haus mit gezacktem Giebel und einem Turm, dessen rot geziegelte Spitze abgebrochen war. Doch das Sonderbarste und Beeindruckendste war das monumentale Gebäude, das die gesamte linke Seite des Platzes beherrschte. Pia hatte noch nie etwas Vergleichbares gesehen.

Das Haus war gänzlich aus grauem Stein gebaut, doch seine Fassade war nicht flach wie die normaler Häuser, sondern sah aus wie das gigantische Schnitzkunstwerk eines Riesen. Jedes Fenster war mit steinernen Ornamenten geschmückt, und etliche steinerne Balkone blickten auf den Platz hinab. Das Obergeschoss war mit kleinen Türmchen und Zinnen versehen, die so filigran wirkten, dass es an ein Wunder grenzte, dass sie der Zeit so lange standgehalten hatten. Das Ganze wurde gekrönt von einem hohen Turm, der ebenso wunderschön gestaltet war wie der Rest.

»Was ist das?«, flüsterte Pia Aela zu und deutete mit dem Kinn auf das Gebäude.

»Früher war es das Rathaus der Stadt. Jetzt dient der Hauptbalkon hauptsächlich dazu, dem Propheten ein Podium für seine Großartigkeit zu bieten«, flüsterte Aela zurück.

»Wer ist der Prophet?«, fragte Pia leise.

»Später«, zischte Aela und senkte den Blick.

Zwei Männer kamen ihnen entgegen, die sich von allen anderen Menschen auf dem Markt unterschieden. Sie waren in lange, schwarze Gewänder gekleidet, die von einer Kordel zusammengehalten wurden. Im Brustbereich war ein rotes Auge darauf angebracht. Sie trugen kurzgeschorene Haare, und jeder von ihnen war mit einem großen Messer sowie einer Pistole bewaffnet.

Schnell folgte Pia Aelas Beispiel und wandte den Blick von den sonderbaren und gefährlich wirkenden Männern ab. Sie tat so, als ob sie sich für die Auslage des Standes interessierte, an dem sie gerade vorbeigingen. Rohes, zum Teil noch blutiges Fleisch war dort ausgebreitet. Es roch alles andere als frisch und zog die Fliegen der ganzen Nachbarschaft an. Der Verkäufer, ein untersetzter Mann mittleren Alters mit lichtem Haar und fauligen Zähnen, grinste Pia zu.

»Frisches Hundefleisch«, sagte er einschmeichelnd. »Nur zwanzig Cent das Kilo!«

Pia spürte, wie ihr Magen einen Salto machte, doch sie zwang sich, das Lächeln des widerlichen Mannes zu erwidern. Nur nicht auffallen. »Vielleicht ein andermal.«

Das Grinsen des Händlers verschwand, und er nickte Pia mürrisch zu. »Kannst es dir nicht leisten, eh? Dann verpiss dich!«

Pia wich von dem Stand zurück, dankbar, den abstoßenden Geruch nicht länger ertragen zu müssen. Was waren das für Menschen, die Hunde schlachteten? In ihrem Dorf wäre niemand auf so eine Idee gekommen. Hunde bewachten Häuser und Familien, hüteten die Ziegenherden. Sie waren nützliche Gefährten, kein Schlachtvieh.

Die Männer in den schwarzen Kutten waren inzwischen zum Glück weitergezogen. Auch ohne zu wissen, wer sie waren, wollte Pia auf keinen Fall Ärger mit ihnen. Als sie ihnen hinterherblickte, entdeckte sie das Gebäude mit den sonderbaren, zwiebelartigen Doppeltürmen, das sie bereits vom Dach in der Affenstadt gesehen hatte. Es war jetzt ganz nahe – und riesengroß.

Aela zupfte sie ungeduldig am Arm und zog sie weiter. Sie hatte schon wieder Löcher in die Luft gestarrt.

Sie schlenderten über den Markt und gaben vor, einkaufen zu wollen. Die Stände waren so dicht gedrängt, dass nur schmale Durchgänge dazwischen frei blieben, durch die sich etliche Käufer drängten. Pia hatte noch nie in ihrem Leben so viele Menschen gesehen. Ihr war klar gewesen, dass MUC groß war und viele Einwohner hatte, aber in ihrer Vorstellung waren es nicht *so* viele gewesen. Das geschäftige Treiben um sie herum erinnerte eher an einen Ameisenhaufen als an eine menschliche Siedlung. Gleichzeitig wurde Pia bewusst, dass sie hier nur einen kleinen Teil der Stadt zu Gesicht bekam und sich außerhalb des Marktplatzes über ganz MUC verteilt noch viel mehr Menschen tummeln mussten. Mit einem Mal fühlte sie sich ganz klein und einsam inmitten des regen Lebens um sie herum. Würde sie Paul in einer so großen Stadt überhaupt finden können?

Die Händler auf dem Marktplatz boten alles Mögliche an, von schrumpeligem Obst und Gemüse über Lederkleidung bis hin zu den verschiedensten Gegenständen aus der alten Zeit. Pia entdeckte einige Stände, die Kleidung und Schuhe aus der alten Zeit verkauften. Andere hatten glänzende Konservendosen im Angebot. Wieder andere boten Dinge feil, von denen Pia keine Ahnung hatte, zu was sie nütze sein sollten. Manche Händler beschäftigten Aufpasser, die wohl vor Diebstahl schützen sollten, die meisten gehörten zum Stand mit den Konserven. Sie dachte an die Dosen, die sie im Inzest-Loch am Fuße der Alpen verloren hatte, und ärgerte sich. Hätte sie gewusst, dass sie einen wahren Schatz mit sich herumschleppte, hätte sie versucht, besser darauf aufzupassen.

Im Zentrum des Platzes, um die hohe Säule mit der goldenen Statue herum, hatten sich ein paar Schausteller niedergelassen. Etliche Schaulustige standen darum, und so konnte auch Pia das Geschehen unbemerkt und fasziniert betrachten.

Ein älterer Mann spielte auf einem Instrument, das sie noch nie zuvor gesehen hatte. Es sah so ähnlich aus wie eine kleine Gitarre, nur dass er die Saiten nicht mit der Hand zupfte, sondern geschickt mit einem dünnen Stab darüberfuhr, während er das andere Ende des Instruments unter sein Kinn geklemmt hielt. Bei näherer Betrachtung stellte Pia fest, dass Fäden an den Stab gespannt waren, mit denen der Musiker über die Saiten strich. Die Klänge, die das Instrument erzeugte, waren hoch, gleichzeitig fröhlich und unsagbar traurig.

Der Spieler war ausgezehrt, und die Falten in seinem Gesicht erzählten von einem bewegten, harten Leben. Seine Augen waren andächtig geschlossen, während er dem Instrument Töne entlockte, die Pia, ohne dass sie es wollte, tief in ihrem Herzen berührten.

Ein paar Meter weiter führten ein Mann und eine Frau auf einer improvisierten kleinen Bühne ein Puppentheater auf. Die Puppen waren aus Plastik, hatten vorwiegend lange Haare, überlange Beine und waren so dünn, als stünden sie kurz vor dem Hungertod. Die Haare waren auf dilettantische Art rot gefärbt worden, doch an manchen Stellen lugte noch das ursprüngliche blond hervor. Die männlichen Figuren waren ebenso übertrieben perfekt proportioniert, nur dass ihre Haare nichts weiter als bemaltes Plastik waren. Bedeutend mehr Menschen drängten sich um das kleine Theater als um den alten Musiker. Den Reaktionen des Publikums nach zu urteilen, schien das Stück witzig und etwas vulgär zu sein. Schließlich zupfte Aela Pia auffordernd am Arm, und sie gingen weiter.

Unweit der Säule war sanfter Frauengesang zu hören. Auch hier hatte sich eine Traube von Menschen gebildet – ausnahmslos Männer. Ganz außen stand ein großer, kräftiger Kerl mit halb offen stehendem Mund und glasigen Augen. Pia konnte die Sängerin nicht sehen, aber sie schien eine große Attraktion für das gebannte Publikum zu sein. Vorsichtig quetschte sie sich durch die Menge, um einen Blick auf die Vorstellung zu erhaschen. Ihre Augen weiteten sich, als sie sah, warum die Zuschauer so begeistert glotzten.

Die Frau, die in dem Kreis aus Schaulustigen sang und tanzte, war im Gegensatz zu all den anderen Frauen in MUC, die ausgesprochen züchtig und zum Teil regelrecht verhüllt waren, fast nackt. Sie trug lediglich hauchdünne Unterwäsche.

Aber nicht die Nacktheit der Frau hatte Pia so erstarren lassen, sondern ihre Haare. Diese waren so hellblond, dass sie fast weiß erschienen. Auf ihrer blassen Haut glänzten Schweißperlen. Ihre tiefblauen Augen wirkten abwesend. Um ihren linken Fuß war eine rostige Kette gewickelt, deren Ende in der Hand eines bärtigen Mannes lag.

Plötzlich spürte Pia eine kräftige Hand auf ihrer Schulter, und ehe sie sich's versah, hatte Aela sie aus der glotzenden Menge herausgezogen.

»Pass auf, dass niemand deine Haare sieht, sonst endest du so wie die. Wenn du Glück hast.«

Geschockt und verwirrt folgte Pia Aela zum Ausgang des Marktplatzes.

»Nicht ganz das, was du erwartet hast, oder?«, erkundigte sich Aela, während sie einen fleckigen Apfel schälte.

»Es ist so … so …« Pia brach ab. Ihr fehlten die Worte.

»Brutal?«, beendete Aela den Satz für sie. »Menschenverachtend? So richtig abgefuckt?«

Pia nickte. Sie wusste zwar nicht, was abgefuckt bedeutete, aber Aela hatte es so verächtlich hervorgestoßen, dass es bestimmt der richtige Ausdruck war. Sie blickte auf die Schuhe, die sie von Aela bekommen hatte. Sie waren aus jenem weichen Leder, das es nur in der alten Zeit gegeben hatte.

Direkt unter den Schuhsohlen gähnte ein Abgrund. Aela und sie saßen in etwa zwanzig Metern Höhe über einer der Straßen, die zu dem großen Markt führten, den Aela Marienplatz genannt hatte. Das Gebäude, auf dessen Dach sie sich befanden, musste einst ein Tor gewesen sein, das lange vor dem großen Sterben erbaut worden war. Es war aus gelblich-beigefarbenem Stein gefertigt und hatte ganz oben eckige Zinnen.

Unter ihnen gingen vereinzelt immer wieder Menschen vorbei, die vom Markt kamen oder zu ihm hin strebten. Von diesem einen Kilometer entfernt liegenden Platz stiegen etliche kleine Rauchsäulen auf. In der einsetzenden Dämmerung konnte Pia sogar den Schein von vielen kleinen Feuern ausmachen. Links ragten die gewaltigen Zwiebeltürme in den Himmel, die das Stadtbild von MUC maßgeblich prägten, egal, in welchem Teil man sich gerade befand.

Im Süden sah man in weiter Ferne die majestätischen Gipfel der Alpen. Sie wirkten unerreichbar fern. Kaum zu glauben, dass sie es geschafft hatte, den ganzen Weg bis nach MUC zurückzulegen. Und das alles nur, um eine Stadt vorzufinden, die so gar nichts mit den glorifizierten Erzählungen ihrer Kindheit gemein hatte. Sie konnte noch immer nicht recht begreifen, was sie in den letzten Stunden gesehen hatte.

MUC war ein Alptraum.

Ilja hatte recht gehabt: Für Menschen wie Pia war an der Oberfläche kein Platz. Doch selbst wenn sie nicht augenscheinlich anders wäre, wusste sie nicht, ob sie an diesem Ort würde leben wollen. Das Angebot, in den Hades zu gehen, erschien ihr auf einmal in ganz neuem Licht. Auch wenn sie dafür zur Diebin werden musste.

Aela reichte ihr den geschälten Apfel und holte einen weiteren aus ihrer Tasche. Völlig unbemerkt hatte sie etliche Lebensmittel auf dem Markt mitgehen lassen. Neben ihr saß Goliath auf einer der Zinnen und deutete mit seiner pelzigen Hand auf den Apfel in Aelas Hand. Sie lächelte und reichte ihm die Frucht.

Im Gegensatz zu Pia, die die meiste Zeit nur staunend in der Gegend herumgestanden hatte, hatte sich der Affe sein Futter mehr als verdient. In einer leeren Seitengasse hatte Aela ihn aus dem Rucksack gelassen und auf das halboffene Fenster einer Wohnung im zweiten Stock gezeigt.

Flink und völlig geräuschlos war Goliath die Fassade hochgeklettert. Weniger als zwei Minuten später sprang er wieder auf Aelas Schulter und reichte ihr ein paar Münzen. Pia dämmerte langsam, warum Aela den kleinen Affen als den Besten unter ihnen bezeichnet hatte.

Die Münzen waren die offizielle Währung in MUC, aber es wurde auch viel Tauschhandel betrieben. Das Geld stammte natürlich aus der alten Zeit. Früher, so hatte Aela ihr erklärt, hatte es auch Geldscheine aus Papier gegeben, doch die hatten nicht lange überdauert. Nun trugen die Menschen ganze Beutel voller Münzen mit sich herum – wenn sie wohlhabend waren.

»Sei nicht allzu enttäuscht«, tröstete Aela sie und schälte einen weiteren Apfel. »Die meisten Neuankömmlinge denken, in MUC lebe der Geist der alten Zeit. Vielleicht war das vor sechzig oder siebzig Jahren auch noch so, doch davon ist jetzt nichts mehr übrig. Würden wir bei unseren Schleppertouren eine Geldzurückgarantie gewähren, wär's ein sehr schlechtes Geschäft für uns.«

Sie lachte und spuckte einen Apfelkern aus.

Pia schwieg eine Weile und blickte die Straße hinab. Unweit entdeckte sie erneut zwei Männer mit langen, schwarzen Kutten.

»Was sind das für Typen?«

»Die Clowns in den schwarzen Fetzen? Das sind die ›ehrenwerten‹ Wächter des Propheten und des einzig wahren Glaubens.« Aelas Verachtung war nicht zu überhören. Zum Glück waren die Männer weit genug entfernt und konnten sie nicht hören.

»Wer ist der Prophet?«

Aela seufzte theatralisch. »Ich nehme mal an, mit der Antwort, ein dummer Wichser, wirst du dich nicht zufriedengeben, was?«

Pia grinste und schüttelte den Kopf.

Doch schon kurz darauf wurde ihre Miene ernst. Denn was Aela ihr da erzählte, war ganz und gar nicht lustig.

Die Stadt MUC war in drei Bereiche unterteilt: die Hochstadt, die Unterstadt und den Hades. Wobei die meisten Bewohner von Hoch- und Unterstadt nicht wussten, dass der Hades überhaupt existierte. Und das war gut so.

Im Hades lebten nicht nur Diebe, Plünderer und Schlepper, sondern auch all jene, für die es im oberirdischen Bereich von MUC keinen Platz oder keine Existenzberechtigung gab. Das waren nicht nur diejenigen, die ganz offensichtlich anders waren, wie zum Beispiel Strahlungsmutanten, sondern auch solche, die sich schlicht nicht in die »göttliche« Ordnung von MUC fügen wollten oder konnten.

Nach dem Schock des großen Sterbens und den damit verbundenen Umwelt- und Naturkatastrophen hielt MUC in den ersten Jahrzehnten den Geist und die Kultur der alten Zeit aufrecht.

Aela wusste nicht genau, wie und warum sich das Leben in der Stadt so gravierend veränderte, doch sie glaubte, dass es an der zunehmenden Verdummung und Degenerierung der Bevölkerung lag. Es gab keine Schulen mehr, und ohne richtige Bildung verschwand das Wissen der alten Zeit mit erschreckender Geschwindigkeit aus den Köpfen der Menschen. Es entstand eine Leere, die viele nur durch Religiosität füllen konnten.

So breitete sich die Vorstellung, das große Sterben sei eine Strafe Gottes für die sündige Lebensweise der Menschen der alten Zeit gewesen, wie eine Seuche aus. Wenn Gott aus Zorn fast alle Menschen vernichtet hatte, so die für viele einzig logische Schlussfolgerung, dann waren die wenigen Überlebenden Gottes Auserwählte.

Im Nachhinein konnte man nicht mehr sagen, ob diese Ideen bereits vor oder erst mit dem Auftauchen des Propheten Verbreitung fanden, aber er war vor etwa sechzig Jahren aktiv geworden. Er behauptete, ein Abgesandter Gottes zu sein und dass der Allmächtige regelmäßig mit ihm spräche. Er sei geschickt worden, um Gottes auserwähltes Volk auf den rechten Pfad zu führen. Nur wer sich exakt an Gottes Regeln halte, könne auf Erlösung hoffen. Und diese wurden ausschließlich von dessen Stellvertreter auf Erden, dem Propheten, gemacht. So hatten er und seine Familie es geschafft, zu uneingeschränkten Herrschern über die Stadt aufzusteigen.

Die Hochstadt, Sitz der Propheten-Familie und MUCs Elite, befand sich in dem am besten erhaltenen Teil der Stadt, durch einen Fluss und hohe Mauern vom Rest abgetrennt. Die Residenz des Propheten lag in einem prächtigen, jahrhundertealten Palast, der ein wenig erhöht über dem Fluss lag und in der alten Zeit Sitz der Regierung gewesen war.

Die Bewohner der Unterstadt hatten nur nach ausdrücklicher Aufforderung Zutritt zur Hochstadt, auf unbefugtes Eindringen stand die Todesstrafe. Bewaffnete »Wächter Gottes und des rechten Glaubens«, die Männer in den schwarzen Kutten, patrouillierten an den Grenzmauern und Zäunen, und das rote Auge auf ihren Gewändern war das Symbol der »einzig wahren« Religion des Propheten. Es stand für den allmächtigen Gott, der alles und jeden immer sehen konnte und bei Sünde und Ungehorsam keine Gnade walten ließ. Die Wächter waren aber auch in der Unterstadt anzutreffen, wo sie jedoch nicht für die Sicherheit der Bevölkerung sorgen, sondern Frevel und Sünde bekämpfen sollten. Sie waren sehr gefährlich, warnte Aela, aufgrund ihrer unpraktischen Kleidung allerdings nicht besonders schnell. Wenn man flink und geschickt war, hatte man gute Karten, ihnen zu entkommen.

Es war mittlerweile dunkel geworden, und Goliath machte ein Nickerchen auf Aelas Schoß, während diese erzählte. Überall um sie herum leuchteten jetzt Lichter auf. Auch wenn nur noch ein Bruchteil der ursprünglichen Bevölkerung in MUC wohnte, so waren es für Pia noch immer unglaublich viele. Erst jetzt, da die Stadt im Dunkeln lag und man sie von einem erhöhten Punkt aus betrachtete, wurde das so richtig deutlich.

Östlich von dem großen Tor, auf dem sie noch immer saßen, lag der Palast, den Aela beschrieben hatte. Er war durch zum Teil unnatürlich anmutendes Licht hell erleuchtet und thronte über der Stadt.

»Was ist der Prophet für ein Mann?«, wollte Pia wissen.

»Ein toter.«

»Wie meinst du das?«

»Wortwörtlich. Wir wissen nicht genau, wann der ursprüngliche Prophet starb, aber seit mindestens zehn Jahren regiert sein Sohn. Er behauptet jedoch von sich, *der* Prophet und unsterblich zu sein.«

Pia war einen Moment sprachlos. »Und die Leute glauben das?«

Aela lachte trocken. »Die Leute glauben alles, was man ihnen erzählt. Die Schlüssel zur Macht sind Dummheit und Angst, das war schon immer so … Beides ist nicht zuletzt dank des Propheten in MUC weit verbreitet. Wir im Hades bringen unseren Kindern das Lesen und Schreiben bei, damit sie das wenige noch vorhandene Wissen aus der alten Zeit nutzen können. In der Unterstadt ist das verpönt, Frauen sogar verboten.«

»Wieso ist es Frauen verboten?«

Pia konnte Aelas Gesicht im Dunkeln nicht mehr erkennen, aber sie spürte, wie es sich bei der Frage verhärtete.

»Weil Frauen so ziemlich alles verboten ist«, sagte sie mit mühsam unterdrückter Wut. »Hast du nicht die verhüllten Frauen auf den Straßen da unten gesehen? Die Frau ist hier das Eigentum des Mannes. *Das* ist die göttliche Ordnung.«

Sie schwieg kurz, ehe sie fortfuhr. Ihre Wut hatte sich in unverhohlenen Zynismus gewandelt.

»Immerhin darf der normale Mann nur eine Ehefrau haben. Der Prophet selbst hat mindestens zehn davon. Und Dutzende Kinder.«

Pia sagte nichts. Sie blickte auf die heruntergekommene, überwucherte Stadt, die sicherlich einmal wunderschön gewesen war, und spürte eine nagende Traurigkeit in sich aufsteigen. Gleichzeitig fühlte sie sich so taub und unwirklich an, als hätte ihr jemand mit einer Keule auf den Schädel gehauen. Gedanken und Wortfetzen schwirrten durch ihren Kopf. Nach allem, was sie erlebt und gehört hatte, wollte sie sich am liebsten zusammenrollen und schlafen.

Der Traum ihres Lebens war geplatzt, und alles, was blieb, war ein Ort der Unfreiheit, bevölkert von religiösen Fanatikern und regiert von einem Despoten. Nun war ihr auch klar, warum Ilja und die anderen sich so sicher gewesen waren, dass sie das Angebot, bei ihnen zu leben, annehmen würde. Der Hades war die beste Option, die sich ihr bot. Nach allem, was sie dort gesehen hatte, gründete die unterirdische Gemeinschaft auf Solidarität und Mitgefühl. Egal, wie man aussah oder was man war, im Hades konnte jeder ein selbstbestimmtes Leben in Freiheit und Respekt führen.

Diese Freiheit hatte einen Preis, sie müsste eine Gesetzlose werden, in ihrem Fall eine Diebin und Fassadenkletterin. Zunächst war ihr dieser Gedanke abwegig erschienen, doch jetzt, da sie das wahre MUC kennengelernt hatte, bereitete er ihr keine großen Sorgen mehr. Im Gegenteil, wenn sie daran dachte, in Zukunft die Fassaden der uralten Gebäude von MUC zu erklimmen, um Nahrung für all jene zu beschaffen, die sonst nicht überleben könnten, fühlte sich das gut und richtig an.

»Wir sollten uns auf den Rückweg machen.« Aela beendete Pias Gedankengänge, packte den verschlafenen Goliath zurück in den Rucksack und sprang auf.

Pia räusperte sich leise. »Wegen des Angebots, bei euch im Hades zu bleiben …«

Aela drehte sich zu ihr und grinste breit. »Niemand hat im Ernst daran gezweifelt, dass du es annehmen würdest. Oder gefällt es dir hier oben etwa so gut, dass du lieber dableiben möchtest?«

»Nein.«

Aela nickte. »Willkommen in MUC, Prinzessin. Und jetzt lass uns hier verschwinden. Ich sterbe vor Hunger.«

Wenig später standen sie wieder auf der Straße. Aela hatte sie in eine kleine Seitengasse geführt, die fast vollständig im Dunkeln lag.

»Ganz in der Nähe führt ein alter Kanalisationsschacht in die U-Bahn«, erklärte sie und ging mit langen, geschmeidigen Schritten voraus.

Pia merkte erst jetzt, dass ihre Beine und Gelenke schmerzten. Sie hatten viel länger als gedacht auf dem unbequemen Steindach des Torbogens gesessen.

Plötzlich blieb Aela so abrupt stehen, dass Pia um ein Haar in sie prallte.

»Was ist …?«, setzte sie an, doch Aela brachte sie mit einer Handbewegung zum Schweigen.

Vor ihnen standen zwei Männer und versperrten ihnen den Weg. Ihre Gesichter waren in der Dunkelheit nicht zu erkennen, doch der eine war mit einem Fleischerbeil und der andere mit einem dicken, abgerundeten Holzstock bewaffnet.

Ein leises Knacken ließ Pia herumfahren. Zwei weitere dunkle Schatten näherten sich ihnen von hinten, beide ebenfalls mit Schlagwaffen bewaffnet.

Kalte Angst ließ Pias Magen verkrampfen. Die Situation erinnerte sie an den Hinterhalt, in den sie in der Stadt am Fuße der Alpen geraten war. Eine Erinnerung, die sie am liebsten aus ihrem Gedächtnis gelöscht hätte. Stattdessen erlebte sie ein Déjà-vu.

»Keine Panik«, flüsterte Aela ihr zu. »Überlass das mir!«

Pia nickte, obwohl Aela das im Dunkeln nicht sehen konnte. Ihr Hals war staubtrocken, und sie schluckte.

»Was wollt ihr?«, fragte Aela mit fester Stimme. Nichts verriet, ob auch sie nervös war.

Die Schläger waren stehengeblieben und beobachteten sie. Vier bewaffnete Männer gegen zwei Frauen. Eine leichte Beute, wie es schien. Der Mann mit dem Metzgerbeil kicherte als Antwort auf Aelas Frage los.

»Das wisst ihr genau!«, sagte der mit dem Holzstock.

An seiner Stimme war zu erkennen, dass er noch relativ jung war. Sie hatten es mit einer Bande Halbstarker zu tun.

»Verstand ist für heute ausverkauft«, sagte Aela völlig unbeeindruckt. »Und jetzt verpisst euch!«

Der Typ mit dem Beil kicherte noch lauter. Er war offensichtlich sehr aufgeregt.

»Da ist eine ja ganz tough!«, krächzte der Anführer. »Schon mal von mehreren gleichzeitig gefickt worden? Ich wette, das wird dir gefallen. Und jetzt her mit dem Geld!«

Aela seufzte und trat einen Schritt auf ihn zu.

»Letzte Chance, euch zu verpissen«, sagte sie drohend. »Lauft heim zu Mama, oder ich muss euch weh tun.«

Wieder wollte der Typ mit dem Beil loskichern, doch sein Kumpel stieß ihn in die Seite.

»Blöde Schlampe!«, fluchte er. »Auf …«

Er kam nicht dazu, seinen Satz zu beenden. Völlig unerwartet rammte Aela ihr rechtes Knie in die Weichteile des jungen Mannes. Er stieß ein schmerzerfülltes Pfeifen aus und krümmte sich nach vorn. Aela packte ihn an den Schultern und schlug seinen Kopf mit voller Wucht gegen ihr noch immer erhobenes Knie. Ein knackendes Geräusch wie von einem morschen Ast ertönte, als sie seine Nase zertrümmerte, und der Halbstarke schlaff in sich zusammenfiel.

Aela hatte sich bereits dem Jungen mit dem Metzgerbeil zugewandt. Mit dem linken Arm schlug sie ihm ins Genick, und ehe er wusste, wie ihm geschah, hatte sie schon seine Hand mit dem Beil ergriffen und so verdreht, dass er es mit einem schmerzerfüllten Schrei fallen ließ. Aela versetzte ihm einen so heftigen Hieb auf den überspannten Ellbogen, dass seine Schulter mit einem grauenhaften Geräusch ausgekugelt wurde. Sie stieß ihn zur Seite, bückte sich mit einer geschmeidigen Bewegung und hob das Beil auf. Dann drehte sie sich zu den zwei jungen Männern um, die hinter ihnen standen. Die glotzten Aela ebenso verblüfft an wie Pia, die nicht einmal Zeit gehabt hatte, sich zu rühren.

Ein Grinsen zeigte sich auf Aelas konzentriertem Gesicht, das Pia spontan an die Löwen erinnerte, die sie an der Autobahn gesehen hatten. Sie schwang das Beil lässig durch die Luft, und es schimmerte gefährlich im Mondschein, der in die kleine Gasse fiel.

Die zwei übrig gebliebenen Gegner starrten sie kurz unschlüssig an. Pia rechnete damit, dass sie jeden Augenblick zum Angriff übergehen würden, und fragte sich, was sie tun konnte, um Aela zu helfen. Ohne das Überraschungsmoment würde diese es schwerer haben, mit den beiden fertig zu werden.

Aela jedoch senkte den Kopf und fixierte ihre Gegner. Dann machte sie einen Ausfallschritt nach vorn und schwang das Beil durch die Luft. Sie war zu weit entfernt, um sie zu treffen, dennoch machten die beiden erschrocken einen Satz nach hinten und liefen davon.

Aela verdrehte die Augen. »Pussies.«

Sie blickte ihnen so lange nach, bis sie sicher war, dass die Halbstarken keine Anstalten machten zurückzukommen, dann trat sie zu den am Boden Liegenden.

»Überlegt euch zukünftig gut, ob ihr Frauen in dunklen Seitengassen belästigen wollt«, zischte sie dem Anführer zu, der sich vor Schmerzen wand und stöhnte. »Wenn ich euch noch einmal erwische, mache ich Hackfleisch aus euch!«

Sie trat ihm nochmals in den Schritt, woraufhin er einen spitzen Schmerzensschrei ausstieß, dann stieg sie ungerührt über ihn hinweg.

»Gehen wir«, sagte sie zu Pia, als sei nichts gewesen. »Die Waffen nehmen wir mit. Man weiß ja nie.«

»Das war unglaublich!«, sagte Pia begeistert.

Sie waren durch einen schmalen Schacht in die Kanalisation geklettert und einem stinkenden Kanal gefolgt, der kaum groß genug war, um darin aufrecht zu stehen. Schließlich hatten sie einen U-Bahn-Tunnel erreicht und eilten diesen im flackernden Schein einer kleinen Fackel entlang. Goliath war aus Aelas Rucksack herausgeklettert und saß nun etwas verschlafen auf ihrer Schulter.

Aela zuckte die Achseln.

»Das war gar nichts. Die Typen hatten so die Hosen voll, dass man es bis zur Affenstadt riechen konnte.«

»Trotzdem. Wie du die ersten zwei fertiggemacht hast … das konnte ich gar nicht glauben!«

»Das kannst du auch.«

Pia lachte. »Ganz sicher nicht. Ich wusste überhaupt nicht, was ich tun sollte!«

»Wart's ab.« Aela grinste. »Wenn wir mit dir fertig sind, wirst du noch ganz andere Dinge können.«

»Zum Beispiel?«

Aela grinste breiter. »Wart's einfach ab.«

Pia lächelte zurück. Sie konnte es kaum erwarten, endlich wieder im Hades zu sein. Noch heute Morgen hätte sie es nicht für möglich gehalten, aber nach den Erlebnissen des Tages erschien ihr die unterirdische Siedlung als Paradies auf Erden.

Als Pia später in dem improvisierten Bett in ihrem Häuschen lag, empfand sie keine Beklemmung bei der Vorstellung, dass statt des Himmels die Decke der künstlichen Höhle über ihr war. Sie fühlte sich vielmehr geborgen und war sogar erleichtert, dass viele Meter Stein, Erde und Beton sie von der Oberwelt trennten.

Noch immer hatte sie nicht richtig begriffen, was heute geschehen war. Ihr Traum von MUC hatte sich als Alptraum erwiesen. Wie sollte sie in dieser riesigen, feindseligen Stadt jemals ihren Bruder finden? War er überhaupt noch am Leben? Und wenn ja, was sollte sie tun, wenn er MUC wieder verlassen hatte? Sie konnte sich beim besten Willen nicht vorstellen, dass Paul in einer solchen Gesellschaft leben konnte.

Verzweiflung und Angst krochen über ihren Rücken wie ein hässliches Insekt. Schwermütigkeit lastete wie ein Druck auf ihrer Brust, und sie glaubte, nie wieder aufstehen zu können.

Von draußen drangen leise Musik, Stimmen und Gelächter nach innen. Die Gemeinschaft saß beim Abendessen. Pia hatte sich entschuldigt und behauptet, sie sei zu erschöpft. In Wahrheit fragte sie sich, wie man in MUC leben und trotzdem fröhlich sein konnte.

Es klopfte an dem Bretterverschlag, der ihre Tür war, und Robin streckte den Kopf herein. Er trug eine Lampe, die warmes Licht in Pias selbstgewählte Isolation warf.

»Pia?«

»Komm rein«, sagte sie schwach. Robin zu sehen tat ihr gut. Er trat ein und betrachtete sie im flackernden Licht seiner Lampe.

»War's so schlimm?«

Pia richtete sich auf. Ohne dass sie es verhindern konnte, füllten sich ihre Augen mit Tränen.

»Hey«, sagte er sanft und setzte sich neben sie. »Ist irgendetwas Schlimmes vorgefallen? Geht es dir nicht gut?«

»Nein«, schniefte sie. »Es ist nur … wie kann man an diesem Ort leben?«

»Im Hades? So schlecht ist es hier gar nicht. Wenn du dich erst einmal daran gewöhnt hast …«

»Nein«, unterbrach sie ihn. »Ich meine MUC.«

Er schwieg, dann legte er vorsichtig einen Arm um sie und drückte ihr tränennasses Gesicht an seine Brust.

»Das geht den meisten so. Dennoch ist MUC weit und breit der beste Ort zum Leben. Glaub mir, ich bin viel rumgekommen. Die meisten Städte sind entweder zerstört oder in einem ähnlichen Zustand wie die, in der wir dich gefunden haben.«

Er seufzte leise.

»Es ist eine …«

»… abgefuckte Welt«, ergänzte Pia.

Er grinste. »Genau.«

Sie lächelte. An Robin gedrückt, erschien ihr alles auf einmal halb so schlimm. Sie hatte nicht nur ein neues Zuhause gefunden, sondern auch einen Menschen, dem sie wichtig war. Erleichterung zeigte sich auf Robins Gesicht, als er ihr Lächeln bemerkte.

»Du wirst ja noch«, lachte er leise.

Pia hob den Kopf und schaute ihm in die Augen. Es waren schöne Augen voller Wärme. Ehrlichkeit sprach aus ihnen – und Zuneigung. Pia spürte einen wohligen Schauer, als sie seinen intensiven Blick erwiderte. Noch nie war sie einem Mann so nahe gewesen, aber es fühlte sich gut an. In ihrem Dorf hatte sich keiner jemals für sie interessiert, und das Desinteresse beruhte auf Gegenseitigkeit. Doch mit Robin war es anders. Ihre Gesichter waren sich ganz nahe, und sie spürte seinen Atem auf ihrer Haut, als er ihr sanft über das Haar strich. Ihr Herz schlug schneller, und sie sehnte sich auf einmal danach, seine Lippen mit den ihren zu berühren. Langsam bewegten sich ihre Köpfe aufeinander zu, ganz so, als würden sie von einem unsichtbaren Band zueinandergezogen.

In diesem Moment wurde die Tür aufgestoßen, und Sams breites Gesicht erschien. »Klopf, klopf.«

Instinktiv wichen Robin und Pia auseinander. Sie wischte sich mit dem Handrücken übers Gesicht.

»Stör ich?«, fragte Sam unschuldig. Er hatte ein etwa zweijähriges Kind auf seinen breiten Schultern, das begeistert mit seinem linken Ohr spielte.

»Nein«, sagte Pia.

»Ja«, sagte Robin.

Sam grinste breit. »Schluss mit dem Verstecken. Auf dem Platz sind eine Menge Leute, die dich kennenlernen wollen, Pia. Also, los!«

Widerwillig ließ Pia sich mitziehen. Sie hatte keine Lust auf fremde Leute, die sie kennenlernen wollten. Viel lieber wäre sie mit Robin allein geblieben. Ihre Haut kribbelte, wenn sie daran dachte, wie zärtlich er über ihr Haar gestrichen hatte. Wann immer sich im Laufe des weiteren Abends ihre Blicke trafen, fühlte Pia wieder einen Hauch der Nähe und Geborgenheit wie ein Echo in einem tiefen Brunnen.

An diesem Abend ergab sich jedoch keine Möglichkeit mehr, allein zu sein. Fast alle aus dem Hades waren zusammengekommen, um Pia zu begrüßen, und es wurde ein kleines Fest gefeiert. Ein großer Topf mit Gemüsesuppe köchelte über dem Feuer auf dem Hauptplatz. Man konnte so viel essen und trinken, wie man wollte, doch niemand ging verschwenderisch mit der Nahrung um, die ein kostbares Gut war. Jemand spielte Flöte, zu der sich später eine Gitarre gesellte.

Pia war begeistert von der Offenheit und Warmherzigkeit der

Hades-Bewohner. Alle hießen sie herzlich willkommen und freuten sich, ein neues Mitglied in ihrer Gemeinschaft zu haben – und dass man einen Grund zum Feiern hatte. Auch Ilja war da und nickte ihr wohlwollend zu.

Als Pia schließlich in ihrem Bett lag, war ihre Schwermut verflogen. MUC war nicht das, was sie erwartet hatte. Aber dafür hatte sie etwas viel Besseres gefunden. Menschen, die sie so annahmen, wie sie war. Ein Zuhause.

9. Kapitel

Falk

Der nächste Morgen begann mit schlechten Nachrichten.

»Aber wieso?«, fragte Pia. Sie fühlte sich, als hätte man ihr einen Schlag in die Magengrube verpasst.

»Es ist mein Job.« Robin blickte zu Boden. »Wenn alles gutgeht, bin ich spätestens in ein paar Wochen wieder da.«

Pia nickte verstimmt. Zu ihrem Entsetzen hatte Robin ihr gerade eröffnet, dass er mit drei weiteren Männern, darunter Sams Bruder Lukas, noch am selben Tag den Hades verlassen würde. Angeblich gab es nordwestlich von MUC eine Stadt, die relativ unversehrt, dafür aber so überwuchert war, dass die Plünderer bis heute einen alten Supermarkt übersehen hatten. Wenn dem tatsächlich so war, stellte das eine große Chance dar, an Lebensmittel und Ausrüstung von unschätzbarem Wert zu kommen. Funde wie diese konnten über Leben und Tod der kleinen Gemeinschaft im Hades entscheiden. Ilja hatte beschlossen, dass zunächst ein kleines Team die Lage dort auskundschaften sollte. Ein relativ neues Mitglied des Hades hatte von der Existenz des Supermarktes berichtet, und sie vertraute ihm noch nicht genug, um gleich mehr Leute zu schicken.

Pia fand das alles sehr nachvollziehbar, aber warum musste ausgerechnet Robin Teil der Vorhut sein? Sie wollte nicht, dass er ging, und hätte ihm das am liebsten auch gesagt. Stattdessen umarmte sie ihn fest und drückte seinen warmen Körper an ihren.

»Pass auf dich auf«, flüsterte sie.

»Und du auf dich.«

Direkt neben ihnen räusperte sich jemand ungeduldig. Widerwillig löste sich Robin von ihr und schaute missmutig zu Lukas, der neben ihnen stand. Er hatte die Arme verschränkt und grinste breit. Auf den Schultern trug er einen fast leeren, großen Rucksack aus der alten Zeit.

»Ich würde ja sagen, sucht euch ein Zimmer, aber wir müssen jetzt los.«

Robin zögerte. Er schien zu überlegen, ob er noch etwas sagen oder tun sollte. Schließlich lächelte er jedoch bloß und wandte sich ab.

Sie sah ihm hinterher, bis er in einem der alten Tunnel verschwunden war und ihre Augen brannten. Dabei war sie heute Morgen so zufrieden, ja beinahe glücklich, aufgewacht. Ihr Entschluss stand fest. Sie würde im Hades bleiben. Und sie hatte sich gefreut, Robin von nun an jeden Tag zu sehen.

Robin war in Rekordgeschwindigkeit zum besten Freund aufgestiegen, den sie je gehabt hatte. Und seit gestern Abend fragte sie sich, ob da nicht noch mehr war. Seit dem Verschwinden ihres Bruders hatte ihr niemand mehr so nahegestanden. Es war für Pia nicht auszudenken, was sie machen sollte, wenn Robin etwas passierte. Er war …

»Du musst Pia sein«, riss eine Stimme sie aus ihren Grübeleien.

Sie hatte keine Ahnung, wie lange sie in die Richtung gestarrt hatte, in die Robin verschwunden war. Als sie sich umwandte, stand ein Fremder hinter ihr.

Der Mann war groß und hager mit kantigen Gesichtszügen. Halblange dunkelrote Haare fielen ihm ins Gesicht und verdeckten teilweise seine Augen, so dass Pia deren Farbe nicht erkennen konnte. Die Haut an seinen Wangen war furchig und ließ erahnen, dass er als Jugendlicher unter starker Akne gelitten hatte. Er mochte in etwa Ende zwanzig oder Anfang dreißig sein. Obwohl er sie freundlich anlächelte, konnte Pia nicht anders, als einen instinktiven Widerwillen gegen ihn zu empfinden. Er hatte etwas Schmieriges und die Art und Weise, wie sein Blick auf ihren Haaren und ihrem Körper ruhte, war ihr unangenehm.

»Ich konnte gestern nicht zur Party kommen, aber vielleicht hast du schon von mir gehört. Ich bin der Neue hier im Hades. Mein Name ist Falk.«

In den folgenden Tagen stellte sich heraus, dass Pia keine Zeit haben würde, Robin zu vermissen. Schon am nächsten Tag fing ihr Training an, und es sollte die härteste Zeit in ihrem Leben werden.

Sam war für das Nahkampf- und Waffentraining zuständig und nahm sie als Erster in die Mangel. Nichts erinnerte mehr an den freundlichen Familienvater, als er mit griesgrämig konzentrierter Miene vor ihr stand und ihr die Grundprinzipien der Selbstverteidigung erklärte.

Pia war von Natur aus sportlich und beweglich, ihre Muskeln durch das Klettern gestählt, und auch mit ihrer Kondition konnte sie zufrieden sein. Dennoch kassierte sie am ersten Tag etliche Beulen und blaue Flecken. Ständig fand sie sich schwer atmend oder verkrümmt auf den alten Matratzen wieder, die beim Wasserfall zu Trainingszwecken aufgeschichtet waren. Mit erstaunlicher Wendigkeit parierte Sam jeden ihrer Angriffe. Selbst mit einer Schlagwaffe hatte sie keine Chance, ihm auch nur annähernd gefährlich zu werden, ganz egal wie sehr sie sich anstrengte.

»Das ist unglaublich«, keuchte sie, als der Hüne sich schließlich neben sie setzte und ihr eine Flasche Wasser reichte. Pia war schon von Aelas Kampfkünsten beeindruckt gewesen, aber Sam schien ein wahrer Meister auf dem Gebiet zu sein. »Wie machst du das?«

Er zuckte die Achseln. »Übung.«

Pia seufzte leise und betastete vorsichtig ihre geschundenen Glieder.

»Wo hast du das gelernt?«

»Ilja. Fast alles, was wir wissen und können, haben wir von ihr. Sie hat den Hades zu dem gemacht, was er ist.«

Pia spülte sich mit etwas Wasser Blut aus dem Mund. Sie hatte sich im Eifer des Gefechtes auf die Lippe gebissen. Schon bei ihrer ersten kurzen Begegnung hatte sie gemerkt, dass Ilja eine außergewöhnliche Persönlichkeit war. Je mehr sie über sie erfuhr, desto mehr wuchs ihre Bewunderung für Aelas Mutter.

»Die Kampftechniken stammen aus der alten Zeit. Irgendwo aus Fernasien, also ganz aus dem Osten, meint Aela. Keine Ahnung, wo Ilja das gelernt hat, aber es hat mir mehr als einmal das Leben gerettet. Und dir wird es ebenso gehen, verlass dich drauf.«

»Wenn ich das jemals lernen werde …«

»Keine Sorge, das wirst du. Ich habe dich heute nur deswegen so auflaufen lassen, damit du am eigenen Leib erfährst, wie chancenlos ein untrainierter Angreifer gegen jemanden ist, der die Techniken beherrscht. Morgen zeige ich dir dann, wie eine kleine Bergprinzessin wie du einen Kerl wie mich aufs Kreuz legen kann.«

Pia lachte, spürte dabei schmerzhaft ihre Rippen.

»Ich meine es ernst.« Sam stand auf. »Du wirst schon sehen.«

Er lächelte Pia zu und reichte ihr die Hand, um ihr beim Aufstehen zu helfen. Jetzt hatte er nichts mehr von dem gnadenlosen Kämpfer, sondern war wieder der treusorgende Familienvater.

»Das bedeutet, du bringst mir bei, mit so ziemlich jedem fertig zu werden?«

Sam nickte.

»Sogar mit den Wächtern?«

Sams Lächeln verschwand, und er sah sie düster an.

»Hör mir jetzt gut zu, Prinzessin. Leg dich niemals mit denen an, verstanden? Niemals. Wenn du es mit denen zu tun bekommst, lauf weg und versteck dich. Du bist schneller und wendiger als sie, kannst klettern und wirst die Zugänge zur Kanalisation kennen. Das ist deine einzige Chance gegen die Wächter. Wir haben schon zu viele Leute an diese Hurensöhne verloren.«

Pia schluckte. So hatte sie Sam noch nie erlebt. Sie hätte nie gedacht, dass auch er vor etwas Angst haben konnte.

Er packte ihre Schulter, die förmlich unter seiner großen Hand verschwand.

»Hast du mich verstanden?« Er blickte ihr ernst ins Gesicht.

»Ja, natürlich. Verstanden.«

Sam ließ von ihr ab. »Wir sehen uns dann morgen, Prinzessin.«

An diesem Abend fiel Pia mit dem Gefühl ins Bett, nie wieder aufstehen zu können. Kurz bevor sie einschlief, erinnerte sie sich an die Leichtigkeit und Eleganz, mit der Aela die halbstarken Angreifer fertiggemacht hatte. Auch sie würde lernen, so zu kämpfen. Trotz der schmerzenden, blauen Flecken schlief sie mit einem Lächeln im Gesicht ein.

Das Aufwachen am nächsten Morgen war weniger schön. Jeder Muskel ihres Körpers schmerzte, und allein aufzustehen erschien Pia als ein Ding der Unmöglichkeit. Doch das interessierte Sam nicht im Geringsten. Gnadenlos trieb er sie aus ihrer Hütte und setzte das Training fort. Sie lernte, wie man einem gegnerischen Angriff ausweicht und ihn erfolgreich kontert. Sam ließ sie dieselben Bewegungsabläufe wieder und wieder üben, bis ihr jede noch so kleine Bewegung in Fleisch und Blut überging.

Nach einer in Pias Augen viel zu kurzen Mittagspause ging

es mit gleicher Intensität weiter. Auf Aelas Anweisung hin gesellte sich Falk zu ihnen. Auch er sollte mit Sam trainieren. Dieser nutzte die Gelegenheit, Pia ihr neues Wissen an einer dritten Person testen zu lassen. Zu ihrer Überraschung gelang es ihr bereits ganz gut, einen einfachen Angriff von Falk abzuwehren. Der große, hagere Mann lächelte ihr freundlich zu, und Sam kam ein verhaltenes Lob über die Lippen, doch Pia konnte sich nicht darüber freuen.

Sie wurde den Eindruck nicht los, dass Falk sie absichtlich hatte gewinnen lassen. Auch im späteren Verlauf des Trainings kam es ihr so vor, als ob Falk bereits mit den Kampftechniken vertraut war und nur so tat, als wäre ihm das alles ebenso neu wie Pia. Sam schien davon jedoch nichts zu bemerken, zumindest sagte er nichts, und so verwarf sie den Gedanken wieder. Was für einen Grund hätte Falk haben sollen, seine Fähigkeiten zu verschleiern? Außerdem hatte sie noch viel zu wenig Ahnung vom Nahkampf, um sich ein Urteil bilden zu können.

Ungeachtet dessen hatte Falk etwas an sich, das sie nicht mochte. Sie konnte beim besten Willen nicht sagen, was es war, doch sie fühlte sich in seiner Gegenwart unwohl. Er war freundlich und höflich, schien sich sowohl um ihre als auch Sams Sympathie zu bemühen. Es war nichts weiter als ein Gefühl in ihren Eingeweiden, das Pia Falk misstrauen ließ. Vielleicht lag es daran, dass Falk derjenige war, der von dem Supermarkt berichtet hatte, weswegen Robin nun weg war? Ohne ihn erschien ihr das Dorf im Hades leer. Sie hoffte inständig, dass es ihm gutging. Und dass auch er sie vermisste.

Als Pia an diesem Abend fix und fertig in ihrem Bett lag, beschloss sie, Falk eine Chance zu geben. Aela schien viel von ihm zu halten, also konnte er kein übler Kerl sein. Und es war albern, jemanden zu verurteilen, bloß weil er ihr auf den ersten Blick unsympathisch erschienen war.

Am nächsten Tag wollte sie den guten Vorsatz in die Tat umsetzen, aber es fiel ihr wider Erwarten schwer.

Sam wurde vormittags anderweitig gebraucht, und so beschloss Aela, dass Pia parallel zum Kampftraining mit einem anderen, ebenso wichtigen Teil der Ausbildung beginnen sollte. Obwohl es beschlossene Sache war, dass sie als Fassadenkletterin eingesetzt werden würde, musste sie noch die Grundlagen des Diebstahls lernen.

Aela wollte ihr beibringen, wie man einem unvorsichtigen Passanten unbemerkt den Münzsack vom Gürtel klaute oder Lebensmittel von einem Marktstand mitgehen ließ. Dabei kam es auf Geschicklichkeit und das richtige Timing an, unter Umständen aber auch darauf, ob man sein Opfer im richtigen Moment ablenken konnte. Darüber hinaus lernte Pia, sich anzuschleichen und möglichst geräuschlos zu bewegen. Wie man am besten in einer Menschenmenge untertauchte, war ein weiterer Programmpunkt.

In der Theorie erschien Pia das alles logisch und einfach. Doch schon bald stellte sie fest, dass Aelas Training schwieriger war als das von Sam. Sich geräuschlos zu bewegen und praktisch unsichtbar zu machen, wenn es darauf ankam, war etwas völlig anderes als die Bewegungsabläufe des Nahkampfes – und es entsprach nicht Pias Natur.

Aela hatte zu Trainingszwecken eine menschengroße Puppe aus Plastik aufgestellt. Ihr Schädel war kahl, und ihre künstlichen Augen schienen Pia mit boshaftem Spott zu mustern. Die Puppe trug einen Mantel mit weiten Taschen sowie einen breiten Gürtel, an dem ein mit kleinen Steinen gefüllter Münzsack befestigt war.

Pia sollte üben, das Geld und den Inhalt der Manteltaschen zu klauen. Keine so schwierige Aufgabe, wären da nicht Dutzende kleine Glöckchen an der Puppe befestigt gewesen, die bei der kleinsten Berührung durchdringend bimmelten. Am ersten Tag war Pia weit davon entfernt, auch nur in die Nähe des Geldbeutels zu gelangen, ohne etliche Glöckchen zum Klingeln zu bringen.

Auch Falk war bei dem Training mit dabei. Er stellte sich weit besser an als Pia und konnte seine langen, dünnen Finger erstaunlich präzise bewegen.

Aela bemerkte es wohlwollend, und Falk ließ keine Gelegenheit aus, ihr zu schmeicheln. Pia ermahnte sich, dass er deswegen noch lange kein Schleimer sein musste. Vielleicht wollte er einfach nur nett sein.

Nach einer Weile rief Aela Goliath zu sich, der ausgelassen mit ein paar Kindern und dem schwarzen Hund spielte, und deutete auf die Puppe. Der Affe verstand sofort. Er schlich an sein lebloses Opfer heran und entledigte es in Windeseile all seiner Habseligkeiten – ohne auch nur eine der Glocken zu streifen.

Aela grinste ihren beiden Schülern zu: »So macht man das.«

An diesem Abend hatte Pia noch genug Energie, um an den allabendlichen Geselligkeiten rund um den Hauptplatz teilzunehmen. Sie holte sich einen Teller Gemüsesuppe mit Fladenbrot und setzte sich an einen der Tische beim Feuer. Die Suppe schmeckte köstlich. Jemand hatte auf seinem letzten Diebeszug etwas Salz erbeutet, und ein Teil davon war sogleich in das heutige Abendessen gewandert. Die bunten Lampions über ihren Köpfen schwangen sanft im Luftzug, der manchmal aus den U-Bahn-Schächten bis hinab ins Dorf drang.

Es war erstaunlich, aber sie gewöhnte sich langsam daran, dass der Hades weder Tag noch Nacht kannte. Je länger sie hier unten war, desto normaler erschien es ihr, dass anstatt des Himmels eine gewaltige künstliche Kuppel über ihrem Kopf thronte.

Unweit von Pia saß Aela mit drei Männern an einem der

Tische und spielte Karten. Einer der drei stieß plötzlich einen entrüsteten Schrei aus, der mit schadenfrohem Gelächter der anderen quittiert wurde. Offensichtlich wurde er von Aela abgezockt.

Von Sam war nichts zu sehen. Wahrscheinlich hatte er sich mal wieder zeitig mit seiner Frau in ihre Hütte verzogen. Auf der gegenüberliegenden Seite des Feuers saß Ilja auf einem hölzernen Klappstuhl. Sie hatte ihre langen Beine übereinandergeschlagen und rauchte eine jener selbstgedrehten Zigaretten, deren Tabak auf einem schwerbewachten Feld direkt über dem Hades angebaut wurde. Die Hülse bestand aus getrockneten Hanfblättern. In der anderen Hand hielt sie ein schweres Buch aus der alten Zeit. Die Flammen des Feuers spiegelten sich in ihren glasklaren Augen, während sie einer Schar Kinder vorlas, die um sie herumsaßen. Es ging um phantastische Welten, Elfen, Zwerge und ritterliche Helden, die gegen ein düsteres Reich namens Mordor kämpften. Fasziniert hörte auch Pia der Geschichte zu, lauschte Iljas tiefer und melodischer Stimme. Es erstaunte sie immer wieder, was die alte Zeit alles hervorgebracht hatte. Es hatte eine unvorstellbare Menge an Büchern gegeben, reich gefüllt mit Wissen oder wundersamen Geschichten wie der, die Ilja gerade vorlas. Das darin geschilderte Mordor erinnerte sie stark an den überirdischen Teil von MUC …

»Störe ich?« Falks Stimme riss sie wieder einmal aus ihrer Versunkenheit. Er stand mit einem Teller Suppe und etwas Obst neben ihr und wollte sich zu ihr an den Tisch setzen.

»Keineswegs«, sagte Pia und rang sich ein Lächeln ab. Vielleicht war das ja eine gute Gelegenheit, ihn näher kennenzulernen und mit ein paar Vorurteilen aufzuräumen.

Er nahm Platz und begann sofort, seine Suppe zu schlürfen. Trotz ihrer guten Absicht war es Pia zuwider, ihn beim Essen zu beobachten. Seine Lippen wirkten noch schmaler, und wenn er den Mund öffnete, hatte sie freie Sicht auf seine schiefen Zähne und den etwas zu dickflüssigen Speichel. Ein wenig Suppe tropfte in seinen flaumigen Dreitagebart. Er wischte sie mit dem Handrücken weg. Pia wandte den Blick ab und überlegte, ob sie ein Gespräch anfangen sollte.

Er kam ihr zuvor. »Wir Neuen müssen schließlich zusammenhalten, was?«

Dabei grinste er und deutete ein Augenzwinkern an.

»Ja. Klar«, stimmte sie halbherzig zu.

Er streckte die Beine unter dem Tisch, so dass sie ihre berührten. Ob Absicht oder Versehen, Pia war seine Berührung zuwider. Sie zog die Füße an und lehnte sich etwas zurück, dann räusperte sie sich leise und wechselte das Thema.

»Ich habe gehört, du hast Ilja den Tipp von dem Supermarkt gegeben. Woher wusstest du davon?«

»Ich habe ihn selbst gesehen. Auf meiner Reise nach MUC.«

»Du kommst aus dem Norden? Wie ist es da?«

»Aus dem Westen«, verbesserte er sie schnell. Dann zuckte er die Achseln. »Im Westen ist es auch nicht besser als anderswo. Deswegen bin ich ja nach MUC gekommen.«

»Und enttäuscht worden …«

Er zuckte erneut die Achseln und löffelte die letzten Happen Suppe. »So übel ist es hier gar nicht.«

Dabei machte Falk den Eindruck, als könnte er durchaus auch an der Oberfläche zurechtkommen, und Pia fragte sich, warum er sich wohl der Gruppe im Hades angeschlossen hatte. Doch sie hatte keine Lust, sich seine Erklärungen anzuhören, also hakte sie nicht nach. Darauf würde vielleicht ein längeres Gespräch folgen, und sie fühlte sich in seiner Gegenwart einfach zu unwohl. Zumal er schon wieder näher gerutscht war und sein Bein wieder wie zufällig ihren Schenkel berührte.

Er sah ihr tief in die Augen, und sie ertappte sich bei der kindischen Befürchtung, er könne ihre Gedanken lesen. Rasch blickte sie ins Feuer. Zumindest konnte er ihr Misstrauen spüren, da war sie sicher. Doch das schien ihn nicht davon abzuhalten, ihre Nähe zu suchen.

»Du hast ungewöhnliche Haare«, sagte er nach ein paar Minuten. Ehe sie sich's versah, glitten seine langen, dürren Finger durch eine ihrer Haarsträhnen. Ruckartig drehte sie den Kopf, so dass ihm die Strähne entglitt, und schob ihre Haare hinter die Schulter.

Sie musterte ihn, unsicher, ob das ein Kompliment oder eine Drohung war. Schließlich entschloss sie sich für Kompliment. Wahrscheinlich bemühte er sich auf diesem Wege um ihre Aufmerksamkeit.

»Danke«, sagte sie.

»Wo genau kommst du her? Gibt es in der Gegend, aus der du kommst, noch mehr wie dich?«

»Nein. Warum?«

Er grinste. Doch bevor er antworten konnte, sprang plötzlich ein haariges Etwas auf den Tisch und klaute die Birne, in die Falk gerade beißen wollte. Pia konnte nicht anders, als über den verdutzten Ausdruck, der sich auf Falks aknezerfurchtem Gesicht breitmachte, laut zu lachen. So schnell, wie er aufgetaucht war, verschwand Goliath auch wieder und tauchte wenige Sekunden später auf Aelas Schulter auf.

»Guter Junge«, sagte sie und winkte Pia und Falk grinsend zu. »Immer wachsam sein. Ein guter Dieb lässt sich nicht beklauen!«

Eher widerwillig stimmte Falk in Pias Gelächter ein und deutete eine Verbeugung vor Aelas Affen an. Pia nutzte die Gelegenheit und stand auf.

»Es wird spät. Ich sollte mich hinlegen, damit ich morgen fit bin.«

Das war eine dämliche Ausrede, da die Kinder des Dorfes noch alle wach waren und Iljas Geschichte lauschten, aber Pia fiel nichts Besseres ein. Sie wollte nicht noch mehr Zeit mit Falk verbringen. Sie war es gewohnt, angestarrt zu werden, aber die Art, wie Falk es mit seinen tiefliegenden Augen tat, war ihr besonders unangenehm. Seine Blicke waren wie die eines Händlers, der Pias Wert abschätzte, als wäre sie eine Ziege, die zum Verkauf steht.

Falk und sie würden garantiert keine Freunde werden. Immer hatte sie das Gefühl, dass seine Freundlichkeit nur vorgetäuscht war. Pia konnte sich beim besten Willen nicht vorstellen, warum Aela ihm vertraute, aber sie würde in Zukunft auf der Hut sein.

10. Kapitel

Training

Die nächsten zwei Wochen rauschten an Pia vorbei. Das Training war knallhart und nahm sie vollständig in Beschlag. Doch es musste sein, wenn sie an der Oberfläche überleben wollte. Das betonte Aela immer wieder, und nach allem, was Pia mittlerweile über MUC wusste und selbst gesehen hatte, glaubte sie ihr aufs Wort.

Täglich wiederholte sie die Bewegungen und Tricks, die Sam ihr beibrachte – und wurde immer besser. Sie lernte, Schwung und Hebelwirkung so für sich zu nutzen, dass sie viel größere und schwerere Gegner zu Fall bringen konnte, wie sie ihr Gegenüber am leichtesten entwaffnete und wie sie am effektivsten zuschlug und trat. Anhand der Puppe, die Aela zum Diebstahltraining benutzte, zeigte Sam ihr, welche Körperteile des Menschen am empfindlichsten für gezielte Schläge waren, wie man jemanden mit wenigen Handgriffen bewegungsunfähig machte – und welche Attacken tödlich enden konnten.

»Aber denk dran, alles, was ich dir beibringe, dient der Selbstverteidigung«, betonte Sam immer wieder. »Wir sind Diebe, keine Killer. Klar?«

Es war Pia klar. Sie wollte niemanden ernsthaft verletzen, und je mehr sie von Sam lernte, desto mehr wurde ihr bewusst, wie fragil der menschliche Körper war. Wenn man wusste, wie leicht es war, einen Menschen allein mit Fäusten so stark zu verletzen, dass er starb oder für immer behindert blieb, dann war eine Prügelei keine Bagatelle mehr. Man trug Verantwortung und musste sich immer im Klaren darüber sein, was man tat.

Sam, den sie ganz zu Beginn als grimmig und unnahbar eingeschätzt hatte, wurde mehr und mehr zu einer Art großem Bruder für sie, je länger sie zusammen trainierten – und die warmherzige Sympathie beruhte auf Gegenseitigkeit. Er wollte sie so gut wie nur irgend möglich auf die Gefahren vorbereiten, denen sie begegnen würde, sobald sie für den Hades arbeitete. In den Pausen unterhielten sie sich ausgiebig. Pia erzählte von ihrem Leben im Dorf und den Bergen, Sam erzählte ihr Geschichten aus dem Hades und aus MUC. Dabei endeten seine Erzählungen fast immer damit, dass er sie auf die unterschiedlichen Gefahrenquellen an der Oberfläche hinwies. Pia spürte deutlich, dass er sich um sie sorgte und nicht wollte, dass ihr etwas passierte.

Sie lernte Sams Frau Lisa kennen, eine rundliche Person mit langem kupferfarbenen Haar und grünblauen Augen, die immer zu lächeln schienen. Sie hatten vier Kinder, zwei davon mutiert. Insbesondere die kleine Nele, der anstatt eines Armes eine Hand aus der Schulter wuchs, schloss Pia schnell ins Herz. Sie war klug und voller Lebensfreude, erinnerte Pia ein wenig an sich, als sie selbst noch ein Kind war und in unbeschwerter Naivität nicht begriffen hatte, dass sie anders war. Pia war froh, dass wenigstens Nele und die anderen an einem Ort aufwachsen durften, an dem ihr Anderssein kein Thema war.

Jeden Tag hoffte sie, dass sie endlich so weit wäre, den Hades zu verlassen. Nachdem sie ihren ersten Schock über das wahre Gesicht der Stadt ihrer Träume überwunden hatte, wollte sie MUC nun selbst erkunden und endlich nach Paul suchen. Wenn er noch lebte – und Pia weigerte sich, etwas anderes zu glauben –, dann musste er irgendwo an der Oberfläche von MUC zu finden sein.

Doch Aela mahnte sie zur Geduld. Sie würde Pia erst auf Raubzüge an die Oberfläche schicken, wenn sie sicher sein konnte, dass ihr Schützling so weit war. Der Hades hatte bereits zu viele gute Leute verloren, und jeder Verlust riss eine Wunde in die familiäre Gemeinschaft.

Häufig beobachtete Aela vormittags Pias Nahkampftraining. Nachmittags folgten dann meist weitere Lektionen in Diebstahl. Dabei musste Pia nicht nur an der Puppe mit den Glöckchen üben, schon bald erteilte Aela ihr kleine Aufträge innerhalb des Hades. Zu Übungszwecken musste sie unbemerkt in Häuser einbrechen oder Bewohnern Gegenstände aus den Taschen klauen. Dabei waren die Opfer natürlich informiert, und das Diebesgut wurde nach der Übung zurückgegeben.

Doch ein Spiel war es nicht. Um den Ansporn für Pia zu erhöhen, setzte Aela fest, dass sie kein Abendessen bekam, wann immer ihr ein Diebstahl misslang und sie erwischt wurde. Das tat weh, war aber kein Vergleich dazu, wie sehr es schmerzen würde, wenn man sie an der Oberfläche erwischte.

Zunächst musste Pia häufig hungrig ins Bett. Völlig fertig, mit schmerzenden Gliedern und knurrendem Magen lag sie dann in ihrer Hütte, verfluchte die Welt und vor allem ihre Ungeschicklichkeit. Sie versuchte mehrmals, Aela von ihren strengen Regeln abzubringen, doch diese blieb unerbittlich.

»Wenn dir das Training zu hart ist, kannst du auch unten bleiben und Küchendienst machen«, pflegte sie zu sagen, wenn Pia wieder einmal losjammerte. Also biss sie die Zähne zusammen und wurde besser. Von einem Tag auf den anderen, als wäre ein unsichtbarer Knoten in ihr geplatzt, merkte Pia den Unterschied.

Es fiel ihr weniger schwer, sich leichtfüßig und geräuschlos zu bewegen. Ihre kräftigen Hände, die dazu gemacht waren, sie steile Felswände hochzuziehen, wurden geschmeidig, ihr Oberkörper beweglicher, als er jemals gewesen war. Der Durchbruch kam, als sie unbemerkt mitten am Tag in die Hütte einer Familie einbrach und den von Aela gewünschten Schal entwendete.

An diesem Abend saß sie stolz neben Aela am Feuer und stopfte so viel gegrilltes Gemüse in sich hinein, wie sie nur konnte. Aela schwieg, doch sie war zufrieden, das wusste Pia genau. In der Zeit ihrer Ausbildung war ihre Bewunderung für die drahtige Frau mit dem Irokesenhaarschnitt explosionsartig gewachsen. Aela hatte sich in Rekordzeit in ihr Idol verwandelt, für das Pia alles tun würde, was diese verlangte. Manche Menschen waren zu Anführern geboren, und Aela und Ilja gehörten dazu. Aela war nicht nur mutig und eine großartige Kämpferin, sie kümmerte sich auch unermüdlich um die kleinen und großen Belange der Bewohner des Hades, wie Pia im Lauf der Zeit feststellte. Jeder Einzelne war ihr wichtig. Es war, als stellte Ilja den Kopf und Aela die Hände des Hades dar. Beide waren sein Herz und seine Seele.

Wann immer sich die Möglichkeit dazu bot, lauschte Pia Iljas Vorlesestunden. Ihre dunkle, melodische Stimme trug nicht nur phantastische Erzählungen aus dem Reich Mordor vor. Gerne las Ilja auch aus Romanen, die das alltägliche Leben in der alten Zeit beschrieben. Manchmal waren es auch Auszüge aus Sachbüchern, die von Kultur, Wissenschaft, Geographie oder Geschichte vor dem großen Sterben handelten. Das fand Pia immer besonders faszinierend. Wenn sie dann abends im Bett lag und die schwarze Decke anstarrte, stellte sie sich vor, wie es wohl wäre, der alten Zeit einen Besuch abzustatten und die Menschheit hautnah mitzuerleben, bevor alles zum Teufel ging. Und sei es auch nur für einen einzigen Tag.

Wenn sie Zeit für sich hatte, dachte Pia an Robin. Sie vermisste ihn und hoffte von ganzem Herzen, dass es ihm gutging. Je länger sie ohne Neuigkeiten von Robins Trupp blieb, desto größer wurden ihre Unruhe und Sorge. Sie redete sich ein, dass schon nichts passiert sein würde, und dennoch wurde sie die irrationale Angst nicht los. Immer wieder sah sie vor ihrem inneren Auge, wie Robin von Banditen überfallen oder von Löwen zerfleischt wurde.

Eines Morgens, als Sam ihr gerade zeigte, wie man seinem Gegner ohne große Kraftanstrengung den Arm brechen konnte, fragte sie ihn, ob er sich nicht Sorgen um seinen Bruder machte.

Sam runzelte die Stirn. »Die Welt draußen ist gefährlich. Jeder von uns könnte täglich draufgehen. Deswegen lehrt uns Ilja, im Augenblick zu leben. Das ist alles, was zählt, verstehst du? Du kannst nicht wahrhaftig leben, wenn du die ganze Zeit darüber grübelst, was morgen sein könnte.«

Solche philosophischen Gedanken aus Sams Mund zu hören überraschte Pia. Aber so ernsthaft, wie er sie dabei ansah, wusste sie, dass er jedes einzelne Wort so meinte

»Und nein«, fuhr er grinsend fort. »Ich mache mir keine Sorgen. Die Jungs können auf sich aufpassen, und es ist völlig normal, dass man von solchen Expeditionen zum Teil wochenlang nichts hört. So, wie du jetzt dastehst, gibst du mir übrigens freie Bahn, deine Kniescheiben einzutreten. Besser, du konzentrierst dich, Prinzessin.«

Pia grinste zurück und ging in Verteidigungsposition. So schnell wurde aus einer Lektion über Philosophie eine darin, wie man Leute am besten niederrang.

Etwa eine Woche später wurde Pias Ausbildung zu dem Nahkampf- und Diebestraining um eine wichtige Sache erweitert. Aela nahm sie mit in die U-Bahn-Schächte, damit sie lernte, sich dort zurechtzufinden. Sie zeigte ihr, wie man sich orientieren konnte, wo die sichersten Ausgänge an die Oberfläche lagen, und vor allem, wie man das ausgeklügelte System an Zeichen und Symbolen las, das den Mitgliedern des Hades die

Navigation in der ewigen Dunkelheit erleichterte, auf Außenstehende jedoch wie wirre Kritzeleien wirkte.

Pia fand die U-Bahn-Tunnel zwar nicht mehr so unheimlich wie am Anfang, doch ein Gefühl der Beklemmung blieb, egal wie oft sie an den alten Schienen entlangging oder ehemalige Bahnsteige überquerte. Immer wieder starrte sie in die leeren Augenhöhlen der Toten, die hier so zahlreich herumlagen. Wenn sie ganz leise war, hatte Pia manchmal das Gefühl, in dem beständigen leichten Luftzug, der durch die Tunnel wehte, Stimmen zu hören. Die Stimmen der Opfer des großen Sterbens. An der Oberfläche hielt sich nicht wenig überraschend das hartnäckige Gerücht, hier unten würde es spuken. Angeblich wandelten nachts die Seelen der Verfluchten, die beim großen Sterben zu Tode kamen, durch die alten Tunnel.

Diese Gerüchte hatten die Bewohner der Unterwelt von Anfang an geschürt. Zudem hatten sie an strategisch wichtigen Stellen die unterschiedlichsten Windspiele installiert, deren Geräusche sich wie Seufzen und Heulen anhörten. Außerdem ließ sich das Aneinanderschlagen der Hölzer mit ein wenig Phantasie durchaus als das Klappern von Knochen interpretieren. Das Konzept funktionierte wunderbar. Niemand aus den oberen Bereichen der Stadt wagte sich in die Tunnel vor, selbst die Wächter des Propheten gaben die Verfolgung eines Verdächtigen schnell auf, wenn dieser in den alten U-Bahn-Schächten verschwand.

Aela ließ sich Zeit, ehe sie Pia erneut an die Oberfläche ließ. Doch sich in MUC zurechtzufinden war ein elementarer Bestandteil der Ausbildung, und so bekam Pia nach mehr als vier Wochen Dunkelheit endlich wieder Sonne auf ihrer Haut zu spüren.

Aela zeigte ihr, wie man unbemerkt aus der Kanalisation an die Oberfläche gelangte, wie man sich möglichst unauffällig durch die Stadt bewegte und in Menschenansammlungen regelrecht unsichtbar wurde. Es war wichtig, Augenkontakt zu vermeiden, jedoch durfte das nicht erzwungen erscheinen, sonst weckte man Misstrauen. Der Trick bestand darin, nach innen gewandt zu wirken, so wie jemand, der jeden Tag dieselbe Strecke zurücklegte und sich daher nicht auf die Umgebung konzentrierte, sondern seinen Gedanken nachhing. Selbstverständlich musste Pia in Wahrheit ihre Umgebung jedoch jederzeit genauestens im Auge behalten. Ihre Sinne mussten immer geschärft sein, denn eine kleine Unachtsamkeit konnte zur tödlichen Gefahr werden. Am besten war es, sich weder besonders schnell noch zu langsam zu bewegen, denn beides konnte Aufsehen erregen. Offensichtliches Anschleichen und geräuschlose Bewegungen waren streng verboten, solange andere Menschen sie sehen konnten. Sie durfte niemanden anrempeln und sich weder in Gespräche noch Konflikte verwickeln lassen, es sei denn, es ging nicht anders.

Pia lernte außerdem, wie sie sich in der riesigen Stadt orientieren konnte. Anhand einer alten Karte zeigte Aela ihr, welche Stadtgebiete bewohnt waren, wo es sich lohnte, auf Beutezug zu gehen, wo nicht – und wo es verboten war. Denn Ilja hatte strikte Regeln aufgestellt. Niemand aus dem Hades sollte von denjenigen klauen, die selbst kaum etwas zum Leben hatten. Bettler, Kranke und Kinder wurden in Ruhe gelassen. Ebenso war es untersagt, die armseligen Häuser und Hütten der Slums zu plündern. Diese befanden sich hauptsächlich an den Rändern der Stadt, rings um die Barrikadenmauer, die das gesamte Gebiet eingrenzte, vor allem jedoch im nördlichen MUC.

Sehr viele Bewohner der Stadt waren extrem arm, und täglich wurden es mehr. Die hygienischen Verhältnisse in den Slums waren katastrophal, und es fehlte an allem. Nur eine hohe Präsenz an Wächtern verhinderte, dass noch mehr Menschen klauten oder bettelten. Gewaltdelikte untereinander wurden von der Obrigkeit zwar nicht gerne gesehen, wurden jedoch nicht geahndet, das war nicht die Aufgabe der Wächter, hieß es. Deswegen waren die Slums vor allem in den Abend- und Nachtstunden ein sehr gefährliches Pflaster, besonders für Frauen.

Dass ein so großer Teil der Bevölkerung völlig verarmt war, ließ Aelas Leuten für ihre Raubzüge nicht viel Spielraum. Umso wertvoller war Pia für den Hades. Mit ihren herausragenden Kletterfähigkeiten würde sie in Häuser und Wohnungen gelangen, deren Bewohner sich vor Diebstahl sicher wähnten.

Anfangs war es zwar schwierig, sich in MUC zurechtzufinden, doch je öfter Pia mit Aela durch die Stadt streifte, desto vertrauter wurde sie mit ihr, und schließlich bewegte sie sich fast so zielsicher und unauffällig wie Aela.

Jedes Mal, wenn Pia an die Oberfläche durfte, hielt sie Ausschau nach ihrem Bruder in der Hoffnung, ihn eines Tages irgendwo in der Menge zu entdecken, doch sie wurde immer enttäuscht. Aela meinte zwar, Pia müsse sich langsam mit dem Gedanken abfinden, ihren Bruder nie wiederzusehen, dennoch half sie ihr bei der Suche. Systematisch durchstreiften die beiden die Stadt. Besonders intensiv durchsuchten sie die Armenviertel, in denen viele Migranten lebten. Aela glaubte, dass Paul dort am ehesten untergekommen war, wenn er es tatsächlich allein bis nach MUC geschafft hatte. Doch ihre Suche blieb erfolglos. Und trotzdem weigerte Pia sich zu glauben, dass er tot oder nie in MUC angekommen sein könnte. Paul war clever und zäh. Sie war überzeugt, dass er irgendwo in der Stadt sein musste.

Nur in die Hochstadt, den streng abgeriegelten und bewachten Sitz des Propheten und der Elite MUCs, ließ Aela Pia nicht. Nicht dass sie ernsthaft glaubte, Paul ausgerechnet dort zu finden. Aelas strikte Haltung diesbezüglich enttäuschte Pia allerdings ein wenig, denn seit dem Abend, an dem sie ihr das palastähnliche Gebäude mit den seltsamen Lichtern auf der anderen Seite des Flusses gezeigt hatte, fühlte sich Pia dort hingezogen. Sie wollte unbedingt erfahren, wie es hinter den hohen Mauern aussah. Angeblich gab es dort noch funktionierende Maschinen aus der alten Zeit. Sie konnte nur darüber spekulieren, welche Geheimnisse die verbotene Stadt sonst noch verborgen hielt.

»Wenn du so weit bist, Almprinzessin«, antwortete Aela bestimmt, als Pia sie fragte, wann sie endlich in die Hochstadt dürfe.

»Und wann wird das sein?«

»Wenn du mir nicht bei regulären Diebestouren draufgehst, können wir noch mal darüber reden.«

Pia musste grinsen. »Vielen Dank für dein Vertrauen«, sagte sie sarkastisch.

Aela hob nur eine Augenbraue und ließ Pia die Übung mit der Puppe und den Glöckchen wiederholen. Wieder und wieder. Und plötzlich, ohne zu wissen, was sie anders gemacht hatte, schaffte sie es, kein einziges Glöckchen mehr zum Klingen zu bringen. An Aelas Gesichtsausdruck erkannte Pia, dass sie bald auf die Jagd nach ihrer ersten Beute gehen würde.

An diesem Abend saß Pia mit ein paar erfahrenen Dieben am Lagerfeuer und lauschte den Geschichten über ihre Raubzüge in MUC. Die meisten waren auf Taschendiebstahl und kleinere Coups spezialisiert und freuten sich, dass endlich auch eine Fassadenkletterin in ihrer Mitte war.

Die ruhige Stimmung auf dem Dorfplatz wurde plötzlich unterbrochen. Stimmen riefen aufgeregt durcheinander, und der schwarze Hund bellte freudig. Nele kam angerannt und hüpfte überschwenglich vor ihrem Vater auf und ab. »Sie sind wieder da! Sie sind wieder da!«

Pia sprang auf. Damit konnte eigentlich nur der Spähtrupp gemeint sein. Mit leichtfüßigen Schritten lief sie zum Tunnelausgang, vor dem sich bereits eine Traube von Menschen versammelt hatte, die die Ankömmlinge freudig und erwartungsvoll begrüßte.

Pias Herz schlug schneller. Sie konnte es kaum erwarten, Robin wiederzusehen. Gleich würde sie ihn umarmen und ihm sagen, dass sie ihn vermisst hatte …

»Ein voller Erfolg«, hörte sie Lukas gerade sagen, als sie sich endlich bis zu den Heimkehrern durchgequetscht hatte. »Wir haben so viel mitgebracht, wie wir tragen konnten, aber da ist noch mehr. Eine wahre Goldgrube!«

Er sah müde aus, hatte dunkle Augenringe, und seine Kleidung war voller Staub. Man sah ihm an, dass er eine weite Reise hinter sich hatte und viel in der Sonne gewesen war, seine Haut war puterrot. Im Gegensatz zu Pia, deren Haut einen sanften Braunton annahm, wenn sie an der Sonne war, rötete sich die blasse Haut der anderen schnell und warf schmerzhafte Blasen, wenn sie nicht achtgaben. Obwohl Lukas' Sonnenbrand bestimmt schmerzhaft war, strahlte er übers ganze Gesicht, als er den großen Rucksack öffnete und stolz den Inhalt präsentierte: unzählige Konservendosen.

Aela, die neben Sam stand, lächelte zufrieden, und die versammelten Kinder jubelten. Aber Pia konnte ihre Freude nicht teilen. Sie interessierte sich nur für Robin, doch so aufmerksam sie sich auch umsah, sie konnte ihn nirgends entdecken.

»Wo ist Robin?«, fragte sie mitten in das aufgeregte Stimmengewirr hinein. Niemand hörte ihr zu.

Ihr Magen verkrampfte sich, und eine flaue Übelkeit stieg in ihr hoch. Irgendetwas war passiert. Robin war nicht wieder zurückgekommen.

Bitte, dachte sie, ohne zu wissen, wen sie anflehte, *bitte, lass ihn nicht tot sein!* Sie hatte bis jetzt jeden Menschen verloren, der ihr nahestand, nicht auch noch Robin! Eine lähmende Angst drückte ihre Kehle zu, während ihr Hunderte entsetzlicher Bilder durch den Kopf schossen. Lauter Dinge, die Robin zugestoßen sein konnten.

Schließlich packte sie Lukas' Arm. Der Druck ihrer Finger war wohl viel fester, als sie wollte, denn er wandte sich überrascht und mit leicht verzerrtem Gesicht zu ihr um.

»Wo ist Robin?«, fragte sie noch einmal und versuchte, ihrer Stimme Festigkeit zu verleihen.

Sein Gesicht entspannte sich ein wenig, als er Pia erkannte, und er grinste. »Der ist in Ordnung, keine Sorge. Ist mit Peter dort geblieben, um Wache zu halten, bis wir mit mehr Leuten zurückkommen.«

Sie starrte ihn an, grenzenlose Erleichterung drohte sie zu überwältigen. Er grinste breiter und befreite seinen Arm aus ihrem Griff. »Ich soll dich von ihm grüßen, Prinzessin.«

Pias Wangen wurden warm, als Blut hineinschoss. Gott sei Dank war es dunkel, so dass Lukas es nicht sehen konnte. Doch dieser interessierte sich nicht weiter für sie, sondern umarmte Sam, der ihm kräftig auf die Schulter klopfte.

Pia zog sich ein paar Meter zurück und atmete tief durch. Die Angst, Robin könnte etwas passiert sein, verflog und wurde durch die bittere Enttäuschung ersetzt, dass er nicht mit zurückgekommen war.

Traurig ließ sie den Blick über die aufgeregte Menge streifen. Mitten darin stand Falk. Er grinste breit, als Aela ihm zufrieden die Hand schüttelte. Hätte man nicht anstelle von Robin Falk wegschicken können?

An diesem Abend ging Pia erst spät ins Bett. Die Rückkehr des Spähtrupps und der Fund des Supermarktes wurden ausgelassen gefeiert. Man öffnete ein paar der Konservendosen, und schon bald köchelte ein köstlich riechender Eintopf über dem Lagerfeuer, bestehend aus Gemüsesorten, die Pia noch nie zuvor gesehen hatte. Aber das war noch nicht alles. Lukas hatte außer den Dosen noch ein paar längliche, dunkelgrüne Flaschen in seinem Rucksack mitgebracht. Sie waren mit Korken verschlossen, und der süßlich-erdige Geruch, nachdem man sie geöffnet hatte, war mit nichts vergleichbar, was Pia kannte.

Es war eindeutig Alkohol, das war ihr klar. Selbst in ihrem Heimatdorf hatten die Männer Schnaps aus Kartoffelschalen und Waldbeeren gebrannt. Hier in MUC gab es noch weit unterschiedlichere Arten von Schnäpsen, aus Äpfeln, Birnen oder Kräutern. Wobei den armen Leuten auch hier nichts anderes blieb als Kartoffelschnaps.

Doch dieses Getränk war anders. Es hatte eine aufregend dunkelrote Färbung, fast wie Blut. Pia stellte sich in die Reihe und ließ sich ebenfalls einen Becher einschenken. Neugierig nippte sie an der exotischen Flüssigkeit. Es schmeckte köstlich! Nicht zu vergleichen mit den Schnäpsen, die sie bisher getrunken hatte, die kaum Geschmack besaßen und einfach nur in der Kehle brannten. Dieses blutrote Getränk umschmeichelte die Zunge wie feiner Stoff, ehe es ein warmes Gefühl in Kehle und Magen erzeugte.

»Was ist das?«, erkundigte sie sich, als Aela das Glas hob und ihr zuprostete.

»Wein«, antwortete diese, als wäre es das Selbstverständlichste von der Welt. »Vin Rouge aus Frankreich, um genau zu sein.«

Sie lächelte, als sie in Pias fragendes Gesicht sah. »Bevor alles zum Teufel ging, war Frankreich ein Land westlich von hier. Mittlerweile heißt es, der größte Teil davon sei unbewohnbar. Zu viel Strahlung aus alten Atomkraftwerken.«

Sie nahm sich eine Zigarette aus einer Schachtel, die sie von

Lukas bekommen hatte und auf der ein langbeiniges Tier mit einem Höcker abgebildet war.

»Der Wein ist köstlich«, schwärmte Pia. Sie hatte bereits den halben Becher geleert, und wohlige Wärme hatte sich in ihrem Kopf breitgemacht.

»Und auf dem Schwarzmarkt ein Vermögen wert«, ergänzte Aela. »Lukas behauptet, sie hätten das Zeug kistenweise gefunden. Selbst wenn nicht alle Flaschen die Zeit überdauert haben, können wir damit ordentlich Münzen machen – und es bleibt trotzdem noch genügend für Partys übrig!«

Aela lächelte enthusiastisch und prostete einem Bekannten zu. Pia wiederum konnte nicht widerstehen, sie musste sich noch einmal Wein nachschenken lassen. Kurz darauf war die Stimmung auf dem Versammlungsplatz des Hades sehr gelöst. Nachdem man die paar Flaschen Wein geleert hatte, tischte jemand selbstgebrannten Schnaps auf. Es wurde musiziert, gesungen und getanzt. Fast alle Erwachsenen waren betrunken und auch die Kinder durften bis spät in der Nacht mitfeiern. Von überall her war ausgelassenes Gelächter zu hören, vor allem als Sam versuchte, auf einer Bank zu tanzen, und dabei stürzte. Der sonst so geschickte Kämpfer war betrunken tapsig wie ein Bär. Er fiel auf einen Tisch, der unter seinem Gewicht zusammenbrach, ließ sich davon jedoch nicht die Laune verderben, sprang auf und tanzte weiter, als sei nichts gewesen. Zu Pias Erleichterung konzentrierte Falk seine Avancen an diesem Abend auf Aela und ließ sie in Ruhe. Aela zeigte jedoch kein Interesse, und lediglich Goliath fauchte ihn drohend an, wenn er zu nahe kam. Pia fand in dieser Nacht heraus, was die Menschen der alten Zeit eine »Party« genannt hatten. Sie wünschte nur, auch Robin wäre da gewesen und hätte mitgefeiert. Sie war sich sicher, unter dem Einfluss des Vin Rouge hätte sie sich bestimmt getraut, ihn zu küssen. Als sie schließlich in ihrem Bett lag und an ihn dachte, drehte sich alles in ihrem Kopf.

Am nächsten Morgen war das angenehm schummrige Gefühl verschwunden und hatte einem pochenden Schmerz Platz gemacht. Als sie erwachte, hatte Pia das Gefühl, jemand hätte ihr eine Mütze aus glühendem Eisen auf den Kopf gegossen.

»Au …«, murmelte sie und öffnete langsam die Augen. Vor ihr stand Aela.

»Hi«, sagte diese trocken und zündete sich eine Zigarette an.

Pia blinzelte. Wenn sie sich recht erinnerte, war Aela noch ausgelassen am Feiern und Trinken gewesen, als sie sich in ihre Hütte zurückgezogen hat. Wie kam es, dass diese jetzt frisch und munter vor ihr stand, während Pia befürchten musste, sich jede Sekunde auf Aelas Stiefel zu übergeben?

»Kann in dieser Stadt eigentlich niemand anklopfen?«, fragte sie missmutig. Ihre Zunge fühlte sich pelzig an, und ihre Kehle verlangte dringend nach Wasser.

»Hab ich«, sagte Aela. »Du hast nicht geantwortet.«

Langsam setzte sich Pia auf und griff nach ihrem Kopf.

»Au …«, wiederholte sie.

»Ist nur ein Kater. Wirst es überleben.« Auch wenn sie versuchte, es sich nicht anmerken zu lassen, so schwang doch ein unüberhörbarer Hauch Belustigung in Aelas Stimme mit.

»Wie beruhigend.« Pia sah sich nach etwas Trinkbarem um. »Was verschafft mir die Ehre deines frühmorgendlichen Besuchs?«

»Es ist weit nach Mittag, Prinzessin. Und Ilja will dich sehen.«

Pia saß kerzengerade in ihrem Bett. »Was? Wann?«

Aela grinste und reichte ihr eine Tasse mit einem dampfenden, schwarzen Getränk.

»Na, jetzt.«

Als sie eine knappe halbe Stunde später Iljas schummriges und nach Rauchwerk riechendes Studierzimmer betrat, kämpfte Pia immer noch mit ihren Kopfschmerzen. Das schwarze Getränk, »Kaffee« genannt und mindestens genauso selten und wertvoll wie Vin Rouge, hatte sie wacher gemacht und den pochenden Kopfschmerz etwas abgemildert. Dennoch fühlte sie sich elend, und das ungewohnte Getränk drückte ihr auf den Magen. Ein Blick in den Spiegel hatte bestätigt, dass sie genauso aussah, wie sie sich fühlte – hundsmiserabel.

»Hundert Jahre alten Rotwein und Schnaps durcheinanderzutrinken kann unangenehm sein«, bemerkte Ilja und lächelte ihr freundlich zu, als Pia sich langsam in einen der Sessel setzte. Aela war nicht da, und so war der durchdringende Blick der Anführerin ganz auf Pia fixiert. »Wie geht es dir?«

»Sterbenselend«, sagte sie ehrlich.

Ilja lachte und sah ihrer Tochter dabei fast unheimlich ähnlich. »Haben wir alle schon mal durchgemacht. Beim nächsten Mal wirst du deine Grenzen kennen.«

Pia schwor sich innerlich, dass es bestimmt kein nächstes Mal geben würde. Dann sammelte sie ihre Gedanken und wechselte das Thema. »Wann wird der Bergungstrupp zum Supermarkt losgeschickt?«

»In ein paar Tagen«, antwortete Ilja. »Ich möchte, dass Lukas sich etwas ausruht. Es macht Sinn, dass er den Trupp anführt, denn er kennt die Strecke schon. Ich schicke außerdem Falk und weitere zehn Leute.«

»Ich möchte mit!«, platzte Pia heraus. Der Idee beschäftigte sie schon, seit sie gestern Abend auf der Party Gespräche über den Suchtrupp gehört hatte. Es war die einzige Möglichkeit, Robin in absehbarer Zeit wiederzusehen.

Ilja lächelte und schüttelte langsam den Kopf. »Das kann ich verstehen. Aber wir brauchen dich hier.«

Verkatert, wie sie war, konnte Pia ihre Enttäuschung kaum verbergen.

»Aela hat mir von deinen Fortschritten erzählt«, fuhr die Anführerin fort. »Sie denkt, du bist so weit. Und ich teile ihre Meinung.«

Bei diesen Worten war Pia hellwach. Der dumpfe Druck in ihrem Magen wich einem aufgeregten Kribbeln. »Das heißt … ich kann loslegen?«

»Genau.«

Pia lächelte Ilja zu. Zu gerne hätte sie Robin wiedergesehen, aber die Anführerin hatte recht. Es wurde Zeit, dass sie sich dem widmete, wofür sie in den letzten Wochen in aller Härte ausgebildet worden war. Sie war bereit.

11. Kapitel

Sommer

Warmer Wind wehte durch Pias Haare. Im Vergleich zu der schwülen Hitze unten in der Stadt war er richtig angenehm. Sie liebte es, hier oben zu sein. Es erinnerte sie an ihre alte Heimat, die Berge. Vor über vier Monaten hatte sie ihr Dorf verlassen, inzwischen war der Frühling einem erbarmungslos heißen Sommer gewichen. Die Luft war kochend heiß und aufgrund der beinahe täglich einsetzenden, heftigen Regenfälle bis zum Überquellen feucht.

An klaren Tagen wie diesem ragten die Alpen in der Ferne hoch auf, und Pia bewunderte, wie sie über dem grünen Land thronten, unberührt von allem, was zu ihren Füßen passierte.

Hier oben auf dem einsam gelegenen, stählernen Relikt aus der alten Zeit konnte sie ihre Haare offen tragen. Niemand kam auf das weitläufige Gelände unter ihr und selbst wenn, war sie zu weit oben, um gesehen zu werden.

Pia fühlte sich frei.

Sie streckte die Arme aus und ließ den Wind mit ihren Kleidern und langen Haaren spielen. Der Boden unter ihr schaukelte leicht, doch das störte sie nicht. Sie konnte die Schwingungen mit geschlossenen Augen ausbalancieren. Unweit von ihr ließ eine Krähe ihren unverwechselbaren Schrei ertönen, die rostigen Scharniere der Gondel quietschten. Sonst war es still.

Pia stand mehr als fünfzig Meter über der Erde auf einem runden Gebilde aus Eisen und Stahl. In der alten Zeit nannte man es Riesenrad. Als Pia es zum ersten Mal gesehen hatte, konnte sie nicht glauben, dass die Menschen so etwas aufgestellt hatten, damit andere zum Spaß eine Runde damit fahren konnten. Die alte Zeit war wirklich verrückt gewesen.

Für Pia war das Riesenrad vor allem ein idealer Übungsort als Fassadenkletterin. Die eisernen Streben und Verbindungsteile waren zwar weitgehend rostig, doch stabil und geradezu prädestiniert für ihre Zwecke.

Aber sie kam nicht nur hierher, um zu üben. Das Riesenrad diente ihr auch als Rückzugsort, wenn sie allein sein wollte und sich nach Sonne und frischer Luft sehnte. Und das war recht oft der Fall. Zwar hatte sie sich an die immerwährende Dunkelheit im Hades gewöhnt und liebte ihr neues Zuhause, doch sie war und blieb ein Kind der Berge.

Pia öffnete die Augen und blickte nach unten. Sie stand auf der Spitze des Rades. Die meisten der einst bunt bemalten Gondeln waren ganz oder teilweise zerstört und hingen wie heraushängende Eingeweide vom Rad hinab. Tief unter ihr befand sich ein großes Feld, auf dem die Überreste überdimensionaler Zelte und Hunderte zum Großteil eingestürzter oder ausgebrannter Buden standen. Das Riesenrad war Teil eines großen Festes gewesen, hatte Aela ihr erzählt, als sie Pia das erste Mal durch das geisterhaft verlassene Areal im Westen der Stadt geführt hatte. Das Fest musste unvorstellbar groß gewesen sein, und Menschen kamen in Flugmaschinen aus allen Ecken der Welt angereist, um daran teilzunehmen. Einfach verrückt.

Links von ihr stand eine riesige Statue von einer Frau in einem wallenden Gewand. Daneben saß ein Löwe, der mit stolzem Blick über das Geisterfest unter sich wachte. Zwischen seinen Pfoten wuchs ein Baum. Das Gesicht der Frau wurde von Efeu und Ranken bedeckt wie von einer Maske. Hinter ihnen befand sich eine alte Halle, deren Säulen im Laufe der Zeit teilweise von Pflanzen gesprengt worden waren, was nun wie ein riesiger Mund mit kaputten Zähnen wirkte. Jenseits des Feldes ragten etliche Kirchtürme und die Überreste der hohen

Glasgebäude der alten Zeit aus dem dunstigen Kessel heraus, der das heutige MUC war. An den charakteristischen Zwiebeltürmen in der Mitte des Kessels erkannte sie das Zentrum dieser selbsternannten göttlichen und in Wahrheit völlig gottverlassenen Stadt.

Wenn Pia den blau-weißen Himmel über sich betrachtete, stellte sie sich gerne vor, wie es wohl gewesen sein mochte, in einer der alten Flugmaschinen durch die Wolken zu reisen. Angeblich gab es östlich von MUC einen Ort, an dem noch Hunderte der alten Flugzeuge zu finden waren. Vor dem großen Sterben starteten und landeten sie dort regelmäßig. Aber sicher war man sich dessen nicht. Die Leute behaupteten, die Strahlung dort sei zu hoch, und niemand, der dorthin ging, war jemals wiedergekommen. Pia wünschte sich, sie könnte die Flugzeuge eines Tages mit eigenen Augen sehen. Im Hades zeigte man ihr deswegen den Vogel. Andererseits hätte es aber auch niemand für möglich gehalten, dass sie es allein bis nach MUC schaffte. Und hier war sie nun.

Es hatte eine Weile gedauert, bis Pia sich an das extreme Klima in MUC gewöhnt hatte, das so viel heißer und schwüler war als in den Bergen. Dass sie, wann immer sie an der Oberfläche unterwegs war, langärmelige Pullover oder Jacken tragen und zudem ihr Haar bedeckt halten musste, machte ihr die Eingewöhnung nicht einfacher. Sosehr sie den Sonnenschein liebte, sie war jedes Mal wieder froh, wenn sie in die kühlen Schatten der Unterwelt tauchen konnte. Um die Wärme an der Oberfläche aushalten zu können, hatte sie sich Aela zum Vorbild genommen und sich ein schulterfreies schwarzes Top besorgt, das ihren Bauchnabel freiließ.

Jetzt wurde es jedoch langsam Zeit, sich wieder in die schwarze, federleichte Kapuzenjacke mit dem Pfotenabdruck eines Wolfes auf der linken Brust zu zwängen, die sie weit weniger schwitzen ließ, als sie am Anfang vermutet hatte, und den

Rückweg anzutreten. Die Sonne stand bereits tief und ließ rötliche Schatten über die Stadt wandern. Pia stülpte sich ihre ledernen, fingerlosen Handschuhe über. Dann trat sie an den Abgrund, breitete die Arme aus und stieß sich kräftig von ihrer kleinen Plattform ab.

Obwohl sie den Sprung schon oft gemacht hatte, jagte er jedes Mal wieder einen Adrenalinschub durch ihren Körper. Es war lebensgefährlich, doch sie wusste genau, was sie tat. Ihre Bewegungen waren so präzise wie ein Uhrwerk. Das Riesenrad war ihre Spielwiese, ihr Übungsparcours. Je mehr sie trainierte, desto mehr konnte sie sich in brenzligen Situationen auf ihren durchtrainierten Körper verlassen. Und die gab es viel öfter, als ihr lieb war.

Hoch über dem Boden, der nur darauf wartete, sie zu zerschmettern, machte sie einen Salto und streckte dann die Arme vor. Der Wind zerrte an ihren Haaren, die Gravitation an ihrem Körper.

Doch sie stürzte nicht. Ihr Sprung war kontrolliert bis ins kleinste Detail. Nur wenige Meter weiter unten packten ihre Hände eine lange Stange, die als Stützbalken diente. Pia nutzte die Dynamik ihres Falls und schwang sich um 360 Grad an der Stange herum, so dass sie oben in hockender, fast schon lauernder Stellung ein paar Sekunden verharren konnte.

Dann sprang sie erneut und heftete sich an eine Strebe des Riesenrades, knapp drei Meter tiefer. Sie wiederholte das kräftezehrende Spiel noch zweimal. Den Rest des Weges kletterte sie hinab. Über einen Baum, der direkt aus dem Fuß des Riesenrades wuchs, gelangte sie auf den moosbedeckten Boden. Sie setzte ihre Kapuze auf und stopfte ihre von der Sonne aufgeheizten Haare hinein.

Als sie über die von Schlingpflanzen vollkommen zugewucherte Festwiese ging, wurde das rötliche Frühabendlicht von aufziehenden dunklen Wolken verschluckt. Heftiger Regenschauer kündigte sich an. Pia musste sich beeilen, wenn sie es trocken bis zum U-Bahn-Schacht am Fuße der halb eingestürzten, rußgeschwärzten Kirchtürme schaffen wollte. Sie beschleunigte ihren Schritt, bewegte sich aber nach wie vor leichtfüßig und nahezu geräuschlos.

Um sie herum zirpten Grillen, und ein Fuchs flüchtete in eine zugewachsene Bude, auf der in verwitterter Schrift »Geisterbahn« stand, als er Pia kommen sah. Hoch über ihr kreisten ein paar Krähen. Der stärker werdende Wind ließ die alte, rostige Tür am Kassenhäuschen der Geisterbahn auf und zu schlagen. Fast konnte man meinen, das Fest wäre nur ausgestorben, wenn ein Lebender hinsah. Drehte man sich um, dann feierten die Toten weiter. Ein erster großer Regentropfen platschte auf ihre Kapuze, und in den dunklen Wolken über ihr grollte es gefährlich. Die Atmosphäre um sie herum hatte etwas Gespenstisches, doch Pia interessierte sich nicht dafür. Die einzigen Monster, die sie zu fürchten hatte, waren Menschen. Das hatte sie in MUC schnell gelernt. Die meisten Einwohner MUCs waren abergläubisch und mieden das Totenfest, wie es in der Bevölkerung genannt wurde.

Pia sprintete die letzten Meter und erreichte gerade noch rechtzeitig den U-Bahn-Zugang Theresienwiese, ehe hinter ihr eine Wasserwand aus Regen hinabstürzte.

Mit der bereitgelegten Fackel in der Hand navigierte Pia durch die ewig dunklen und feuchten Tunnel. Es war für sie kaum noch vorstellbar, dass sie noch vor wenigen Monaten ein beklemmendes Gefühl gehabt hatte, wenn sie durch das unterirdische Labyrinth schritt. Jetzt sah sie das alte U-Bahn-Netz als das, was es war: eine äußerst praktische und effiziente Möglichkeit, sich unerkannt und unbemerkt durch die Stadt zu bewegen. An Geister und Dämonen glaubten nur die Bewohner der Oberfläche. Je länger Pia in MUC unterwegs war, desto absurder fand sie diesen Aberglauben. Aber vielleicht brauchten die Menschen diese Furcht, um die wahren Dämonen in ihrer Gesellschaft ignorieren zu können? Pia wusste es nicht, aber fest stand, dass die irrationale Angst der Oberflächenbewohner der Gemeinschaft des Hades durchaus gelegen kam.

Inzwischen ging Pia beinahe täglich auf Beutezug. Nicht weil sie musste. Sowohl Aela als auch Ilja betonten immer wieder, dass es mehr als genug war, wenn sie zwei- bis dreimal die Woche loszog. Zudem hatten die Bewohner des Hades dank der Entdeckung des Supermarktes zum ersten Mal seit Jahren mehr als genug zu essen.

Nein, Pia *wollte* auf Beutezug.

Natürlich wollte sie sich auch nützlich machen, aber in Wahrheit genoss sie ihre Raubzüge durch MUC mit Leib und Seele. Sie liebte es, Fassaden hochzuklettern, lautlos und unbemerkt wie ein Schatten. Sie liebte die Aufregung, die sie dabei empfand, etwas Verbotenes zu tun, und die Genugtuung, wenn sie erfolgreich Beute gemacht hatte.

Von Mal zu Mal wurde sie besser. Sie wusste, dass niemand schnell und geschickt genug war, sie zu schnappen, wenn es drauf ankam. Nur Schusswaffen könnten ihr gefährlich werden, doch die Wächter des Propheten sorgten gewissenhaft dafür, dass nur sie welche besaßen. Ohne es zu wollen, spielten sie damit Pia und den anderen Dieben in die Hände. Solange sie aufmerksam war und sich von den Wächtern fernhielt, konnte ihr außer einem Absturz faktisch nichts passieren. Doch sie trainierte täglich, um ihren Körper gestählt und geschmeidig zugleich zu halten.

Manchmal, wenn sie abends im Bett lag oder auf dem Riesenrad hockte und die Berge betrachtete, fragte sie sich, wo die weltfremde, schüchterne junge Frau geblieben war, die aus den Alpen in die große Stadt gekommen war. MUC hatte diese Frau verändert. Und das war gut so.

Es gab jedoch noch einen Grund, warum es Pia ständig an die Oberfläche zog: Paul. Sie konnte und wollte sich noch immer nicht mit dem Gedanken abfinden, dass er tot sein könnte. Aber wenn er nicht in MUC war, was war dann die Alternative? Lebte er allein in der Wildnis? Nein, das konnte sich Pia bei ihrem Bruder nicht vorstellen. Nicht Paul, der sein Leben lang von der großen Stadt geträumt hatte. Er musste in MUC sein. Irgendwann würde sie ihn finden und in die Arme schließen, das spürte sie tief in sich.

Auch Robin war noch immer nicht wieder da. Seit Monaten harrte er nun schon in der Wildnis aus und bewachte mit zwei anderen den Supermarkt, während alle verfügbaren Leute die beschwerliche Reise hin und her unternahmen, um möglichst viele der Vorräte in Sicherheit zu bringen. Ilja und Aela hofften, dass ihre Leute alles Wertvolle vor Beginn der Regenzeit in den Hades schaffen konnten.

Pia vermisste Robin. Es ärgerte sie, dass ausgerechnet er in der Einöde die Stellung halten musste, während der schleimige Falk längst wieder zurück war. Aber Lukas hatte nun mal das Kommando über die Operation und wollte, dass Robin vorerst die Stellung hielt. Manchmal fragte sich Pia jedoch, ob Robin es nicht selbst so wollte. Vielleicht hing er nicht so an Pia wie sie an ihm? Vielleicht war er froh über den Abstand? Wenn Pia an den letzten Abend dachte, ehe er aufgebrochen war, konnte sie sich das eigentlich nicht vorstellen. Doch je mehr Zeit verging, desto größer wurden ihre Zweifel. Möglicherweise hatte sie sich da etwas eingebildet, das gar nicht vorhanden gewesen war …

Ausgerechnet Falk war der Erste, dem sie begegnete, als sie im Hades ankam. Er setzte sein schmieriges Grinsen auf und tastete Pia förmlich mit Blicken ab. Sie nickte ihm zu und ging weiter. Zwar konnte sie ihn nach wie vor nicht leiden, sie ließ sich jedoch auch nicht mehr von ihm aus der Ruhe bringen. Spätestens seit sich der Supermarkt im Westen als wahre Goldgrube entpuppt hatte, vertrauten ihm Aela und die anderen voll und ganz. Also blieb Pia nichts anderes übrig, als sich mit seiner Anwesenheit zu arrangieren.

Nele und ihr Hund stürmten ihr entgegen, als sie auf den Hauptplatz kam. Wie immer knisterte ein großes Feuer in der Mitte, und ein verführerischer Duft verriet, dass das Abendessen vorbereitet wurde.

»Pia! Pia!«, rief Nele aufgeregt. »Hast du mir was mitgebracht?«

Pia lächelte und schüttelte den Kopf. »Heute nicht.«

Wann immer es ging, brachte sie den Kindern Spielsachen, Süßigkeiten, kleine Schmuckstücke mit. Besonders Nele konnte nie genug bekommen. Die Kleine griff mit ihrer verkrüppelten Hand erstaunlich geschickt nach Pias und hielt sie fest. »Bringst du mir morgen etwas mit?«

»Ganz sicher. Versprochen!«

Sie drückte das Mädchen an sich und tätschelte ihr den Kopf.

»Hey, Pia«, hörte sie eine wohlbekannte Stimme. »Kommst grade recht. Wir brauchen einen vierten Mann hier.« Aela saß mit Sam und einem weiteren Mann an einem der Tische und mischte gerade Karten.

Pia runzelte die Stirn. »Nur wenn Goliath die Finger von meinem Blatt lässt.«

Der Affe saß wie immer auf Aelas Schulter und sah sie so unschuldig an, als ob er ihre Worte verstanden hätte. Dabei wusste jeder, dass Goliath einem unbemerkt die besten Karten klaute. Aela behauptete eisern, das hätte er sich selbst beigebracht.

Aela rollte mit den Augen, dann grinste sie. »Du siehst doch, er ist ein Lämmchen. Also?«

»Bin dabei.« Pia setzte sich neben Sam.

»Keine Sorge«, sagte dieser mit verschwörerischem Unterton. »Ich hab eine neue Taktik. Die sind so gut wie erledigt.«

Aela lachte kehlig und verteilte die Karten.

»Halt die Klappe und spiel!«, sagte sie vergnügt.

Pia nahm ihre Karten. Sie wusste, dass sie und Sam verlieren würden. Aela gewann fast immer.

Das Spiel hieß Schafkopf und stammte aus einer Zeit, lange vor dem großen Sterben. Anfangs hatte Pia überhaupt nicht verstanden, worum es ging, doch nach Sams geduldigen Erklärungsversuchen und etwas Übung machte es ihr viel Spaß. Am meisten freute sie jedoch, dass Falk trotz all seiner anbiedernden Art nie zum Mitspielen eingeladen wurde. Allein das war es wert, sich von Aela abzocken zu lassen.

Rückblickend konnte Pia nicht mehr genau sagen, warum der Einbruch so gründlich schiefging. Wie üblich hatte die Schafkopf-Runde bis weit in die Nacht gedauert, und so war sie ziemlich müde, als sie am nächsten Morgen aus einem der geheimen Ausgänge in den gleißenden Sonnenschein MUCs getreten war.

Ursprünglich hatte sie auf die Tour verzichten wollen, doch dann war ihr wieder das Versprechen Nele gegenüber eingefallen, und sie wollte die Kleine nicht enttäuschen. Was sollte auch schon passieren? Sie würde einen routinemäßigen Einbruch machen, nichts Spektakuläres. Ein Kinderspiel.

Vielleicht war es Schlafmangel, vielleicht Unachtsamkeit und Überheblichkeit, vielleicht einfach nur Pech, dass ihr routinemäßiges Kinderspiel so ganz anders als geplant verlief.

Zunächst ging alles glatt. Wie schon öfter war Pia in eines der wohlhabenderen Viertel MUCs nahe dem Fluss und der Hochstadt gewandert. Je näher man dem Fluss und der Hochstadt kam, desto wohlhabender waren die Bürger. Sie hatten Lebensmittel, nützliche Gegenstände und Kleidung aus der alten Zeit in ihren Wohnungen. Wenn man vom ehemaligen Marienplatz nach Osten ging, gelangte man zu einer Straße mit prächtigen Gebäuden, die auch heute noch von wohlhabenderen Bürgern bewohnt wurden. Um dorthin zu gelangen, passierte Pia einen Platz, auf dem sich ein kleinerer Markt befand, der hauptsächlich auf Artefakte aus der alten Zeit spezialisiert war. Jeder der Händler hier hatte mehrere Aufpasser engagiert, die die Stände bewachten, so dass ein Diebstahl hier selbst für die Leute aus dem Hades zu riskant war. Wegen der Hitze schlenderten nur wenige Kunden zwischen den angebotenen Waren herum, erst gegen Abend würde es voller werden. Hinter dem Markt befanden sich die Trümmer eines riesigen Bauwerks aus der alten Zeit. Von Aela wusste Pia, dass es vor etwa fünfzig Jahren nach einem Blitzschlag abgebrannt und vor dem großen Sterben eine Oper gewesen war. Es war eine irrwitzige Vorstellung, dass die Menschen in der alten Zeit viel Geld dafür bezahlten, um ein paar Leute singen zu hören. Heute erinnerte nur noch der verkohlte Säulenvorbau an die einstige Pracht des riesigen Hauses. Pia folgte der Straße an der Ruine vorbei. Gleich dahinter reihten sich gut erhaltene Gebäude ein, alle vom selben Stil, die in ihrer sandfarbenen verschnörkelten Bauweise optisch gut zum Prophetenpalast passten, der auf einem Hügel jenseits hoher Barrikaden und des Flusses über der Unterstadt thronte. Pia bog in eine kleinere Seitenstraße. Auch hier zeugten die Häuser von der alten Pracht der Stadt, viele waren jedoch leider in schlechtem Zustand und dem Verfall nahe. Manche hingegen waren noch bewohnt und wurden, so gut es eben ging, in Schuss gehalten.

Durch die Straßen dieser Viertel patrouillierten aufgrund der Nähe zur Hochstadt verstärkt Wächter, und wer es sich leisten konnte, beschäftigte Schläger, die die Eingänge der mondänen Häuser bewachten. In ihren Wohnungen, die meist hoch oben lagen, fühlten sich die Leute sicher.

So sicher, dass sie die Fenster offen ließen, um die schwüle Hitze erträglicher zu machen.

Das war Pias bevorzugtes Jagdrevier.

Sie suchte sich eines der leerstehenden, halb verfallenen Häuser aus, überprüfte genau, ob jemand sie sehen konnte, und schlüpfte in den Schatten des Hinterhofes.

Die meisten Häuser hatten einen Hinterhof, der abseits der belebteren Straßen und Gassen lag und oft als Müllhalde und Kloake benutzt wurde. Die Bewohner warfen einfach ihren Unrat aus den Fenstern. Dementsprechend stank es in den meisten Hinterhöfen erbärmlich, und es wimmelte nur so von Ratten und Ungeziefer. Niemand, der nicht unbedingt musste, warf auch nur einen Blick hinein.

Pia ignorierte den Gestank und betrachtete die Fassade vor sich. Das Haus musste früher einmal wunderschön gewesen sein. Stuck und Ornamente, voller Vogeldreck und Moos, zeugten noch von seiner einstigen Pracht. Die Fassade lag im Schatten und schrie geradezu danach, erklommen zu werden.

Pia zog ihre fingerlosen Handschuhe an und sah sich noch ein letztes Mal um. Dann nahm sie ein paar Schritte Anlauf und zog sich auf den Fenstersims im Hochparterre.

Sie betrachtete die Regenrinne, die sich daneben in die Höhe streckte. Regenrinnen waren so eine Sache: manchmal waren sie recht stabil, manchmal nicht. Mit bloßem Auge war das oft schwer zu erkennen, sie musste es ausprobieren. Hielt die Rinne, so war sie der schnellste und einfachste Weg nach oben. Hielt sie nicht, konnte die Lage kritisch werden.

Pia entschied sich gegen den schnellen Weg und erklomm die fünf Stockwerke des Gebäudes auf konventionelle Art: Sie hangelte sich von Etage zu Etage, nutzte die Fenstersimse und Verzierungen. Nach nur wenigen Minuten erreichte Pia das Dach. Sie ging auf den rissigen Dachziegeln in die Hocke und sah sich um. Ein paar Tauben, die hier wahrscheinlich ihre Nester hatten, flogen davon. Sonst war es ruhig. Sie blieb geduckt, als sie sich fast geräuschlos über das Dach zum bewohnten Nachbargebäude bewegte. Das Risiko einer Entdeckung minimierte sie, indem sie sich so klein wie möglich machte, dunkle Kleidung trug und sich im Schatten hielt.

Manchmal ging sie auch nachts auf Beutezug, aber das Klettern war im Tageslicht sicherer. Und meist gingen die Bewohner tagsüber ihrem Alltag nach, so dass es nicht schwierig war, sie ihrer Wertsachen zu entledigen, wenn man vorsichtig und konzentriert vorging.

Langsam schlich sie auf das Dach des Nachbargebäudes. Es war in kaum besserem Zustand, und so musste Pia höllisch aufpassen, um nicht auszurutschen. Sie hatte keine Angst davor abzustürzen, es ging ihr viel mehr darum, dass der Einbruch gelaufen war, wenn sie übermäßigen Lärm verursachte. Ihre wichtigsten Verbündeten waren die Lautlosigkeit und das Überraschungsmoment.

Sie war an der Dachkante angelangt und legte sich auf den Bauch. Langsam und vorsichtig schob sie ihren Oberkörper über die Kante und blickte direkt durch das Fenster darunter.

Ihr bot sich eine typische Wohnung der gehobenen Gesellschaft von MUC: ein Sofa und ein Esstisch aus der alten Zeit, etwas heruntergekommen, aber voll funktionstüchtig. Die Tapeten an den Wänden waren verschimmelt, aber das störte in MUC keinen. Nur belesene und gebildete Menschen wie Ilja wussten, dass Schimmel giftig war. Die meisten Bewohner der Oberfläche konnten jedoch nicht lesen.

Wahrscheinlich lebten in dieser Wohnung, wie in so vielen anderen mit mehreren Räumen, mindestens drei Generationen einer Familie. Manchmal waren es sogar mehr.

Das Zimmer, in das Pia blickte, war eines der Wohnzimmer. Wer genug Platz besaß, hatte in der Regel zwei Wohnzimmer, eines für die Männer und eines für die Frauen der Familie.

Aufmerksam sah sich Pia um und lauschte. Nichts rührte sich. Wenn Bewohner zu Hause waren, hielten sie sich in den anderen Räumen auf.

Pia machte eine Rolle in der Luft und ließ sich geräuschlos durch das offene Fenster auf den aufgequollenen Holzboden der einstigen Luxuswohnung gleiten.

Vorsichtig schlich sie zu dem Esstisch. Eingetrocknete, rötlichbraune Essensflecken verunzierten die schwere Platte aus dunklem Holz, dazwischen lagen Brotkrumen und Apfelkerne. In der Mitte des Esstisches stand eine große Holzschüssel, die reichlich gefüllt war mit Trockenobst und Fladenbrot. Obenauf lagen sogar zwei Stücke Kuchen.

Schnell und so geräuschlos wie möglich öffnete Pia ihren Rucksack, während sie die Tür im Auge behielt. Im Notfall konnte sie jederzeit wieder durch das Fenster aufs Dach verschwinden und würde weg sein, ehe jemand merkte, dass sie überhaupt da gewesen war. Alles blieb ruhig, während sie sich ein Stück Kuchen in den Mund schob. Das Gebäck zerging förmlich auf ihrer Zunge. Offensichtlich konnte sich die Familie, die hier wohnte, Honig leisten. Sie verstaute den Rest der Nahrung in ihrem Rucksack. Nele würde sich über dieses leckere Mitbringsel sicher freuen.

Noch kauend inspizierte sie den Rest des Zimmers. Viel war hier nicht zu holen, das sah sie sofort. Die meisten Sachen hatten einen persönlichen Wert, waren jedoch für die Hadesgemeinschaft nicht von Nutzen. Auf dem Schwarzmarkt ließen sich nur bestimmte Gegenstände verkaufen, wie zum Beispiel Konservendosen, Zigaretten, gut erhaltene Kleidung aus der alten Zeit, funktionierende Artefakte, aber auch Schmuck und Edelmetalle.

Von einem Nagel an der Wand nahm Pia eine silberne Kette mit einem Kreuz daran. Darunter befand sich ein Tischchen mit einer alten Dose voller Tabak. Nicht gerade die beste Qualität, aber Aela und die anderen Raucher im Hades waren nicht wählerisch, was das anbetraf, und so wanderte auch die Dose in ihren Rucksack. Auf einer alten Kommode stand ein gerahmtes Foto aus der alten Zeit. Es zeigte eine Familie, Eltern und zwei Kinder, die vor einer gigantischen, turmhohen Statue in Form einer Frau posierten. Die Statue trug eine Kutte und hielt eine Fackel in der Hand, die sie zum Himmel streckte. Dahinter war viel Wasser zu sehen – war das vielleicht das Meer?

Die Familienmitglieder auf dem Bild wirkten glücklich, wie sie sich lachend umarmten und für das Foto posierten. Alle hatten blonde Haare, bis auf den kleinen, vielleicht dreijährigen Jungen im Vordergrund. Er war ein Rotschopf mit vielen Sommersprossen im Gesicht. Einen Moment überlegte Pia, ob sie das Bild mitnehmen sollte. Der Rahmen bestand möglicherweise aus Silber und könnte wertvoll sein.

Doch sie entschied sich dagegen. Wahrscheinlich waren auf dem Foto die Vorfahren der Bewohner zu sehen. Der kleine, rothaarige Junge hatte mit ziemlicher Sicherheit als Einziger der Familie das große Sterben überlebt. Vielleicht war er der Urgroßvater der jetzigen Familie? Es wäre unfair, den Menschen, die hier lebten, etwas zu rauben, das ihnen viel bedeutete, nur weil der Rahmen vielleicht zwei oder drei Euro-Münzen bringen würde.

Sie fuhr herum, als sie ein Geräusch direkt hinter sich hörte. Im Türrahmen stand eine kleine alte Frau. Ihre Haare waren fast weiß, und sie starrte Pia mit weit aufgerissenen, blassblauen Augen an. Pia war so vertieft in die Betrachtung des Fotos gewesen, dass sie nicht gehört hatte, wie die Frau den Flur heruntergekommen war. Sie ohrfeigte sich innerlich für diese Unvorsichtigkeit.

Eine Schrecksekunde lang bewegte sich die Frau nicht, gab auch keinen Ton von sich, sondern starrte Pia nur an. Diese glaubte schon, sie könnte vielleicht einfach so davonkommen, doch sie irrte sich. Denn die Alte fing an, ohrenbetäubend laut zu kreischen.

Ein Mann mittleren Alters stürzte aus dem Nebenzimmer herbei. »Mutter! Was ist?«

Pia war noch immer so perplex, von einer alten Frau ertappt worden zu sein, dass sie sich keinen Zentimeter vom Fleck bewegt hatte. Der Mann stand ebenso fassungslos wie sie neben seiner weiterhin kreischenden, zahnlosen Mutter und starrte Pia an. Dann stürmte er auf sie los.

»Dreckiger Dieb!« Seine Stimme überschlug sich vor Aufregung und Aggression.

Eine Welle der Panik drohte Pia zu überrollen. Noch nie war sie auf einem ihrer Raubzüge erwischt worden. Dann jedoch übernahm Sams Training die Kontrolle über ihren Körper, und ihre Reflexe setzten wieder ein. Blitzschnell und ohne nachzudenken, machte sie einen Ausfallschritt zur Seite und der mindestens hundert Kilo schwere Mann krachte in die alte Kommode anstatt in sie.

Er ließ sich davon jedoch nicht lange aufhalten. Pia roch sauren Schweiß an seinem fleckigen Hemd, und in seinen Augen stand pure Mordlust. Eine pulsierende Ader trat auf seiner Stirn hervor, während sich seine helle Haut rötlich färbte. Mit einem Brüllen, das mehr einem Tier als einem Menschen glich, rappelte er sich auf und ging erneut auf Pia los.

Doch Pias Panikanflug hatte sich nun vollständig gelegt. Sie wusste genau, was sie zu tun hatte. Mit präziser Sicherheit packte sie den ausgestreckten Arm ihres Angreifers und nutzte seinen Schwung so, dass er zu Boden stürzte, während sein Arm einen ungesund knirschenden Laut von sich gab. Das Brüllen des Mannes ging in Schmerzensgeschrei über.

Theoretisch hätte Pia nun mit ein paar gezielten Tritten dafür sorgen können, dass ihr Gegner nie wieder würde laufen können. Ein paar mehr, und er würde aufhören zu atmen. Doch sie tat nichts davon. Sam hatte immer wieder betont, dass das Training allein der Selbstverteidigung diente, und Pia hielt sich daran. Auch wenn es an der Oberfläche MUCs genügend Leute gab, die den Tod verdient hätten.

Also wandte sie sich zum Fenster. Noch einmal bäumte sich der Mann auf und versuchte, mit der unversehrten Hand nach ihr zu greifen. Ohne hinzusehen, versetzte ihm Pia einen gezielten Tritt gegen die Brust. Er machte ein japsendes Geräusch und sackte in sich zusammen. Seine Mutter kreischte noch immer, als Pia sich schon aus dem offenen Fenster schwang und eilig den Abstieg über die vordere Fassade begann.

Doch sie hatte die Situation falsch eingeschätzt. Das Geschrei der Alten war so durchdringend, dass es bis auf die Straße zu hören war. Es erregte eine Aufmerksamkeit, die Pia ganz und gar nicht brauchen konnte. Passanten blieben stehen und blickten zu der Wohnung hoch, aus der das Schreien kam. Bewohner der Häuser ringsum kamen an die Fenster, um zu sehen, was los war. Sie alle sahen Pia, die wie ein schwarzer Schatten, flink und doch nicht schnell genug, die Fassade hinunterkletterte.

»Diebe!«, schrie jemand. »Hilfe!«

Kurz darauf traf ein Stein die Hauswand und verfehlte Pia nur um wenige Zentimeter. Ihr Herz raste, doch sie zwang sich, ruhig zu bleiben. Nur noch wenige Meter, dann war sie unten auf der Straße. Wenn dort jemand den Helden spielen wollte, würde es ihm ebenso ergehen wie dem Mann in der Wohnung.

Nur die Ruhe bewahren, ermahnte sie sich. *Denk an dein Training!*

Ein weiterer Stein flog durch die Luft und traf sie an der linken Schulter. Sie ließ mit der linken Hand los und biss sich auf die Zähne, um nicht aufzuschreien. Die Stelle, an der der Stein sie getroffen hatte, schmerzte höllisch. Hoffentlich war es nur eine Prellung und nicht gebrochen. Zum Glück war es nicht mehr weit bis zum Boden. Sie musste springen, ehe der nächste Stein sie vielleicht am Kopf traf. Währenddessen hatte sich am Fuße des Gebäudes eine Menschentraube gebildet. Es waren ausschließlich Männer, die wild gestikulierten und sie beschimpften.

Pia stieß sich von der Wand ab, landete auf zweien der Männer, riss sie mit zu Boden und rollte sich ab. Die Menge sprang auseinander, doch Pia war schon wieder auf den Beinen. Ihre Schulter schmerzte nach dem Sturz noch mehr, ließ sich aber bewegen.

Um sie herum standen die Menschen einfach nur da und starrten sie an. Pia blickte in überraschte Gesichter und geweitete Augen, bis ihr klarwurde, warum. Ihre Kapuze war verrutscht, und ihr volles, schwarzes Haar glänzte in der Mittagssonne.

Einer der Männer spuckte einen schleimig gelben Klumpen auf den Boden.

»Hexe«, rief er.

»Dämon«, schrie ein alter Mann, der hinter ihm stand.

Wut wallte in Pia auf. Es waren zu viele, um sich mit ihnen anzulegen, aber eigentlich hatte der Kerl, der sie beschimpft hatte, eine Tracht Prügel verdient. Das war zwar keine gute Idee, aber sie ballte dennoch die Fäuste und trat einen Schritt vor. Zu ihrer Überraschung wichen die Männer vor ihr zurück. Pia musste grinsen.

»Weicheier«, murmelte sie.

Doch sie hatte keine Zeit, sich darüber zu freuen. Aus dem Augenwinkel sah sie, wie zwei Gestalten in schwarzen Kutten die Straße herunterkamen. Sie trugen Messer und Gewehre. Wächter.

Aela und Sam hatten sie vor den Wächtern gewarnt. Am besten war es, niemals ihre Aufmerksamkeit zu erregen. Wenn man es dennoch getan hatte, half nur eins.

Lauf, Pia!, hörte sie Sams Stimme in ihrem Kopf. *Das ist deine einzige Chance gegen die Wächter.*

Also lief sie los.

Sie stieß zwei der gaffenden Männer zur Seite und sprintete die Straße hinunter. Aela hatte behauptet, die Wächter wären aufgrund ihrer unpraktischen Tracht nicht besonders schnell. Pia betete, dass das stimmte, denn der nächste Zugang zur Unterwelt war weit.

»Stehen bleiben!«, hörte sie eine barsche Stimme hinter sich. »Sofort!«

Doch sie steigerte nur ihr Tempo.

Wenn sie an der nächsten Ecke nach links bog, würde sie am schnellsten zu einem alten U-Bahn-Schacht gelangen. Sie setzte an, um die Ecke zu sprinten, blieb stattdessen jedoch wie angewurzelt stehen. Zwei weitere Wächter kamen auf sie zu. Dieser Weg zum rettenden Untergrund war abgeschnitten.

Ohne zu zögern, machte Pia kehrt und rannte nach rechts weiter. Hier war sie noch nie gewesen, und sie wusste nicht genau, wohin die alte Straße mit dem bröckligen und von Löwenzahn überwuchertem Kopfsteinpflaster führte.

»Stehen bleiben!«, riefen sie erneut hinter ihr. Dieses Mal drohender – und näher.

Der blockierte Weg hatte sie wertvolle Zeit gekostet, und die Kuttenträger waren nicht so langsam, wie sie gedacht hatte. Plötzlich knallte es laut, und sie zuckte zusammen. Die schossen auf sie! War ihnen ein einfacher Dieb tatsächlich eine teure Kugel wert? Sie zwang sich, noch schneller zu werden. Der erste Schuss hatte sie verfehlt, aber was, wenn der nächste traf? Ihr wurde schlecht vor Angst, und sofort spürte sie heißes Stechen in den Seiten. Pia zwang sich, ruhig zu atmen. Sie musste nach oben, das war ihre einzige Chance.

Ihre Augen suchten die Gebäude um sie herum ab, doch keines war geeignet, um schnell daran hochzuklettern. Pia bog in eine weitere kleine, von Pflanzen überwucherte Gasse ein. Aus dem Augenwinkel sah sie einen großen Kastanienbaum, der dicht an einer halb zerfallenen Hauswand wuchs. Sie hörte näher kommende Schritte, als sie in den Hinterhof mit dem Baum lief.

Atemlos blickte sie hoch. Die Kastanie reichte nur etwa bis zur Hälfte des Gebäudes. Wollte sie aufs Dach, musste sie von da an die rostige Regenrinne benutzen. Sie hatte keine Ahnung, ob die Rinne halten würde, aber es gab keine andere Wahl.

Neben dem Baum stand ein rostiger, alter Container. Sie schwang sich auf ihn und balancierte über den Behälter. Rost splitterte unter ihren Füßen, und das alte Metall ächzte unter ihrem Gewicht, doch es hielt. Schließlich war sie nah genug, um auf die niedrigste Astgabel der Kastanie zu springen und von dort schnell hochzuklettern. Um sie herum raschelten Blätter, und die rissige Rinde roch nach Moos und Holz. Mit einem Mal wurde ihr bewusst, wie sehr sie die Natur vermisste, seit sie in MUC lebte. Doch jetzt war nicht die Zeit, sich darüber Gedanken zu machen. Kaum hatte sie die Hälfte der Kastanie erklommen, hörte sie auch schon schwere Schritte näher kommen. Die Wächter waren da.

»Wo ist sie hin?«, fragte einer von ihnen atemlos.

Sie wagte einen Blick hinab. Die vier Männer hatten sich im Hof verteilt und suchten nach ihr. So leise sie konnte, kletterte sie weiter.

»Das kann doch nicht sein«, schrie ein zweiter Wächter. »Sucht weiter!«

Pia musste sich ein Grinsen verkneifen. Die Wächter waren für ihre Brutalität bekannt und mit Schusswaffen ausgestattet, aber besonders clever schienen sie nicht zu sein. Ein Blick nach oben hätte genügt.

Sie erreichte die oberste Astgabelung, die breit genug war, um ihr Gewicht zu halten, doch die Spitze des Baumes begann bereits, bedenklich zu schwanken. Einen Moment hielt sie inne und überlegte, ob sie nicht vielleicht einfach reglos verharren sollte, bis die Wächter ihre Suche aufgaben. Nein, sie musste hier weg. Früher oder später würden sie sie entdecken.

Sie fixierte die Regenrinne, die an der Wand des zerfallenen Hauses nach oben führte. Das Material sah rostzerfressen aus, zahlreiche Ranken schlangen sich darum. Es war nicht absehbar, ob die Rinne ihr Gewicht halten würde. Wenn nicht, gab es nichts, was ihren Sturz auffangen konnte.

Die Wächter machten ihr die Entscheidung leicht. »Da oben«, rief einer von ihnen. »Auf dem Baum!«

»Runter da, Miststück, oder wir knallen dich ab!«

Pia ignorierte sie und sprang. Die Hauswand war etwa drei Meter entfernt, aber sie erreichte sie mühelos. Die rostige Dachrinne quietschte und ächzte unter ihrem Gewicht – doch sie hielt. Wie ein Insekt kletterte Pia die Hauswand hoch, nur noch wenige Meter trennten sie vom rettenden Dachvorsprung.

»Sie entkommt«, hörte sie von weit unten. In der Stimme mischten sich Wut und Fassungslosigkeit.

Ein Schuss krachte, und Teile des alten Mauerwerks dicht neben ihr bröckelten herab. So gut es ging, ignorierte Pia, dass man auf sie feuerte, und konzentrierte sich einzig und allein auf die Dachkante, die immer näher kam.

Die Wächter schossen erneut. Diesmal flog die Kugel an Pias Kopf vorbei. Sie traf die Mauer über ihr und zerstörte die Halterung der Regenrinne.

Mit Entsetzen beobachtete sie, wie sich das alte Metall unter ihrem Gewicht verbog und langsam von der Wand löste. Gleich würde die morsche Konstruktion fallen, und sie mit ihr. Sie spürte, wie die Schwerkraft nach ihr griff, als sich die Rinne zu neigen begann. In letzter Sekunde streckte sie ihren Körper und packte eine Kletterpflanze über ihrem Kopf, die vom Dach herabhing.

Einen Moment lang glaubte sie, die Ranke würde nachgeben und unter ihren Fingern zerreißen. Sie sackte ein Stück ab, konnte jedoch wie durch ein Wunder Pias Gewicht halten.

Pia holte tief Luft und baumelte kurz über dem Abgrund. Dann zog sie sich mit einem Schwung auf das Dach. Oben angekommen, blieb sie zunächst einen Moment hocken, um zu verschnaufen. Ein weiterer Schuss erinnerte sie jedoch daran, dass es noch nicht vorbei war. Sie rappelte sich auf und rannte auf die andere Seite des Gebäudes.

Unter ihr schrien die Wächter wütend, als sie außer Reichweite der Waffen war. Nun musste sie ihre Verfolger nur noch abhängen. Wenn sie über die Dächer lief, sollte ihr das gelingen. Sie kletterte auf das Dach des Nachbargebäudes und überquerte es. Die Stimmen wurden leiser. Pia blieb kurz stehen und sah hinab. Die Straße unter ihr kam ihr bekannt vor. An der Ecke ging es in eine Seitengasse, in der es einen losen Kanalisationsdeckel gab. Den musste sie nur noch erreichen …

Sie sprang auf ein niedrigeres Gebäude und rollte sich auf dem Dach ab, dann nutzte sie die abgenutzten Stäbe der Balkone, um schnell die Fassade hinabzuklettern. Atemlos rannte sie die Straße runter und fand in der Gasse nebenan endlich den losen Gullydeckel.

Wenige Sekunden später war sie in den rettenden Untergrund geschlüpft. Mochten die Wächter noch stundenlang nach ihr suchen, sie würden niemals herausfinden, wohin sie verschwunden war.

12. Kapitel

Begegnungen

Doch nach diesem Erlebnis konnte Pia noch nicht gleich nach Hause. Zum ersten Mal, seit sie im Hades war, erlebte sie die U-Bahn-Schächte als beängstigend eng. Sie hatte das dringende Bedürfnis, frische Luft zu atmen und Sonnenlicht auf der Haut zu spüren. Weit ab von der Stelle, an der sie den Wächtern entkommen war, hatte sie die Kanalisation verlassen, um in gewohnter Unauffälligkeit durch die Straßen zu streifen, während sie ihren Schock verdaute. Als es langsam dämmerte, hatte Pia noch immer keine Lust, in den Hades hinabzusteigen. Stattdessen ging sie zum E-Garten, wie die weitläufigen Agrarflächen innerhalb der Stadt genannt wurden. Man hatte den riesigen Stadtpark gerodet und baute heutzutage Mais, Obst, Gemüse und Kartoffeln an. Im hinteren Bereich weideten große Schaf- und Ziegenherden, es gab sogar einige Rinder und Schweine, deren Milch und Fleisch allerdings den Bewohnern der Hochstadt vorbehalten waren. Weder die Herden noch die Pflanzen waren frei zugänglich, sondern wurden hinter hohen Holzzäunen von Wächtern gesichert. Zu groß war die Gefahr von Diebstahl, was bei dem Ausmaß an Unterernährung in den armen Bevölkerungsschichten auch nicht verwunderlich war.

Es gab jedoch noch einen kleinen Teil des Parks, der nicht gerodet worden war. Er war völlig verwachsen und nur schwer zugänglich, zudem war der Boden moorig, weshalb man wahrscheinlich darauf verzichtet hatte, diesen Teil zu kultivieren.

Kaum jemand ging dorthin, doch Pia wusste, dass es sich

lohnte, sich durch das Unterholz zu kämpfen, denn mittendrin, umringt von uralten Bäumen und Dornengestrüpp, stand ein einzigartiges Gebäude aus der alten Zeit. Es war ein ungefähr 25 Meter hohes Holzgebilde mit fünf Etagen, die sich nach oben hin verjüngten wie bei einer Tanne.

Aela hatte ihr den Ort gezeigt, und Pia war jedes Mal wieder fasziniert von dem exotischen Bauwerk, das so gar nicht zum restlichen MUC passte. Laut Aela hatte man es früher »chinesischen Turm« genannt, da es vor etwa drei Jahrhunderten nach dem Vorbild der Architektur eines fernen Landes gebaut worden war.

Eine knarzende, zum Teil bereits eingestürzte Wendeltreppe führte bis ins oberste Geschoss. Von dort hatte Pia eine gute Aussicht über die Agrarflächen und den Rest der Stadt. Die unübersehbaren Zwiebeltürme waren bereits in dunkleres Dämmerlicht gehüllt, während sich die letzten Sonnenstrahlen in den zum Teil noch intakten Glasfassaden der Hochhäuser spiegelten, die nördlich an die Palisaden MUCs grenzten.

Normalerweise liebte Pia es, hier oben zu sitzen und davon zu träumen, wie das Leben in der alten Zeit gewesen sein mochte, oder aber sie stellte sich vor, was für ein sonderbares Land das nun in Vergessenheit geratene China wohl war.

Doch nicht heute. Heute dachte Pia über die Geschehnisse des Tages nach und ärgerte sich, dass sie zum ersten Mal auf einem Raubzug entdeckt wurde. Sie war nur ein paar Sekunden unachtsam gewesen, und das hätte sie um ein Haar das Leben gekostet. Sie schwor sich, dass ihr so etwas nicht noch einmal passieren würde.

Während sie die kühler werdende Abendluft tief einatmete und den Zikaden lauschte, beschloss Pia, ihr Abenteuer für sich zu behalten. Aela würde ihr den Kopf abreißen, wenn sie davon erfuhr, und das völlig zu Recht. Sie war übermütig gewesen und schämte sich dafür.

Gerade als Pia den Turm verlassen und in den Hades zurückkehren wollte, ließ ein Geräusch sie aufhorchen. Die Grillen waren verstummt, und so drangen gedämpfte Stimmen an ihr Ohr. Unter ihr redeten zwei Männer, und eine der Stimmen kam Pia bekannt vor.

Sie lehnte sich über die hölzerne Brüstung des Turmes und spähte hinab. Zwischen den Bäumen war es schon fast Nacht, doch sie konnte zwei Gestalten erkennen, die dicht beisammenstanden, deren Gesichter jedoch in der Dunkelheit verborgen waren.

Pia versuchte zu verstehen, was die beiden besprachen, aber sie redeten zu leise. Noch während sie überlegte, was die Männer wohl für einen Grund hatten, sich an diesem abgelegenen Ort zu treffen, flammte plötzlich ein kleines Licht zwischen ihnen auf. Einer von ihnen zündete sich eine Zigarette an, und für ein paar Sekunden waren die Gesichter der Männer deutlich zu erkennen gewesen. Den einen kannte Pia nicht, doch die hageren, scharfen Züge des anderen konnten nur einem gehören: Falk.

Pias Neugier war geweckt. Was machte Falk hier? Und wer war der geheimnisvolle Mann, mit dem er sich traf?

Im schwachen Schein der Zigarette sah sie, wie Falk dem Mann ein kleines Päckchen überreichte. Sie hielt den Atem an und lauschte, so angestrengt sie konnte.

»… bald haben wir alles, was wir brauchen«, sagte Falk. »Denk daran, die Mission muss ein Erfolg sein. Ein Scheitern wäre höchst unproduktiv und kommt nicht in Frage …«

Der andere erwiderte etwas, und Falk lachte leise. Kurz darauf trennten sie sich, und jeder verschwand in eine andere Richtung in der tiefer werdenden Dunkelheit.

Pia lehnte sich gegen die Brüstung des Turmes. Was zum Teufel hatte sie gerade beobachtet? Von was für einer Mission redete Falk?

Sofort flammte das tiefe Misstrauen in Pia wieder auf, das sie von Beginn an gegen Falk gehegt hatte. Irgendetwas stimmte ganz und gar nicht mit dem Kerl. Sie überlegte, ob sie Aela davon erzählen sollte. Wenn Falk etwas im Schilde führte, sollte sie davon erfahren. Vielleicht war er sogar ein Verräter?

Andererseits mochte sie Falk nicht. Bewertete sie daher das Gesehene möglicherweise absichtlich über? Vielleicht hatte er nur einen alten Bekannten getroffen?

Sie schüttelte den Kopf. Nein, irgendetwas war da faul, da war sie sich sicher. Schlimmstenfalls würde Aela sie auslachen. Wenn aber etwas an der Sache dran war, dann konnte sie ihn im Auge behalten. Leise kletterte sie die Außenfassade des Turmes hinab und begab sich auf schnellstem Wege zum nächsten Kanalisationsschacht.

Als Pia den Hades erreichte, kam es ihr so vor, als wäre sie Ewigkeiten weg gewesen. Ihre Schulter, an der sie der Stein getroffen hatte, schmerzte bei jeder Bewegung. Sie spürte, dass sich ein großer Bluterguss gebildet hatte, aber ihre Entscheidung stand fest. Sie würde ihr Missgeschick für sich behalten.

Es roch so verführerisch nach Gemüsesuppe, als Pia den Versammlungsplatz betrat, dass sich ihr Magen sofort zusammenzog. Sie hatte gar nicht bemerkt, dass sie den ganzen Tag nichts gegessen hatte. Auf dem Weg zur Essensausgabe sah Pia sich aufmerksam um. Falk unterhielt sich in der Nähe des Feuers mit ein paar anderen, als sei nichts gewesen. Erneut spürte sie in ihren Eingeweiden, dass er nicht das war, was er vorgab. Am besten, sie sprach sofort mit Aela.

Doch zunächst wurde sie von jemand anderem erwartet. Nele stürmte freudig auf sie zu und winkte mit ihrem verkrüppelten Ärmchen. »Pia, Pia! Hast du mir was mitgebracht?«

Pia lächelte, nahm ihren Rucksack ab und ging in die Hocke. »Ja, habe ich!«

Die hellen Augen des Mädchens strahlten, als Pia den Kuchen aus ihrem Rucksack zog. Er war zwar etwas gequetscht, duftete aber nach wie vor verlockend. Neles schwarzer Hund kam schwanzwedelnd um die Ecke und hob interessiert die Schnauze in die Höhe. Bestimmt würde das Mädchen die Beute nachher mit ihm teilen.

Pia gab dem Kind dazu noch ein paar Birnen, und als sie in Neles Gesicht sah, wusste sie, dass die Aufregung heute nicht umsonst gewesen war.

»Danke, Pia«, sagte das Mädchen und schlang ihren gesunden Arm um Pias Hals. Dabei drückte sie versehentlich auf ihre verletzte Schulter, und Pia zuckte zusammen.

»Geht's dir gut?«, fragte Nele und heftete ihre großen Augen musternd auf sie.

Pia lächelte und nickte. »Keine Sorge. Bin nur ein bisschen müde. Hast du Aela gesehen?«

Die Kleine deutete mit ihrer verkrüppelten Hand zum Hauptplatz. »Bespricht irgendwas mit Papa.«

Pia richtete sich auf. »Dann werde ich die beiden mal suchen gehen. Bis später!«

»Bye-bye«, rief das Mädchen fröhlich, und rannte davon. Der schwarze Hund folgte ihr.

Pia fand Aela und Sam an einem großen Holztisch, der etwas abseits des Hauptplatzes in der Nähe des Wasserfalls stand und für Besprechungen aller Art diente.

»Du kommst gerade recht, wir haben eben von dir gesprochen«, begrüßte Sam sie, als sie auf die beiden zuging.

Aela drehte sich zu ihr um und betrachtete sie prüfend. »Siehst ganz schön scheiße aus. Ist alles okay?«

»Ja«, log Pia. »War nur ein etwas anstrengender Tag.«

Aelas kristallblaue Augen schienen sie in Scheiben zu

schneiden. Pia fragte sich, ob sie ahnte, dass es ein wenig mehr als nur anstrengend gewesen war.

»Setz dich«, bat Aela schließlich. »Wir besprechen gerade den Ablauf für morgen.«

»Was ist morgen?«, erkundigte Pia sich im Hinsetzen.

»Morgen«, erklärte Sam grinsend, »hält der Prophet eine seiner berühmten Predigten auf dem Marienplatz. Das bedeutet, etliche Wächter werden außerhalb der Hochstadt sein, um ihn zu beschützen.«

Pia hatte einen Verdacht, worauf Sam abzielte. Sie spürte ein nervöses Kribbeln in ihrem Bauch.

»Soll das heißen, dass …?«

»Yep«, sagte Aela. »Wir gehen in die Hochstadt.«

Pias Herz machte einen Satz vor Aufregung. Endlich würde sie die Hochstadt sehen! Nach allem, was sie gehört hatte, mussten in der Hochstadt etliche Schätze und Artefakte aus der alten Zeit zu finden sein, die es sonst nirgendwo mehr gab. Außerdem war die Hochstadt der einzige Ort, an dem sie noch nicht nach Paul gesucht hatte, und ganz tief in ihr verbarg sich ein Funke Hoffnung, dass sie ihn vielleicht dort finden würde. Doch Pias Vorfreude wurde gedämpft, als sie an Falk und den mysteriösen Fremden zurückdachte.

»Was ist?«, fragte Aela und musterte sie. »Ich dachte, du würdest dich mehr freuen, so lange, wie du mir schon wegen der Hochstadt in den Ohren liegst.«

»Natürlich freue ich mich! Es ist nur …« Sie blickte hinüber zu Falk, und ihr Blick traf seine blassen grauen Augen. Für einen Moment hatte Pia das Gefühl, als wüsste er, dass sie ihn im Park gesehen hatte.

»Ich muss mit dir reden, Aela. Ich habe etwas beobachtet und denke, du solltest es wissen.«

Aela sah sie neugierig an. »So? Ist es wichtig?«

»Ich weiß nicht. Vielleicht …«

»Dann muss es etwas warten. Wir haben noch viel zu besprechen. Es darf nichts schiefgehen, wenn wir morgen in der Hochstadt sind.«

Pia nickte widerwillig. Aela hatte recht. Die Unternehmung war wichtiger als ihr Verdacht, der vielleicht gar nichts zu bedeuten hatte.

Sie würde Aela davon berichten, sobald sich die Gelegenheit ergab und sie mit ihr unter vier Augen war. Doch an diesem Abend kam sie nicht mehr dazu.

Immer, wenn Pia glaubte, es könnte nicht mehr heißer werden, wurde sie eines Besseren belehrt. Die Hitze in MUC schien im Sommer von Tag zu Tag anzusteigen und mit ihr die Feuchtigkeit. Ein heftiger Platzregen war in den Morgenstunden über die Stadt hinweggezogen. Die davon zeugenden, zum Teil riesigen Pfützen dampften regelrecht in der erbarmungslosen Sonne.

Normalerweise blieben die Bewohner MUCs an solchen Tagen in den Häusern oder zumindest im Schatten. Ihre helle Haut war äußerst empfindlich gegen Sonne. Unter jenen, die im Freien arbeiteten, waren bösartige Geschwüre eine der häufigsten Todesursachen.

Heute jedoch hatte sich eine riesige Menschenmenge auf dem Marienplatz unterhalb vom einstigen Rathaus versammelt. Kaum jemand wollte die Predigt des Propheten verpassen, der schließlich das Sprachrohr Gottes war. Die Ersten waren schon einen Abend früher gekommen und hatten vor Ort übernachtet, um sich die besten Plätze zu sichern. Wer zu spät kam, musste mit einem Platz in einer der Seitengassen vorliebnehmen. Es war unwahrscheinlich, dass man dort auch nur ein Wort des Propheten verstand, aber das kümmerte niemanden. Die Menschen hofften, wenigstens einen Blick auf ihn zu erhaschen.

Pia, Aela, Sam und zwei weitere Männer harrten nun schon seit mehr als zwei Stunden unter einer schattigen Arkade unweit des großen Platzes aus und warteten. Sie wollten erst zu ihrem Raubzug aufbrechen, wenn der Prophet und seine Entourage die Hochstadt verlassen hatten und sich dem Marienplatz näherten.

Wie üblich hatte der Prophet keine genaue Uhrzeit für seinen Auftritt angekündigt. Manchmal erschien er bereits in der Früh, ein andermal nachmittags. Es war schon vorgekommen, dass er den prächtigen Hauptbalkon des Rathauses, den er für seine Predigten nutzte, erst spätnachts betreten hatte. Doch die Menschen warteten, egal wie lange.

Pia hätte den Propheten eigentlich ganz gerne gesehen und sich angehört, was er zu sagen hatte. Sie konnte sich nicht vorstellen, was all diese Menschen dazu veranlasste, stundenlang in der glühenden Hitze auszuharren. Die meisten hatten Angst, in die Hölle zu kommen, wenn sie sich nicht dem Willen Gottes – also des Propheten – beugten. Aela nannte es Gehirnwäsche.

Obwohl sie neugierig war, hätte Pia dennoch um nichts in der Welt den Anblick des Propheten gegen die Möglichkeit, auf Diebeszug in der Hochstadt zu gehen, eingetauscht. Sie konnte es kaum erwarten, endlich die verbotene Stadt zu sehen. Zum Glück ließ der Prophet seine Untertanen diesmal nicht bis in die Nacht warten.

Schon von weitem kündigte Marschmusik seine Ankunft an. Die Melodie war gleichzeitig düster und erhaben, und Pia bekam unwillkürlich eine Gänsehaut. Aela hatte ihr erklärt, dass die Musik aus einem Gerät der alten Zeit stammte, das mit Elektrizität betrieben wurde, die es nur in der Hochstadt gab. Da die einfachen Menschen jedoch keine Kapelle oder Musikanten sehen konnten, gingen sie davon aus, die Musik käme direkt vom Himmel und wäre ein Zeichen Gottes.

Dutzende schwarzgekleidete Wächter machten für ihren Herrn den Weg frei, der wie üblich eine Maske tragen und auf einem Pferd einreiten würde. Doch so lange wartete Aelas Team nicht. So unauffällig wie möglich zogen sie sich zurück und verschwanden in der Kanalisation.

Das Letzte, was Pia sah, ehe sie in die willkommen kühle Dunkelheit tauchte, waren die Hufe eines schwarzen Pferdes und eine Menschenmenge, die vor ihrem Propheten in die Knie ging.

Es war nicht einfach, in die Hochstadt zu gelangen, selbst wenn man die Unterwelt sein Eigen nannte. Der Prophet hatte schon vor vielen Jahren alle Zugänge zur U-Bahn zuschütten lassen. An der Oberfläche hatte man Zäune und Barrikaden hochgezogen, die schwer bewacht und mit spitzen Speeren und Eisenstangen versehen waren. Dennoch gab es Schlupflöcher.

Vorsichtig schob Aela einen schweren gusseisernen Deckel zur Seite. Sie spähte nach draußen ins gleißende Licht und kletterte schließlich nach draußen. Wenige Augenblicke später streckte sie ihre weiße Hand in die Dunkelheit der Kanalisation und machte das »Okay«-Zeichen. Die anderen folgten ihr.

Oben angekommen, blickte Pia sich erstaunt um. Um sie herum rauschten die Blätter mächtiger, alter Bäume in der sanften Brise. Vögel zwitscherten, und der Geruch erinnerte sie an eine sommerliche Blumenwiese in den Bergen. Sie waren mitten in einem Park an die Oberfläche gekommen.

Dieser hier war allerdings ganz anders als die anderen Grünanlagen der Stadt, von denen die meisten entweder völlig verwildert waren oder dem Ackerbau dienten. Der Park, in dem sie sich befanden, war äußerst gepflegt. Kleine Wege, an denen noch Laternen aus der alten Zeit standen, führten einen Hügel hinab zum Fluss. Auf der anderen Seite konnte Pia den Rest von MUC sehen. Die üblichen Rauchschwaden hingen wie ein lebendiger Schal über den heruntergekommenen Häusern. Betrachtete man die Stadt von der Idylle hier oben, dann sah sie noch schäbiger und lebensfeindlicher aus, als wenn man durch ihre Straßen ging.

Unweit von ihrem Aufstiegspunkt stand eine hohe Säule mit einem goldenen Engel, die man gut von der Unterstadt aus sehen konnte. Pia hatte sie schon oft aus der Ferne bewundert, doch so nah wirkte sie noch prachtvoller. Sie thronte auf einem hohen Sockel, der von einer kleinen Säulenhalle umgeben war, die man betreten konnte. Manche der Säulen stellten Statuen dar, die zwar etwas mit Moos überzogen, ansonsten aber noch gut erhalten waren. Anhand des Engels würde sie sich gut orientieren können und den Weg hierher mit Sicherheit zurückfinden, falls etwas schiefgehen sollte.

Doch Aela war sich sicher, dass alles glattlaufen würde. Sie hatte ihr Team ausführlich »gebrieft«, wie sie es ausdrückte, und wenn sich alle genau an ihre Anweisungen hielten, sollte eigentlich nichts passieren.

»Pia«, mahnte sie und riss diese aus ihrer Betrachtung des Engels. »Ich dachte, du hättest dir das Starren abgewöhnt.«

Ihre Stimme war freundlich und mit einer Prise Spott versehen, doch Pia konnte an ihren Augen sehen, dass sie hoch konzentriert und etwas angespannt war. Das kannte Pia gar nicht von ihr. Aela war immer der Inbegriff der Coolness.

Pia lächelte. »Kommt nicht wieder vor.«

Aela lächelte zurück. »Und setz die Kapuze auf.«

Pia zog den groben schwarzen Stoff über ihren Kopf. Die Kapuze ließ ihr Gesicht im Schatten verschwinden, ihre Haare hatte sie vorab zu einem festen Knoten zurückgebunden. Aela hatte ihre bereits aufgesetzt. Die drei Männer ließen ihre Gesichter offen. Es würde auffallen, wenn alle ihre Gesichter unter Kapuzen versteckten. Doch niemand durfte sehen, dass Pia und Aela Frauen waren, denn weibliche Wächter gab es nicht.

Sie hatten die Wächterkutten erst im U-Bahn-Schacht angezogen, nachdem sie den Marienplatz verlassen hatten. Es waren keine echten Uniformen, doch der Stoff stammte aus der Färberei, in der die Wächterkutten hergestellt wurden. Monika, eine alte Frau, die sich um die Kleidung im Hades kümmerte, hatte daraus täuschend echt wirkende Uniformen genäht.

Pia fand die Idee, sich so zu verkleiden, genial. Dennoch war Vorsicht geboten. Die Bewohner der Hochstadt würden sie wahrscheinlich ignorieren, wenn sie ihnen begegneten, aber andere Wächter konnten misstrauisch werden. Deswegen hatte Aela als Zeitpunkt für die Aktion den Tag ausgewählt, an dem die Hochstadt weitgehend sich selbst überlassen war. Nur die Tore und Mauern wurden bewacht.

Aela gab das Zeichen, und die Gruppe setzte sich in Bewegung. Durch die Bäume konnte Pia den Propheten-Palast sehen. Doch dahin führte Aela sie nicht.

Sie verließen den Park und gelangten auf eine breite, gut erhaltene Straße. Pia musste sich zusammenreißen, um nicht stehenzubleiben und wieder in Starren zu verfallen. Dieser Teil von MUC war völlig anders als der Rest. Die meisten Häuser waren gut gepflegt und die Straßen sauber. Nirgendwo wucherten Unkraut oder andere Pflanzen wild vor sich hin. Manche der Häuser hatten sogar kleine Gärten, in denen wunderschöne, exotische Blumen blühten. Pia konnte edle Rosen erkennen, die meisten anderen Blumen waren ihr jedoch fremd.

Mit der für Wächter typischen, würdevollen Gelassenheit schritt die Gruppe an so prächtigen Villen entlang, wie sie Pia noch nie gesehen hatte. Unweit von ihnen trabte ein braun-weißes Pferd mit einem gutgekleideten Reiter vorbei. Die Hufe klapperten über den ungewöhnlich gut erhaltenen Asphalt. Ein quietschendes Geräusch zog wenige Augenblicke später Pias Aufmerksamkeit auf sich. Als sie den Kopf wandte, musste sie sich mit aller Kraft zusammenreißen, um nicht zu starren.

Auf der anderen Straßenseite fuhr ein seltsames Gefährt an ihnen vorbei. Es hatte zwei Räder und wurde dadurch angetrieben, dass der Fahrer rhythmisch zwei Pedale mit den Füßen um ihre eigene Achse drehte. Zweifellos war das ein Artefakt aus der alten Zeit. Sie spürte einen leichten Stoß in die Rippen. Auch wenn sie sich bemüht hatte, möglichst unbeteiligt zu wirken, Aela entging nichts.

Nachdem sie eine Weile weitergegangen waren, wusste Pia auch, warum die Hochstadt so gepflegt war. Die meisten Menschen, denen sie in der flirrenden Nachmittagshitze begegneten, waren Arbeiter. Überall sah man Männer und Frauen, die den Boden fegten, in Grünanlagen arbeiteten oder Botengänge erledigten. Aela hatte Pia erklärt, dass manche Menschen aus der Unterstadt das »Glück« hatten, in der Hochstadt arbeiten zu dürfen. Dabei konnten sie das streng bewachte Areal monate- oder gar jahrelang nicht verlassen. Manche kehrten auch nie wieder zurück, vor allem diejenigen, die für den Propheten und in dessen näherer Umgebung arbeiteten. Dafür bekamen die zurückgebliebenen Familien regelmäßig etwas Geld. Für viele war diese freiwillige Sklaverei die einzige Möglichkeit, den Lebensunterhalt ihrer Familien zu sichern. Insbesondere junge Frauen waren begehrt – sie waren es auch, die häufig nie wieder zurückkehrten. Es gab etliche Gerüchte und Vermutungen, was mit ihnen geschah, aber niemand wusste Genaues.

Wie Aela vorausgesagt hatte, begegneten sie im Inneren der Hochstadt keinem einzigen Wächter. Die Luft war rein, und die eigentliche Aktion konnte beginnen. Um keine unnötigen Risiken einzugehen, beschränkten sie sich auf Wohnungen und Häuser im Erdgeschoss, deren Fenster offen standen. Da die Hochstadt gut bewacht und für normale Diebe unzugänglich war, fühlten sich die Bewohner sicher. An heißen Tagen wie diesem standen die meisten Fenster offen. Viele hielten es nicht einmal für nötig, ihre Türen abzusperren.

Die Aufgaben in der Gruppe waren genau aufgeteilt. Während Sam und die beiden anderen Männer Wache standen, verschafften sich Pia und Aela Zutritt zu den Wohnungen. Sie konzentrierten sich ausschließlich auf kleine Wertgegenstände wie Münzen oder Schmuck. Größere Dinge hatten keinen Platz in den innen eingenähten Taschen ihrer Kutten.

Pia entdeckte in jedem Haus, das sie betraten, unbekannte Schätze und Artefakte aus der alten Zeit. Manche Apparaturen schienen sogar noch funktionstüchtig zu sein. So gerne sie sich Zeit gelassen hätte, um die Wunder näher zu betrachten oder mitzunehmen, hielt sie sich doch streng an Aelas Anweisungen und konzentrierte sich auf die üblichen Orte und Möbelstücke, an denen Menschen Schmuck und Geld aufbewahrten. Bereits nach kurzer Zeit hatten sie reiche Beute gemacht und befanden sich auf dem Rückweg zum Park, als etwas geschah, womit Pia nicht gerechnet hätte. Sie waren schon fast bei der geheimen Abstiegsluke angelangt, die unbeobachtet und verlassen auf sie wartete, als Pia einen Laut hörte. Einen Laut, den sie niemals ausgerechnet hier zu hören geglaubt hätte.

Nein, das konnte nicht sein. Unmöglich. Das musste sie sich eingebildet haben. Dennoch spitzte sie die Ohren. Da war es wieder. Ein Lachen. Und die dazugehörige Stimme. Es war lange her, dass sie sie das letzte Mal gehört hatte. Und doch würde sie sie immer und überall wiedererkennen.

Die Stimme ihres Bruders.

Aela merkte, dass etwas nicht stimmte, und blieb stehen.

»Pia?«, flüsterte sie.

»Bin gleich wieder da.«

»Nein!«, zischte Aela. Sie versuchte noch nach Pias Arm zu greifen, doch diese war schneller.

Ihr war klar, dass sie gerade eine riesige Dummheit beging und Aela zu Recht wütend über ihr Verhalten sein würde. Dennoch konnte sie nicht anders. Seit sie aus ihrem Dorf aufgebrochen war, hatte sie gehofft, Paul wiederzufinden. Unermüdlich hatte sie alle Ecken der Unterstadt nach ihm abgesucht. Und nun fand sie ihn vielleicht hier, in der Hochstadt? Sie musste sich Gewissheit verschaffen, solange sie die Gelegenheit dazu hatte.

So leise und schnell wie möglich rannte sie von der Gruppe weg und auf die hohe Säule mit dem Engel zu. Von hier irgendwo hatte sie die Stimme ihres Bruders gehört. Kurz bevor sie jedoch den Platz erreichte, ermahnte sie sich zur Vorsicht und blieb stehen.

Höchstwahrscheinlich war es nicht Paul. Er konnte es eigentlich nicht sein! Und wenn sie ihn mit einem Fremden verwechselte, lief sie Gefahr, entdeckt zu werden und die gesamte Operation zu gefährden.

Langsam schlich sie durch Büsche auf das Monument zu. Ihr Herz raste in der Brust und schien sich vor Aufregung fast zu überschlagen. Vorsichtig spähte sie zwischen den Büschen hervor. Zwei junge Männer mit roten Haaren saßen auf dem Sockel der Säule. Der eine trug ausgefallene Kleidung aus der alten Zeit, während der zweite eine schlichte schwarze Hose und ein weißes Hemd anhatte. Pia konnte ihre Gesichter nicht erkennen, da der mit dem weißen Hemd von ihr abgewandt dasaß und der andere in eine kleine schwarze Kiste starrte.

Mit einem Mal war sich Pia nicht mehr sicher. Der Mann mit dem weißen Hemd hatte eine ähnliche Statur wie Paul und seine glatten kastanienroten Haare. Aber war er es wirklich? Unschlüssig verlagerte sie ihr Gewicht von einem Bein aufs andere. Dabei knackte ein Ast unter ihren Füßen.

Pia biss sich auf die Lippe. Verdammt!

Der junge Mann mit dem schwarzen Apparat hatte das Geräusch nicht gehört, aber der andere wandte den Kopf und blickte in ihre Richtung.

Als Pia in sein Gesicht sah, wurde sie ganz starr vor Erstaunen. Erst nach ein paar Sekunden realisierte sie, dass er es wirklich war.

»Paul?«, platzte es aus ihr heraus. Ihre Stimme drohte sich vor Überraschung und Glück zu überschlagen.

Er hob die Augenbrauen. Pia stürzte aus dem Gebüsch hervor und auf ihn zu. »Paul!«

Seine Augen weiteten sich. Überraschung spiegelte sich darin – und Entsetzen.

Pia hielt einen Moment inne. Erkannte er sie etwa nicht? Dann fiel es ihr ein. Sie war gekleidet wie ein Wächter, die Kapuze verdeckte ihr Gesicht. Schnell riss sie sich die Kapuze vom Kopf. »Paul, ich bin's!«

Sein Gesichtsausdruck veränderte sich nicht. Er starrte sie noch immer an, als wäre sie ein Geist. Unsicher blieb Pia direkt vor ihm stehen. Was war los mit ihm?

»Pia«, presste er schließlich hervor. »Verschwinde von hier!«

Die Worte trafen sie wie ein Schlag in die Magengrube. All die Jahre, die sie ihren Bruder nicht gesehen und vermisst hatte … und jetzt das?

»Aber, Paul …«, stammelte sie und spürte, wie ihr Tränen in die Augen schossen. Seine abweisende Reaktion überraschte und verletzte sie. Wollte Paul sie wirklich nicht sehen? Sie hatte nie auch nur einen Gedanken an die Möglichkeit verschwendet, dass ihr Bruder vielleicht gar nicht gefunden werden wollte.

»Verschwinde, sage ich«, wiederholte er.

Aber da war noch etwas anderes in seiner Stimme. Unter der oberflächlichen Abweisung erkannte Pia Furcht und Verzweiflung.

Ein ungewohntes Klicken ertönte direkt neben ihr. Der andere Mann war an sie herangetreten und zielte mit dem schwarzen Apparat auf sie.

Pia zuckte zusammen, wollte sich ducken, fliehen. Was auch immer das für eine Waffe war, sie musste aus der alten Zeit und damit hochgefährlich sein.

»Keine Sorge«, sagte der Fremde. »Ist nur ein Foto.«

Die kleine Kiste war demnach ein Fotoapparat aus der alten Zeit und der erste funktionstüchtige, den Pia sah.

Der junge Mann senkte die Kamera und betrachtete sie. Er hatte glattes, rot-braunes Haar, das in spitzen Strähnen in sein fein geschnittenes, ovales Gesicht fiel. Das Ungewöhnlichste an ihm waren jedoch seine hellgrünen, leicht mandelförmigen Augen, die in der Nachmittagssonne beinahe unnatürlich strahlten. Pia hatte noch nie in ihrem Leben so schöne Augen gesehen. Ein Sog schien von ihnen auszugehen, der sie kurzzeitig den Atem anhalten ließ. Sein Blick war so intensiv, dass sie das Gefühl hatte, als ob die Welt um sie herum immer grauer und durchsichtiger würde, bis sie schließlich ganz verschwunden war. Alles, was blieb, war der Fremde mit den einzigartigen Augen. Pia hätte Stunden damit zubringen können, einfach nur in diese Augen zu sehen.

»Ich sehe, ihr kennt euch«, sagte der Fremde freundlich. »Paul, willst du uns nicht vorstellen?«

Seine Stimme war weich und melodisch. Er mochte etwa in Pauls Alter sein. Die Kleidung, die er trug, war extravagant und gab seinem schlanken Körper etwas Erhabenes. Noch immer konnte Pia den Blick nicht von ihm abwenden. Nie zuvor hatte sie einen Mann wie ihn getroffen.

Paul senkte den Blick. »Das ist … ähm … Pia.«

Der Fremde schenkte ihr ein Lächeln. Weiße, ebenmäßige Zähne blitzten auf, und die Grübchen, die dabei in seinen Wangen entstanden, verliehen ihm einen jugendlich-spitzbübischen Ausdruck. Pias Knie wurden weich.

»Freut mich sehr, Pia. Mein Name ist Elias. Woher kennt ihr euch, wenn ich fragen darf?«

»Ich bin Pauls Schwester.« Sie wunderte sich, warum ihre Stimme so rauh klang. Überhaupt fühlte sich ihr Körper heiß an. Hatte sie etwa Fieber?

Elias blickte zu Paul und hob fragend eine Augenbraue. Ihr Bruder nickte, um zu bestätigen, dass Pia die Wahrheit sagte.

Plötzlich fiel Pia siedend heiß ein, dass sie hier mitten in der abgeriegelten Hochstadt als Wächter verkleidet vor einem Fremden stand. Er mochte vielleicht ein Freund ihres Bruders sein, aber das hieß noch lange nicht, dass sie ihm trauen sollte. Alle im Hades predigten, dass man niemandem in der Hochstadt vertrauen dürfe. Und so seltsam, wie sich ihr Bruder benahm, war es vielleicht ein Fehler gewesen, Hals über Kopf auf ihn zuzurennen. Pia wich zurück.

»Willst du etwa schon wieder gehen?«, fragte Elias.

Eigentlich wollte Pia nicht. Ganz und gar nicht. Sie hatte ihren Bruder nach so langer Zeit endlich gefunden. Und dieser war in Begleitung eines Mannes, der ihr die Sinne raubte. Natürlich wollte sie nicht weg! Doch ihr Instinkt und Verstand schrien sie beide einstimmig an, dass sie dringend sollte.

»Ich muss.« Sie wich noch weiter zurück und hatte fast schon die Bäume erreicht. Sowohl ihr Bruder als auch sein Freund blickten ihr hinterher.

»Das ist schade«, sagte Elias. »Besuch uns doch wieder.«

Sie stolperte fast über die ersten Wurzeln der Bäume. Noch einmal blickte sie in dieses elegante Gesicht mit den ausdrucksstarken Augen. Dann zwang sie sich kehrtzumachen und rannte, so schnell sie konnte, zurück zu der Luke.

Die anderen waren schon weg, nur Aelas Kopf blickte noch unter dem schweren Eisendeckel hervor.

»Hast du den Verstand verloren?«, fuhr sie Pia an, machte

jedoch rasch Platz, damit sie in die Dunkelheit hinabgleiten konnte.

»Ich habe meinen Bruder gefunden«, keuchte Pia. Sie war noch immer verwirrt, und ihre Knie fühlten sich an wie weicher Brotteig. Aela schloss die Luke und starrte sie verwundert an.

13. Kapitel

Elias

Und du bist dir wirklich sicher?«

Aelas Stirn war gekräuselt, und die Flammen des Feuers spiegelten sich in ihren Augen, als sie nachdenklich hineinblickte.

Pia nickte. »Ich habe mit ihm gesprochen. Er ist es.«

Sie saßen etwas abseits an einem der Tische. Es war spät und der Hades weitgehend zur Ruhe gekommen. Aela hatte die Beine über eine Stuhllehne gelegt und rauchte eine der Zigaretten, die sie heute in der Hochstadt erbeutet hatte.

Sie schwieg eine Weile und ließ den Rauch in kleinen Ringen aus ihrer Lunge entweichen. Pia sagte nichts. Ihre Gedanken kreisten um ihren Bruder und seinen außergewöhnlichen Freund.

»Ich kann es mir nicht erklären, Pia«, sagte Aela schließlich und füllte etwas Wein in ihre Gläser nach. »Von einem Migranten, der es innerhalb weniger Jahre in die Hochstadt geschafft hat, habe ich noch nie gehört. Scheinbar muss man bei deinen Leuten mit allem rechnen.«

Sie lächelte Pia zu, wirkte dabei aber nachdenklich und besorgt.

Pia nahm einen Schluck aus ihrem Glas. Der Wein schmeckte schwer und leicht nussig, war aber gut. Auch er war ein Mitbringsel aus der Hochstadt. Vino Tinto di Toscana stand auf dem Etikett. Pia verstand die Sprache nicht. Sie klang ebenso exotisch, wie der Wein schmeckte.

»Aber du sagtest, der Kleidung nach …«

»… ist er ein Bediensteter, ja«, beendete Aela den Satz. »Dennoch ist die Situation, wie du sie schilderst, sonderbar. Diener in der Hochstadt verbringen normalerweise den Nachmittag nicht im Park. Der andere Typ war wahrscheinlich sein Herr.«

»Er war nett«, warf Pia ein. Sie dachte an die wunderschönen grünen Augen des Fremden und schauderte leicht. Jetzt, da sie Aela ansah, stellte sie fest, dass Elias und sie beide ähnlich klare, tiefgründige und hypnotische Augen hatten, nur dass Aelas kristallblau waren.

»Lass dich davon nicht täuschen«, sagte Aela scharf. »Du darfst keinem von denen trauen! Für die bist du nicht mehr wert als ein Insekt.«

Pia wollte nicht mit Aela streiten, obwohl sie tief in sich fühlte, dass Elias anders war. Was die Hochstadt und deren Bewohner anbelangte, wich Aela keinen Millimeter von ihrer Meinung ab.

Aelas Gesicht entspannte sich etwas. Erneut warf sie Pia einen sorgenvollen Blick zu. »Wann wirst du wieder hingehen?«

Pia musste an sich halten, um vor Überraschung nicht zusammenzuzucken. Sie hatte schon die ganze Zeit hin und her überlegt, ob und wie sie Aela sagen sollte, dass sie ihren Bruder wiedersehen wollte. Sie befürchtete, dass Aela damit nicht einverstanden sein könnte – und das aus gutem Grund.

»Woher weißt du …?«

Aela lächelte, und Wärme strahlte über ihr markantes Gesicht, auch wenn die Sorge nicht ganz daraus weichen wollte. »Prinzessin, seit ich dich kenne, redest du davon, deinen Bruder wiederzufinden. Offen gesagt, ich hatte nicht geglaubt, dass er noch am Leben sein könnte, aber du hast die Hoffnung nie aufgegeben. Und jetzt hast du ihn gefunden und willst mir weismachen, dass du zum Tagesgeschäft zurückkehren wirst? Für wie naiv hältst du mich eigentlich?«

Pia spürte, wie ihr das Blut in die Wangen schoss.

»Aber dir ist klar, dass keiner von uns dir zu Hilfe kommen wird, wenn da oben irgendetwas schiefgeht«, fuhr Aela fort.

»Ist klar. Mir wird schon nichts passieren«, sagte Pia.

Sie konnte es kaum erwarten, Paul endlich wiederzusehen und Antworten auf ihre unzähligen Fragen zu bekommen. Nachdem sie ihn ganz fest an sich gedrückt hatte. Vielleicht würde sie auch Elias wiedersehen. Allein der Gedanke an ihn verursachte ihr ein flaues Gefühl im Magen, das jedoch nicht unangenehm war. Und was sollte schon groß schiefgehen? Sie kannte den Weg in die Hochstadt und hatte die beste Ausbildung genossen, die man sich nur vorstellen konnte.

Aela drückte ihre Zigarette aus und stand auf. »Es ist spät. Du solltest schlafen, wenn du morgen fit sein willst.«

Aber Pia war viel zu aufgeregt, um schlafen zu können. Ihre Gedanken kreisten um ihren Bruder und diesen geheimnisvollen Elias, dessen strahlende Augen bis auf den Grund ihrer Seele geblickt zu haben schienen. Darüber hatte sie jedoch ganz vergessen, Aela von ihrer Beobachtung am chinesischen Turm zu berichten.

Sie war gleichzeitig nervös und voller Vorfreude, als sie am nächsten Tag durch den engen Kanalisationsschacht schlich, der sie zu der Luke im Park der Hochstadt brachte. Pia hatte nur wenige Stunden geschlafen, doch das merkte sie nicht einmal. Auch dass ihr Vorhaben mit großen Risiken verbunden war, ignorierte sie. Immerhin würde sie ganz allein mitten am Tag in die Hochstadt spazieren, in der es, wenn der Prophet nicht gerade vor seinen Untertanen predigte, vor Wächtern nur so wimmelte.

Pias einzige Sorge war, dass sie Paul verpassen könnte. Sie hatten weder Tageszeit noch Treffpunkt vereinbart. Alles, was sie hatte, war die Aufforderung von Elias, Paul und ihn wieder zu besuchen. Es erschien Pia logisch, zur selben Zeit an denselben Ort zurückzukehren. So war die Wahrscheinlichkeit am höchsten, ihren Bruder – und Elias – wiederzusehen.

Sie konnte sich nicht helfen, ihre Gedanken drifteten ständig zu Elias ab. Wenn sie sich die Art, wie er sie angesehen hatte, ins Gedächtnis rief, liefen wohlige Schauder durch ihren Körper.

Vorsichtig schob Pia den schweren Deckel, der den Abstieg in die Tunnel sicherte, ein Stück beiseite und lugte hinaus. Das helle Licht blendete sie, und es war genauso heiß und sonnig wie am Vortag. Die Luft war rein, weit und breit rührte sich nichts außer ein paar Zweigen im sanften Wind. Langsam kletterte sie an die Oberfläche und schloss den Zugang hinter sich. Das würde ihre Flucht im Notfall erschweren, aber es war viel zu auffällig, den Kanalisationsdeckel am helllichten Tage offen zu lassen. Ihr Herz klopfte aufgeregt, als sie zu der hohen Engelsstatue schlich.

Sie dachte an Aelas besorgtes Gesicht. Was, wenn sie geradewegs in eine Falle lief? Es war so viele Jahre her, dass ihr Bruder sie verlassen hatte. Vielleicht hatte er sich verändert, vielleicht war es naiv, ihm zu vertrauen, jetzt, da er in der Hochstadt lebte? Schließlich hatte er sich bei ihrem Wiedersehen gestern sehr eigenartig benommen.

Nein, schimpfte sie sich und schüttelte die lähmenden Gedanken ab. Sie kannte Paul. Wenn sie ihm nicht vertrauen konnte, wem dann?

Als sie vorsichtig durch die Blätter des Gebüsches schaute, das den Platz um das Monument bewuchs, lief Paul bereits nervös auf der Wiese auf und ab. Erst jetzt fiel ihr auf, dass früher einmal eine Straße um das Monument geführt haben musste. Sie war fast vollständig von Gras und Blumen verschluckt worden.

Paul schien allein zu sein, weit und breit war niemand zu sehen oder zu hören. Elias war also nicht gekommen. Pia spürte einen leichten Stich der Enttäuschung in ihrer Brust. Natürlich wollte sie in erster Linie Zeit mit ihrem Bruder verbringen, doch sie hatte auch ganz fest gehofft, seinen schönen Freund wiederzusehen. Langsam schlich Pia aus dem Gebüsch auf ihren Bruder zu, der ihr den Rücken zuwandte.

»Paul?«, fragte sie leise.

Er fuhr herum, offensichtlich überrascht, dass sie so plötzlich hinter ihm stand.

»Pia«, rief er etwas atemlos. »Wo kommst du denn her? Ich hab dich gar nicht gehört!«

Sie grinste. »Deine kleine Schwester ist erwachsen geworden.«

Plötzlich erhellte ein Lächeln sein Gesicht, das sie aus früheren Zeiten so gut kannte. »Ja, das ist sie.«

Er eilte auf sie zu und nahm sie fest in die Arme. Ihr fiel auf, dass sie um einiges kleiner gewesen war, als er das das letzte Mal getan hatte. Nun waren sie fast gleichauf. Sie drückte sich an ihn und musste auf einmal mit den Tränen kämpfen. So viele Jahre hatte sie sich gewünscht, Paul wiederzusehen, und nun war er da und hielt sie fest.

»Ich bin so froh, dass es dir gutgeht«, flüsterte er und strich ihr durchs Haar. Dann ließ er sie los. »Wie hast du mich gefunden? Und was tust du überhaupt in MUC?«

»Lange Geschichte«, sagte Pia. »Ich bin dich suchen gegangen.«

»Du hast das Dorf verlassen? Allein? Bist du wahnsinnig?«

Sie zuckte die Achseln. »Du bist nicht zurückgekommen. Was hätte ich denn tun sollen?«

»Dableiben!«

Pia pfiff durch die Zähne. »Das sagt ausgerechnet derjenige, der es dort schon lange vor mir nicht mehr ausgehalten hat.«

Er sah erwachsener aus, als sie in Erinnerung hatte, und war kräftiger geworden, aber ansonsten hatte er sich nicht viel verändert. Er war noch immer noch der sture, hitzköpfige große Bruder, den sie liebte.

»Ich wollte dich schützen, deswegen habe ich dich nicht geholt. MUC ist nicht das, was wir uns erträumt hatten. Es ist …«

»… eine abgefuckte Welt«, unterbrach Pia ihn und grinste. »Ich weiß, ich kenne MUC mittlerweile sehr gut.«

»Wie lange bist du schon hier?«

»Ein paar Monate.«

»Wie bist du überhaupt in die Stadt hineingekommen? Wovon lebst du?«

Schnell wechselte Pia das Thema. Sie hatte Aela versprochen, nichts über den Hades zu verraten, nicht einmal ihrem Bruder.

»Lange Geschichte«, sagte sie. »Erzähl du mir lieber mal, wie du es geschafft hast, in der Hochstadt zu leben?«

»Ich hatte Glück«, antwortete Paul. »Die ersten Monate habe ich mich als Feldarbeiter in der Unterstadt durchgeschlagen. Durch Zufall bekam ich die Chance, als Gärtner in der Hochstadt anzuheuern. Wer hätte gedacht, dass man bei uns im Dorf tatsächlich etwas lernen kann, das einen in MUC weiterbringt.«

Pia legte den Kopf schief. »Wie ein Gärtner siehst du aber nicht aus. Außerdem dürfen sich einfache Angestellte in der Hochstadt nicht so frei bewegen wie du.«

Ihr Bruder sah sauber und gepflegt aus, und seine Hände wiesen keinerlei Spuren von Erde oder harter Arbeit auf.

Er bemerkte Pias prüfenden Blick. »Gärtner bin ich schon lange nicht mehr.«

»Sondern?«

»Als herauskam, dass ich lesen und schreiben kann, wurde Elias auf mich aufmerksam.«

»Dein Freund von gestern?«

»Er ist nicht mein Freund. Ich bin sein persönlicher Diener und Sekretär.«

Er blickte verlegen zu Boden. Pia konnte sich denken, warum. Ihr Bruder war auf der Suche nach Freiheit und Glück aufgebrochen und jetzt war er ein Bediensteter. In einer Stadt wie MUC hatte er damit allerdings großes Glück gehabt.

»Du solltest gehen, Pia«, sagte er unvermittelt. »Es ist hier nicht sicher für dich. Hast du eine Ahnung, was man mit Eindringlingen in der Hochstadt macht?«

Pia fuhr sich mit dem Finger über die Kehle und grinste.

»Das ist nicht witzig!«, schimpfte Paul.

»Komm mit mir«, erwiderte sie.

»Was? Wohin denn?«

»Ich habe … Freunde in MUC.«

Er schüttelte vehement den Kopf. »Das ist unmöglich, ich kann nicht.«

Ein starker Windzug brachte das Laub zum Rascheln. Wahrscheinlich kam wieder ein Sturm auf.

Paul sah sich gehetzt um. »Ich glaube, da kommt jemand. Bitte, Pia, geh jetzt!«

Nun spürte auch Pia, dass jemand in der Nähe war.

»Also gut.« Sie umarmte ihren Bruder. »Aber ich komme wieder.«

»Nein, Pia …«

Doch sie hörte ihm nicht länger zu. Ehe Paul den Satz zu Ende sprechen konnte, war sie im Gebüsch verschwunden.

Als sie durch den Park lief, hatte Pia immer noch das Gefühl, beobachtet zu werden. Sie wandte den Kopf und meinte kurz, Elias's außergewöhnliche grüne Augen zu sehen. Doch als sie stehenblieb, konnte sie ihn nirgendwo entdecken. Wahrscheinlich hatte sie sich getäuscht. Der Himmel über den dichten Baumkronen wurde immer dunkler, und in der Ferne grollten die ersten Donner. Es war höchste Zeit zu verschwinden. Sie erreichte die Luke ohne weitere Zwischenfälle und schlüpfte rasch in die altvertraute Dunkelheit.

Aela wartete bereits, als Pia wenig später die unterirdischen Hallen des Hades erreichte. Ihr Gesicht verriet, wie heilfroh sie war, dass Pia unversehrt zurückkehrte. Goliath saß auf ihrer Schulter und betrachtete Pia mit einer Mischung aus neugierigen und vorwurfsvollen Blicken aus seinen menschenähnlichen Augen. Wahrscheinlich spürte er, dass Pia seinem Frauchen Sorgen bereitete.

Pia berichtete in allen Details, wie das Treffen mit Paul verlaufen war.

»Und der andere Typ war nicht dabei?«

Einen Augenblick lang dachte Pia an die grünen Augen, die sie meinte gesehen zu haben, und spürte ein warmes Kribbeln in ihren Eingeweiden. Aber wahrscheinlich war das nur Einbildung gewesen.

»Nein, wir waren allein«, bestätigte sie.

»Gut«, meinte Aela. »Es gibt nämlich etwas, das du über den Herrn deines Bruders wissen solltest.«

Sofort war Pias Neugier geweckt, und sie blickte Aela erwartungsvoll an. Doch sie musste sich noch etwas gedulden.

»Mutter will mit dir darüber reden. Sie ist auf dem Trainingsplatz.«

Zügig begab sie Pia dorthin. Es musste wichtig sein, wenn Ilja mit ihr darüber sprechen wollte.

»Und wir zwei gehen mal die Gegend um den Marktplatz unsicher machen«, hörte sie Aela hinter sich zu Goliath sagen. Als sie sich umdrehte, sah sie gerade noch, wie Aelas drahtige Gestalt mit der feuerroten Irokesenfrisur in der Dunkelheit verschwanden.

Schon von weitem konnte Pia Iljas schlanke, majestätische

Silhouette auf dem Übungsplatz erkennen. Sie trug legere Kleidung aus dunklem, fließendem Stoff und vollführte eine Abfolge langsamer, tanzähnlicher Bewegungen. Pia betrachtete sie eine Weile. Sam hatte ihr erklärt, dass es sich dabei um eine Bewegungsmeditation, »Schattenboxen« genannt, handelte. Er selbst war eher Anhänger brachialeren Trainings, aber die Anführerin schwor darauf und gab hin und wieder Kurse.

Pia war fasziniert von Iljas perfekter Körperbeherrschung in ihrem fortgeschrittenen Alter. Es war nicht selbstverständlich, dass man überhaupt älter als fünfzig wurde, geschweige denn so agil blieb. Pia konnte kaum glauben, dass es in der alten Zeit angeblich völlig normal gewesen war, neunzig Jahre alt zu werden oder sogar hundert. Andererseits war es Menschen, die in großen, stählernen Maschinen über den Himmel fliegen konnten, auch zuzutrauen, den Tod zu besiegen.

Nur das große Sterben hatte niemand verhindern können, und wie immer fragte sie sich, warum das in einer derart gottgleichen Gesellschaft nicht möglich gewesen war.

Ilja beendete ihre Übung, legte die Handflächen zusammen und verbeugte sich vor ihrem imaginären Gegner. Dann drehte sie sich zu Pia und lächelte sie an. »Ich habe gehört, dass du deinen Bruder wiedergefunden hast. Das ist sehr erfreulich.«

»Ja, ich bin glücklich, dass es ihm gutgeht. Auch wenn er in der Hochstadt lebt …«

»Genau darüber wollte ich mit dir reden.« Iljas Stimme wurde ernst, als sie mit gemächlichen Schritten zum Wasserfall ging und Pia mit einer Geste bat, ihr zu folgen. »Du sagtest, der Name des jungen Mannes, in dessen Begleitung du Paul gesehen hast, lautet Elias?«

Pia nickte. Allein die Erwähnung des Namens ließ Schmetterlinge in ihrem Magen flattern. Aber so ernst, wie Ilja über ihn sprach, konnte das nichts Gutes bedeuten.

»Wie sieht er aus?«

Schnell beschrieb Pia Elias so präzise, wie sie es aus dem Gedächtnis vermochte. Sie hatte ihn sich so genau eingeprägt, dass er vor ihrem inneren Auge auftauchte, als stünde er tatsächlich vor ihr.

Ilja hörte aufmerksam zu, während sie in den Wasserfall blickte, der im Halbdunkel hinabrauschte.

»Es besteht kein Zweifel«, sagte sie schließlich. »Er ist es.«

»Wer?«

Ilja wandte sich zu ihr und blickte sie mit ihren durchdringenden Augen an. »Der freundliche junge Mann, für den dein Bruder arbeitet, ist ein Sohn des Propheten.«

Pia merkte, wie ihr Mund aufklappte, ohne dass sie es verhindern konnte. Sie konnte sich beim besten Willen nicht vorstellen, dass Elias, der Mann, der ihre Knie weich werden ließ und ein Foto von ihr gemacht hatte, der Sohn des Mannes war, den jeder im Hades am liebsten tot sehen würde.

»Der Sohn des Propheten …?«, flüsterte sie ungläubig.

»Nicht *der* Sohn, Pia«, berichtigte Ilja. »*Einer* der Söhne. Der Prophet hat etliche, mindestens einen von jeder Frau. Elias ist weit abgeschlagen in der Thronfolge. Aber du solltest dir im Klaren sein, wer er ist.«

»Soll das heißen, ich kann meinen Bruder nicht wiedersehen?« Allein der Gedanke entsetzte Pia.

Iljas Gesicht wurde mild, als sie langsam den Kopf schüttelte. »Nein. Es ist allein deine Entscheidung, was du nun tust. Aber du solltest wissen, dass du mit dem Feuer spielst.«

Pia schwieg.

»Lupus est homo homini«, sagte Ilja in die Stille hinein.

»Wie bitte?« Pia verstand kein Wort.

»Das ist Latein. Eine Sprache, die, schon tausend Jahre bevor das große Sterben begann, nicht mehr gesprochen wurde.«

»Was bedeutet der Spruch?«

»Ein Wolf ist der Mensch dem Menschen.«

Ilja schwieg. Auch wenn die Sprache und das Zitat so uralt waren, dass es außerhalb von Pias Vorstellungsvermögen lag, so war es doch die Wahrheit. Als wäre es für die Welt, in der sie lebte, geschrieben worden.

»Du begibst dich unter Wölfe, Pia. Vergiss das niemals.«

Iljas Worte hallten lange Zeit in Pias Kopf nach. Sie beschloss, noch vorsichtiger zu sein. Dennoch konnte sie auch am nächsten Tag der Versuchung nicht widerstehen, in die Hochstadt zu gehen.

Der Sturm war vorbeigezogen, aber der Himmel war noch bewölkt, als sie den Kanaldeckel beiseiteschob und in den Park schlich. Die Luft war von Feuchtigkeit getränkt und schien zu kochen.

Pia betrat die Lichtung an der Engelsstatue und sah sich um. Alles war ruhig – und leer. Keine Spur von Paul. Ein paar Vögel zwitscherten in den hohen Bäumen, und ein Eichhörnchen rannte mit einer Nuss in der Schnauze über den Sockel des Monuments, als es Pia bemerkte.

Wo war Paul? Wollte er Pia etwa tatsächlich nicht wiedersehen? Oder war ihm etwas zugestoßen? *Lupus est homo homini,* hörte sie Iljas Stimme in ihrem Kopf.

Etwas unschlüssig stand sie mitten auf der Lichtung, ehe ihr einfiel, dass sie auf dem Präsentierteller saß. Sollte sie sich ein Versteck suchen und warten? Oder lieber morgen wiederkommen?

Erneut hatte sie das Gefühl, beobachtet zu werden, und sie wandte sich ruckartig um. Hinter den Säulen, die das Monument der Statue schmückten, war eine Gestalt hervorgetreten.

»Guten Tag, Pia«, hörte sie eine Stimme, die sofort warme Blitze über ihr Rückgrat jagte.

Elias löste sich aus den Schatten der Säulen und kam langsam auf sie zu. Seine dunkle Kleidung ließ die grünen Augen regelrecht strahlen, als er die fransig geschnittenen Haare zurückwarf und sie anlächelte.

Es kostete Pia einige Mühe, die Fassung zu wahren. Sie wollte nicht, dass Elias bemerkte, wie sehr er sie beeindruckte. Dennoch konnte sie nicht verhindern, dass ihr Herz wild pochte, als er näher trat.

»Wo ist Paul?«, fragte sie, kurz bevor er sie erreichte. Ihre Stimme klang viel angriffslustiger und kühler, als sie beabsichtigt hatte. Sie war nervös. Eine Fassade oder Felswand hochzuklettern war ein Kinderspiel im Vergleich dazu, diesem Mann gegenüberzustehen.

»Er lässt sich entschuldigen. Du wirst wohl mit meiner Wenigkeit vorliebnehmen müssen.«

Er sah ihr geradewegs in die Augen. Entweder wollte er mit dieser Aussage bescheiden wirken oder sie verhöhnen.

»Aber er ist wohlauf«, fügte er schnell hinzu. »Keine Sorge.«

»Okay.« Sie wusste nicht, was sie sonst sagen sollte. Eigentlich war sie wegen Paul hergekommen, oder nicht? In diesem Fall könnte sie ja jetzt einfach wieder gehen.

Die Frage war, ob sie das auch wollte.

Er legte den Kopf schräg und betrachtete sie. »Wo hast du heute dein Wächter-Kostüm gelassen?«

»Ist in der Wäsche.« Im selben Moment hätte sie sich am liebsten die Zunge abgebissen. Sie wollte so schlagfertig und locker wirken wie Aela, stattdessen kamen die Worte heiß und stockend aus ihrer Kehle. Sie konnte sich nicht erinnern, wann sie sich das letzte Mal so peinlich benommen hatte. Was war bloß mit ihr los?

Doch zu ihrer Überraschung wurde sein Lächeln breiter, und sie hatte das unbändige Bedürfnis, über seine schmalen Wangen mit den hinreißenden Grübchen zu streichen.

»Das ist schade. Du warst der hübscheste Wächter, den ich je gesehen habe. Ich wünschte, wir hätten mehr von deiner Sorte.«

Pia hatte das Gefühl, als wäre ihr ganzes Blut aus dem Körper gewichen, nur um dann komplett und mit voller Wucht in ihr Gesicht zu schießen. Sie blickte irritiert zu Boden und hoffte, ihre Kapuze würde die Röte in ihrem Gesicht etwas verdecken.

»Ich sollte jetzt besser gehen«, murmelte sie und wollte sich abwenden.

»Warte!«, Elias hielt sie am Unterarm fest. Seine Hand fühlte sich warm an und jagte eine Gänsehaut über ihren ganzen Körper. »Ich weiß, wer du bist und warum du vor zwei Tagen hier warst. Du und die anderen.«

Pia erstarrte.

Dann jedoch blickte sie hoch und sah in seine hypnotischen Augen. Darin lagen Freundlichkeit – und Zuneigung. Sie konnte nichts von der Abgebrühtheit erkennen, die man den Leuten der Hochstadt im Hades zuschrieb.

»Es ist nicht schwer zu erraten, warum ein Mädchen wie du als Wächter verkleidet in der Hochstadt unterwegs ist«, fuhr er sanft fort. »Dein Geheimnis ist bei mir sicher. Das verspreche ich dir.«

Pia entspannte sich. Sie spürte, dass er es ernst meinte. Zudem hätte er sie sowohl heute als auch gestern mit ein paar Wächtern überraschen können.

»Und dieses Geheimnis ist es auch«, fügte er hinzu und strich ihr mit der anderen Hand übers Gesicht. Geschickt löste er eine dicke Strähne ihres Haares unter ihrer Kapuze und ließ sie durch seine eleganten Finger gleiten. Normalerweise hasste Pia es, wenn jemand ungefragt ihre Haare berührte, weil es entwürdigend war. Doch die zärtliche Art, mit der Elias mit ihrer Haarsträhne spielte, elektrisierte sie.

Sein Gesicht war dem ihren jetzt ganz nahe. Der betörende Duft seiner Haare und seiner Haut stieg in ihre Nase. Er roch wie gefrorene Blumen, doch gleichzeitig auch maskulin herb. Noch nie hatte Pia einen Menschen getroffen, der so gut roch. Sie hatte davon gehört, dass die Elite der Stadt Düfte aus der alten Zeit benutzte, die Parfum genannt wurden. Wer, wenn nicht der Sohn des Propheten, sollte im Besitz solcher Kostbarkeiten sein?

Er sah ihr noch immer in die Augen, und sie drohte jeden Moment in seinem Blick zu ertrinken. Sie schluckte und stellte fest, dass ihr Mund völlig trocken war.

»Ich muss jetzt gehen«, wiederholte sie schließlich.

Er ließ ihren Arm los. »Versprich mir wiederzukommen. Ich warte hier auf dich.«

Sie antwortete nicht, sah ihn nur an. Eine unsichtbare Kraft zog sie zu ihm, und es fiel ihr ungeheuer schwer, sich von ihm loszureißen. Schließlich siegte aber die Vernunft, und sie rannte, so schnell sie konnte, in den Park.

Unten, in der Sicherheit des Kanals, lehnte sie sich an die kalte, feuchte Wand und atmete tief durch. Ihre Knie waren weich, und sie zitterte am ganzen Körper.

Abends lag Pia lange wach. Sie war verwirrt.

Wann immer sie die Augen schloss, sah sie Elias vor sich. Seine ausdrucksstarken Augen, sein fein geschnittenes Gesicht, die Art, wie er sich bewegte. Sein Duft. Wieder und wieder ließ sie die Begegnung mit Elias Revue passieren. Jedes auch noch so kleine Detail schien sich ihr ins Gedächtnis eingebrannt zu haben.

Egal wie sehr sie sich bemühte, sie konnte nur noch an ihn denken. Ihr Körper war erhitzt und angespannt, ein Außenstehender hätte meinen können, sie wäre krank. Sie fühlte sich gleichzeitig unruhig, aufgeregt und glücklich.

Frustriert wälzte sie sich im Bett hin und her.

Du bist verliebt.

Der Gedanke erschreckte sie so sehr, dass sie sich senkrecht aufsetzte.

War dem so? Hatte sie sich verliebt?

Nein, beruhigte sie sich. Das konnte nicht sein. Sie kannte Elias kaum, hatte gerade mal ein paar Sätze mit ihm gewechselt, wie sollte sie da verliebt sein?

Außerdem war er der Sohn des Propheten! Wäre es nicht etwas ungünstig, sich ausgerechnet in den Sohn des Mannes zu verlieben, den alle im Hades fürchteten und verachteten?

Und überhaupt war Elias ein angesehenes Mitglied der Elite. Wieso sollte er ausgerechnet an ihr Interesse haben? An einer Diebin, die im Untergrund lebte und deren Haar sie als Aussätzige markierte?

Pia legte sich wieder hin und atmete tief durch. Sie war nicht verliebt, das war Blödsinn. Sie wollte bloß ihren Bruder sehen, und sich mit Elias gutzustellen war der beste Weg dazu. Sie schloss die Augen, und sofort dachte sie wieder an ihn. Es war, als würden tausend Funken in ihrem Bauch tanzen.

Es dauerte lange, bis Pia Schlaf fand.

Am nächsten Tag ging sie wieder in die Hochstadt. Allen Zweifeln und Selbstbeteuerungen zum Trotz konnte sie der Versuchung, Elias wiederzusehen, einfach nicht widerstehen. Doch sie beschloss, diesmal etwas anders vorzugehen. Am Tag zuvor hatte Elias sie überrascht und überrumpelt. Sie hatte keine Ahnung gehabt, wie sie sich am besten verhalten sollte. Dementsprechend unbeholfen hatte sie sich benommen.

Pia betrat die Hochstadt auf gewohntem Wege. Wieder war alles ruhig. Weit und breit war nichts zu sehen. Schwere Wassertropfen fielen von den Blättern der Bäume. Scheinbar hatte es erst vor kurzem geregnet. Leise schlich sie zu der Engelsstatue. Doch ehe sie diese erreichte, kletterte sie auf einen tiefhängenden Ast einer mächtigen alten Buche. Von dort aus gelangte sie mühelos in höhere Bereiche des Baums. Vorsichtig bewegte sie sich durch die Baumkronen zum Denkmal.

Bereits aus einiger Entfernung konnte sie Elias' schlanke Gestalt erkennen. Er lehnte mit verschränkten Armen an einer der Säulen. Sein Blick war in die Ferne gerichtet, seine ungewöhnlichen Augen suchten die Umgebung nach ihr ab. Er erwartete sie.

Ein warmes Gefühl stieg in Pias Bauch auf und breitete sich unruhig in ihrem Körper aus. Ihr Herz klopfte so heftig, dass sie befürchtete, er könnte es hören.

Sie hielt inne, um sich zu sammeln. Wie sollte dieses Mal alles anders werden, wenn sie schon bei seinem Anblick schwach wurde? Pia verharrte so lange auf dem Ast, bis sie sich wieder im Griff hatte. Dann kletterte sie geschickt auf die obere Plattform des Monuments. Von dort ließ sie sich geräuschlos hinabgleiten, so dass sie genau hinter der Säule stand, an der Elias lehnte.

Er hatte sie nicht bemerkt. Pia rührte sich ein paar Sekunden lang nicht und betrachtete ihn, seine Haare, seinen Nacken, seine Schultern. Alles an ihm schien perfekt zu sein. Sie sog seinen unvergleichlichen Duft in die Nase.

Das schien er zu spüren und drehte den Kopf. Er zuckte kurz überrascht zusammen, als er sie so dicht hinter sich sah.

Pia grinste und versuchte ihr Herzklopfen zu ignorieren. »Hi.«

Er lächelte. »Wie hast du es geschafft, dich so anzuschleichen?«

Pia zuckte die Schultern und versuchte, so lässig wie möglich zu wirken. Sie stellte sich vor, wie Aela sich wohl in einer solchen Situation verhalten würde. Bestimmt würde man ihr die Aufregung nie und nimmer anmerken. »Übung. Wo ist Paul?«

»Er ist wohlauf. Du kannst ihn nachher sehen, wenn du willst.«

»Unbedingt.«

Er sah ihr in die Augen, und sie erwiderte seinen Blick. Die Spannung zwischen ihnen drohte sie zu überwältigen. Gerade als sie dachte, sie würde platzen, wandte Elias seinen Blick ab und bückte sich, um etwas aus einer Tasche zu holen, die an der Säule lehnte. »Ich hab dir etwas mitgebracht.«

Pia traute ihren Augen nicht. Es war ein Bild, eine Schwarzweißfotografie. Das Gesicht darauf war ihres.

Staunend nahm sie Elias das Bild ab und betrachtete es. Sie hatte schon viele Fotografien gesehen, aber sie stammten alle aus der alten Zeit. Die hier war neu und zeigte Pias Profil bis zu den Schultern. Ihre dunklen Augen blickten mit einer Mischung aus Freude und Verwunderung zu jemandem, der sich außerhalb des Bildrahmens befand. Es war das Foto, das Elias bei ihrer ersten Begegnung mit Paul geschossen hatte.

Nie im Leben hätte sie es für möglich gehalten, je eine Fotografie von sich in den Händen zu halten. Das brachte sie vollends aus der Fassung, und ihre selbstsichere Fassade schmolz geradezu dahin.

»Gefällt es dir?«, fragte Elias.

»Ja, sehr. Danke. Es ist wunderschön.«

Er streckte eine Hand aus und strich über ihr Gesicht, ließ seine Finger wieder zu ihren Haaren wandern, die sie dieses Mal offen trug. »Es ist nur ein Abbild von dir. Du bist wunderschön.«

Pia verschlug es nun endgültig die Sprache. Noch nie hatte ein Mann solches Interesse an ihr gezeigt wie Elias. Seine Hand in ihren Haaren und auf ihrem Gesicht fühlte sich an, als hätte sie ihr ganzes Leben lang auf diese Berührung gewartet. Ihr

Herz pochte jetzt so wild, dass sie befürchtete, ohnmächtig zu werden.

Sie erinnerte sich daran, wie andere Mädchen in ihrem Dorf von jungen Männern schwärmten, die sie umworben hatten. Früher hatte sie das nie nachvollziehen können. Jetzt wusste sie, dass man einfach den Richtigen treffen musste, um so zu empfinden. All ihre Ängste und Bedenken waren verschwunden, und sie wollte nur noch seine Lippen auf ihren spüren.

Sein Gesicht war dem ihren jetzt so nahe, dass sie jedes kleine Detail erkennen konnte. Um die Pupillen herum waren seine Augen blau, was den grünen Rest der Iris noch mehr leuchten ließ. Ein winziges Muttermal schmückte seine linke Wange. Nichts, was sie je in ihrem Leben gerochen hatte, duftete so gut wie er.

Erneut strich Elias über ihr Gesicht, wobei sein Gesicht dem ihren so nah kam, dass ihre Haut prickelte. Dann berührten sich ihre Lippen. Elias' Mund fühlte sich weich und fest an. Pia schlang die Arme um ihn und erwiderte seinen Kuss. Sie hatte das Gefühl, in einen Strudel zu stürzen. Die Welt schien stillzustehen, während sie sich küssten.

Später saßen sie am Fuß des Monuments und blickten auf den Fluss und MUC. Direkt unter ihnen befand sich ein alter Springbrunnen, der dem Anschein nach schon lange nicht mehr in Betrieb war und zu dem eine verwitterte Treppe führte. Dahinter spannte sich eine Brücke über den Fluss in die Unterstadt. Sie diente jedoch nicht als Zugang zur Hochstadt, sondern war verbarrikadiert und wurde Tag und Nacht bewacht.

Zunächst hatte sich Pia etwas Sorgen gemacht, dass die Wächter sie hier oben sehen könnten, doch Elias hatte sie beruhigt. Solange sie bei ihm war, würde niemand Fragen stellen.

»Schon klar, ich weiß, wer du bist.« Pia blinzelte Elias vergnügt an. Sie konnte sich nicht erinnern, jemals in ihrem Leben so glücklich gewesen zu sein. »Aber keine Sorge, dein Geheimnis ist bei mir sicher.«

Elias lächelte und strich ihr zärtlich durch die Haare. Er schien nicht genug davon bekommen zu können. Oder von Pia an sich. Ihm war anzusehen, dass er genauso vernarrt in sie war wie sie in ihn.

»Wer bin ich denn?«, erkundigte er sich schmunzelnd.

»Der Sohn des Propheten.«

Einen Moment fixierte er sie mit zusammengekniffenen Augen, und sein Mund verzog sich leicht. »Ich bin *ein* Sohn, nicht *der* Sohn. Aber es stimmt.«

Er machte eine kurze Pause, hörte jedoch nicht auf, mit ihren Haaren zu spielen. »Ist das ein Problem für dich?«

Pia schüttelte energisch den Kopf. »Nein. Ich weiß, du bist anders.«

Elias hätte sie bereits nach ihrer ersten Begegnung verhaften lassen können, doch stattdessen traf er sich heimlich mit ihr. Dass er überhaupt Interesse an einer Frau wie ihr zeigte, die »unrein« und eine Ausgestoßene war, bewies ihr, dass er nicht so dachte wie die meisten Bewohner der Hochstadt. Sie konnte Elias vertrauen, das spürte sie genau. Und sie war die Letzte, die jemanden für seine Geburt verurteilen durfte. Elias war der Sohn des Propheten, aber das bedeutete noch lange nicht, dass er auch so dachte und handelte wie sein Vater.

Er lachte auf und ließ kurz von ihr ab. »Ich glaube, ich will mir gar nicht vorstellen, was man dir im Hades alles über uns hier oben erzählt hat.«

Pia stockte der Atem. »Du weißt … über den Hades Bescheid?«

Er lachte wieder, und Pia versteifte sich in seinem Arm. Ihr kam Iljas Warnung in den Sinn. Spielte sie doch mit dem Feuer?

»Natürlich weiß ich über den Hades Bescheid, Pia. Sieh mich nicht so an, ich bin nicht hier, um von dir zu erfahren, wo er ist. Ich interessiere mich nicht für eure kleine Verschwörung, ich interessiere mich für dich.«

Wieder strich er sanft durch ihr Haar, zog sie näher zu sich heran und küsste sie. Pia schloss die Augen und genoss seine Nähe. Wann immer ihre Lippen sich berührten, raste ihr Herz wie verrückt, und alle Zweifel und Sorgen verblassten im Nebel ihrer Glücksgefühle.

Dennoch fragte sie kurze Zeit später: »Weiß der Prophet auch vom Hades?«

»Natürlich«, erwiderte Elias geduldig. »Du solltest eine Sache verstehen: Der Hades existiert nur, weil wir ihn zulassen.«

Völlig perplex starrte sie ihn an. »Aber . . . wieso …?«

Elias zuckte die Schultern. »Was weiß ich. Ich interessiere mich nicht sonderlich für Politik. Aber eines weiß ich ganz sicher. Vater hat die Kontrolle über ganz MUC. Wenn er wirklich wollte, hätte er eure kleine Gesellschaft in den Katakomben längst ausgeräuchert.«

Pia war sprachlos. Das widersprach allem, was man ihr erzählt hatte. War das wirklich möglich? Aber was für einen Grund sollte Elias haben, sie anzulügen?

Er bemerkte ihre Verwirrung und küsste sie auf die gerunzelte Stirn. Dann blickte er hinunter zum Fluss und seufzte. »Du solltest nicht alles schwarz-weiß sehen, Pia. Die Welt besteht nicht nur aus Gut und Böse, Recht und Unrecht. Die Wahrheit in der Welt ist immer grau. Das war sie schon in der alten Zeit und wird es immer bleiben.«

»Ich verstehe nicht ganz, was du meinst«, sagte sie trotzig.

Elias lächelte sie an, und seine Augen glühten.

»Okay«, seufzte er schließlich. »Nehmen wir MUC als Beispiel. Ich wette, im Hades hat man dir erzählt, der Prophet und seine Leute führten ein Terror-Regime, in dem die Menschen willenlos gemacht und unterdrückt werden. Richtig?«

»So ungefähr«, murmelte Pia. Sie wollte plötzlich gar nicht mehr hören, was Elias ihr zu sagen hatte. Eigentlich war sie mit ihrem Weltbild, das er geringschätzig als schwarz-weiß bezeichnet hatte, recht zufrieden. Viel lieber wollte sie erneut seine warmen Lippen spüren.

Doch Elias ließ sich nicht aufhalten. »Hat man dir denn auch gesagt, was die Alternative wäre? Du bist selbst ein ganzes Stück durchs Land gereist, um nach MUC zu kommen. Bist du auf andere Menschen getroffen? Hast du andere Städte gesehen?«

Pia erinnerte sich an das Inzest-Loch, das sie um ein Haar nicht mehr lebendig verlassen hätte. Sie schauderte. Bilder von zerstörten Städten und Dörfern kamen ihr in den Sinn. Zerlumpte Gestalten, mehr Tier als Mensch, die sie während ihres Marsches auf der alten Autobahn beobachtet hatten. »Ja, das habe ich.«

Als könnte er ihre Gedanken lesen, flog ein mitfühlender Ausdruck über Elias' Gesicht. Zärtlich strich er eine Haarsträhne aus ihren Augen.

»Dann weißt du ja, wovon ich rede. Und glaub mir, es gibt noch weitaus schlimmere Orte als die zwischen MUC und den Alpen. Im Nordwesten muss es eine Stadt geben, die als Hölle auf Erden beschrieben wird. Als das große Sterben begann und die Zivilisation zum Teufel ging, brachen überall Chaos und Anarchie aus. Das Recht des Stärkeren löste Besonnenheit und Kultur ab.«

Sofort dachte Pia wieder an die stinkenden, gewaltbereiten Männer in der Stadt am Alpenrand. Sie musste zugeben, dass an Elias' Schilderungen etwas dran war.

Elias musterte weiter den Fluss und die dunstige Stadt. Pia betrachtete sein schönes Gesicht von der Seite. Wenn er sprach, gelang es ihm, Menschen zu fesseln. Sie hatte den Propheten noch nie gesehen, aber wenn Elias dessen Ausstrahlung geerbt hatte, war es kein Wunder, dass die Bewohner MUCs den Propheten vergötterten.

»Natürlich ist das System nicht perfekt, aber welches ist das schon? Oder war es in der Geschichte der Menschheit jemals?«, fuhr er fort. »Wir geben den Menschen Sicherheit, Recht und Ordnung. Wir verhindern, dass sie sich gegenseitig zerfleischen oder wie Tiere leben. Wir halten die Gesellschaft zusammen und beschützen sie vor den Gefahren der Außenwelt. Mein Großvater war ein sehr belesener und gebildeter Mann. Sein Wissen war dem der Menschen der alten Zeit ebenbürtig. Er hat unsere Geschichte studiert und festgestellt, dass es nur einen Weg gibt, eine primitive Gesellschaft zusammenzuhalten. Die Herrschaft eines Einzelnen über die Masse. Und nichts anderes sind wir seit dem großen Sterben. Eine primitive Gesellschaft.«

»Aber«, warf sie ein, »im Hades läuft es anders. Und es klappt. Wäre das nicht eine Alternative?«

»Der Hades ist eine winzige Kommune, völlig autonom. Es kann gut sein, dass euer System dort funktioniert. Aber überleg mal, ließe sich so wirklich ganz MUC regieren? Außerdem lebt ihr überwiegend vom Diebstahl. Sollte das das Fundament für eine ganze Gesellschaft sein? Da wäre man ganz schnell wieder beim Faustrecht angelangt.«

Pia errötete ein wenig und senkte den Blick. Daran hatte sie nicht gedacht. Sie selbst überlebte, indem sie anderen etwas wegnahm. Hatte sie das Recht, den Finger gegen das System des Propheten zu erheben?

»Und euer Fundament ist Gott«, schlussfolgerte sie.

Er wandte ruckartig seinen Kopf und blickte sie an. Leidenschaft und Feuer brannten in seinen Augen. Und Freude darüber, dass Pia ihn offensichtlich verstand.

»So ist es«, sagte er. »Ein strenger Gott, der nicht duldet, dass man seine Regeln bricht. Ein Gott, der die Menschen in der Hölle schmoren lässt, wenn sie seinem Ideal nicht entsprechen. Und so ein Gott braucht ein Sprachrohr, einen Abgesandten. Einen Propheten. Mein Großvater hat diese Rolle übernommen. Und als er starb, mein Vater.«

Pia verstand. So wie Elias die Lage schilderte, ergab das alles durchaus Sinn. Vielleicht hatte er recht und das Konzept des Propheten war zwar nicht optimal, aber ein legitimer Weg, um in dieser abgefuckten Welt für Recht und Ordnung zu sorgen?

»Glaubst du an diesen Gott?«, fragte sie sanft.

Er grinste. »Nein, das tue ich nicht. Gäbe es einen Gott, wäre er ein Monster. Wie sonst ließe sich all das Elend erklären? Wer will schon in so einer Welt leben? Ich glaube an die Wissenschaft.«

Pia hob verwundert eine Augenbraue. »Welche Wissenschaft?«

»Die, die rational erklärt, warum die Dinge so sind, wie sie sind. Ohne Gott und Aberglaube.«

»Gibt es in der Hochstadt noch mehr Leute, die so denken wie du?«

Sein Lächeln wurde breiter. »Selbstverständlich. Wir haben hier mehr Wissen aus der alten Zeit gesammelt, als du dir vorstellen kannst. Wenn du willst, stelle ich dir ein paar kluge Köpfe vor. Bestimmt wären sie davon begeistert, dich kennenzulernen.«

»Mich? Wieso denn?«

Er ließ eine Locke ihres Haares durch seine Finger gleiten. »Deswegen.«

Sie verließen das Engelsmonument und folgten der Straße aus dem Park und mitten in die Hochstadt hinein. Instinktiv wollte Pia in Deckung gehen, sich verstecken und unsichtbar machen.

Doch Elias hatte ihr versichert, dass sie nichts zu befürchten habe, und so kämpfte sie den Impuls nieder.

Unweit des Parks waren zwei Wächter stationiert, und Pia verkrampfte unwillkürlich, je näher sie den Männern in den schwarzen Kutten kamen. Jede einzelne Faser ihres Körpers war darauf eingestellt, sich zu wehren oder zu fliehen.

Doch nichts passierte.

Die Wächter verbeugten sich vor Elias, als dieser hocherhobenen Hauptes an ihnen vorbeischritt, ohne sie eines Blickes zu würdigen. Pia ignorierten sie. Sie hatte ihr Haar verborgen und schien in den Augen der Wächter nichts weiter als eine Begleitung des Sohnes des Propheten zu sein. Eine Dienerin vielleicht. Oder eine Kurtisane.

War sie das?

Es war schließlich bekannt, dass der Prophet sich einen ganzen Harem hielt. Was, wenn sein Sohn genauso war?

Sie schüttelte innerlich den Kopf. Nein, Elias war nicht wie sein Vater. Das konnte sie sich nicht vorstellen.

Wie um ihren Gedanken zu bestätigen, drehte er den Kopf und zwinkerte ihr verschwörerisch zu.

»Siehst du?«, sagte er, als sie die Wächter hinter sich gelassen hatten. »Kein Problem.«

Pia entspannte sich ein wenig. »Ich hätte nie gedacht, dass es so einfach sein könnte.«

Elias grinste. »Irgendeinen Vorteil muss es ja haben, der Sohn des Propheten zu sein.«

Er blieb stehen und sah Pia an. »Ich muss gestehen, es ist kein Zufall, dass die beiden so nahe am Monument standen.«

Pia runzelte fragend die Stirn. »Wieso?«

»Na ja, ich wollte ungestört mit dir sein. Ich hatte Angst, du würdest verschwinden wie ein scheues Reh, wenn jemand in unsere Nähe kommt.«

»Wieso?«, wiederholte Pia.

Elias lächelte und drückte ihr einen Kuss auf die Stirn. »Seit unserer ersten Begegnung gehst du mir nicht mehr aus dem Kopf. Ich will Zeit mit dir verbringen … so viel wie möglich.«

Die Schmetterlinge, die Pia schon die ganze Zeit in der Magengegend spürte, waren wieder da. Nur jetzt flatterten sie durch ihren gesamten Körper. Sie wusste nicht, was sie antworten sollte, konnte ihn nur ansehen und sehnte sich nach seinen Lippen. Doch dann nahm sie eine Bewegung aus dem Augenwinkel wahr und wandte ruckartig den Kopf. Aelas Training war ihr in Fleisch und Blut übergegangen.

Paul war aus dem Schatten einer großen, alten Eiche getreten und ging auf sie zu. Seinem Gesicht konnte man zwar nichts ablesen, doch Pia kannte ihn gut genug, um zu wissen, dass es unter der Fassade brodelte.

»Paul«, begrüßte Elias ihn. »Gut, dass du da bist. Wir sind auf dem Weg zum Klinikum, und du kannst uns begleiten.«

»Ja, Herr«, sagte Paul demütig.

Pia war so froh, ihren Bruder wiederzusehen, dass sie ihn fest umarmte.

»Hast du den Verstand verloren?«, flüsterte Paul ihr zu. »Was machst du hier?«

»Es ist alles okay«, erwiderte sie ebenso leise. »Ich weiß, was ich tue.«

Sie ließ von ihm ab, und die drei setzten ihren Weg fort. Pia ging neben Elias, während Paul respektvoll Abstand hielt. Zunächst kam das Pia etwas befremdlich vor, doch sehr schnell begriff sie, dass Elias eine Rolle zu spielen hatte, wenn er sich durch die Straßen der Stadt bewegte.

Sie gingen eine Straße entlang, die von prächtigen alten Bauten gesäumt wurde. Hin und wieder begegneten sie Bediensteten, die sich tief vor Elias verneigten, während die regulären Bewohner der Hochstadt ihm in höflicher Ehrfurcht zunickten.

Doch er hatte nur Augen für Pia und betrachtete sie immer wieder von der Seite.

»Was ist?«, fragte sie.

»Nichts. Ich genieße nur, wie aufmerksam du alles um dich herum beobachtest.«

Pia rollte mit den Augen. »Ich weiß, wenn mich etwas begeistert, neige ich zum Starren.«

Er lachte. »Du kannst starren, soviel du willst. Für mich ist das alles hier Alltag, aber ich kann mir vorstellen, dass es beeindruckend ist, wenn man es zum ersten Mal sieht.«

»Es ist wunderschön«, schwärmte Pia.

Schweigend ging Paul hinter ihnen her. Aber Pia konnte seine missbilligenden Blicke in ihrem Rücken spüren.

»Ja, hier weht noch ein Hauch des alten München, sagt man«, meinte Elias.

»München?«, fragte Pia.

Er stutzte. »Ach, das weißt du nicht? So hieß MUC früher, in der alten Zeit.«

»Wieso wurde es denn umbenannt?«

»Das passierte während des großen Sterbens. Das Militär benutzte die Kürzel der Flughäfen für die großen Städte. Im Fall von München war das MUC. Nach dem großen Sterben blieben die Überlebenden bei dem Namen. Mit zunehmender Verdummung wollte man alles so einfach wie möglich haben.«

»Ich dachte, der Flughafen wäre zerstört.«

»Das stimmt so nicht. Er liegt nur sehr dicht an dem verstrahlten Gebiet.«

»Man kommt also nicht hin.«

»Man kommt hin. Aber ich denke nicht, dass man erwünscht ist.«

Pias Interesse war geweckt. »Erwünscht? Von wem? Leben dort etwa Menschen?«

Schnell wiegelte Elias ab. »Ich weiß es nicht genau. Ich kenne auch nur Gerüchte …«

Aber Pia hatte das Gefühl, dass da noch mehr dran war.

»Wir sind da«, wechselte Elias abrupt das Thema. »Das Klinikum. Letztes Refugium menschlichen Wissens in MUC.«

14. Kapitel

Wunder

Auf den ersten Blick war Pia etwas enttäuscht. Sie hatte sich im Geiste ein besonders prunkvolles Gebäude ausgemalt. Das Haus, vor dem sie jetzt standen, war zwar groß, aber aus eher unscheinbarem grauem Beton. Säulen, die vor langer Zeit rot gestrichen gewesen sein mussten, stützten drei große Gebäudevorsprünge. Das ganze Haus sah so aus, als würde es auf Stelzen stehen.

»Das ist es?«, fragte Pia ungläubig.

Elias grinste. »Sieht nicht gerade spektakulär aus, ich weiß. Aber man sollte sich niemals von Äußerlichkeiten täuschen lassen, nicht wahr?«

Sie passierten ein paar schwerbewaffnete Wächter, die Elias grüßten und sich verneigten.

Im Inneren des Klinikums wurde Pia klar, warum Elias so respektvoll davon sprach. Das Klinikum war wie eine andere Welt.

Als Erstes fiel ihr auf, wie kühl es in dem Gebäude war. Trotz strahlendem Sonnenschein, der durch die Fenster fiel, und der üblichen, heißen Luftfeuchtigkeit herrschte hinter den streng bewachten Türen des Klinikums ein ganz anderes Klima. Es war fast so kühl wie in den U-Bahn-Tunneln. Aber in einem Haus hatte Pia so etwas noch nie erlebt. Wie war das möglich?

Die Böden des Eingangsbereiches waren aus hellem, glänzendem Stein, dem die Zeit nichts anzuhaben schien. An einem schwarzen Tresen standen zwei junge weißgekleidete Frauen. Sie verbeugten sich tief.

»Willkommen, Sohn des Gebieters«, sagte eine von ihnen. »Benötigst du medizinische Hilfe?«

»Nein«, erwiderte Elias freundlich, aber bestimmt. »Ich möchte zu Linus. Forschungsabteilung.«

Die Frau verbeugte sich erneut. »Ich gebe ihm sofort Bescheid.«

Damit rannte sie los und verschwand hinter einer Schwingtür aus milchigem Glas.

»Gehen wir«, sagte Elias.

Als sie einen langen Gang betraten, kam Pia endgültig nicht mehr aus dem Staunen heraus. Obwohl er keine Fenster hatte und Pia keine Kerzen oder Öllampen entdecken konnte, war er hell erleuchtet. Das Licht kam aus kleinen Schlitzen an den Wänden und wurde von dort aus in den langen Raum reflektiert. Sie blieb stehen und sah sich ungläubig um. »Dieses Licht. Es ist so anders …«

»Elektrizität«, erklärte Elias. »Weißt du, was das ist?«

Sie nickte langsam. »Das, was die Artefakte der alten Zeit angetrieben hat. Ich habe Gerüchte gehört, in der Hochstadt gäbe es noch welche …«

Elias lächelte, und Pia glaubte für einen kurzen Augenblick, Hochmut in seinen Augen zu entdecken. »Jede Menge.«

»Aber woher? Wie stellt ihr es her?«

»Solarzellen. Mein Großvater hat auf den Dächern des Klinikums und anderer Gebäude ringsum etliche davon entdeckt. Davor hatte er bereits alte Aufzeichnungen gefunden, wie man Fotovoltaik nutzbar machen kann. Dennoch hat es mehr als zwanzig Jahre gedauert, bis wir richtig Strom herstellen konnten. Kurz vor meiner Geburt wurde der Palast das erste Mal wieder erleuchtet.«

Pia hörte ihm gebannt zu. Es klang fast wie ein Wunder. Sie erinnerte sich an die seltsamen Lichter, die sie nachts um den Prophetenpalast gesehen hatte. Elektrizität. Künstliches

Licht. Wie einfach musste es sein, den primitiven Menschen von MUC glaubhaft zu machen, der Prophet könne Wunder bewirken?

Elias drückte auf einen Knopf in der Wand, und wie von Zauberhand öffnete sich eine Tür. Sie führte zu Pias Überraschung in einen winzigen Raum, der gerade Mal Platz für ein paar Personen bot, wenn diese sich eng aneinanderstellten.

Elias und Paul betraten, ohne zu zögern, die Kammer, und so stellte sich Pia verwundert dazu. Die Tür schloss sich mit einem leisen Knirschen hinter ihnen, und wenige Sekunden später spürte sie einen leichten Ruck. Ein seltsames Gefühl breitete sich in ihrem Magen aus, und es hatte nichts mit Elias zu tun. Es war vielmehr so, als ob eine unsichtbare Kraft ihre Eingeweide Richtung Boden ziehen würde.

Ihr Gesicht schien ein einziges Fragezeichen darzustellen, denn Elias lachte leise auf und drückte ihr einen Kuss auf die Lippen. »Keine Angst, ist nur ein Aufzug. Funktioniert mit Elektrizität und bringt uns schnell in ein höheres Stockwerk.«

Als die Tür sich wieder öffnete und sie sah, wie weit sie in wenigen Sekunden nach oben gereist waren, hatte sie das Gefühl, gerade einen Traum zu durchleben.

Einen täuschend echten Traum über die alte Zeit.

Elias hatte diesen Traum wahr werden lassen.

Sie querten einen weiteren hell erleuchteten Gang und passierten eine Glastür, vor der ein Wächter stand. Die Frau in dem weißen Kleid erwartete sie bereits. Neben ihr stand ein Mann, der Elias unterwürfig anlächelte. Pia schätzte ihn auf vielleicht dreißig Jahre, er hatte lichtes rötlich blondes Haar und sehr helle Haut, die mit Sommersprossen übersät war. Auf der Nase trug er ein metallisch glänzendes Gestell mit Gläsern vor den Augen. Pia hatte gehört, dass solche Geräte »Brillen« genannt wurden und in der alten Zeit häufig anzutreffen gewesen waren.

Menschen mit schwachen Augen konnten dadurch ebenso gut sehen wie Gesunde. Ein unvorstellbarer Luxus in der heutigen Zeit.

Das Ungewöhnlichste an dem Mann war jedoch sein Körperumfang. Pia hatte noch nie einen so dicken Menschen gesehen. Die meisten in MUC bekamen gerade genug zu essen, viele waren aber unterernährt. Kam es wegen andauernder Stürme zu Ernteausfällen, waren Hunger und Mangelernährung unter den armen Bevölkerungsschichten die Folge. Nicht anders war es im Dorf gewesen.

Dieser Mann mit der Brille und dem weißen Kittel war jedoch regelrecht fett. Wie reich musste man sein, um sich so viel Nahrung leisten zu können? Pia konnte nicht umhin, den Mann anzustarren.

»Linus«, begrüßte Elias ihn in seiner selbstsicheren Art.

»Es ist immer eine große Freude, wenn du uns besuchst, Sohn des Propheten«, entgegnete der andere.

Trotz seiner Körperfülle erinnerte er Pia irgendwie an eine Eidechse. Seine blauen Augen waren schmal und blitzten unter der Brille hervor, wenn er lächelte und dabei ein paar makellose Zähne entblößte. Es fehlte eigentlich nur, dass eine lange spitze Zunge zwischen seinen Schneidezähnen hindurchschoss.

Die weißgekleidete Frau verbeugte sich und verließ den Raum.

»Pia, das ist Linus«, stellte Elias den Mann vor. »Er ist einer der besten Forscher und Mediziner, die wir haben. Ich bin sicher, er kann dir viele Fragen beantworten.«

»Es wird mir ein Vergnügen sein«, sagte Linus.

Er führte sie von dem kleinen Vorzimmer in einen deutlich größeren Raum. Die breiten Fenster waren mit eigenartigen Vorhängen zugehängt, die aus Lamellen bestanden und die Sonne einerseits abblockten, andererseits trotzdem noch Licht hineinließen. Zahlreiche Tische waren übersät mit Unterlagen,

Büchern und sonderbaren Apparaturen aus der alten Zeit, deren Zweck Pia auch unter Aufwendung all ihrer Phantasie nicht enträtseln konnte.

Hier arbeiteten fünf weitere Männer. Alle trugen weiße Kittel und verbeugten sich höflich, als Elias vorbeiging. Keiner von ihnen war jedoch so fett wie Linus. Ganz hinten war ein kleineres Zimmer, das offensichtlich Linus allein gehörte. Dorthin führte er sie und schloss die Tür hinter ihnen. Sein Schreibtisch war voll mit diversen Papieren, an der Wand hing ein Bild, das eine dreifarbige Spirale zeigte, die bei näherem Hinsehen aus etlichen kleinen Einzelstücken bestand.

Elias wartete nicht auf eine Einladung, sondern sank in einen gepolsterten Stuhl, der gegenüber von einem großen Schreibtisch stand. Er bedeutete Pia, sich neben ihn auf den zweiten Stuhl zu setzen. Linus nahm umständlich hinter seinem Tisch Platz, während Paul an der Tür stehen blieb. Sein Gesicht war noch immer unbeweglich, aber seine Augen verrieten, dass er wütend war – und verzweifelt.

»Wie kann ich behilflich sein?«, fragte Linus, und das Bild der Eidechse wollte nicht aus Pias Gehirn weichen.

»Du kannst der jungen Dame erklären, wieso sie am Leben ist«, sagte Elias.

Der Dicke runzelte die Stirn. »Ich verstehe nicht ganz …«

Elias grinste und wies ihn mit einer Handbewegung an zu schweigen.

»Darf ich?«, fragte er Pia und legte die Hand an ihren Kopf.

Sie nickte, und Elias zog vorsichtig die Kapuze herunter. Die Augen des Wissenschaftlers wurden groß wie Mühlenräder, als sich Pias schwarzes Haar über ihre Schultern ergoss.

»Unglaublich!«, stieß er schließlich hervor. »So etwas habe ich noch nie gesehen … ist es auch wirklich echt?«

»Natürlich«, sagte Pia. »Was sollte es sonst sein?«

Sie fand es amüsant, wie der dicke Mann mit dem weißen

Kittel sie anstarrte. So ähnlich musste ihr Gesichtsausdruck gewesen sein, als sie in den Aufzug gestiegen war. Gleichzeitig stieg jedoch auch ein Hauch von Unwohlsein in ihr auf. Sie war es gewohnt, dass Menschen sie begafften und wegen ihres Aussehens ausgrenzten. Aber laut Elias war Linus einer der klügsten Köpfe von ganz MUC. Wenn er so verwundert war, dann stimmte vielleicht ernsthaft etwas nicht mit ihr.

»Nun ja«, murmelte Linus. »In der alten Zeit gab es viele Methoden, sein Haar zu färben …«

»Ich versichere dir, es ist echt.« Elias nahm Pias Hand und drückte sie sanft. »Pias Bruder hat mir bestätigt, dass sie schon immer so gewesen ist. Nicht wahr, Paul?«

»So ist es«, bejahte Paul zerknirscht.

»Es ist erstaunlich, wirklich.« Linus ließ sich in seinen Sessel zurücksinken, so dass dieser unter seinem Gewicht leicht zusammensackte. »Sie dürfte eigentlich nicht am Leben sein.«

»Das höre ich schon mein ganzes Leben lang«, seufzte Pia. »Alle, die so sind wie ich, sterben kurz nach der Geburt, alle, außer mir. Da, wo ich aufgewachsen bin, sagte man, ich sei unrein … eine Missgeburt.«

»Aber nein!«, warf Linus entschieden ein. Seine Augen hinter den Brillengläsern waren immer noch geweitet, und seine Stimme überschlug sich nach dem anfänglichen Schock nun vor Begeisterung. »Du bist ein Wunder!«

Pia sah ihn skeptisch an. »Ein Wunder, wie von Gott?«

Elias lachte leise, und Linus schüttelte vehement den Kopf.

»Nicht doch, aber nein, aber nein! Ein medizinisches, ein Wunder der Natur. Dein Chromosom 16 muss intakt sein, anders sind die Haare nicht zu erklären. Keine Mutation des MC 1R, kein Phäomelanin. Du musst eine andere, natürliche Immunität gegen das Virus besitzen!«

Pia blickte verwirrt zu Elias, der erneut leise auflachte und den Redeschwall des Forschers mit einer Handbewegung stoppte. »Kannst du das bitte ins Deutsche übersetzen?«

»Wir dachten immer, nur die Mutation des Chromosoms 16 bietet Schutz …«, Linus unterbrach seinen begeisterten Redeschwall und holte tief Luft. »Pia, du bist vielleicht der Schlüssel dazu, das große Sterben zu beenden.«

Pia schluckte. Sie wusste nicht, was sie denken oder sagen sollte. Im Raum war es totenstill. Paul hielt angespannt die Luft an, und selbst Elias war von der Aussage überrascht.

»Was war das große Sterben denn überhaupt?«, fragte Pia schließlich.

»Eine Krankheit«, erläuterte Linus und hielt seine Aufregung nur mühsam im Zaum. »Ein Virus, um genau zu sein. Das wohl effektivste in der Geschichte der Menschheit. Wir sind uns nicht sicher, aber vieles weist darauf hin, dass er erstmalig als eine Mischung aus SARS, Ebola und Erregern der Spanischen Grippe im Labor gezüchtet wurde. Wie er nach draußen gelangen konnte, ist völlig unklar. Vielleicht war es ein Versehen, vielleicht Absicht. Im Endeffekt spielt es keine Rolle mehr. Das Virus verbreitete sich rasend schnell über die Luft, die Krankheit dauerte nicht länger als zwei bis drei Tage und war zu hundert Prozent tödlich. Nach weniger als zwei Wochen war die hochtechnisierte Zivilisation der alten Zeit zusammengebrochen. Nach dreißig Tagen existierten 98 Prozent der Weltbevölkerung nur noch als verwesende Körper. Das große Sterben.«

»Soll das heißen …«, platzte Paul heraus. Er hatte sich bisher an den Gesprächen nur beteiligt, wenn er angesprochen wurde, doch nun konnte er nicht mehr an sich halten. »*Menschen* haben das große Sterben verursacht?«

»Ironie des Schicksals, nicht wahr? Ich fürchte, wir können weder Gott noch andere höhere Gewalten dafür verantwortlich machen. Nur uns selbst.«

In Pias Kopf drehte sich alles. Sie hatte bereits davon gehört, dass das große Sterben auf eine Krankheit zurückzuführen war. Aber was Linus erzählte, war schauderhaft und faszinierend zugleich.

»Und wieso überlebten die zwei Prozent?«, wollte sie wissen.

»Zufall.« Linus zuckte mit den Achseln. »Eine Laune der Natur. Eine Mutation, eine kleine Veränderung des Chromosoms 16 machte einige wenige immun gegen die Krankheit.«

»Erläutere das bitte genauer«, sagte Elias.

Der Wissenschaftler schnaubte. »Das ist sehr kompliziert. Ich forsche schon mein Leben lang daran und habe nur einen Bruchteil begriffen. Um es zu verstehen, muss man ganz vorn anfangen …«

»Bitte nur die Kurzversion.«

Linus nickte und wischte sich Schweiß von der Stirn. Vermutlich schwitzte er vor Aufregung, denn in dem Raum, wie im ganzen Gebäude, war es unnatürlich kühl.

Er deutete auf das Bild hinter sich. »Das ist eine Darstellung der DNA, des menschlichen Erbguts. Die DNA ist eine Art Code, in dem gespeichert ist, wer wir sind. Der Code bestimmt schon vor unserer Geburt, wie wir aussehen, wie groß wir werden, ob wir dick oder dünn sind, ob wir helle oder dunkle Augen haben. Die DNA ist in jeder unserer Körperzellen, die so winzig sind, dass man sie mit bloßem Auge nicht sehen kann.«

Pia erinnerte sich, dass Robin ihr schon mal so etwas Ähnliches erklärt hatte.

»Wir nennen das Erbgut auch die Gene«, fuhr Linus fort. »Diese sind in Chromosomen unterteilt. Jeder Mensch besitzt 23 Paare davon. Das Chromosom 16 wäre nichts Besonderes unter seinen Geschwistern. Etwa zwei Prozent der Menschen haben jedoch eine Mutation, eine Veränderung dieses Chromosoms, die sie an ihre Nachfahren weitergeben. Neben kleineren

Eigenheiten, die diese Menschen aufweisen, gibt es zwei gravierende Unterschiede zum Rest der Menschheit. Die Immunität gegen die Seuche und …«

»… rote Haare«, beendete Pia den Satz.

Langsam wurde ihr einiges klarer. Informationen fügten sich zusammen wie Puzzleteile und ergaben ein großes Gesamtbild.

»So ist es«, sagte Linus. »Das ist der Grund, warum nur rothaarige Menschen das große Sterben überlebt haben. Und warum jemand wie du eigentlich nicht existieren dürfte.«

»Und dennoch bin ich hier«, erwiderte Pia. »Warum?«

Linus' Augen strahlten wieder vor Begeisterung und Forscherdrang. »Ein Rätsel, das es zu lösen gilt! Ich brauche eine Blutprobe, um mehr sagen zu können.«

Schwerfällig hievte er sich aus dem Stuhl und verließ den Raum. Kurz darauf war er wieder zurück und hielt einen Gegenstand in der Hand, der Pia auf den ersten Blick gar nicht gefiel: eine gläserne Kanüle, die in einer langen, spitzen Nadel endete.

»Keine Sorge, die Nadel ist abgekocht und steril«, beruhigte Linus sie, als er Pias skeptischen Blick bemerkte.

»Aha.« Pia schaute etwas unsicher zu Elias, doch dieser nickte ihr zu.

Aber Pia war noch nicht überzeugt. Es war nicht davon die Rede gewesen, dass man sie mit spitzen Gegenständen verletzte und bluten ließ, als Elias ihr vorgeschlagen hatte, ins Klinikum zu gehen. Auch Paul versteifte sich merklich, traute sich jedoch nicht, etwas zu sagen.

»Wieso mein Blut?«, fragte Pia.

»Ich will es auf seine Einzelteile untersuchen, dein Erbgut entschlüsseln«, erklärte der Dicke etwas ungeduldig. »Wir können nur mit einer Blutprobe herausfinden, warum du lebst.«

»Keine Sorge«, warf Elias ein. »Er braucht nur ein bisschen, nicht wahr, Linus? Du wirst den Verlust nicht einmal spüren, und die Nadel hinterlässt nur ein winziges Loch in deinem Arm. Ich habe das selbst auch schon machen lassen.«

Er drückte ihre Hand und sah sie so zärtlich an, dass Pias Bedenken sich in Luft auflösten. Zudem war sie selbst mehr als neugierig, was Linus herausfinden würde. Es ging schließlich um das Rätsel ihrer Existenz.

»Also gut.« Sie reichte Linus ihren Arm.

Der Wissenschaftler wickelte ein dickes Gummiband um Pias Oberarm und bat sie, mit den Fingern eine Faust zu machen.

»Tut nur ein bisschen weh«, sagte er und stach mit der langen, spitzen Nadel in ihre Ellenbeuge.

Das war zwar etwas untertrieben, aber Pia hatte schon Schlimmeres erlebt. Neugierig beobachtete sie, wie sich die Kanüle mit dunkelroter Flüssigkeit füllte. Ihrem Blut. Es sah in ihren Augen genauso aus wie jedes andere auch.

»Sieht ganz normal aus«, sprach Paul ihren Gedanken laut aus.

Linus seufzte wie ein Künstler, den die Welt verkennt. »Mit bloßem Auge, ja. Aber, wie ich schon sagte, der Teufel steckt im Detail.«

Er zog die Nadel aus Pias Arm und drückte ein Stück Stoff auf die Einstichstelle.

»Dein Diener hier ist der Bruder der jungen Dame, richtig?« wandte er sich dann wieder an Elias.

»Richtig.«

Linus musterte Paul von Kopf bis Fuß. »Sein Chromosom 16 ist normal, sein Haar ist rot. Wäre interessant zu wissen, warum das so ist …« Er unterbrach seinen Redefluss und wandte sich wieder zur Tür. »Ein andermal vielleicht. Zunächst muss dieses Rätsel geknackt werden.« Voller Begeisterung betrachtete er die Phiole mit Pias Blut.

Elias erhob sich. »In Ordnung. Wir kommen dann morgen wieder.«

»Bis dahin wissen wir hoffentlich mehr«, frohlockte Linus.

»Ach, Linus«, Elias griff nach dem Arm des Wissenschaftlers, ehe dieser gedankenverloren das Zimmer verlassen konnte, »bitte behandle die Angelegenheit diskret. Egal, was bei der Untersuchung herauskommt, Pia ist kein Versuchsobjekt. Und das soll auch so bleiben.«

»Selbstverständlich«, murmelte Linus und eilte davon.

Pia fragte sich, was er mit ihrem Blut wohl vorhatte. Sie konnte sich nicht vorstellen, wie er mit dieser kleinen Probe das Rätsel um ihre Immunität lösen wollte. Andererseits war das Klinikum gespickt mit Wundern der alten Zeit. Hier war alles möglich.

Elias zog sie an sich und drückte ihr einen Kuss auf die Lippen. »Schon in dem Moment, als ich dich das erste Mal sah, wusste ich, dass du etwas Besonderes bist«, flüsterte er ihr ins Ohr.

Nachdem sie Linus' Abteilung verlassen hatten, befahl Elias Paul, ein paar Besorgungen zu erledigen, während er Pia weitere Bereiche des Klinikums zeigte, die nicht minder beeindruckend waren. Es gab eine medizinische Abteilung, deren Ärzte diverse Verletzungen und Krankheiten behandeln konnten. Elias meinte zwar, dass das nur ein geringer Bruchteil des Wissens und Könnens der Mediziner der alten Zeit sei, doch für Pia grenzte die Vorstellung, einen Menschen aufschneiden und heilen zu können, geradezu an ein Wunder.

Ein sehr wichtiger und streng bewachter Bereich war das Medikamentenlager.

»Wir haben hier etliches aus der alten Zeit«, erklärte Elias, als sie in dem fensterlosen Raum standen. »Aspirin, Antibiotika, Penicillin … und noch mehr, von dem ich keine Ahnung habe, wofür es gut ist. Wir können selbst nichts davon herstellen, weshalb der Inhalt dieses Zimmers von unschätzbarem Wert ist. Hier etwas zu entwenden ist bei Todesstrafe verboten. Nicht mal ich dürfte ein bisschen Aspirin mitgehen lassen.«

Anschließend fuhren sie mit dem Aufzug in den Keller.

»Ich persönlich finde ja, dass hier unten die größten Schätze unserer Gesellschaft lagern«, sagte Elias, als sich die Türen des Aufzugs öffneten.

Pia verstand sofort, wieso.

Der Keller erstreckte sich über zwei Stockwerke. Die großen, fensterlosen Räume waren voller Regale. Und in diesen Regalen standen Bücher. Hunderte. Wahrscheinlich Tausende.

Elias breitete stolz die Arme aus, während er zwischen zwei langen Regalreihen entlangschritt. »Das Vermächtnis der alten Zeit! In der gesamten Region und wahrscheinlich weit über ihre Grenzen hinaus – vielleicht sogar weltweit – wirst du keine so große Sammlung an Büchern der alten Zeit finden.«

Begeistert ging Pia die Reihen auf und ab und betrachtete die Buchrücken. Manche schienen wissenschaftliche Werke zu sein, andere waren Erzählungen wie die, die Ilja so gerne mochte. Pia konnte sich nur ansatzweise vorstellen, wie viel Wissen in diesem Keller lagerte. Langsam verstand sie, warum die Menschen in der Hochstadt ein so märchenhaftes Leben führten. Sie benutzten Bücher nicht als Heizmaterial, sondern lasen sie. Anstatt es zu verteufeln, machten sie sich das schier unbegrenzte Wissen ihrer Vorfahren zunutze.

Elias nahm sie bei der Hand und führte sie zu einem kleinen Zimmer ganz am Ende der endlosen Bücherkolonnen. Zwei grimmig dreinblickende Wächter standen vor der Tür, ließen Elias jedoch ohne Nachfragen passieren.

Zu Pias Überraschung war der kleine Raum fast leer, lediglich ein Tisch stand darin. Darauf war ein Gerät, das Pia nicht identifizieren konnte. Es bestand aus vier Teilen. Das größte war schwarz und flach. Es erinnerte Pia an einen Spiegel mit matter Oberfläche und war vertikal aufgestellt. Davor lag ein flaches schwarzes Brett mit seltsamen Einbuchtungen, sowie ein dunkelgrauer Knubbel, der durch eine Schnur mit dem Rest verbunden war. Unter dem Tisch stand ein kleiner schwarzer Kasten.

Als Pia näher kam, bemerkte sie, dass das Brett aus Kunststoff war und die Einbuchtungen mit Buchstaben und Zahlen bemalt. Es sah so aus, als könnte man auf sie drücken. Sie hatte keinen blassen Schimmer, was das für ein Gerät sein sollte, das man im hintersten Raum des Kellers streng bewacht versteckt hielt.

»Der größte Schatz, den wir haben«, flüsterte Elias ehrfürchtig.

»Was ist das?« In Pias Augen sah es nicht besonders wertvoll aus.

»Ein Computer. Der letzte funktionierende in der Stadt, vielleicht sogar weltweit.«

»Computer?«, hakte Pia nach und streckte die Hand aus, um das seltsame Brett mit dem Alphabet zu berühren.

Elias hielt sie zurück. »Stopp. Nicht mal ich darf ihn anfassen. Er ist sehr empfindlich, und das Geheimnis, wie man ihn benutzt, wird streng gehütet.«

Pia runzelte die Stirn. »Ist es eine Art Waffe?«

Elias lächelte. »Wenn du so willst. Eine Waffe des Geistes. In diesem kleinen Kasten da unten ist mehr Wissen abgespeichert, als in Hunderten Büchern Platz hätte.«

Ungläubig betrachtete Pia das Gerät unter dem Tisch, das scheinbar das Herzstück des Computers war. »Wie ist das möglich?«

»Ich weiß es nicht. Es ist ein Wunder der Technik. Soweit ich weiß, befinden sich Informationen von unschätzbarem Wert darauf. Stell dir vor, in der alten Zeit waren Computer nichts

Besonderes. Jeder hatte einen. Und sie waren alle irgendwie miteinander verbunden. Menschen an gegenüberliegenden Enden der Welt konnten damit kommunizieren oder gleichzeitig dieselben Informationen abrufen.«

»Unglaublich«, flüsterte Pia.

Sie hatte schon davon gehört, dass die Menschen der alten Zeit wie von Zauberhand in der Lage gewesen waren, über weite Entfernungen hinweg miteinander zu reden, aber sie hatte das bisher für einen Mythos gehalten. Jetzt, angesichts des Computers vor ihr, glaubte sie es. Auch wenn sie sich nicht vorstellen konnte, wie so ein Ding wohl funktionierte.

»Tu mir bitte einen Gefallen und behalte für dich, dass wir hier gewesen sind und dass du den Computer gesehen hast, okay?«

»Selbstverständlich«, versprach sie.

Als sie die langen Reihen der Bücherregale zurückschlenderten, fiel Pias Blick plötzlich auf etwas, das ihr bekannt vorkam. Sie blieb stehen und betrachtete eines der Bücher genauer. Es sah anders aus als das, welches sie verloren hatte, aber der Titel war derselbe.

»Faust«, las Elias vor. »Kennst du es?«

Pia schüttelte den Kopf. »Ich habe es nie gelesen. Mein Exemplar ist mir während der Reise nach MUC abhandengekommen.«

Sie überlegte kurz, was aus ihrem Faust wohl geworden war. Wahrscheinlich hatten es die Menschen im Inzest-Loch als wertlos empfunden und verbrannt.

»Es wurde vor mehr als dreihundert Jahren von einem Mann namens Goethe geschrieben. Er gilt als größter Dichter der deutschen Sprache«, erklärte Elias.

Pia strich sanft über den Buchrücken. Dreihundert Jahre, das war unvorstellbar alt.

Elias nahm das Buch aus dem Regal und reichte es ihr. »Hier, nimm es mit. Ich schenke es dir.«

»Das kann ich nicht annehmen …«

»Doch, du kannst. Es ist nicht das einzige Exemplar, das wir haben.« Er lächelte sie an, und die Art, wie seine Augen die ihren suchten, ließ Pia dahinschmelzen.

»Danke.« Sie hob den Kopf und küsste ihn.

Paul wartete bereits im Eingangsbereich des Klinikums, als sie den Aufzug verließen. Sein Gesichtsausdruck war noch immer mürrisch, doch Elias bemerkte es nicht oder interessierte sich schlicht nicht dafür.

Erstaunt stellte Pia fest, dass es mittlerweile dunkel geworden war. Die Zeit schien regelrecht verflogen zu sein. Die Straße, die vom Klinikum in tiefere Bereiche der Hochstadt führte, war hell erleuchtet. Die alten Laternen am Straßenrand funktionierten noch und wurden mit Elektrizität gespeist.

Elias zog Pia zu sich heran, nahm sie in den Arm und küsste sie. »Ich fürchte, du musst mich jetzt entschuldigen. Ich werde im Palast erwartet.«

Er sah nicht gerade so aus, als ob er darüber erfreut wäre.

»Natürlich«, murmelte Pia. Auch wenn es ihr einen Stich versetzte, dass ihre gemeinsame Zeit vorerst vorbei war.

»Paul, bitte begleite deine Schwester zum Haupttor.«

Paul verbeugte sich leicht.

»Ist nicht nötig«, wiegelte Pia ab. »Ich nehme besser den Weg, den ich gekommen bin.«

Elias lächelte. »Du hast recht. Das ist wahrscheinlich besser. Paul wird dich bis zum Park begleiten.«

Er drückte sie noch einmal an sich und küsste sie leidenschaftlich. Es gefiel Pia, seinen Körper so dicht an ihrem zu spüren, und sie nahm wieder das wohlbekannte Kribbeln im Bauch wahr. Als es drohte sich ins Unermessliche zu steigern, ließ er von ihr ab.

»Ich sehe dich morgen, Pia. Ich warte auf dich.« Er deutete eine galante Verbeugung an. Dann drehte er sich um und lief schnellen Schrittes die Straße entlang.

Paul schwieg den ganzen Weg bis zum Park. Sie begegneten vielen Menschen auf den hellen Straßen, zum Teil waren es Bewohner der Hochstadt, zum Teil Bedienstete.

Hin und wieder passierten sie auch ein paar Wächter, aber niemand interessierte sich für sie. Paul war durch seine Kleidung deutlich als Diener erkennbar, vielleicht kannten ihn die Wächter der Hochstadt sogar. Wer das schlanke Mädchen mit den verhüllten Haaren neben ihm war, schien hingegen nicht wichtig zu sein.

Erst als sie im Park ankamen und Paul sicher war, dass niemand sie hören konnte, blieb er stehen und packte sie an den Schultern.

»Hast du den Verstand verloren?«, herrschte er sie an.

Pia war perplex. So hatte sie ihren Bruder noch nie erlebt. »Wovon redest du?«

»Du und Elias? Bist du völlig verrückt geworden?! Weißt du überhaupt, wer er ist?«

»Der Sohn des Propheten«, sagte Pia ruhig. »Na und?«

Er starrte sie fassungslos an. Dann fuhr er mit ruhigerer Stimme fort. »Pia, du hast keine Ahnung, worauf du dich einlässt. Für diese Leute sind wir nichts anderes als Gebrauchsgegenstände. Er wird dich benutzen und wegwerfen, wenn er gelangweilt ist … oder Schlimmeres.«

»Das glaube ich nicht. Und selbst wenn, so ist es mein Problem. Und meine Entscheidung.«

Verzweifelt warf Paul die Arme in die Luft und ging ein paar Schritte auf und ab.

»Du wirst ihn nicht wiedersehen, hast du verstanden?«, fuhr er sie an. »Ich verbiete es!«

Pia runzelte überrascht die Stirn und wusste nicht, ob sie lachen oder wütend sein sollte.

»Paul, du bist mein Bruder und ich liebe dich«, sagte sie dann und versuchte, ihre Stimme so neutral wie möglich klingen zu lassen. Sie war froh, ihren Bruder wiedergefunden zu haben, sie wollte sich nicht mit ihm streiten. »Aber die Zeiten, in denen andere über mein Leben bestimmen konnten, sind endgültig vorbei. Hast *du* verstanden?«

Pia wandte sich zum Gehen, als Paul sie am Arm packte, und sie reagierte sofort. Rasch drehte sie sich und wandte seine Kraft gegen ihn an, ganz so, wie Sam es ihr beigebracht hatte. Überrascht wirbelte Paul um die eigene Achse und landete unsanft auf dem weichen Gras des Parkbodens. Er war unverletzt, starrte aber ungläubig zu ihr hoch.

Pia grinste. »Ich sagte doch, deine kleine Schwester ist erwachsen geworden. Ich sehe dich dann morgen.«

Sie wandte sich ab und lief in Richtung der Einstiegsluke davon.

Als Pia wenig später den Hades erreichte, wurde sie nicht wie sonst von Nele begrüßt. Dafür erwartete sie auf dem Hauptplatz eine andere Überraschung.

Robin war zurück.

Seine Haare waren etwas länger geworden, und sein Teint hatte ein gesundes Braun angenommen, doch er lächelte Pia an, als wäre er erst gestern weggegangen und nicht schon vor mehreren Monaten.

Nur für Pia hatte sich seitdem einiges verändert.

Voller Freude eilte er auf sie zu und nahm sie in die Arme. »Pia.«

»Hey …«, stammelte sie.

Es war eigenartig. Wochenlang hatte sie es kaum erwarten können, ihn endlich wiederzusehen, hatte täglich an ihn gedacht und sich gesorgt, ob es ihm gutging. Und jetzt, da er endlich da war, fühlte sie … Sie wusste selbst nicht, was sie fühlte. Natürlich war sie froh, ihn wiederzusehen, doch es war nicht mehr so wie früher. Jetzt gab es Elias, und der hatte alles verändert. Und weil sie so empfand, fühlte sie sich schuldig.

Robin hielt sie fest, drückte sie an sich, als ob es kein Morgen gäbe. Nach einer Weile wurde es ihr zu viel, und sie löste sich von ihm. »Schön, dass du wieder da bist.«

»Ich hab dich vermisst …« Robin stand da und blickte sie an, suchte ihre Augen.

Pia wusste nicht, wie sie sich verhalten sollte. Früher war ihr Robins Nähe angenehm und willkommen gewesen. Doch jetzt nicht mehr. Wenn sie Robin ansah, musste sie unwillkürlich an Elias denken.

Doch zum Glück waren sie nicht allein auf dem Hauptplatz, und für Zweisamkeit blieb keine Zeit. Im Laufe der letzten Monate war es dem Supermarktteam gelungen, alles Brauchbare von dort in den Hades zu schaffen. Die Vorräte an Nahrung, Kleidung und Gebrauchsgegenständen würden die kleine Gemeinschaft der Unterwelt eine ganze Weile am Leben halten.

Und so wurde eine Party mit Musik, Schnaps und Wein gefeiert. Diesmal hielt sich Pia beim Alkohol zurück. Sie wollte auf keinen Fall am nächsten Tag wieder so fertig sein wie nach der letzten Party. Elias würde auf sie warten, und nichts konnte sie davon abhalten, ihn wiederzusehen. Während sie mit Aela, Robin, Lukas und ein paar anderen am Tisch saß und Robin Details von der Expedition erzählte, schweiften ihre Gedanken immer wieder ab. Ständig musste sie an Elias denken, spürte einen Schauer, wenn sie sich an seine Küsse erinnerte, an die Art, wie er sie ansah, an die Nähe seines Körpers.

Aber nicht nur ihre Gefühle für Elias hielten ihre Gedanken gefangen. Der Tag war unglaublich ereignisreich gewesen. Pia hatte Dinge erfahren, die ihr Weltbild auf den Kopf gestellt hatten. Eigentlich wäre sie lieber allein gewesen und hätte in Ruhe über alles nachgedacht.

Die Erklärungen des dicken Wissenschaftlers waren einleuchtend und erschreckend zugleich. Sie wünschte sich, mehr Menschen könnten begreifen, was das große Sterben wirklich war – und wer es höchstwahrscheinlich verursacht hatte. Gott hatte nichts damit zu tun. Der Zufall hatte entschieden, wer überlebte und wer nicht.

Pia musste auch daran denken, was Elias über Gott gesagt hatte und dass er es vorzog, nicht an ein höheres Wesen zu glauben als an eines, das durch und durch böse war. Sie selbst wusste nicht mehr, was sie glauben sollte.

Der heutige Tag hatte ihr gezeigt, dass es keine Wunder gab. Alles konnte rational erklärt werden, man brauchte nur das nötige Wissen dazu. Und dieses war größtenteils beim großen Sterben verlorengegangen. Nur einige wenige bewahrten es und versuchten, die Wunder der alten Zeit wieder zum Leben zu erwecken.

Sie dachte auch über Elias' Schilderung des Herrschaftssystems in MUC nach. Seit sie in dieser Stadt lebte, hatte sie die Überzeugung geteilt, der Prophet und die Bewohner der Hochstadt wären der Feind aller Freiheits- und Gerechtigkeitsgedanken. Aber aus Elias' Mund hatte es sich so angehört, als ob die Ordnung der Dinge durchaus Sinn machte. Vielleicht waren die Menschen der neuen Zeit wirklich Barbaren und konnten nicht anders davon abgehalten werden, sich gegenseitig zu zerfleischen?

Andererseits funktionierte die Gemeinschaft im Hades doch ganz wunderbar. Und sie war auf gänzlich anderen Werten aufgebaut als die der überirdischen Gesellschaft.

Hatte Elias recht und so etwas konnte nur im Kleinen, nicht aber im Großen funktionieren? Oder brauchte man eine starke Person, die den Menschen beibrachte, wie man zivilisiert miteinander umging? MUC hatte den Propheten, der Hades hatte Ilja. Beide waren das Herz ihrer Gesellschaft und könnten doch gegensätzlicher nicht sein.

Plötzlich wurde Pia aus ihren Gedanken gerissen. »Hm? Was?«

»Ich sagte, ich gehe ins Haus«, wiederholte Sam. »Nele ist krank, ich will nach ihr sehen.«

Sofort war Pia hellwach und bei der Sache. »Krank? Was fehlt ihr denn?«

Er zuckte die Achseln, und sein grobschlächtiges Gesicht verriet, dass er besorgt war. »Keine Ahnung. Sie hat Fieber. Ilja hat versprochen, morgen früh nach ihr zu sehen, wenn es nicht besser wird.«

»Gib ihr einen Gutenachtkuss von mir«, sagte Pia.

»Ist alles okay mit dir?«, erkundigte sich Aela, als Sam gegangen war. »Du wirkst so abwesend.«

»Jaja, alles okay«, versicherte sie schnell. Sie wollte nicht mit Aela über Elias sprechen. Zumindest jetzt noch nicht. Zuerst wollte sie sich darüber klarwerden, was sie von alldem zu halten hatte. Außerdem war sie ziemlich sicher, dass Aela ihre Gefühle für Elias nicht verstehen würde. »Ich bin bloß müde. War ein langer Tag.«

Aelas Blick ruhte skeptisch auf ihr. Sie ahnte, dass Pia wieder in der Hochstadt gewesen war.

»Ich denke, ich gehe dann auch mal ins Bett«, sagte Pia und stand auf.

»Was denn? Jetzt schon?« Robins Enttäuschung zeichnete sich deutlich in seinem Gesicht ab. Pia konnte ihm nicht in die Augen sehen.

»Apropos abwesend«, mischte sich Lukas ins Gespräch, nachdem er ein großes Glas Schnaps in einem Zug geleert hatte. »Hat irgendjemand eigentlich Falk gesehen?«

Ruckartig hielt Pia mitten in der Bewegung inne. Falk. Den

hatte sie über die ganze Aufregung der letzten Tage ja völlig vergessen!

»Schon seit ein paar Tagen nicht mehr«, antwortete Aela.

»Komisch«, murmelte Lukas. »Dabei hat er uns doch auf den Supermarkt aufmerksam gemacht. Er müsste hier sein und mit uns feiern.«

»Ich habe neulich beobachtet, wie er sich im Englischen Garten mit einem unbekannten Mann traf. Es war seltsam«, warf Pia hastig ein, froh, dass sie ihre Beobachtung endlich loswerden konnte.

Aela hob eine Augenbraue. »Inwiefern seltsam?«

Pia zuckte die Achseln. »Kann ich nicht genau sagen. Es war mehr ein Gefühl. Falk hat ihm etwas übergeben und irgendwas von einer Mission gesagt. So, wie sich die beiden getroffen haben, wollten sie anscheinend nicht, dass jemand sie sieht.«

Aela grinste. »Ich wette, unsere Prinzessin ist wieder irgendwo herumgeklettert, wo sie nicht sollte, was? Einfach so Leute belauschen, macht man das?«

Sie wackelte gespielt mahnend mit dem Finger. Offensichtlich war sie angetrunken und bester Laune.

Doch ehe Pia etwas erwidern konnte, wurde Aelas Miene wieder ernst. »Nein, natürlich hast du recht. Das klingt wirklich seltsam. Und dass er plötzlich nicht auffindbar ist, auch. Wir werden der Sache nachgehen. Aber erst morgen. Heute wird gefeiert!«

Sie stieß mit Lukas und Robin an und wollte offensichtlich nichts mehr von dem Thema hören. Pia war ein wenig enttäuscht, dass Aela ihre Beobachtung für nicht so wichtig einstufte. Andererseits hatte sie versprochen, der Sache nachzugehen, und mehr zählte im Moment nicht. Zumal Pia gerade mit ganz anderen Dingen beschäftigt war.

Als sie die Runde verließ, spürte sie Robins Blick in ihrem Rücken. Schuldgefühle breiteten sich wie Säure in ihrem Bauch aus. Sie würde mit ihm reden und ihm von Elias erzählen müssen. Aber da hielt sie es wie Aela: nicht heute.

Als sie schließlich allein in ihrem Häuschen war, zog Pia das Foto hervor, das Elias von ihr gemacht hatte, und betrachtete es. Eigentlich hätte sie lieber eines von ihm gehabt, aber dennoch war sie dankbar für dieses Geschenk. Eine Fotografie war von unschätzbarem Wert. Auf diesem Bild würde sie ewig zwanzig Jahre alt bleiben, selbst wenn ihr Körper der einer alten Frau geworden war oder aber ihre Knochen längst zu Staub zerfallen waren. Ein leichter Schauer lief ihr über den Rücken.

Sie holte ihr neues Buch aus dem Rucksack und schlug es auf. Auf die erste Seite hatte Elias eine kleine Widmung geschrieben, ehe sie das Klinikum verlassen hatten:

Ich bin ein Teil von jener Kraft, die stets das Gute will und stets das Böse schafft.

In Liebe, Elias

Im zittrigen Schein einer Kerze fuhr Pia vorsichtig mit dem Finger über das Geschriebene. Sie wusste nicht genau, was Elias ihr damit sagen wollte. War es ein Zitat aus der Geschichte? Oder eine Anspielung auf die Menschheit? Sie dachte an das Gespräch zurück, das sie mit Elias über das System in MUC geführt hatte, und war sich ziemlich sicher, dass er sich darauf bezog.

Pia legte das Foto in das Buch und verstaute es neben ihrem Bett. Eines wusste sie ganz sicher. Dieses Exemplar würde sie bestimmt nicht verlieren.

Wie versprochen, wartete Elias bereits, als Pia zur Engelsstatue kam. Er nahm sie in die Arme und bedeckte ihr Gesicht und ihre Lippen mit Küssen. Auch Paul war da. Sein Gesichtsausdruck zeigte deutlich, dass er über Pias Entscheidung ganz und gar nicht glücklich war. Dennoch wusste sie, dass er nicht wieder versuchen würde, sie von Elias fernzuhalten.

»Du wirst es nicht glauben!«, sagte Elias aufgeregt.

»Was?«

»Ich war neugierig und bin daher schon heute früh ins Klinikum gegangen. Linus hat deine Blutergebnisse.«

»Und?« Pias Neugier war geweckt. Wenn Elias so aufgeregt war, musste es wichtig sein.

Er grinste. »Das soll Linus dir selbst erklären. Komm!«

Er nahm ihre Hand und zog sie schnellen Schrittes mit sich in die Hochstadt.

Auch bei ihrem zweiten Besuch fand Pia das Klinikum nicht weniger wundersam als am Tag zuvor. Ständig fielen ihr weitere Details auf, die das Gebäude zu einem lebendigen Relikt der alten Zeit machten.

Linus erwartete sie bereits. Seine eidechsenhaften Augen hinter den Brillengläsern glänzten vor Aufregung. Er sah etwas müde aus, wahrscheinlich hatte er die ganze Nacht gearbeitet, um dem Geheimnis in Pias Blut auf die Spur zu kommen.

»Willkommen!«, rief er, als sie sein Büro betraten.

»Erzähl Pia von deiner Theorie«, bat Elias ohne Umschweife.

»Es ist keine Theorie, es sind Fakten. Ein medizinisches Wunder! Das Ei des Kolumbus!«

Elias hob die Hand, um den Redeschwall des Forschers zu stoppen. »Wiederhol einfach, was du mir heute Morgen berichtet hast.«

Linus nickte und nahm in seinem Sessel Platz. Am Rand seines Tisches stapelten sich Essensreste. Er nahm einen Becher mit einer dampfenden Flüssigkeit in die Hand. Dem Geruch nach schätzte Pia, dass es sich dabei um Kaffee handelte.

»Wie erwartet hast du die Mutation am Chromosom 16 nicht, Pia«, begann er, nachdem er einen tiefen Schluck genommen hatte. »Dass du am Leben bist, verdankst du deinem Blut, genauer gesagt deiner Blutgruppe. Die macht dich ebenfalls immun gegen das Virus.«

»Blutgruppe?«, fragte Pia.

»Unter den Menschen gibt es unterschiedliche Blutgruppen«, fuhr Linus geduldig fort. »Es gibt die Gruppen A, B, AB, 0, sowie Unter- und Mischformen davon. Zudem unterscheidet man zwischen Rhesus positiv und negativ …«

Er blickte kurz in Elias' Gesicht, und ihm wurde klar, dass er schon wieder abschweifte und zu kompliziert wurde. Er räusperte sich und holte tief Luft. »Du hast keine davon.«

Pia runzelte verwirrt die Stirn. Sie verstand nicht, worauf der Wissenschaftler mit seinen Ausführungen hinauswollte. »Was bedeutet das?«

»Das habe ich mich die halbe Nacht auch gefragt!«, sagte Linus aufgeregt. »In keiner unserer Aufzeichnungen wird von einem solchen Fall berichtet. *Alle* haben eine der bekannten Blutgruppen.«

Er machte eine bedeutungsschwangere Pause. »Doch dann wurde ich fündig. In einem Universitätsbuch aus der alten Zeit wird davon berichtet, dass bereits damals Menschen mit deiner Blutgruppe aufgetreten sind. Jedoch extrem selten. Vor dem großen Sterben gab es nur wenige zehntausend dokumentierte Fälle. Die meisten davon in Indien, weshalb die Blutgruppe ›Bombay-Blutgruppe‹ genannt wurde oder medizinisch, Blutgruppe null h negativ.«

»Indien?« Von diesem Ort hatte Pia noch nie gehört.

Linus winkte ab. »War ein riesiges Land in Asien. Das ist jetzt aber weniger interessant für uns. Viel interessanter ist die Tatsache, dass du Trägerin dieser Blutgruppe bist *und* immun gegen das Virus! Wir dachten, nur die Genmutation auf Chromosom 16 mache die Menschen immun gegen das große Sterben, doch bei dir ist das Chromosom 16 ja intakt. Der ›Bombay-Gendefekt‹ liegt jedoch auf dem Chromosom 19. Dort muss auch der Grund für deine Immunität zu finden sein. Vor dem großen Sterben war die Chance, jemanden wie dich zu finden, etwa 1: 300 Millionen. Nicht mal ich wäre in der Lage auszurechnen, wie die Chancen heute stünden. Pia, du bist …«

»… ein Wunder«, beendete Elias den Satz und lächelte sie an.

Später saßen sie auf dem Dach des Klinikums und blickten auf die Stadt unter ihnen. Hier oben wurde Pia aufs Neue bewusst, wie riesig das MUC der alten Zeit gewesen sein musste. Außerhalb der Barrikaden, die die Unterstadt eingrenzten, konnte sie die gewaltigen Türme der zerstörten Hochhäuser sehen. Die Reste der gläsernen Fassaden glitzerten in der Sonne.

Sie war froh, endlich wieder mit Elias allein zu sein. Er hatte Paul weggeschickt, und dieser war ohne Murren gegangen. Nun hielt Elias sie im Arm und strich verspielt über ihre Haare. Hinter ihnen bedeckten unzählige Sonnenkollektoren das Dach. Doch auch die Dächer der umliegenden Häuser wurden zur Stromgewinnung genutzt. Es sah aus, als säße man in einem Feld aus Bergkristallen.

»Wie ist es so?«, wollte Pia wissen. »Wenn einem alle gehorchen müssen?«

Er sah sie verdutzt an. »Wieso fragst du?«

»Keine Ahnung. Einfach so. Als Kind habe ich mir oft gewünscht, mein Bruder würde mir so gehorchen wie heute dir.«

Elias lachte und drückte sie noch fester an sich. Dann blickte er grübelnd über die Dächer der Stadt. »Darüber habe ich mir, offen gestanden, nie wirklich Gedanken gemacht. Ich kenne nichts anderes.«

Er schwieg kurz und nahm ihre Hand in seine. »Es ist angenehm, denke ich, aber manchmal auch anstrengend. Und einsam.«

»Wieso das denn?«

»Na ja, stell dir vor, du würdest auf einem hohen Turm wohnen und alle anderen unter dir. Sie werden dir nie auf Augenhöhe begegnen, dir nie sagen, was sie wirklich denken. Es wird immer eine unsichtbare Trennwand zwischen dir und ihnen bestehen. Das kann sich sehr einsam anfühlen.«

»Ich verstehe«, sagte Pia langsam. So hatte sie sich Macht gar nicht vorgestellt. Im Grunde war es nicht viel anders als das Gefühl, das sie in ihrem Heimatdorf gehabt hatte. Auch wenn sie von Menschen umgeben gewesen war, hatte sie sich doch immer allein gefühlt.

»Umso glücklicher bin ich, dich gefunden zu haben«, flüsterte Elias ihr ins Ohr. »Du hast weder Angst noch anerzogenen Respekt vor mir. Du sagst, was du denkst. Du siehst in mir nichts weiter als den Menschen, der ich bin. Dafür bin ich dankbar.«

Wieder breitete sich diese angenehme Wärme in ihrem Bauch aus, und sie lächelte. Die beiden schwiegen, und Elias suchte ihren Blick. Gefangen von seiner warmen, faszinierenden Ausstrahlung schien die Welt um sie herum nicht zu existieren. Elias neigte den Kopf zu ihr, suchte ihre Lippen, und Pia erwiderte den Kuss aus vollem Herzen. Ihr Körper schien bis zum Bersten mit Glücksgefühlen gefüllt zu sein.

»Und«, fragte Elias, als sie sich endlich voneinander gelöst hatten, »wirst du die Untersuchungen machen lassen?«

Pia nickte. »Dank Linus weiß ich, warum ich lebe und dass ich keine Missgeburt bin. Das Mindeste, was ich tun kann, ist, mich für weitere Tests zur Verfügung zu stellen.«

»Er wird nichts tun, was dir schaden könnte«, versicherte Elias ernst. »Du hast mein Wort darauf. Ich würde niemals zulassen, dass dir etwas passiert.«

»Ich weiß.« Pia schlang die Arme um ihn.

Sie vertraute Elias. Und der Gedanke, Linus und seine Leute könnten mit Hilfe ihres Blutes den Geheimnissen des großen

Sterbens weiter auf den Grund gehen und das Virus, das dahintersteckte, vielleicht sogar eines Tages besiegen, war so phantastisch, dass Pia davon schwindelig wurde.

»Du bist vielleicht der Schlüssel zu einer neuen Generation Menschen«, hatte Linus zu ihr gesagt, und die Worte hallten in ihrem Kopf wider.

Ein dunkles Grollen unterbrach ihren Gedankengang. Mächtige Wolken schoben sich vor die heiße Nachmittagssonne. Die Luft roch nach Regen und Elektrizität. Ein Sturm zog auf.

»Besser, wir verschwinden von hier«, meinte Elias.

Sie sprangen auf und liefen zur Treppe, die ins Innere des Gebäudes führte.

Pia konnte kaum glauben, dass sie es noch trockenen Fußes zu Elias nach Hause geschafft hatten. Sie trat an das große Fenster und blickte hinaus. Unter ihr erstreckte sich ein Teil des Parks, den sie noch nicht kannte. Rechts sah sie einen Flügel des Prophetenpalastes. Alles war in dunkles Grau gehüllt und so düster, als wäre plötzlich die Nacht hereingebrochen. Die mächtigen Bäume des Parks rauschten und beugten sich im Wind, der in orkanartigen Böen durch die Stadt peitschte. Wer es bis jetzt nicht in ein Haus geschafft hatte, lief nicht nur Gefahr, nass, sondern auch von umherfliegenden Trümmern erschlagen zu werden. Auf einmal wurde die gespenstisch anmutende Umgebung vom grellen Licht eines Blitzes erleuchtet. Geblendet wandte Pia die Augen ab. Ein ohrenbetäubender Donner folgte weniger als eine Sekunde später und brachte die Fenster zum Vibrieren.

Der Sturm erinnerte Pia an jenen, den sie vor einer gefühlten Ewigkeit in dem entlegenen Bauernhaus in den Alpen erlebt hatte, in einem anderen Leben. Nur dass dieser hier sie nicht so einschüchterte. Zum einen wirkte das Gebäude stabil, und die großen Fenster waren so gut abgedichtet, dass nicht einmal ein Lufthauch zu spüren war. Und zum anderen war Elias bei ihr.

Er legte von hinten die Arme um sie. Pia schmiegte ihren Kopf an seine Brust, spürte, wie sie sich sanft hob und senkte.

Sie waren in seinem Appartement im vierten Stock eines wunderschönen, gut erhaltenen Hauses. Die Wohnung war riesig und mit geschmackvollen Möbeln aus dunklem Holz aus der alten Zeit ausgestattet.

»Keine Sorge«, sagte er sanft und folgte ihrem Blick nach draußen in die Weltuntergangsstimmung. »Wie fast alle in der Hochstadt hat dieses Haus einen Blitzableiter.«

Pia hob fragend die Augenbrauen.

»Der verhindert, dass ein Blitz dieses Haus zerstören kann«, erklärte er.

»Clever.« Sie dachte an die zahlreichen Brände, die sowohl in ihrem Dorf als auch in der Unterstadt von Blitzen verursacht wurden.

»Eigentlich nicht. In der alten Zeit war das Standard. Doch heute denken die Menschen, es sei Gottes Wunder, dass wir hier oben auf dem Hügel immer verschont werden.«

»Waren die Stürme im Flachland schon immer so heftig?«, fragte Pia. Oben in den Bergen gab es zwar auch Gewitter, doch die fielen im Vergleich zu diesem hier eher harmlos aus.

»Man sagt, sie wurden erst mit dem Klimawandel so schlimm«, antwortete Elias. »Soviel wir wissen, zeichnete sich dieser schon vor dem großen Sterben ab. Wusstest du, dass die Menschen damals das Wetter voraussagen konnten?«

Pia lachte auf. »Ja, klar.« Rund um den großen Marktplatz gab es Schausteller, die behaupteten, das Wetter aus den Eingeweiden von Tieren voraussagen zu können. Pia hielt das für Blödsinn.

Er schüttelte den Kopf. »Im Ernst. Wenn ein großer Sturm

kam, wusste man das schon Tage vorher und konnte Vorkehrungen treffen.«

Pias Augen wurden groß. »Wie war das möglich?«

»Linus sagt, es hätte damals künstliche Himmelskörper gegeben, sogenannte Satelliten. Die flogen so hoch, dass sie Fotos von den Wolken machen konnten. Von oben. So konnte man das Wetter voraussagen. Aber frag mich bitte nicht, wie das genau funktioniert haben soll. Selbst unsere Physiker wissen es nicht.«

»Eine Welt voller Wunder …«, meinte Pia nachdenklich.

»Und ich habe das Schönste davon in meinem Arm«, sagte er sanft und drehte ihren Kopf so, dass er ihr in die Augen sehen konnte.

Erst jetzt nahm Pia die Musik wahr. Eine Frau mit einer dunklen, rauchigen Stimme sang im Hintergrund, geheimnisvoll und sinnlich. Verwirrt blickte Pia in die Richtung, aus der der Gesang kam. »Ist noch jemand hier?«, fragte sie.

»Nein. Wieso?«

»Dieser Gesang …«

Jetzt war es Elias, der laut lachte. »Das ist nur eine Aufnahme. Jazz, um genauer zu sein. Kommt aus dem schwarzen Kasten da in der Ecke. Gefällt es dir nicht?«

»Doch, doch. Es ist nur …«

Er lächelte und legte einen Finger auf ihre Lippen. Dann senkte er den Kopf und küsste sie. Zunächst sanft, dann jedoch immer intensiver, fordernder.

Pia glaubte, in einen Strudel zu stürzen. So nah, wie ihre Körper aneinandergepresst waren, konnte sie Elias schmecken, riechen und fühlen. Der Duft seines Parfums, gemischt mit dem seines Körpers war so intensiv, dass sie ganz weiche Knie bekam. Und seine Lippen erst – Pia war geradezu süchtig danach. Der Wunsch, ihn überall zu berühren und zu küssen, wurde immer größer. Sie sah ihn trotz ihrer geschlossenen Augen genau vor sich, denn in ihren Gedanken war für anderes kein Platz mehr.

Seine Hände wanderten sanft über ihren Körper. Seine Zunge umspielte genüsslich die ihre, und ein neues, anderes Gefühl breitete sich neben den allgegenwärtigen Schmetterlingen in ihrem Bauch aus. Ein Gefühl, das ihr bislang in dieser Form unbekannt gewesen war und das sämtliche anderen Funktionen ihres Körpers und Verstandes zu überwältigen drohte: Lust.

Elias hielt kurz inne und sah sie an. Auch er atmete schneller, und in seinem Gesicht konnte sie genau dasselbe Verlangen ablesen. Zunächst schwieg er, doch von seinem intensiven, fordernden Blick wurde ihr beinahe schwindlig, dann beugte er sich vor, biss ihr zärtlich in die Lippe und ließ seinen Mund zu ihrem Ohr wandern.

»Ich will dich«, flüsterte er, und seine leicht bebende Stimme ließ ungewohnte Hitze in ihr hochsteigen. »Ich will dich schon, seit ich dich das erste Mal sah.«

Dabei wanderte seine Hand langsam ihren Körper hinab, über ihre Brüste, ihr Becken, zwischen ihre Schenkel. Seine Berührung dort fühlte sich so wunderbar, so richtig und elektrisierend an, dass sie den Mund öffnete und leise stöhnte. Sie legte eine Hand an seine Wange und küsste ihn mit einem Hunger, der ganz neu für sie war.

Die folgenden Stunden stürzten Pia in einen Sinnestaumel, in dem weder Raum noch Zeit existierten. Nur Elias und sie. Sie schlief zum ersten Mal mit einem Mann, und sie genoss jeden Moment. Sie wusste nicht mehr, wie und wann sie in Elias' luxuriöses Bett gelangt waren. Es schien so, als wären sie schon immer dort gewesen, nackt und verschwitzt.

Elias war zärtlich und fordernd zugleich. Er schaffte es, in ihrem Körper Regungen zu erwecken, die sie noch nie erlebt hatte. Seine Hände und sein Mund schienen überall gleichzeitig zu sein, und Pia blieb nichts anderes übrig, als ihren Kopf in den Nacken zu werfen und sich voll und ganz ihrer immer größer werdenden Ekstase hinzugeben. Als er schließlich in sie eindrang, stöhnte sie laut auf. Sie hätte nie gedacht, dass Schmerz so lustvoll sein konnte. Er ergriff ihre Hände, während sie sich dem Höhepunkt näherten, und seine Augen suchten die ihren. Sie brannten wie grünes Feuer, und Pia glaubte, tief in seine Seele blicken zu können.

Schließlich lagen sie fest aneinandergeschmiegt in seinem großen, unglaublich bequemen Bett und atmeten schwer. Nur langsam fand Pia ihre Sinne wieder, während sie mit den Fingern durch Elias' verschwitztes Haar strich. Erst jetzt bemerkte sie, dass der Sturm draußen nach wie vor in ungebrochener Heftigkeit tobte. Die ganze Stadt hätte in Flammen aufgehen können, und sie hätte es wahrscheinlich nicht bemerkt.

Sie legte ihren Kopf auf Elias' Brust und lauschte seinem Herzschlag, der langsam wieder ruhiger wurde. Sein Körper war schlank und weich. Man merkte deutlich, dass er keine körperliche Arbeit leisten musste. Seine Haut war im Vergleich zu ihrer regelrecht weiß und im Hals- und Brustbereich von kleinen Sommersprossen bedeckt. Pia hätte am liebsten jede einzelne geküsst. Er betrachtete sie und lächelte, während seine Finger wieder mit ihren Haaren spielten. Seine smaragdgrünen Augen wirkten entspannt und glücklich. Verliebt. Ganz so, wie Pia sich fühlte. Noch nie hatte sie etwas so Schönes und Intensives erlebt. Sie glaubte, vor Glück zerplatzen zu müssen. Er küsste ihren Kopf und seufzte zufrieden.

»Daran könnte ich mich gewöhnen.« Elias ließ seine Hände liebkosend über ihr Gesicht und ihren Hals gleiten.

Sie strahlte ihn an. »Ich mich auch. Und so, wie es draußen stürmt, werde ich wohl auch noch eine Weile deine Gastfreundschaft in Anspruch nehmen müssen.«

Wenn es nach ihr ginge, könnte es ewig so weitergehen.

»Zum Augenblicke dürft' ich sagen: Verweile doch, du bist so schön!«, sagte er und fügte hinzu: »Ist aus dem Buch, das ich dir geschenkt habe, Faust.«

Pia lächelte. Jetzt da die Ekstase langsam verflog, durchdrang ihre Liebe zu ihm jede einzelne Faser ihres Körpers. Draußen prasselte Regen an die Scheiben, und die Dunkelheit des Sturms ging langsam in nächtliche Schwärze über.

»Du könntest einfach hierbleiben«, sagte Elias nach einer Weile.

»Heute Nacht?«

»Immer.«

Pia hob den Kopf und sah ihn erstaunt an. Sie wusste nicht, was sie sagen sollte. Meinte er das ernst? Wie stellte er sich das vor?

Er richtete sich ein wenig auf und redete weiter. »Im Ernst. Das da unten im Hades ist doch kein Leben für eine so außergewöhnliche Frau wie dich. Du könntest hier in der Hochstadt wohnen, bei mir. Ich kann für dich sorgen.«

»Aber …«, stammelte sie. »Ich kann doch nicht … was ist damit?«

Sie hob eine ihrer schweren, schwarzen Haarsträhnen.

Er küsste die Hand mit der Strähne darin. »Denkst du, das interessiert hier irgendjemanden? Niemand glaubt hier den abergläubischen Blödsinn aus der Unterstadt. Und selbst wenn, wäre es mir egal. Aber ich wette, wenn Vater von Linus' neuen Erkenntnissen erfährt, wird er begeistert von dir sein. Und wer weiß, vielleicht werden unsere Kinder dieselben wundersamen Gene erben wie du? Und wir gründen eine neue, bessere Dynastie von Menschen.«

In Pias Kopf drehte sich alles. Das kam jetzt alles völlig überraschend für sie. Sie hätte niemals gewagt, auch nur davon zu träumen, aber jetzt, da Elias den Gedanken ausgesprochen hatte, klang er sehr verlockend. Sie könnte ein Leben in Wohlstand führen, und all das Wissen der alten Zeit, das man hier gesammelt hatte, würde ihr offenstehen. Und sie könnte Elias jeden Tag sehen … und jede Nacht. Aber was wäre mit ihren Freunden im Hades? Aela, Robin, Sam, Nele. Ilja.

Sie hatten sie mit offenen Armen empfangen, als sie nichts anderes als ein Flüchtling mit sonderbarer Haarfarbe war. Konnte sie sie einfach so verlassen, um mit Elias ein neues Leben zu beginnen?

Elias streichelte sanft über ihr Gesicht. »Du bist süß, wenn du die Stirn runzelst, aber dazu besteht kein Grund. Ich werde dich nicht gefangen nehmen und fesseln.«

Er strich mit einem Finger über ihren nackten Körper, und ihre Haut reagierte mit einem wohligen Prickeln darauf. »Auch wenn es ein verlockender Gedanke wäre, wie ich zugeben muss.«

Er grinste, und sein Blick füllte sich erneut mit Verlangen. »Es ist allein deine Entscheidung.«

Dann waren seine Lippen wieder auf ihren, und die Welt um Pia versank erneut im Nichts.

Am nächsten Morgen wurde sie von Sonnenstrahlen auf dem Gesicht geweckt. Pia hob den Kopf und blickte aus dem Fenster. Sie lebte schon so lange in ewiger Dunkelheit, dass sie sich kaum noch daran erinnern konnte, wie es war, wenn man morgens von der Sonne geweckt wurde. Sie streckte und räkelte sich genüsslich. Ihr Körper fühlte sich so gut an wie sonst nie.

Elias' Angebot von gestern Nacht fiel ihr wieder ein. Könnte sie wirklich hier oben mit ihm leben? Hatte er seinen Vorschlag ernst gemeint? Und wollte sie das überhaupt?

Sie drehte den Kopf und sah ihn an. Er schlief noch und erschien ihr als das schönste Wesen, das sie jemals gesehen hatte. Ein Teil von ihr wollte nicht von ihm weg. Nie wieder.

Doch ein anderer Teil ihrer selbst ermahnte sie, dass sie gehen musste. Im Hades würde man sich Sorgen um sie machen. Sie schlüpfte vorsichtig aus dem Bett und zog sich an. Dann beugte sie sich hinab und küsste zärtlich seine geschlossenen Augenlider und seine weichen Lippen. Langsam öffnete er seine wunderschönen Augen und sah sie etwas verschlafen und doch strahlend an.

»Ich habe ernst gemeint, was ich gestern sagte«, meinte er. »Denk bitte darüber nach.«

»Das werde ich.«

15. Kapitel

Entscheidungen

Pia glaubte auf Wolken zu laufen, als sie sich auf den Weg in den Hades machte. Alles erschien ihr heller und freundlicher, selbst die düsteren U-Bahn-Schächte mit den Waggons voller Leichen wirkten auf einmal heimelig. Sie war glücklich. Alles erschien ihr möglich. Das Leben war schön.

Die Nacht mit Elias war die beste ihres Lebens gewesen. Sie konnte an kaum etwas anderes denken als an seine Berührungen, seine Blicke, seine Worte. Es war eigenartig, aber in seinen Armen hatte sie sich komplett gefühlt, als hätte bis dahin ein wichtiger Teil ihrer selbst gefehlt, ohne dass sie es auch nur geahnt hätte. Sie war bis über beide Ohren in Elias verliebt, es weiter vor sich selbst zu leugnen wäre lächerlich. Und er liebte sie auch, da gab es keinen Zweifel. Warum sonst hätte er sie gebeten, bei ihm in der Hochstadt zu leben?

Der Gedanke war aufregend. Nicht nur die Aussicht, jeden Morgen neben Elias aufzuwachen. Die Hochstadt war nicht das, was man ihr erzählt hatte. Dort lebten keine menschlichen Monster, keine Wölfe, vor denen Ilja sie gewarnt hatte, sondern eine Gesellschaft, die das Ziel hatte, das Wissen der alten Zeit zu bewahren.

Die Welt war ein abgefuckter Ort geworden, wie Aela so gerne betonte. Musste man sich in solch einer Welt nicht notwendigerweise so abkapseln, wie es die Hochstadt getan hatte, wenn man ein Hort des Wissens und der Kultur der alten Zeit bleiben wollte? Hatte Elias recht damit, dass die Alternative

Chaos und Anarchie wären, wie Pia es in der Stadt am Alpenrand erlebt hatte?

Und dennoch. Die Leute im Hades waren zu der Familie geworden, die sie nie hatte. Selbst ihr Bruder war ihr über die Jahre der Abwesenheit fremd geworden.

Sie würde sich für eine Seite entscheiden müssen, das war klar. Denn die Hochstadt und der Hades waren zwei unvereinbare Gegenpole. Auf Dauer konnte Pia den Spagat zwischen beiden Welten nicht meistern.

Egal, wie sie sich entschied, sie würde etwas aufgeben müssen, das sie liebte.

Das Erste, was Pia bei ihrer Rückkehr auffiel, war die gedrückte Stimmung. Kein Lachen, keine Musik, keine spielenden Kinder. Kaum jemand war zu sehen, lediglich ein paar Leute saßen mit düsteren Mienen um das Feuer herum. Irgendetwas stimmte hier nicht.

Robin rannte ihr entgegen, als sie den Hauptplatz erreichte.

»Da bist du ja endlich!«, rief er schon von weitem, und in seiner Stimme mischten sich Vorwurf und Erleichterung. »Gott sei Dank ist dir nichts passiert. Wir haben uns schon Sorgen gemacht wegen dem Sturm. Wo warst du die ganze Nacht?«

Sofort fühlte Pia einen schuldbewussten Stich in der Brust. Sie senkte den Blick, damit Robin ihr nicht ansehen konnte, was geschehen war. Noch nicht.

»Ich … habe einen Unterschlupf gefunden und bin dort eingeschlafen«, log sie, und ihre Euphorie verflog wie ein zarter Duft, den man nicht festhalten konnte. Ihr wurde klar, dass alles noch komplizierter würde, als sie gedacht hatte.

»Was ist hier los?«, fragte sie, um das Thema zu wechseln. »Es ist so ruhig …«

»Nele ist schwerkrank«, berichtete er. »Sie wird sterben.«

Die Worte trafen Pia wie ein Hammerschlag. Sie konnte nicht glauben, was sie da hörte. »Was? Aber wieso? Was ist passiert?«

»Sie hat eine Blutvergiftung. Ist vor ein paar Tagen auf einen rostigen Nagel getreten, und die Wunde hat sich entzündet.«

Pia schossen Tränen in die Augen. *Nicht die kleine Nele, bitte nicht!*

»Aber Ilja kennt sich doch mit Krankheiten aus! Kann sie ihr denn nicht helfen?«

Robin schüttelte traurig den Kopf. »Die einzige Möglichkeit wäre, ihr Bein zu amputieren, aber sie hat starkes Fieber und ist so geschwächt, dass sie den Eingriff nicht überleben würde. Nur Penicillin könnte sie retten, und das haben wir nicht. Ilja sagt, alles, was sie jetzt noch tun kann, ist ihr Leiden etwas zu lindern.«

Er sah die Verzweiflung in Pias Augen und wollte sie in den Arm nehmen, doch die schüttelte den Kopf. »Ich muss zu ihr.«

Als sie Sams kleines Haus betrat, war es, als rieche es bereits nach Verwesung und Tod. Nele lag in ihrem Bett und war schneeweiß im Gesicht. Pia schnürte es die Kehle zu, als sie das Kind so sah. Sam und seine Frau waren bei ihr. Der schwarze Hund lag auf dem Boden neben dem Bett und starrte mit traurigen Augen ins Leere. Ilja saß auf dem Bettrand und fühlte Neles Puls. Pia hatte die Anführerin noch nie so gesehen. Ihre Haut wirkte grau und ihr Körper zum ersten Mal wie der einer alten Frau.

Mit ganzer Kraft schluckte Pia die Tränen hinunter und kniete sich neben das Bett. Sie wollte nicht, dass Nele sie weinen sah.

»Hey«, sagte sie sanft und nahm die Hand der Kleinen in ihre. Sie schien förmlich zu glühen und war doch mit kaltem Schweiß bedeckt. »Was machst du denn für Sachen?«

Langsam wandte das Kind den Kopf und schaute sie an. Ihre

Augen wirkten trüb, und sie atmete so schwer, dass Pia fürchtete, sie würde jeden Moment sterben.

»Pia«, flüsterte Nele heiser, »hast du mir was mitgebracht?«

Pia lächelte und küsste die Kleine auf die heiße Stirn.

»Noch nicht«, sagte sie. »Aber ich gehe gleich los.«

Es war nicht leicht, sich am helllichten Tag vom Einstiegspunkt im Park unbemerkt zu Elias' Haus zu schleichen. Doch zum Glück kannte Pia nun den Weg und erreichte unbehelligt ihr Ziel.

Ihr glückseliges Gefühl, verbunden mit der Erinnerung an letzte Nacht, war verflogen. Stattdessen konnte sie nur noch an Nele denken. Ihr war gar nicht bewusst gewesen, wie sehr sie die Kleine ins Herz geschlossen hatte. Zu hören, dass das Kind im Sterben lag, war ein Schock gewesen.

Das durfte einfach nicht sein.

Nele war so lebensfroh und aufgeweckt, so jung! Es wäre grausam und unfair, wenn sie jetzt schon aus dem Leben gerissen würde. Als sie die Kleine jedoch in ihrem Bett liegen sah, war ein Wort durch ihren Verstand geschossen, das Robin benutzt hatte.

Penicillin. Nur Penicillin könne sie jetzt noch retten.

In ihrem Kopf hatten sich Robins Stimme mit der von Elias vermischt, und sie hatte sich daran erinnert, wie er sie im Klinikum herumgeführt hatte.

»Wir haben hier etliches aus der alten Zeit«, hatte er ihr im Medikamentenlager gesagt. »Aspirin, Antibiotika, Penicillin …«

Als Pia Neles schwaches Händchen gehalten hatte, war Hoffnung in ihr gekeimt. In der Hochstadt gab es Heilung. Und Pia wusste, wo. Sie musste das Penicillin nur noch beschaffen.

Ihr erster Gedanke war gewesen, einfach ins Klinikum einzubrechen und sich zu holen, was sie benötigte. Doch das wäre falsch und würde Elias möglicherweise in Schwierigkeiten bringen.

Aber er liebte sie. Wenn sie ihn darum bat, würde er ihr bestimmt erlauben, etwas von dem Medikament zu nehmen, um das Leben eines kleinen Mädchens zu retten.

Nachdem Pia unbemerkt vor Elias' Haus gelangt war, kletterte sie die Fassade zu seiner Wohnung hoch. Sie blickte durch die großen Fenster hinein, und ihre Haut kribbelte, als sie das Zimmer mit dem bequemen Bett wiedersah. Es war noch so zerwühlt wie am Morgen, und Pia konnte beinahe Elias' Duft riechen, der sich in den weichen Kissen und Laken festgesetzt hatte.

Am liebsten hätte sie gleich da weitergemacht, wo Elias und sie in den frühen Morgenstunden aufgehört hatten, doch sie zwang sich, diese Gedanken beiseitezuschieben. Es ging hier um Leben und Tod, sie musste konzentriert bleiben.

Die Fenster waren verschlossen, also konnte sie nicht einfach in die Wohnung schlüpfen. Sie presste ihre Nase an die Scheibe und blickte hinein. Von Elias keine Spur. Sie hätte schwören können, er würde den ganzen Tag im Bett bleiben, so ermattet, wie er beim Aufwachen gewirkt hatte. Dann jedoch öffnete sich die Tür, und Pia sah ein bekanntes Gesicht.

Sie klopfte gegen die Scheibe und winkte. Paul blickte sie zunächst wie vom Blitz getroffen an, stürmte dann zum Fenster und öffnete es hastig. »Mein Gott, was machst du denn da?«

Sie kletterte hinein und gab ihrem Bruder hastig einen Kuss auf die Wange.

»So verdiene ich meinen Lebensunterhalt«, erwiderte sie und sah sich um.

»Was?« Er wirkte völlig perplex, als er mit ungläubigen Augen die Fassade hinabstarrte.

»Wo ist Elias?«, fragte Pia. Sie hatte jetzt keine Zeit, Paul zu erklären, dass sie die letzten Monate über zur Meisterdiebin ausgebildet worden war.

»Dein Lover ist nicht da«, sagte ihr Bruder schnippisch.

»Mist! Wo ist er? Wann kommt er wieder?«

Paul verschränkte die Arme und musterte sie mit einer Mischung aus Wut und Sorge. »Keine Ahnung. Der gnädige Herr ist mir keine Rechenschaft schuldig.«

»Paul!«

Er rollte mit den Augen. »Ich weiß es wirklich nicht. Er und die anderen Söhne haben heute eine Audienz beim Propheten. Das kann eine Stunde dauern oder den ganzen Tag.«

»Mist!«, wiederholte Pia. So hatte sie sich das nicht vorgestellt. Nele konnte tot sein, ehe Elias zurückkam.

»Kannst du ihm eine Nachricht von mir zukommen lassen?«, fragte sie.

»Bist du verrückt? Ich bin doch nicht lebensmüde.«

Pia seufzte und überlegte, was sie als Nächstes tun sollte.

»Ich weiß, was hier letzte Nacht vorgefallen ist«, setzte Paul an. Er war noch immer auf Konfrontationskurs. Das konnte sie aber gerade gar nicht brauchen.

»Ich bin dir auch keine Rechenschaft schuldig«, erwiderte sie.

Paul schnaubte. »Denkst du, du bist die Erste, die er hier oben hatte? Ich habe schon oft genug am nächsten Tag sein Schlafzimmer aufgeräumt. Du bist ein Spielzeug für ihn, Pia, weiter nichts. Spannend, weil es neu ist. Sobald er sich langweilt, sucht er sich was anderes. Hast du noch nie davon gehört, dass der Prophet einen ganzen Harem besitzt?«

Pia wollte nichts davon hören. Zumindest nicht jetzt.

»Elias ist anders«, beharrte sie.

»Ich kenne ihn schon eine ganze Weile länger als du …«

Pia unterbrach ihn. »Hör zu, Paul. Ich muss ins Klinikum. Jetzt. Ich kann nicht auf Elias warten.«

»Wieso denn?«

»Weil Nele sonst stirbt!«

Paul starrte sie an. Seine Wut war verraucht, und er wirkte nur noch verzweifelt. »Wer zum Teufel ist Nele?«

»Ein kleines Mädchen, das mir sehr am Herzen liegt. Sie wird sterben, wenn ich ihr kein Penicillin besorge. Hilfst du mir?«

Pauls Augen wurden immer größer. »Du hast völlig den Verstand verloren …«

»Habe ich nicht! Ich weiß, wie es zu schaffen ist. Niemand wird etwas merken. Aber ich brauche deine Hilfe. Bitte!«

Paul schüttelte den Kopf. »Ich kann nicht …«

»Ein kleines Mädchen wird sterben, wenn du mir nicht hilfst. Willst du das?«

Paul presste die Lippen aufeinander und schwieg. Pia hätte ihn am liebsten geschüttelt. Was war nur aus ihrem Bruder geworden? Sie erkannte ihn nicht wieder.

»Fein«, schnaubte sie. »Dann gehe ich allein.«

Sie wandte sich zum offenen Fenster, als sie plötzlich seine Hand auf ihrer Schulter spürte.

»Warte«, sagte er. »Was soll ich tun?«

Pia war überrascht, wie gut ihr Plan funktionierte. Als wäre es das Natürlichste auf der Welt, gingen sie und Paul die Straßen der Hochstadt entlang zum Klinikum. Dabei kam Pia Aelas Training zugute. Sie bewegte sich so, wie diese es ihr für den Umgang mit der Unterstadt beigebracht hatte. Nicht zu schnell, nicht zu langsam, genau so, als ob es eine Strecke wäre, die sie mehrfach am Tag zurücklegte.

Paul war durch seine Kleidung als Diener erkennbar, zudem war er oft mit Elias in Erscheinung getreten. Die meisten Wächter, die sie passierten, kannten ihn, andere schenkten ihnen schlicht keine Beachtung. Pia war in ihren Augen einfach nur eine junge Frau, die züchtig ihre Haare verhüllte und den Blick senkte, vielleicht eine Botin oder eine neue Bedienstete, die eingelernt wurde. Ohne besondere Vorkommnisse erreichten sie das Klinikum und betraten das Gebäude.

Pia lächelte ihrem Bruder zu.

»Läuft doch alles wunderbar«, flüsterte sie.

»Dir macht das wohl auch noch Spaß?«, seufzte Paul. Er konnte seine Aufregung nur mühsam verbergen. »Denk dran, du bist mir was schuldig, wenn das hier vorbei ist. Vorausgesetzt, wir leben dann noch!«

Pia wusste, was für ein großes Risiko er für sie einging. Wenn alles reibungslos ablief – und damit rechnete sie ganz fest –, würde er wahrscheinlich im Gegenzug von ihr fordern, Elias nicht mehr zu sehen. Allein beim Gedanken daran zog sich ihre Kehle zusammen. Aber sie zwang sich, konzentriert zu bleiben.

Eins nach dem anderen, ermahnte sie sich. Zuerst musste Nele wieder gesund werden, danach konnte sie sich überlegen, wie sie ihre Beziehung zu Elias aufrechterhielt, ohne Paul vor den Kopf zu stoßen.

»Bleib ruhig und halte dich an den Plan«, ermahnte sie ihn. »Es wird schon alles gutgehen.«

Dabei musste sie sich eingestehen, dass die Aktion ihr wirklich Spaß gemacht hätte, wenn es nicht um Neles Leben gegangen wäre. Von einem Einbruch im Herzen der Hochstadt konnten die meisten im Hades nur träumen.

»Elias schickt uns. Wir wollen zu Linus«, sagte Paul, als sie den Empfang erreichten. »Er erwartet uns.«

Seine Stimme klang erstaunlich fest, und Pia war sich sicher, dass ein Außenstehender seine Nervosität nicht bemerken würde. Er machte das wirklich gut. Im Hades wäre bestimmt Platz für ihn, wenn er die Hochstadt verlassen wollte.

Die Empfangsdamen ließen sie ohne Fragen passieren, und

der Wächter des inneren Bereichs trat respektvoll zur Seite. Pia war erstaunt, dass ihnen allein die Erwähnung des Sohnes des Propheten sämtliche Türen öffnete. Aber das ging natürlich nur, weil das Personal Paul und Pia in Elias' Begleitung gesehen hatte.

Da der Aufzug nur für die Prophetenfamilie und höhere Beamte bestimmt war, nahmen sie die Treppe. Pia war das sowieso lieber, denn das Treppenhaus ließ ihr mehr Spielraum für ihr Vorhaben.

»Noch Fragen?«, wollte sie von ihrem Bruder wissen, der immer blasser wurde, je näher sie ihrem Ziel kamen.

»Außer der, warum ich mir das antue, keine«, erwiderte er trocken.

Pia lachte leise und drückte ihm einen Kuss auf die Wange. »Danke«, sagte sie. »Denk dran, wenn irgendwas schiefgeht, wolltest du mit Linus einfach die Termine für meine nächsten Tests absprechen, okay?«

Paul nickte. »Sei vorsichtig.«

»Du auch, großer Bruder.«

Sie hatten beinahe das Stockwerk erreicht, auf dem sich das Medikamentendepot befand. Pia blieb stehen und bedeutete Paul, leise zu sein.

Vorsichtig schlich sie hoch und blickte um die Ecke. Wie sie es in Erinnerung hatte, stand ein Wächter vor der Tür des Depots. Er war bewaffnet und starrte grimmig Löcher in die Luft. Es gab keine Möglichkeit, unbemerkt an ihm vorbeizukommen.

Pia drehte den Kopf und nickte Paul zu. Jetzt war sein Einsatz gefragt. Er schluckte und schloss kurz die Augen. Dann setzte er sich in Bewegung. Betont geräuschvoll schritt er die restlichen Stufen nach oben und ging, ohne stehenzubleiben, zum höherführenden Treppenabsatz. Der Wächter konnte ihn von seinem Posten aus zwar nicht sehen, bestimmt aber hören.

Plötzlich ertönten das Krachen eines fallenden Körpers und ein Schmerzensschrei, gefolgt von Wimmern und Stöhnen. Pia hatte Paul gezeigt, wie er ein paar Stufen hinabspringen und dabei möglichst viel Lärm machen konnte, ohne sich zu verletzen. Es hörte sich erstaunlich überzeugend an.

Vorsichtig lugte Pia wieder um die Ecke. Der Wächter stand noch auf seinem Posten, hatte jedoch den Kopf in Richtung der Geräuschquelle gedreht.

Das Stöhnen wurde lauter.

»Hilfe … Ist da jemand?«, hörte sie Pauls Stimme.

Der Wächter kratzte sich am Kopf und schien zu überlegen, was er tun sollte.

»Hilfe …«, wiederholte Paul wehklagend.

Pia musste grinsen. Ihr Bruder machte das wirklich gut.

Der Wächter sah sich noch ein letztes Mal um, dann kam er mit langen Schritten ins Treppenhaus auf Paul zu.

Das war ihre Chance. Sobald der Wächter die Treppe betreten hatte, schlich sie geräuschlos hinter seinem Rücken vorbei. Wenige Sekunden später stand sie vor der Tür des Medikamentenraumes. Sie hielt einen Moment inne und lauschte. Aus dem Treppenhaus hörte sie gedämpfte Stimmen. Paul würde vorgeben, sich am Kopf und am Bein verletzt zu haben, und so hoffentlich den Wächter für ein paar Minuten ablenken. Mehr brauchte Pia nicht. Sie öffnete die Tür und schlüpfte hinein.

Innen war es stockfinster. Es gab keine Fenster, und die Tür schloss so dicht, dass nicht einmal ein kleiner Lichtstrahl aus dem Gang in den Raum gelangen konnte. Pia hatte nichts dabei, um Licht zu machen. Sie hatte nicht daran gedacht, etwas mitzunehmen, denn als sie das letzte Mal mit Elias hier gewesen war, hatte helles, künstliches Licht das Medikamentenlager erfüllt. Panik drohte sie zu überwältigen. Wie sollte sie in der Dunkelheit das richtige Medikament unter Hunderten anderer finden?

Dann jedoch fiel ihr ein, dass Elias eine Stelle an der Wand neben der Tür berührt hatte und es erst daraufhin taghell in dem Raum geworden war.

Langsam tastete sie in der Dunkelheit die Wand neben der Tür ab. Ihre Finger berührten eine Art Schalter, und sie drückte darauf. Ein leises Summen ertönte, und mit einem Schlag wurden etwa ein Dutzend langer Röhren an der Decke erleuchtet. Pia atmete auf. Doch sie durfte nicht noch mehr Zeit verlieren.

So leise wie möglich begann sie, die vollgestopften Regale und Schränke abzusuchen. Es gab Hunderte verschiedenster Schachteln, Tuben und Kanülen unterschiedlichster Farbe und Form. Die aufgedruckten Namen klangen meist fremd und kompliziert. Wenn man nicht wusste, wo man suchen musste, würde es lange dauern, bis man etwas fand.

Mitten im Raum blieb sie stehen und sah sich um. Ihr lief die Zeit davon. Wenn sie Glück hatte und Paul seine Sache gut machte, blieben ihr vielleicht noch zwei oder drei Minuten.

Plötzlich fiel ihr jedoch ein Muster in der Lagerung auf. Die Medikamente waren alphabetisch sortiert. In einer Welt, in der die meisten Menschen nicht lesen konnten, war das ungewöhnlich. Niemand außerhalb der Hochstadt würde wohl auf so eine Idee kommen.

Schnell ging sie die Regale entlang, bis sie dasjenige fand, in dem die Medikamente mit »P« gelagert wurden. Einen Augenblick später hatte sie einen Vorrat Schachteln mit der Aufschrift »Penicillin« entdeckt.

Erleichterung wallte in ihr auf. Nun musste sie das Medikament nur noch mitnehmen und wieder unbemerkt aus dem Depot verschwinden. Schnell packte sie ein paar Schachteln ein und wollte zur Tür eilen, drehte sich dann jedoch noch einmal um und nahm noch etwas mehr von dem Penicillin mit. Sie hatte keine Ahnung, wie viel Nele brauchen würde, um gesund zu werden. Besser sie nahm zu viel mit, sie wollte nicht, dass alles umsonst war, weil es am Ende nicht reichte. Auf Zehenspitzen schlich sie zur Tür zurück.

Als sie die Klinke herunterdrücken wollte, hörte sie schwere Schritte auf der anderen Seite näher kommen und erstarrte in der Bewegung. Sie hielt den Atem an und lauschte. Es war unwahrscheinlich, aber vielleicht war das nicht der Wächter, der zurückkam, sondern jemand anders, der den Gang entlangging.

Doch die Schritte hielten direkt vor der Tür. Der Wächter hatte seinen Posten wieder eingenommen. Paul hatte ihn nicht lange genug ablenken können.

Pia fluchte in sich hinein. Verdammt, was jetzt?

Sie war gefangen. Solange der Wächter vor der Tür stand, kam sie nicht raus. Sie hatte mit Paul abgemacht, dass er verschwinden sollte, sobald der Wächter sich nicht mehr für ihn interessierte. Sie würde schon irgendwie entkommen.

Nur wie?

Pia lehnte sich an die Wand neben der Tür und sah sich um. Jetzt wirkte der Raum mit all seinen Regalen und Schränken beklemmend auf sie.

Dann streiften ihre Augen ein Gitter, das am anderen Ende des Lagers dicht unter der Decke angebracht war. Das Medikamentendepot hatte zwar keine Fenster, doch die Luft war trotzdem frisch und kühl. Von irgendwoher musste sie kommen. Vielleicht war hinter dem Gitter ein Schacht?

Pia schlich hinüber und betrachtete die Öffnung. Es würde sehr eng werden, aber sie konnte sich wahrscheinlich durchquetschen.

Schnell kletterte sie an einem der Regale zu dem Gitter hoch. Es schwankte ein wenig, hielt ihrem Gewicht jedoch stand. Nervös blickte sie zur Tür. Wenn der Wächter sie jetzt hörte und das Depot betrat, hätte sie keine Chance. Doch mit etwas Glück konnte der Wächter nicht hören, was hier drin geschah, zumindest solange sie keinen größeren Lärm machte. Ein paar quälend lange Sekunden verstrichen, doch nichts geschah.

Pia musterte das Gitter. Dahinter war tatsächlich ein Schacht, aus dem kühle Luft herausströmte. Vorsichtig zog sie an den feinen, kalten Metallmaschen. Das Gitter bewegte sich keinen Millimeter.

Theoretisch konnte sie es eintreten, aber das würde definitiv zu viel Lärm verursachen und den Wächter alarmieren. Sie zog kräftiger daran und merkte, dass es ein wenig nachgab. Bei genauerer Betrachtung entdeckte sie, dass die Scharniere des Gitters rostig waren.

Pia stützte sich mit einem Bein an der Wand ab, hielt sich mit einer Hand am Regal gegenüber fest und zog mit der anderen, so fest sie konnte, an dem Gitter. Dabei kam ihr in den Sinn, was Elias darüber gesagt hatte, wie Medikamentendiebe in der Hochstadt bestraft wurden. Mit dem Tod.

Wenn man sie erwischte, konnte wahrscheinlich nicht einmal der Sohn des Propheten etwas für sie tun. Und dieser Schacht war ihre einzige Chance, unbemerkt das Medikamentenlager zu verlassen. Wenn sie nur dieses verdammte Gitter öffnen könnte …

Sie spannte ihre Armmuskeln, bis sie schmerzten, und biss die Zähne zusammen. Die rostigen Scharniere quietschten leise. Plötzlich gaben sie nach, und das Gitter flog regelrecht aus der Wand.

Pia verlor das Gleichgewicht und strauchelte. Hilflos musste sie zusehen, wie ihr das alte Metall entglitt und nach unten flog. Gleich würde es auf dem Boden aufschlagen und dabei so viel Lärm verursachen, dass zweifelsohne der Wächter alarmiert würde. Dann wäre es vorbei …

Pia stöhnte leise, streckte rasch den Arm nach unten und griff nach dem Gitter. Ihre Finger bekamen es gerade noch zu fassen, doch dabei verlor sie noch mehr das Gleichgewicht. Das Regal unter ihr schwankte, und etliche Medikamente fielen auf den Boden. Pia stieß sich ab, machte einen Überschlag und landete mit den Füßen zuerst und beinahe geräuschlos auf dem Boden, das Gitter noch immer in der Hand.

Sie hielt den Atem an und lauschte.

Die Medikamente, die zu Boden gefallen waren, waren allesamt leicht gewesen und hatten kaum Lärm verursacht. Zum Glück war auch nicht das ganze Regal umgestürzt. Dennoch war alles zusammen vielleicht laut genug gewesen, um den Wächter misstrauisch zu machen.

Quälend langsame Sekunden verstrichen, doch nichts passierte. Der Wächter hatte nichts gehört. Pia atmete auf. Vorsichtig legte sie das Gitter auf den Boden und kletterte erneut das Regal hoch.

Im Schacht war es dunkel. Es war nicht abzusehen, wohin er führen mochte. Wenn sie Pech hatte, würde sie in die Tiefe stürzen und sich das Genick brechen. Doch darauf musste sie es wohl ankommen lassen.

Langsam kroch sie in den engen, kalten Tunnel. Sie konnte sich darin nur auf dem Bauch liegend fortbewegen, und wenn der Schacht auch nur ein bisschen enger werden sollte, würde sie steckenbleiben.

Nachdem sie ein paar Meter vorwärtsgerobbt war und sich in völliger Dunkelheit befand, bekam Pia zum ersten Mal in ihrem Leben einen Anflug von Platzangst. Ihr Herz schlug schneller, und sie glaubte, nicht mehr genügend Luft zu bekommen. Sie schloss die Augen und zwang sich mit aller Kraft, ruhig zu bleiben.

Das ist ein Lüftungsschacht, sagte sie sich immer wieder. *Er dient dazu, Luft zu transportieren. Du kannst hier nicht ersticken.*

Sie wusste nicht, wie lange sie reglos in der kalten Enge verharrte, aber schließlich ließ die Panik nach, und sie kroch langsam weiter.

Nach ein paar Metern spürte Pia, dass die kalte Luft plötzlich von unten kam. Als sie die Hand ausstreckte, merkte sie, dass es direkt vor ihr steil nach unten ging. Die Dunkelheit war so schwarz, dass sie nicht erkennen konnte, ob der Schacht vor ihr zwei oder zwanzig Meter in die Tiefe stürzte.

Vorsichtig robbte sie an die Kante und tastete weiter. Ihre Finger streiften eine weitere Kante jenseits des Abgrunds. Der enge Tunnel ging also auch geradeaus weiter.

Sie spannte ihren Körper an und schob sich langsam über das Loch, aus dem kalte Luft nach oben strömte und ihr durch die Knochen fuhr.

Ein paar Meter später stieß sie auf ein weiteres Hindernis, als der Tunnel eine 90-Grad-Biegung nach rechts machte. Sie schob sich um die Ecke und sah etwas Licht. Beinahe hätte sie vor Freude laut aufgeschrien, doch sie konnte sich gerade noch zurückhalten.

Rasch brachte sie die letzten Meter hinter sich, kroch auf die Lichtquelle zu und blickte ein paar Minuten später erneut durch ein Gitter in einen Raum. Er war etwas kleiner als das Medikamentendepot und schien, soweit sie es erkennen konnte, als Lager für medizinisches Gerät zu dienen. Die meisten Gegenstände wirkten befremdlich und ähnelten eher Foltergeräten, doch es sah nicht so aus, als würde sich jemand hier aufhalten. Und das Wichtigste: Das Zimmer hatte mehrere Fenster, durch die helles Tageslicht fiel.

Pia war es mittlerweile gewohnt, in der Dunkelheit zu leben, doch nie zuvor hatte sie sich so gefreut, Sonnenstrahlen zu sehen. Nun musste sie nur noch irgendwie das Gitter öffnen und durch eines der Fenster verschwinden.

Eine kurze Inspektion ergab, dass sie das Metall hinausdrücken musste. Auch wenn das Lärm verursachte, so hatte sie wahrscheinlich genügend Zeit, um zum Fenster zu gelangen, ehe jemand den Raum betrat.

Mit ganzer Kraft stemmte sie sich gegen das Gitter. Zu ihrer Überraschung war es nicht so fest verankert wie das andere und ließ sich relativ einfach eindrücken. Zudem blieb es an einer Seite im Scharnier hängen, so dass Pia den Schacht verlassen konnte, ohne zu viel Lärm zu verursachen.

Schnell schlich sie zu einem der Fenster. Es führte zum Innenhof des Klinikums und ließ sich öffnen. Pia konnte ihr Glück kaum fassen. Nun musste sie nur noch die Fassade hinabklettern und unbemerkt aus dem Komplex verschwinden.

Weniger als eine halbe Stunde später betrat sie die Kanalisation, die sie in den Hades führte.

Am nächsten Morgen schlug Pia überrascht die Augen auf. Sie war tatsächlich eingeschlafen. Als sie am Vorabend ins Bett gefallen war, hatte sie es nicht für möglich gehalten, auch nur ein Auge zuzubekommen. Doch der Tag war so anstrengend und ereignisreich gewesen, dass ihr Körper offensichtlich über den Geist triumphiert hatte.

Schnell sprang sie auf, zog sich an und verließ ihre Hütte. Pia hatte das Penicillin gestern so schnell wie möglich zu Ilja gebracht, die es der Kleinen sofort verabreichte. Sie meinte, bereits am nächsten Morgen würde deutlich werden, ob Nele das Medikament noch rechtzeitig erhalten habe. Penicillin wirkte normalerweise sehr schnell.

Der nächste Morgen war jetzt.

Mit klopfendem Herzen eilte Pia zu Sams Haus. Vor der Tür zögerte sie einen Moment. Ihre Gefühle schwankten zwischen Hoffnung und Furcht. Nele durfte nicht sterben. Das Medikament, das sie so hart erkämpft hatte, musste funktionieren.

Schließlich trat Pia ein.

Nele lag noch immer im elterlichen Bett und rührte sich nicht. Im ersten Moment glaubte Pia, sie wäre tot, und der Gedanke ließ ihre Glieder erstarren.

Dann jedoch bewegte das Mädchen ein wenig den Kopf, und Pia hörte ein ganz und gar lebendiges Geräusch. Ein leises Schnarchen.

Sie trat näher und betrachtete Nele. Der Atem der Kleinen ging ruhig, während sie tief und fest schlief. Ihre Wangen hatten wieder eine leicht rosige Farbe angenommen. Das konnte nur bedeuten, dass das Medikament gewirkt hatte! Nele lebte und sah schon viel besser aus als am Vorabend.

Vorsichtig beugte sich Pia herab und legte eine Hand auf die Stirn des Kindes. Sie war trocken und warm. Das Fieber musste gesunken sein. Tränen der Erleichterung schossen Pia in die Augen. Nele lebte und würde hoffentlich wieder gesund werden.

Jemand tippte ihr auf die Schulter. Sam stand hinter ihr.

»Lass uns kurz rausgehen«, flüsterte er. »Ich will sie nicht wecken.«

Pia folgte ihm in den Vorhof des kleinen Hauses. Kaum hatte sie die Tür hinter sich geschlossen, schlang Sam seine mächtigen Arme so fest um sie, dass ihr die Luft wegblieb.

»Sie wird leben!«, rief er überglücklich. Er hob Pia mit einer Leichtigkeit hoch, als wäre sie selbst noch ein Kind, und schwang sie durch die Luft. »Meine Kleine wird leben! Danke, Pia, danke!«

Pia lachte und erwiderte die Umarmung. »Das freut mich so sehr.«

Schließlich setzte er sie wieder auf den Boden. »Es geht ihr schon viel besser. Sie war vorhin wach und hat sogar etwas Brot gegessen. Ilja sagt, sie wird es schaffen. Wenn wir Glück haben, behält sie sogar ihr Bein. Und alles nur dank dir!«

Dann blickte er sie jedoch ernst an. »Wenn ich daran denke, dass ich skeptisch war, als Aela beschlossen hat, dich aufzunehmen. Ich hoffe, du kannst mir verzeihen …«

Pia lächelte. »Das ist lange her, Sam. Und längst vergessen.«

Es schien ihr tatsächlich unendlich lange her zu sein. Wie in einem anderen Leben.

Er schüttelte den Kopf. »Aber wenn Aela damals auf mich gehört hätte, wäre mein kleines Mädchen jetzt tot. Du hast dein Leben riskiert, um meine Nele zu retten. Ich stehe für immer in deiner Schuld.«

Pia war zutiefst gerührt. »Dafür sind Freunde doch da …«, flüsterte sie.

Eine schlanke Gestalt trat neben sie. Ilja.

»Wir alle stehen in deiner Schuld«, sagte sie. Sie sah zwar müde aus, hatte jedoch ihre starke, selbstbewusste Ausstrahlung wiedergewonnen. »Das war phantastische Arbeit. Ich hätte nicht gedacht, dass es möglich sein könnte, ins Medikamentendepot des Klinikums einzubrechen. Ich bin stolz auf dich.«

Pia strahlte. »Danke!«

»Würdest du uns für einen Moment entschuldigen, Sam?«, bat Ilja. »Ich muss etwas mit Pia allein besprechen.«

»Natürlich. Ich sehe mal nach Nele.«

Ilja bedeutete Pia, ihr zu folgen. Sie gingen in Richtung des Wasserfalls, wo die Anführerin sie zuletzt davor gewarnt hatte, zu enge Bindungen zur Hochstadt einzugehen.

»Dank des Penicillins wird Nele höchstwahrscheinlich überleben«, begann Ilja. »Das Fieber ist gesunken, und die Blutvergiftung geht zurück. Ich bin optimistisch. So viel zur guten Nachricht.«

Pia stutzte. Ein unangenehmes Gefühl beschlich sie, so als ob ein eiskalter Windhauch durch ihre Glieder gefahren wäre.

»Und … die schlechte Nachricht?«, fragte sie langsam.

Ilja wandte den Kopf und blickte sie mit ihren durchdringenden Augen an. »Paul ist verhaftet worden.«

Pia wurde schlecht. »Was? Wieso denn?«

»Dein Diebstahl ist aufgeflogen, und man bezichtigt Paul der Mittäterschaft. Es tut mir sehr leid.«

Verzweiflung wallte in Pia hoch. »Aber … das darf nicht wahr sein. Woher weißt du das?«

Ein kleines, kühles Lächeln huschte über Iljas markantes Gesicht. »Ich habe meine Quellen in der Hochstadt. Wie sonst, denkst du, hätten wir so lange überlebt?«

Sie legte Pia eine Hand auf die Schulter. »Du weißt, was die Strafe für so ein Vergehen in der Hochstadt ist, oder?«

Pia nickte langsam.

»Der Tod«, flüsterte sie.

Ilja nickte. »Es tut mir wirklich unendlich leid.«

Pia schossen Tränen in die Augen. Jahrelang hatte sie ihren Bruder vermisst, war durch die halbe Welt gereist, um ihn zu finden, und jetzt sollte er durch ihre Schuld sterben? Sie ballte die Fäuste und blickte in Iljas Augen.

»Ich muss ihn retten«, flüsterte sie.

Ilja schüttelte den Kopf. »Das ist unmöglich. Sogar für dich.«

Das war das Letzte, was Pia hören wollte. Sie würde es nicht akzeptieren. Sie konnte nicht!

»Ich muss es zumindest versuchen«, beharrte sie und stand entschlossen auf.

Ilja versuchte nicht, sie aufzuhalten, rief ihr auch nichts hinterher. Doch Pia konnte ihren stechenden Blick in ihrem Rücken spüren, bis sie den Hades verlassen hatte.

16. Kapitel

Sturm

Es regnete in Strömen, als Pia die Kanalisation verließ und durch den Park der Hochstadt eilte, doch sie bemerkte es kaum. Ihre Gedanken kreisten um ihren Bruder. Jede Sekunde, die sie jetzt verschwendete, konnte seine letzte sein. Ilja war der Meinung, man könne nichts für ihn tun. Doch Ilja wusste nicht, wie nahe sich Pia und Elias waren. Er liebte sie. Er würde ihr helfen, dessen war sich Pia sicher.

Der Platzregen hatte die meisten Anwohner von den Straßen vertrieben, und selbst die Wächter hatten sich trockene Plätze zum Unterstellen gesucht. So war es ihr ein Leichtes, in kurzer Zeit bis zu Elias' Appartement vorzudringen.

Die Steine der Fassade waren glitschig, und es war schwierig, sicheren Halt zu finden, doch Pia ließ sich nicht beirren. Mit sturer Entschlossenheit kletterte sie das Gebäude hoch und stand wenige Minuten später an Elias' Fenster. Sie hoffte, dass er jetzt zu Hause war. Sonst würde sie die Scheibe eintreten und drinnen auf ihn warten.

Doch er war da, lag in seinem großen Bett und blätterte in einem alten Buch.

Er zuckte zusammen, als Pia an die Scheibe klopfte, und blickte sie mit großen Augen ungläubig an. Wäre die Lage nicht so ernst gewesen, hätte sie gelacht. Der Sohn des Propheten gab in seiner Überraschung ein ganz und gar nicht erhabenes Bild ab. Sie musste noch einmal klopfen, ehe er endlich ans Fenster trat und sie einließ.

»Pia. Was tust du hier? Wie …?«

Sie ließ ihn nicht ausreden, drückte stattdessen einen flüchtigen Kuss auf seinen Mund. »Ich brauche deine Hilfe.«

Er trug nur eine weite Leinenhose, sein Oberkörper war nackt. Sie konnte nicht anders, als sich kurz all die Dinge auszumalen, die sie jetzt am liebsten mit ihm machen würde. Doch sie riss sich zusammen und ließ von ihm ab. Dafür war jetzt keine Zeit. Es ging schließlich um Pauls Leben. »Paul ist verhaftet worden!«

Das Regenwasser lief an ihr hinab und bildete eine Pfütze auf seinem edlen Teppich. Ihre Kleider klebten an ihr. Sie hätte sie am liebsten ausgezogen, doch auch dafür war jetzt keine Zeit.

»Ich weiß«, entgegnete Elias ruhig.

Pia stutzte und trat einen Schritt zurück. Er wusste Bescheid und unternahm nichts?

»Wir müssen ihn retten!«

Sein Blick verhärtete sich. »Tut mir leid, ich kann nichts für ihn tun.«

Die Worte trafen Pia wie ein Schlag in die Magengrube. Wie konnte Elias so kalt sein? Paul war ihr Bruder und sein langjähriger Diener.

»Aber …«, begann sie, doch er fiel ihr wütend ins Wort.

»Vielleicht hättet ihr euch das überlegen sollen, bevor ihr ins Klinikum eingebrochen seid! Ich habe dir vertraut, Pia. Ich hätte nie gedacht, dass du mich so hintergehen würdest. Du hast mich benutzt.«

Seine Stimme verlor an Festigkeit, und er wandte sich von ihr ab. Dennoch konnte sie erkennen, dass seine Wut daher rührte, dass sie ihn tief verletzt hatte.

Es tat Pia weh, das zu sehen. Das war nicht ihre Absicht gewesen. Aber er hatte recht. Sie hatte ihn hintergangen. Bestürzt beobachtete sie, wie er im Raum auf und ab lief. Sie wusste nicht, was sie sagen sollte.

Er trat an eine Kommode und schenkte sich etwas dunkelbraunen Alkohol ein, den er dort lagerte. »Whiskey« stand auf dem Etikett der alten Flasche.

»War das von Anfang an dein Plan?«, fragte er bitter. »Wolltest du mich benutzen, um in Ruhe die Hochstadt ausräumen zu können?«

»Nein! So ist es nicht gewesen, ich schwöre es. Ich … ich brauchte nur dringend Penicillin, weil sonst ein kleines Mädchen gestorben wäre! Ich dachte, es würde niemandem auffallen.«

Er sah sie mit seinen durchdringenden, grünen Augen an und schwieg.

»Du warst nicht da! Es ging um Leben und Tod … es tut mir leid.« Pia ging auf ihn zu. Sie wollte sich entschuldigen, ihn in den Arm nehmen. »Verzeih mir.«

Er schwieg, sah sie nur an.

»Hätte ich nur auf dich gewartet, dann hättest du mir das Penicillin besorgen können.«

»Nein«, sagte er.

Pia hielt mitten in der Bewegung inne und sah ihm ins Gesicht. »Wie bitte?«

»Ich hätte dir das Penicillin nicht besorgt.«

»Ich weiß, es ist auch dir verboten, aber du hättest bestimmt einen Weg gefunden …«

»Nein«, wiederholte er.

»Aber …«

Sein Mund verzog sich. »Kein Aber. So sind die Regeln, und ich hätte sie nicht gebrochen. Erst recht nicht für eine Göre aus dem Hades, die ich nicht kenne.«

Pia wich einen Schritt zurück. Zum zweiten Mal in wenigen Minuten hatte er sie völlig sprachlos gemacht.

»Nicht für eine Göre, die du nicht kennst«, erwiderte sie schließlich. »Sondern für mich.«

Er leerte ein weiteres Glas Whiskey, dann seufzte er. »Pia, du bist süß, du bist sexy, du bist was Besonderes. Aber du musst noch eine Menge über diese Welt lernen, wenn du in ihr überleben willst.«

Seine Augen nahmen einen hochmütigen Ausdruck an, ehe er weitersprach. »Nur die Starken können überleben. Die Schwachen werden zermalmt. Das ist völlig natürlich und war schon immer so, auch in der alten Zeit. So funktioniert die Natur, das ist der Lauf der Dinge, verstehst du? Sieh dir die Tierwelt an. Glaubst du, ein Wolfsrudel füttert kranke und schwache Tiere durch? Nein, sie bringen sie um, machen ihrem Leid ein Ende. Wenn wir uns um all die Kranken und Schwachen kümmern würden, könnten wir selbst in der Hochstadt nicht überleben.«

Während er sprach, zerbrach etwas in Pia und erkaltete. *Lupus est homo homini,* hallte Iljas Stimme in ihrem Kopf wider.

»Ist das der Grund, warum Andersartige oder Mutanten nicht in MUC leben dürfen?«, fragte sie scharf.

Elias macht eine abwertende Handbewegung. »Das sind Abfallprodukte der Evolution. Man tut niemandem einen Gefallen, wenn man sie am Leben lässt, am wenigsten ihnen selbst.«

Bitterkeit und Bestürzung verflogen aus Pias Gemüt und wurden durch Wut ersetzt.

»Es sind keine Abfallprodukte«, sagte sie. »Es sind Menschen.«

Elias zuckte die Achseln. Er schien Pias zunehmende Wut nicht zu bemerken. Oder sie war ihm schlichtweg egal. »Wenn du hier bei uns leben willst, solltest du deine Meinung schleunigst ändern.«

»Ich soll hier leben wollen, obwohl ihr meinen Bruder hinrichten werdet?«

»Niemand weiß, dass du auch am Diebstahl beteiligt warst, also warum nicht?«

Er trat näher und strich ihr durchs Haar. Mit einem Mal empfand sie seine Berührung als abstoßend. Sein Atem roch nach Alkohol.

Er neigte den Kopf und grinste. »Vielleicht sollten wir damit anfangen, dass du aus deinen nassen Klamotten schlüpfst?«

Pia sah ihm in die Augen. Ein süßliches Lächeln breitete sich in ihrem Gesicht aus.

»Vielleicht«, sagte sie langsam. »Vielleicht sollten wir aber auch einfach dem ehrenwerten Sohn des Propheten die Nase brechen?«

Er riss die Augen auf und starrte sie an. Doch er war viel zu langsam, um den darauffolgenden Schlag ihrer Faust abzuwehren. Sie traf ihn am Nasenbein und hörte, wie es brach.

Er schrie auf und griff sich an die Nase, aus der sofort heißes Blut hervorspritzte.

»Miststück!«, schrie er mit schmerzverzerrter Stimme. »Das wirst du bereuen!«

Pia imitierte sein herablassendes Achselzucken.

»Vielleicht«, erwiderte sie ruhig. »Vielleicht sorge ich auch einfach dafür, dass du keinen Beitrag mehr zur Evolution beisteuern kannst?«

Sie holte mit dem Knie aus und trat ihm zwischen die Beine. Elias schrie erneut auf, diesmal schrill und gepresst. Dann sank er zu Boden.

Als ein Diener, durch Elias' Schreie aufgeschreckt, ins Zimmer eilte und seinen Herrn wimmernd am Boden vorfand, war Pia bereits wieder im strömenden Regen verschwunden.

Sie war wie betäubt, als sie die breite Straße von Elias' Appartement zum Park entlangging. Der Regen war noch stärker geworden, und sie kam sich vor, als würden Vorhänge aus Wasser sie umschließen. Der Himmel war fast schwarz, obwohl es mitten am Tag war, und sie konnte nur ein paar Meter weit sehen.

Das Wasser lief in breiten Bächen die Straße hinab, stellenweise reichte es ihr bis zu den Knöcheln. In der Unterstadt würde es bestimmt wieder Überschwemmungen geben.

Doch Pia nahm ihre Umgebung nur am Rande wahr. Ebenso wie sie sich keine Gedanken darüber machte, ob jemand sie bemerkte oder nicht.

An der Stelle, an der in ihrer Brust bis vor kurzem noch ihr Herz gewesen war, war jetzt nur eine blutende Wunde. Elias hatte es in Stücke gerissen. Sie konnte kaum glauben, was vor wenigen Minuten passiert war. Er hatte ihr sein wahres Gesicht gezeigt, und hinter dem schönen Schein verbarg sich eine erschreckende Fratze.

Wie konnte er so reden, so denken? So leben …? Wie konnte jemand, der so scharfsinnig und so zärtlich war, gleichzeitig so eiskalt sein?

Es war ihm egal, ob Paul, der ihm so lange gedient hatte, starb oder lebte. Denn er zählte nicht zu den »Starken«, die seiner Meinung nach den alleinigen Anspruch auf Leben hatten, ebenso wenig wie die kleine Nele … oder sie selbst.

Sie fragte sich, wie sie sich so in Elias hatte täuschen können. Er hatte sie bezaubert, mit seinem schönen Schein geblendet.

Dabei hatten Aela, Ilja und nicht zuletzt Paul, der es schließlich am besten wissen musste, sie vor ihm gewarnt. Aber Pia war so verblendet gewesen, dass sie auf nichts und niemanden hatte hören wollen. Allein bei dem Gedanken daran, dass sie ernsthaft in Erwägung gezogen hatte, ihr bisheriges Leben für Elias aufzugeben, hätte sie sich jetzt am liebsten geohrfeigt. Wegen ihrer Dummheit und Naivität würde Paul jetzt sterben müssen.

Sie bemerkte nicht, wie sie die Fäuste ballte, als die Wut erneut in ihr hochkochte. Auf Elias, auf das perverse System MUCs … vor allem aber auf sich selbst

Eins stand jedenfalls fest: Sie würde Paul nicht sterben lassen. Sie musste versuchen, ihn zu retten. Doch dafür musste sie als Erstes herausfinden, wo man ihn gefangen hielt. Da Elias als Informationsquelle ausschied – unwillkürlich musste Pia grinsen, als sie daran zurückdachte, wie sie ihn wimmernd auf dem Boden liegend zurückgelassen hatte –, gab es nur eine Person, die bestimmt wusste, wo sie zu suchen hatte. Ilja.

In diesem Moment wurde sie jäh aus ihren Gedankengängen gerissen.

»Sofort stehenbleiben!«, rief eine scharfe Stimme dicht hinter ihr.

Pia gehorchte. Auch ohne sich umzudrehen, wusste sie, wer hinter ihr war. Wächter.

Sie mussten sehr nahe sein. Wegen des Regens hatte Pia nicht gemerkt, dass sie sie verfolgten. Elias würde sie ihr nachgeschickt haben. Als Abschiedsgeschenk und Zeichen seiner Liebe.

Pia ärgerte sich. Sie hatte es ihnen aber auch sehr einfach gemacht, indem sie mitten auf der Straße stapfte. Langsam drehte sie sich um. Nur wenige Meter hinter ihr standen zwei Wächter. Ihre Kutten waren völlig durchnässt und hingen wie klebrige Säcke an ihnen herab. Beide hielten ihre Waffen auf sie gerichtet und würden schießen, wenn sie versuchte zu fliehen. Und bei der geringen Entfernung war die Wahrscheinlichkeit groß, dass sie trotz der schlechten Sicht trafen.

»Hände hoch und hinter dem Kopf verschränken!«, bellte einer von ihnen.

Pia tat wie geheißen, wandte ihren Blick jedoch keine Sekunde von den Gegnern. Zahlreiche Warnungen, sich niemals mit den Wächtern anzulegen, schossen ihr durch den Kopf. Die größten Chancen hatte man, wenn man weglief und sich versteckte. Doch diese Möglichkeit hatte Pia nicht mehr.

Langsam kamen die Wächter näher. Das Wasser lief in kleinen Bächen ihre verhärmten Gesichter hinab. Sie wollten nicht hier draußen sein. Sie waren mürrisch. Sie waren abgelenkt. Und sie unterschätzten das junge Mädchen, das mit hinter dem Kopf verschränkten Armen vor ihnen stand.

Pia dachte nicht nach. Sie wartete, bis die Männer dicht vor ihr standen, und alles, was sie als Nächstes tat, geschah instinktiv, aus ihrem harten Training und ihrer Wut heraus. Und in der Gewissheit, nichts zu verlieren zu haben.

Sie stürzte vorwärts, warf sich auf den Wächter, der ihr am nächsten war, und trat ihm mit dem Knie die Pistole aus der Hand. Die Heftigkeit von Pias Angriff überrumpelte den Mann vollkommen. Ehe er reagieren konnte, traf ihre Faust schon mit voller Wucht seinen Adamsapfel. Diese Attacke konnte töten, das hatte Sam ihr eingebleut. Sie sollte sie nur im äußersten Notfall anwenden. Die Leute des Hades waren keine Killer.

Doch heute schon.

Der Mann gurgelte. Aus dem Augenwinkel sah Pia, dass der zweite Wächter auf sie zielte. Blitzschnell machte sie eine halbe Drehung und schlug ihm mit dem Fuß ins Gesicht. Der zweite Mann strauchelte kurzzeitig, wollte dann jedoch sofort zum Gegenangriff übergehen.

Pia ließ ihm dazu keine Gelegenheit. Sie sprang in die Luft und trat mit voller Wucht gegen seine Kniescheibe. Der Mann jaulte auf, als er zusammensackte. Gleichzeitig hob er jedoch erneut die Waffe und versuchte, auf sie zu feuern.

Pia packte den ersten Gegner, der sich den Hals hielt und röchelte, an den Schultern und zog ihn zu sich. Der laute Knall des Schusses wurde durch die Regenmassen gedämpft. Der Körper des Wächters, den Pia als Schutzschild vor sich gezogen hatte, zuckte zusammen, als ihn die Kugel in die Brust traf. Pia stieß den sterbenden Wächter auf den anderen Mann. Dieser verlor das Gleichgewicht und stürzte. Schnell sprang sie zu ihm und schlug ihm so hart gegen die Hand, dass er seine Pistole fallen ließ. Dann trat sie ihm in die Brust, in die Weichteile, ins Gesicht. Schließlich gab er den Kampf auf und blieb schwer atmend in einer Pfütze aus Wasser und Blut liegen. Pia hob die Pistole auf und betrachtete ihn.

Einen Moment überlegte sie, ob sie einfach abdrücken und ihn töten sollte.

Wir sind keine Killer.

Auch wenn es der Hurensohn mit Sicherheit verdient hatte, sie würde nicht sein Henker sein.

Sie sammelte die Waffe des anderen Wächters auch noch ein. Dann rannte sie, so schnell sie konnte, die Straße hinab zu der Einstiegsluke in den Untergrund. Erleichtert stellte sie fest, dass sie den Kampf zum Glück ohne nennenswerte Kratzer überstanden hatte. Das Blut der Wächter auf ihrer Kleidung hatte der Regen fast abgewaschen, ehe sie den Park erreichte.

Bis auf die letzte Faser durchnässt und frierend erreichte Pia den Hades. Sie verschwendete keine Zeit damit, sich abzutrocknen. Sie wollte so schnell wie möglich Ilja finden, von ihr die benötigten Informationen einholen und Paul suchen. Rasch eilte sie durch das unterirdische Dorf. Doch sie kam nicht weit. Bereits nach wenigen Minuten wurde sie von Robin abgefangen.

»Mein Gott, da bist du ja!«, rief er. »Wir wollten schon einen Suchtrupp losschicken.«

Pia wollte sich nicht aufhalten lassen. Ihr rannte die Zeit davon. Doch Robins emotionale Begrüßung ließ sie innehalten und die Stirn runzeln. »Wieso?«

»Wir hatten Angst, du würdest etwas Unüberlegtes tun.«

Pia musste grinsen. So unrecht hatte man nicht gehabt.

Robin musterte sie besorgt. »Ist alles okay? Ist das Blut an deiner Hose?«

»Ist nicht meins«, erwiderte Pia knapp.

Dabei wäre sie Robin am liebsten um den Hals gefallen und hätte geweint. Ihr Bruder würde sterben, und der Mann, mit dem sie geschlafen hatte, entpuppte sich als Riesenarschloch.

Er neigte den Kopf und sah sie an. In seinem Blick mischten sich Zuneigung und Mitleid.

Pia riss sich zusammen. Jetzt war nicht die Zeit für Schwäche. Sie musste an ihrem Plan festhalten. »Ich suche Ilja.«

Robin lächelte. »Das trifft sich gut. Denn Ilja sucht dich auch. Komm mit.«

Sie folgte ihm zu Iljas Haus und hinauf in den ersten Stock. Der sonst halbdunkle, ruhige Raum war von einer Öllampe und mehreren Kerzen hell erleuchtet – und voller Menschen.

Ilja und Aela waren da, außerdem Sam und sein Bruder sowie noch ein paar andere Hades-Bewohner Alle sahen hoch, als Pia eintrat.

Aela blies den Rauch ihrer Zigarette aus und grinste. »Da ist ja unsere Prinzessin! Wir haben schon befürchtet, du würdest es ganz allein mit dem Propheten und seiner Wächter-Armee aufnehmen.«

Sam und ein paar andere lachten, Ilja lächelte. Pia sah verwirrt von einem zu anderen. »Was ist hier los?«

»Gar nichts«, sagte Aela. »Wir besprechen gerade, wie wir deinen Bruder befreien. Willst du mitmachen?«

Pia starrte in die Runde. Damit hatte sie nun wirklich nicht gerechnet.

»Aber …«, stammelte sie. »Ich …«

Sam erhob sich aus dem Sessel, in dem er Platz genommen hatte. »Du hast dein Leben riskiert, um eine von uns zu retten. Meine kleine Tochter wird dank dir wieder gesund werden. Nun liegt es an uns, Paul zu retten.«

Pia war den Tränen nahe. Das hier brachte sie komplett aus der Fassung.

»Aber Ilja sagte, es sei unmöglich …«, beharrte sie.

»Für dich allein, ja«, bestätigte Aela, auf deren Schoß Goliath saß und Pia neugierig betrachtete. »Aber wofür hat man Freunde?«

»Wird sowieso mal Zeit, den Wächter-Wichsern ordentlich den Arsch zu versohlen!«, donnerte Lukas und schlug mit seiner Faust in die Hand.

Pia lachte und spürte, wie ihr gleichzeitig eine Träne die Wange hinabrollte.

»Danke«, sagte sie schlicht. »Ich danke euch allen.«

Ein Nicken und leises Raunen ging durch die Gruppe.

»In Ordnung«, sagte Ilja. »Nun, da wir vollzählig sind, können wir ja mit der Planung beginnen … oder hat jemand Falk ausfindig machen können?«

»Den hat seit Tagen keiner mehr gesehen, und seine Hütte sieht ganz danach aus, als ob er überstürzt aufgebrochen wäre«, meinte Aela.

»Ich habe überall nach ihm gesucht, aber keine Spur von ihm gefunden«, sagte Robin. »Wenn er an der Oberfläche ist, dann muss er untergetaucht sein.«

Pia dachte an das Treffen zurück, das sie zwischen Falk und dem Fremden beobachtet hatte. Falks plötzliches Verschwinden hatte bestimmt nichts Gutes zu bedeuten.

»Es ist schon öfter vorgekommen, dass Mitglieder uns aus unterschiedlichen Gründen verlassen haben. Normalerweise teilen sie uns das jedoch vorher mit«, sagte Ilja. »Wie dem auch sei, wir kümmern uns darum, wenn diese Aktion erfolgreich abgeschlossen ist.«

Wenn es nach Pia ginge, dann konnte Falk für immer verschwunden bleiben, sie würde sein aknezerfurchtes Gesicht und seine schleimige Art bestimmt nicht vermissen, doch irgendetwas sagte ihr, dass sie ihn wiedersehen würden.

Aber sie schob die Gedanken beiseite. Nichts war ihr im Moment wichtiger, als Paul in die Arme schließen zu können.

Aela breitete eine vergilbte Stadtkarte auf dem dunklen Holztisch aus. Die Karte war aus der alten Zeit und mit »München« tituliert, doch jemand hatte mit einem roten Stift die heutigen Grenzen MUCs eingezeichnet, der Unterstadt und der Hochstadt am anderen Flussufer.

Ilja tippte mit dem Finger auf eine Stelle der Karte. »Hier werden wir als Erstes zuschlagen.«

»Womit?« Pia rutschte die Frage heraus, bevor sie sich zurückhalten konnte. Wie sollte es eine Handvoll Leute mit einer ganzen Armee an Wächtern aufnehmen?

»Damit«, antwortete Aela und hob grinsend eine Flasche hoch.

Pia runzelte die Stirn. »Schnaps?«

Aela lachte und stopfte ein Stück Tuch in den Flaschenhals. »Darf ich vorstellen: Freund Molotow!«

»Man zündet den Stoff an und hat eine Brandbombe«, erklärte Robin. »Mollis wurden schon in der alten Zeit gerne von Guerilla-Kämpfern eingesetzt.«

»Warum setzt du dich nicht?«, fragte Sam und drückte Pia auf den Sessel, den er vorher innehatte. »Immerhin wirst du eine zentrale Rolle in unserem Plan spielen.«

Pia setzte sich in den Sessel, dabei drückte etwas unbequem in ihren Bauch. Erst jetzt fiel ihr ein, dass sie die beiden Pistolen in ihren Gürtel gesteckt hatte. Sie nahm sie heraus und legte sie auf den Tisch. »Vielleicht können wir die ja benutzen.«

Alle drehten die Köpfe und starrten sie an.

»Wo hast du die denn gefunden?«, fragte Aela.

Pia lächelte. »Zwei Wächter werden sie nicht mehr brauchen. Da habe ich sie mitgenommen.«

Die Augen aller Beteiligten wurden größer. Pia lehnte sich zufrieden in ihrem Sessel zurück. Das hätte wohl keiner der kleinen Berg-Prinzessin zugetraut.

Es war kurz vor Morgengrauen, als Aela den schweren Eisendeckel beiseiteschob, rundum einen prüfenden Blick schweifen ließ, ehe sie das Zeichen gab, dass sie den Schacht verlassen konnten. Es regnete nicht mehr, doch die Luft fühlte sich so feucht an, dass Pia das Atmen ein wenig schwerer fiel als sonst. Aber das lag vielleicht auch an ihrer Aufregung. Sich aus dem Affekt heraus in einen ungleichen Kampf zu stürzen war eine Sache, in voller Absicht und sehenden Auges bewaffnet die Hochstadt stürmen zu wollen, eine ganz andere.

Der Himmel war klar und zeigte im Osten bereits einen rötlichen Schimmer. Wenn die Sonne erst einmal aufgegangen war, würden die völlig aufgeweichte Erde und riesigen Pfützen regelrecht anfangen zu dampfen. Doch bis dahin hätte die Hochstadt schon ein ganz anderes Problem.

Der Boden im Park war so schlammig, dass ein leises Vorankommen unmöglich war. Hoffentlich erreichten sie schnell festen Untergrund.

Sie hatten eine andere Stelle des Parks gewählt, um an die Oberfläche zu klettern, als die, die Pia üblicherweise nahm. Soweit sie ihre Position überblicken konnte, befanden sie sich auf der anderen Seite des Prophetenpalastes, der im Zentrum des Parks auf dem Hügel thronte. Elias' Appartement war unweit von hier. Hätte Pia gewusst, dass es diesen Zugang gab, wäre es für sie viel einfacher und kürzer gewesen, zu ihm zu gelangen.

Elias. An ihn zu denken versetzte ihr einen schmerzhaften Stich. Sie konnte ihre Gefühle für ihn nicht von heute auf morgen abschalten. Einerseits wollte sie ihn am liebsten nie wiedersehen und andererseits tat genau diese Vorstellung schrecklich weh.

Doch im Moment gab es Wichtigeres. Heute würde sich entscheiden, ob Paul leben sollte oder nicht. Wenn die Dinge allerdings nicht so liefen, wie Ilja und Aela es geplant hatten, würde

Paul womöglich nicht der Einzige sein, der kein Morgen mehr erlebte.

Pia schüttelte ihre negativen Gedanken ab. Der Plan war zwar waghalsig – manche würden ihn gar als verrückt bezeichnen –, aber er konnte funktionieren. Und Ilja würde ihre Leute bestimmt nie unnötigen Risiken aussetzen.

Sie waren nur zu dritt unterwegs, Robin, Aela und sie. Die anderen waren in zwei weiteren Gruppen aufgeteilt an unterschiedlichen Punkten in die Hochstadt gelangt. Pia war überrascht, als sie hörte, wie viele Schlupflöcher es in die vermeintlich uneinnehmbare Festung der Reichen und Mächtigen wirklich gab. Den Zugang, den sie benutzt hatte, würde man ab heute meiden. Er war nicht mehr sicher. Niemand wusste, ob Elias ihn entdeckt hatte und von Wächtern bewachen ließ, um Pia zu fangen, falls sie zurückkommen sollte.

Obwohl es noch ziemlich finster war, führte Aela sie zielsicher zu einem großen Gebäude am Flussufer. Geschwungene Fensterbogen zierten die breiten Seitenflügel, und verblichener, ockerfarbener Putz bröckelte an vielen Stellen von den Mauern. Es hatte zudem einen Turm, wie Pia sie sonst nur bei den alten Kirchen gesehen hatte. Doch was auch immer dieses uralte Bauwerk einmal gewesen sein mochte, ein Gotteshaus war es bestimmt nicht.

Langsam wurde es heller, als sie durch ein großes Loch in der Seitenwand in das Gebäude traten. Die alten Ziegel an der Bruchstelle sahen rußig und verkohlt aus, anscheinend hatte es hier einmal gebrannt.

Der Anblick, der Pia im Innern erwartete, war mit nichts aus ihrem bisherigen Leben zu vergleichen: eine große Halle mit einer Kuppel, vielen verschnörkelten Verzierungen, Einbuchtungen und Bogen. Die Architektur ließ vermuten, dass das Gebäude sehr alt war, wahrscheinlich weit älter als das große Sterben. Es war jedoch in sehr schlechtem Zustand und schien seit langer Zeit nicht mehr benutzt worden zu sein. Ein Seitenbereich war eingestürzt, und in dem kuppelartigen Dach gähnte ein großes Loch. Wassertropfen, vielleicht letzte Reste des Sturms, fielen durch das Loch und platschten leise in ein großes Wasserbecken in der Mitte der Halle. Es war rechteckig und sah ziemlich tief aus. Das Wasser, das es etwa zur Hälfte füllte, wirkte in der Dämmerung fast schwarz und war von Algen und Seerosen überwuchert. Dennoch erkannte Pia, dass dieser künstliche See gefliest war. Enten schwammen darin herum und beobachteten die Neuankömmlinge misstrauisch, während diese sich ihren Weg zum anderen Ende der Halle bahnten. Der Boden schien ebenfalls mit Fliesen bedeckt gewesen zu sein, doch nun hatte sich Moos darauf breitgemacht. Mehrere Bäume hatten ihre Wurzeln durch die Mauern gesprengt und wuchsen an den zerstörten Wänden oder in der Nähe des Wasserlochs.

»Was ist das für ein Ort?«, flüsterte Pia Aela zu, als sie an einem zerstörten Fenster am Ende der Halle in Position gingen.

»Ein Schwimmbad«, antwortete diese.

»Aha«, sagte Pia und überlegte, was genau das wohl sein mochte.

»Zumindest war es mal eins«, erklärte Aela mit gedämpfter Stimme. »Da kamen in der alten Zeit Menschen her, um zu schwimmen. In richtig sauberem hellblauem Wasser, sagt man. Wir sollten hier bis zum Sonnenaufgang sicher sein. Es gilt als stark einsturzgefährdet.«

Pia grinste. »Wie beruhigend.«

»In der Tat. Und jetzt, Klappe!«

Pia hielt sich daran. Sobald der erste Sonnenstrahl zu sehen war, würde es losgehen. Die Zeit bis dahin schien unendlich langsam zu verstreichen. Nach einer Weile bemerkte sie, dass Robin sie von der Seite betrachtete. Sie lächelte ihm zu.

»Danke, dass du heute dabei bist«, flüsterte sie. »Das bedeutet mir sehr viel.«

»Dafür nicht«, antwortete er. »Ich weiß, wie wichtig dir dein Bruder ist.«

Das erste Morgenlicht traf seine Augen und spiegelte sich darin, als er ihr zulächelte. Er hatte noch nie so gut ausgesehen wie jetzt, konzentriert und zuversichtlich, dass alles gutgehen würde.

Hatte sie sich dem falschen Mann zugewandt? Hätte sie ihr Glück direkt vor ihrer Nase finden können? Seit sie sich kannten, war Robin ihr engster Freund und Vertrauter gewesen. Erst jetzt wurde ihr klar, dass er schon immer mehr sein wollte als das. Wie hatte sie so blind sein können?

Das leise Knacken einer Pistole ertönte und ließ den Moment im morgendlichen Nebel verschwinden. Aela überprüfte noch mal, ob ihre Waffen geladen waren. Auch Robin und Pia hatten jeweils eine Pistole bekommen sowie eine kurze Einweisung, wie sie zu benutzen war. Dennoch lautete die Prämisse, nur im Notfall zu feuern. Wenn alles gutging, würde es nicht zu einem offenen Kampf kommen.

»Die Sonne geht auf«, sagte Aela. »Gleich geht's los!«

Die nächsten Minuten vergingen so quälend langsam, dass Pia fast wahnsinnig wurde. Dann ging jedoch plötzlich alles ganz schnell.

17. Kapitel

Geschwisterliebe

Von irgendwo in der Hochstadt ertönten Schreie und ein dumpfes Grollen wie von einer Explosion. Mehr Schreie. Schließlich eine schrille Sirene.

Wie geplant hatten die beiden anderen Teams mit Brandsätzen und gezielten Sabotageakten für Chaos in der Hochstadt gesorgt. Sie schlugen mit ihren Molotowcocktails an mehreren Zielen gleichzeitig zu und verschwanden sofort wieder im Untergrund. So war zumindest Iljas Plan. Und es hörte sich ganz danach an, als ob er bis jetzt wunderbar aufging.

Als Pia die Detonationen hörte, wollte sie sofort losstürmen, doch Aela hielt sie am Arm zurück.

»Moment noch«, befahl sie, und ihre Augen funkelten im schwachen Morgenlicht. »Lassen wir das Chaos noch ein klein wenig größer werden.«

Draußen wurde es lauter und immer hektischer. Der Schein von Flammen erhellte die Dämmerung. Offenbar brannte es ganz in der Nähe des Prophetenpalastes.

»Jetzt!« Aela setzte sich in Bewegung, Pia und Robin folgten ihr.

Sie verließen das baufällige Schwimmbad und liefen in den langen Schatten der Dämmerung am Flussufer entlang auf eine große alte Straße zu. Diese mündete nach rechts auf eine Brücke, die in die Unterstadt geführt hätte, wenn sie nicht in der Mitte eingestürzt wäre. Der Fluss darunter war vom vielen Regen angeschwollen, reißend und voller Schlamm. Hin und wieder schwammen Unrat, Bretter oder ein ganzer Baum vorbei.

Links von ihnen thronte das Gebäude, in dem sie Paul finden würden.

Es bestand fast ausschließlich aus rötlich braunen Ziegeln und wirkte wie eine perfekte Festung, die in der Unterstadt weithin zu sehen war. Die Menschen fürchteten es, denn dorthin wurden Verbrecher und Ungläubige verschleppt. Wer hinter den Türen des »Gasteig« verschwand, den sah man nie wieder. Es gab einen weitverzweigten Keller, in dem die Gefangenen gehalten wurden, während ein großer Saal für Exekutionen und Schaukämpfe diente.

Dabei hatte man das Gebäude in der alten Zeit für Konzerte, Ausstellungen und andere kulturelle Aktivitäten benutzt. Nun stand es für Folter und Hinrichtungen. Was für eine Ironie des Schicksals!

Kaum hatten sie die Straße betreten, verlangsamten die drei ihren Gang. In ihren schwarzen Wächterkutten und mit übergestülpten Kapuzen schritten sie den Hügel zum Gefängnis hinauf. Drei Wächter, die ihren Dienst versahen und dem Ruf der Sirene folgten.

Bisher klappte der Plan ganz hervorragend. Die meisten Wächter waren in den Teil der Hochstadt geeilt, in dem Chaos herrschte. Lediglich zwei standen vor der großen Eingangstür des Gefängnisses. Ihre Augen waren auf den rotglühenden Feuerschein ein paar Straßen weiter gerichtet, der sich unheilverkündend mit der aufgehenden Sonne mischte.

Ohne die beiden Wächter zu beachten, gingen Pia, Aela und Robin an ihnen vorbei. Aela öffnete die schwere Tür, und sie traten in die dunkle Eingangshalle.

»Hey!«, rief einer der Wächter plötzlich. Pia erstarrte. Es wäre sehr ungünstig, wenn es jetzt schon zu einem Kampf kommen würde …

»Wisst ihr, was da oben los ist?«

Robin ließ sich seine Erleichterung kein bisschen anmerken.

»Keine Ahnung, Mann«, antwortete er mit ungewohnt rauher Stimme, die jedoch absolut glaubwürdig klang. »Ein Anschlag auf den Prophetenpalast vielleicht.«

»Scheiße«, fluchte der Mann. In seinem grobschlächtigen Gesicht zeichnete sich ehrliche Sorge ab. Die meisten Wächter kannten von Kindheit an nichts anderes, als dem Propheten zu dienen. Er war wie ein Vater für sie.

»Du sagst es«, bestätigte Robin. »Ich würde auch lieber dort nach dem Rechten sehen, stattdessen wurden wir hier als Verstärkung zugeteilt.«

Er nickte den beiden nochmals zu und folgte Pia und Aela ins Innere.

»Gut gemacht«, flüsterte ihm Aela zu.

Die großen Fenster des Gasteig waren komplett abgedeckt und verrammelt, auch verschwendete man für die Gefangenen und ihre Wärter keine Elektrizität. Nur wenige Fackeln spendeten hier Licht.

Der Eingangsbereich erwies sich als viel größer als von außen vermutet. Stählerne Treppen aus der alten Zeit, die Pia sonst nur aus den Zugängen zur U-Bahn kannte, führten in obere und untere Etagen. Einst waren sie beweglich gewesen, hatte Aela ihr erklärt. Die Menschen der alten Zeit mussten wirklich sehr faul gewesen sein.

Die oberen Bereiche verloren sich in flackernden Schatten der Fackeln. Irgendwo dort musste der große Saal sein, der für Scheinprozesse und Hinrichtungen genutzt wurde.

Die Atmosphäre in dem Gebäude war düster und unwirtlich. Kaum zu glauben, dass dies einmal ein Ort der Freude und Kultur gewesen war. Aber immerhin waren weit und breit keine Wächter zu sehen.

Bis auf einen, und dieser schien bereits älter zu sein. Er saß hinter einem Tresen, der einst als Garderobe für Konzertgäste gedient hatte.

»Der Verwalter«, flüsterte Aela, als sie sich dem Mann näherten. »Er muss wissen, wo wir Paul finden können.«

Der Wächter war schätzungsweise Ende vierzig und fast kahl. Seine graublauen Augen blickten den dreien misstrauisch entgegen. »Es herrscht Alarm. Alle wurden zum Prophetenpalast berufen. Was wollt ihr also hier?«

»Wir sollen einen der Gefangenen verhören. Er hat vielleicht was mit den Angriffen zu tun«, erklärte Robin mit seiner rauhen Wächter-Stimme.

Die Augen des Mannes verengten sich etwas. »Welchen Gefangenen?«

»Er wurde erst vor zwei Tagen verhaftet. Sein Name ist Paul.«

»Der Medikamentendieb? Der soll heute geköpft werden.«

»Nicht ehe wir ihn verhört haben«, beharrte Robin, als dulde er keinen Widerspruch. »Wo ist er?«

Der Alte zögerte einen Moment.

»Zelle 16, unterste Ebene«, sagte er schließlich.

»Danke.«

Doch irgendetwas schien den Argwohn des Mannes geweckt zu haben. Er blickte skeptisch von einem zum anderen. Pia versuchte seinem Blick auszuweichen, aber es war zu spät.

»Ich habe euch noch nie hier gesehen …«, begann er und ließ seine Hand unter den Tresen wandern.

Er schaffte es nicht, seinen Satz zu beenden. Blitzschnell schlug Aela ihn mit dem Griff ihrer Pistole nieder. Der Alte sackte lautlos in sich zusammen wie ein Bündel Lumpen.

»Genug geredet«, sagte Aela trocken.

Pia beugte sich über den Tresen. Der Wächter hatte eine große Platzwunde an der Stirn, atmete jedoch noch.

»Sollten wir ihn nicht lieber fesseln?«, fragte sie.

»Ich glaube nicht, dass der so schnell wieder aufsteht«, entgegnete Aela. »Wir sollten besser keine Zeit verlieren!«

Mit einer Lautlosigkeit, zu der nur die Diebe des Hades in der Lage waren, rannte sie zurück zu den stählernen Treppen.

Je tiefer sie in die Eingeweide des Kerkers vordrangen, desto unangenehmer wurde der Geruch. Es stank nach ungewaschenen Körpern, Exkrementen und Verwesung. Nicht jeder Gefangene wurde hingerichtet, manche ließ man auch einfach in den dunklen Verliesen verrotten.

Was auch immer der weitläufige Keller des Gasteig früher beherbergt hatte, heute stellte er ein effektives Gefängnis dar. Die Wände waren aus über die Jahre feucht gewordenem Beton, und es gab keine Fenster. Hinter den Türen der einzelnen Räume konnte man Schmerzensschreie und Wehklagen hören. Irgendwo weinte eine Frau.

Der einzige Weg nach draußen führte durch einen schmalen Gang, in dem üblicherweise etliche Wächter patrouillierten. Doch heute stand da nur ein einziger. Noch ehe er irgendetwas unternehmen oder sagen konnte, schlug Aela auch ihn nieder.

Pia hatte noch nie versucht, sich die Hölle vorzustellen, aber wenn sie es täte, sähe sie genauso aus wie dieser Keller. Sie bekam eine Gänsehaut und hoffte, dass sie Paul bald finden würden. Jede Minute, die er an diesem schrecklichen Ort verbrachte, war eine zu viel.

»Hier müsste es sein«, sagte Robin schließlich, und sie blieben vor einer Tür stehen. »Er scheint in Einzelhaft zu sein.«

Pia betrachtete die Tür. Sie war aus Metall und sah äußerst stabil aus. »Und wie kommen wir jetzt rein?«

Aela seufzte. Dann holte sie einen Schlüsselbund aus ihrer Tasche und klimperte leise damit. »Schön, dass ihr euch Gedanken dazu gemacht habt, *bevor* wir hier runtergegangen sind. Wofür habe ich euch eigentlich ausgebildet?«

Sie ging zur Tür und suchte nach dem richtigen Schlüssel. Pia musste grinsen. Irgendwie hatte Aela es geschafft, dem alten Wächter den Schlüsselbund zu entwenden, ohne dass er, Robin oder sie es gemerkt hatten. Das Schloss klickte, und sie traten hinein.

In der Zelle war es so dunkel, dass Pia zunächst überhaupt nichts erkennen konnte. Erst nach ein paar Sekunden entdeckte sie die zusammengekauerte Gestalt in der Ecke. Paul.

Schnell eilte Pia zu ihm. Der erbärmliche Zustand, in dem er sich befand, entsetzte sie. Er war an Händen und Füßen gefesselt, sein Gesicht von Blutergüssen verschwollen. Man hatte ihm übel zugesetzt, aber er lebte. Etwas anderes zählte im Moment nicht.

Er hob den Kopf, und in seinem Blick mischten sich Furcht und Verachtung.

»So klein und schon bei den Wächtern?«, brachte er mühsam hervor und spuckte einen blutigen Klumpen aus.

Es dauerte eine Sekunde, bis Pia begriff, dass sie die Wächterkutte mit Kapuze über dem Kopf trug. Paul hatte sie mal wieder nicht erkannt.

»Ich bin's, Pia, du Trottel.« Sie beugte sich hinab, um seine Fesseln durchzuschneiden.

»Pia? Was …? Wie …?«

Er konnte offensichtlich nicht recht fassen, was gerade geschah. Niemand rechnete damit, lebend aus dem Gasteig herauszukommen.

Pia hatte die Fesseln gelöst und drückte ihn stürmisch an sich.

»Es tut mir so schrecklich leid, Paul«, flüsterte sie. Sie selbst konnte es kaum glauben, dass sie ihn tatsächlich im Arm hielt. »Wir sind gekommen, um dich hier rauszuholen.«

»Wir?«, fragte er schwach.

»Die Kavallerie«, bemerkte Aela, die in der Tür stand. »Und die hat keine Zeit zu verlieren. Kannst du laufen?«

»Ich denke schon«, antwortete Paul.

»Gut«, sagte Aela. »Dann lasst uns hier verschwinden, ehe jemand merkt, was los ist.«

Pia griff unter ihre Kutte und holte eine weitere hervor. Sie hatte sie sich um den Bauch gebunden und so einen etwas fülligeren Wächter simuliert. Schnell half sie Paul auf die Beine und in die Kutte hinein.

»Wie habt ihr es überhaupt geschafft hierherzukommen?« Pauls Lebensgeister schienen langsam zurückzukehren.

»Erkläre ich alles später«, sagte Pia. »Jetzt müssen wir erst mal hier weg. Zieh die Kapuze über und versuche, dich möglichst unauffällig zu bewegen. Wir übernehmen den Rest. Geht's?«

Er war bei den ersten Schritten noch etwas schwach auf den Beinen und humpelte leicht, doch es würde genügen müssen. Immerhin hatte man ihm nichts gebrochen, sonst stünden sie jetzt vor einem Problem.

So schnell es ging, eilten sie die stinkenden, düsteren Korridore entlang, die an Gefangenen vorbeiführten, die weniger Glück hatten als Paul. Es fühlte sich nicht gut an, sie zurückzulassen, denn wahrscheinlich waren die meisten Zelleninsassen unschuldig und aus reiner Willkür eingesperrt worden. Aber sie konnten nicht alle retten, nicht heute.

Irgendwann, dachte Pia, als sie die stehenden Rolltreppen in den Eingangsbereich erklommen.

Oben war alles genauso, wie sie es zurückgelassen hatten. Der alte Wächter lag noch immer bewusstlos hinter dem Tresen, und es waren keine neuen hinzugekommen. Alles lief perfekt.

Nun mussten sie nur noch das Gebäude verlassen, die Straße überqueren und durch das alte Schwimmbad zum Eingang in die Unterwelt gelangen. Sollten die beiden Wächter an der Tür

Ärger machen, würden sie mit ihnen fertig werden. Schließlich waren sie in der Überzahl und bewaffnet. Nur noch ein paar Minuten, dann wären sie in Sicherheit. Doch als sie die Tür öffneten und nach draußen traten, war nichts so, wie sie es erwartet hatten.

Die Sonne stand mittlerweile am Himmel und verwandelte die regenfeuchte Luft in schier unerträgliche Schwüle.

Aber das war nicht das Problem.

Das Problem waren die etwa zwei Dutzend Wächter, die sie auf der Straße vor dem Gefängnis in ordentlichen Reihen erwarteten. Es klickte bedrohlich, als sie ihre Waffen auf Pia und die anderen richteten.

»Stehenbleiben! Hände hoch!«, brüllte einer von ihnen.

»Scheiße«, zischte Aela.

»Was machen wir jetzt?«, fragte Robin.

Sie blickten sich gehetzt um. Für einen Rückzug war es zu spät, und einen Kampf zu beginnen wäre blanker Selbstmord.

»Wir ergeben uns«, sagte Aela und hob langsam die Hände.

Die anderen folgten ihrem Beispiel.

Sofort liefen einige der Wächter herbei, entwaffneten sie und zwangen sie grob auf die Knie.

Als klar war, dass von den Eindringlingen keine Gefahr mehr ausging, trat eine Reihe der Kuttenträger beiseite und gab den Blick frei auf zwei Gestalten, die nun näher kamen.

Der eine konnte nur der Prophet sein.

Er trug ebenfalls eine Kutte, die vom Schnitt her denen der Wächter ähnelte. Jedoch war das Material leicht und glänzend. Das Auge des einzig wahren Gottes war kunstvoll in Gold auf seine Brust gestickt. Sein Haupt wurde von einer aufwendigen Kopfbedeckung geschmückt, die ihn größer und pompöser erscheinen ließ, als er eigentlich war.

Pia verstand, warum der Prophet es schaffte, Menschen so in seinen Bann zu ziehen. Er hatte eine majestätische Ausstrahlung und durchdringende kristallblaue Augen. Jede seiner Bewegungen war von fließender, königlicher Würde. Man konnte den Blick nur schwer von ihm abwenden. Der Prophet erinnerte Pia an jemanden, doch sie konnte nicht sagen, an wen.

Neben ihm stand Elias. Seine Augen waren auf Pia geheftet und schienen völlig ausdruckslos zu sein. Er hatte einen Verband über seiner gebrochenen Nase.

»Senkt euren Blick im Angesicht des Propheten«, verlangte einer der Wächter.

»Fick dich!« Aela spuckte aus.

Der Wächter holte aus, um sie zu schlagen, doch der Prophet hielt ihn mit einer Handbewegung davon ab. Sein Mund verzog sich zu einem dünnen Lächeln.

Wie hatten sie nur so in die Falle laufen können?, fragte sich Pia schockiert.

Dann jedoch blickte sie zu Elias, und sie verstand. Er hatte vorausgesehen, dass sie versuchen würde, ihren Bruder zu retten, und seinen Vater vorgewarnt. Als die Brandanschläge begannen, hatte der Prophet genau gewusst, was vor sich ging. Ein Blick in seine Augen genügte, um zu erahnen, dass er ein hochintelligenter und gerissener Mann war.

»Wer von euch ist Pia?«, fragte der Prophet. Seine Stimme war melodisch und geübt darin, Befehle zu erteilen.

Pia antwortete nicht. Unsanft zog der Wächter allen die Kapuzen vom Kopf. Nun war es nicht mehr zu übersehen.

Der Prophet betrachtete sie einen Moment schweigend. Seine ausdrucksstarken Augen schienen sie in kleine Scheiben zu schneiden.

»Fesselt sie«, befahl er schließlich. »Bringt sie in den vorgesehenen Raum ins Klinikum. Aber seht zu, dass ihr nichts geschieht. Wir brauchen ihr Blut.«

Der Wächter, anscheinend Anführer der Mannschaft, nickte ergeben.

»Was ist mit den anderen?«

Der Prophet machte eine abfällige Handbewegung.

»Tötet sie«, sagte er. »Plaziert ihre Kadaver an der Brücke zur Unterstadt, als Abschreckung.«

»Nein!«, schrie Pia entsetzt. Sie versuchte sich loszureißen, doch es war vergeblich.

»Elias! Lass das nicht zu! Bitte!« Sie sah ihn flehend an. Wenn sie es nicht schon wäre, wäre sie vor ihm auf die Knie gegangen.

Er sah ihr einen Augenblick in die Augen. In ihnen spiegelten sich zahlreiche widerstreitende Gefühle. Hochmut, Wut, Verzweiflung – und Liebe. Langsam öffnete er den Mund. Dann jedoch senkte er den Blick und schwieg.

Pia konnte es nicht glauben. Er kuschte vor seinem Vater, hatte nicht den Mut, sich ihm auch nur mit einem Wort zu widersetzen.

Die Menschen, die ihr am wichtigsten im Leben waren, sollten sterben. Und Pia konnte nichts dagegen tun.

Zwei Wächter ergriffen sie und zerrten sie mit sich, doch sie wehrte sich nach Leibeskräften.

»Elias!«, schrie sie erneut. »Bitte!«

Aber er blickte nur starr zu Boden und blieb reglos neben seinem Vater stehen.

»Halt«, ertönte plötzlich eine gebieterische und kompromisslose Stimme, und alle drehten sich in die Richtung, aus der sie kam. Die Wächter hielten in ihren Bewegungen inne, und selbst der Prophet und sein Sohn wandten die Köpfe. Schlagartig herrschte gespenstische Stille, während eine einzelne Gestalt mit selbstbewussten Schritten auf die Gruppe zutrat.

Pia traute ihren Augen nicht. »Ilja …«, flüsterte sie.

Neben ihr schluckte Aela deutlich hörbar. Sie wollte etwas sagen, doch ihre Mutter schüttelte leicht den Kopf. Sie stellte sich zwischen die Gefangenen und den Propheten und seine Truppe. Mit ihrer aufrechten Körperhaltung und den verschränkten Armen wirkte sie wie eine unüberwindliche Blockade. Das edle Gesicht des Propheten wurde zunächst ganz blass und lief dann langsam rot an.

Pia verstand überhaupt nicht, was hier geschah. Ihr blieb jedoch nichts anderes übrig, als dem Spektakel mit weit aufgerissenen Augen zu folgen.

»Du …«, stieß der Prophet schließlich hervor.

Ilja grinste. »Wie ich sehe, freust du dich, mich zu sehen. Bruder.«

Bruder?! Pia musste sich verhört haben. Ilja und der Prophet – Schwester und Bruder? Das war unmöglich.

Und was hatte Ilja jetzt vor? Wollte sie sich allein dem Propheten und seinen Männern in den Weg stellen?

Dasselbe schien sich der Prophet auch zu fragen. »Was willst du hier, Ilja?«

Die Wächter blickten ratlos zu ihrem Herrn, der jedoch keinerlei Hinweise gab, was sie als Nächstes tun sollten. Also blieben sie reglos stehen und warteten ab.

»Meine Leute abholen, Nathanael«, erwiderte Ilja und schien von der angespannten Situation völlig unberührt zu sein. Neben Pia sog sogar Aela vor Aufregung die Luft ein.

»Denk an die Abmachung. Ich lasse dich gewähren und du mich. Wir sind immer gut damit gefahren, oder nicht?«

Der Mund des Propheten verzog sich zu einer dünnen Linie. Er war offensichtlich wütend, versuchte jedoch so lässig zu wirken wie seine Schwester. Was ihm nicht halb so gut gelang.

»Dieses Mal nicht«, sagte er. »Deine Leute sind zu weit gegangen. Sie haben mich bestohlen, haben meinen Sohn angegriffen … und die halbe Stadt in Brand gesetzt!«

»War alles meine Idee«, entgegnete Ilja gelassen und zuckte

mit den Schultern. »Und wenn mein Neffe lernt, wie man mit Damen umgeht, wird er vielleicht auch nicht mehr von ihnen verprügelt.«

Elias blickte starr zu Boden. Seine Kieferknochen malmten, doch er sagte nichts.

»Provozier es nicht!«, rief der Prophet wütend. »Vielleicht sollte ich dich ein für alle Mal eliminieren, zusammen mit den anderen!«

Ilja rührte sich nicht. »Du würdest deine eigene Schwester töten? Vater dreht sich im Grabe um …«

»Schweig jetzt!« Der Prophet ballte die Fäuste und schien kurz davor zu sein, auf seine Schwester loszugehen. Die Wächter standen noch immer reglos und unschlüssig um ihren Herrn und die Gefangenen herum. Pia fragte sich, ob sie wohl wussten, dass der ursprüngliche Prophet mittlerweile tot war und der jetzige nur sein Sohn. Oder lebten auch sie in dem Glauben, ihr Herrscher wäre unsterblich?

Ilja seufzte. »Nathanael, du bist mein Bruder, und ich liebe dich … trotz allem. Aber wenn mir oder einem meiner Leute auch nur ein Haar gekrümmt wird, dann …«

Sie formte mit ihren Fingern eine Pistole und zielte auf den Kopf des Propheten. Sofort richteten alle Wächter ihre Waffen auf sie.

»Peng«, sagte Ilja.

»Blödsinn!«, fuhr sie der Prophet an.

»Ach ja? Dann schau mal auf deinen Kopf. Beziehungsweise, lass dir von deinem Sohn erzählen, was er sieht.«

Wie von Zauberhand erschien ein kleiner, roter Punkt auf der Stirn des Propheten. Elias blickte zu seinem Vater und wurde blass. Dann flüsterte er ihm leise etwas zu. Die Augen des Propheten weiteten sich.

»Du bluffst!«, schrie er und seine Stimme klang mit einem Mal etwas schrill. »Nicht einmal wir haben noch ein funktionierendes Scharfschützengewehr, geschweige denn du und deine verlausten Kanalratten!«

Ein erneutes Schulterzucken seiner Schwester. »Bist du dir da so sicher, dass du bereit bist, dein Leben aufs Spiel zu setzten? Wir haben vor kurzem ein Lager im Westen ausgehoben. Da waren allerlei interessante Dinge dabei …«

Große Schweißperlen bildeten sich auf der Stirn des Propheten und glitzerten in der Sonne und dem roten Strahl des Lasers. Hektisch sah er sich um.

»Keine Bewegung«, befahl Ilja streng. »Wenn du versuchst zu fliehen: Peng! Versuchst du deinen Männern Zeichen zu geben: Peng! Kapiert?«

Der Prophet erstarrte. Pia beobachtete fasziniert, wie er von Minute zu Minute mehr Haltung und Autorität einbüßte, je länger er mit seiner Schwester zu tun hatte. Sie war eindeutig die Stärkere von beiden, war es wahrscheinlich schon immer gewesen.

»Befiehl deinen Männern, meine Leute gehen zu lassen. Wenn wir außer Sichtweite sind, wird sich der Schütze zurückziehen. Ansonsten: Peng.«

»Und woher soll ich wissen, dass der Schütze nicht trotzdem abdrückt?«

»Du hast mein Wort«, sagte Ilja. »Wie gesagt, du bist trotz allem mein Bruder.«

Einen Moment schwiegen beide und starrten sich nur an. Wie zwei Menschen, die eine lebenslange Fehde miteinander führten.

»Zieht euch zurück«, rief der Prophet seinen Männern schließlich zu.

»Aber Herr …«, begann der Anführer der Wächter.

»Zieht euch zurück! Sofort!«, herrschte der Prophet sie an. »Lasst die Gefangenen gehen.«

Die Wächter wichen zurück. Der Griff um Pias Arme und Schultern lockerte sich. Sie konnte noch immer nicht fassen, was hier geschah. Es war wie ein absurder Traum. Auch die anderen richteten sich auf.

»Vergesst eure Waffen nicht. Denen schenken wir nichts«, ermahnte Ilja sie. »Und nun geht zum alten Schwimmbad.«

Pia und die anderen taten wie geheißen. Sie halfen Paul, sich aufzurichten, und stützten ihn, während sie langsam die alte Straße überquerten.

Plötzlich tauchten an der alten Mauer des Bades die übrigen Hades-Bewohner auf, die heute im Morgengrauen zu Pauls Rettungsaktion aufgebrochen waren. Sie richteten ihre Waffen auf die Wächter.

»Ist nur unser Begleitschutz«, erklärte Ilja.

Sie trat ganz dicht an ihren Bruder heran und küsste ihn sanft auf die Wange. Dann klopfte sie ihm auf die Schulter und ging langsam hinter den anderen her zum alten Schwimmbad. Der Prophet blieb schwitzend mit dem roten Laserpunkt auf der Stirn zurück.

Kaum hatte Ilja die schützenden Mauern der Ruine betreten, gab sie das Zeichen loszulaufen. So schnell sie mit dem verletzten Paul konnten, rannten alle zum nächsten Eingang in der Kanalisation, der sich gleich hinter dem Schwimmbad befand. Die Luke war offen, und alle schlüpften hinein. Pia hätte am liebsten vor Erleichterung laut losgelacht. Was sich dort eben abgespielt hatte, war unglaublich!

Doch dann merkte sie plötzlich, dass etwas nicht stimmte. Jemand fehlte.

»Sam!«, rief sie. »Wo ist Sam?«

»Keine Zeit«, sagte Ilja streng. »Wir müssen so schnell wie möglich in die U-Bahn und aus dem Bereich der Hochstadt raus! Bewegung, Leute!« Im flackernden Schein einer Fackel hasteten sie einige Tunnel entlang, die Pia noch nicht kannte. Paul stöhnte hin und wieder ein wenig vor Schmerz, hielt aber mit Robins Hilfe tapfer mit.

Pias Sorgen um Sam wurden währenddessen immer größer. Wenn ihm etwas passiert war, dann würde sie sich das nie verzeihen. Immerhin war er ihretwegen zu dieser Rettungsaktion aufgebrochen … die wiederum nur stattfinden musste, weil sie ihren Bruder durch ihre Unvorsichtigkeit in Lebensgefahr gebracht hatte.

Als sie um eine Ecke bogen und eine U-Bahn-Tunnel-Abzweigung erreichten, leuchtete plötzlich derselbe rote Punkt, den sie vorher am Propheten gesehen hatte, Pia ins Gesicht. Sie blieb verdutzt stehen. Dann jedoch trat eine wohlbekannte Gestalt aus den Schatten.

»Sam«, rief sie ihn erleichtert. »Warst du derjenige mit dem Scharfschützengewehr?«

Sam grinste breit. »Welches Scharfschützengewehr?«

Er streckte die Hand aus und zeigte Pia ein kleines Röhrchen, aus dem der rote Laserstrahl strömte. Verblüfft betrachtete Pia das winzige Gerät, das ein unfassbares Wunder der Technik aus der alten Zeit war – und ihnen heute das Leben gerettet hatte.

Nun blieben auch die anderen neugierig stehen. Die Erleichterung, dass sie entkommen waren, zeichnete sich deutlich in allen Gesichtern ab.

»Ein funktionierender Laserpointer?«, fragte Aela. »Mutter, du überraschst selbst mich immer wieder! Ich wusste gar nicht, dass wir so etwas besitzen.«

Ilja lachte auf. »Das will ich doch hoffen. Robin hat ihn während der Plündertour im Westen gefunden.«

Robin nickte zufrieden, doch er wirkte noch ein wenig mitgenommen von den eben durchlebten Ereignissen.

Pia konnte nicht anders, sie musste es fragen.

»Ilja, ist der Prophet wirklich … dein Bruder?«

Die Anführerin lächelte. Man konnte sehen, dass auch sie mehr als erleichtert war.

»Das ist er«, bestätigte sie. »Und er hat schon als Kind immer beim Pokern gegen mich verloren.«

Die Anspannung der Gruppe wich einem erleichterten, herzhaften Lachen, das durch die leeren Tunnel der alten U-Bahn hallte und ihnen zum ersten Mal seit vielen Jahren wieder etwas Leben einhauchte.

»Gute Arbeit, Leute«, sagte Ilja schließlich. »Und jetzt auf in den Hades. Wir haben eine Party zu feiern.«

Es sollte die ausgelassenste Party werden, die Pia je erlebt hatte. Und das, obwohl die Bewohner des Hades Meister im Feiern waren. Bereits bei ihrer Ankunft wurden die Heimkehrer überschwenglich begrüßt. Allen war klar gewesen, dass Pauls Rettungsaktion eine Unternehmung ohne Wiederkehr hätte sein können. Umso größer war die Freude, dass alle unverletzt zurückkehrten. Pia konnte es selbst kaum glauben.

Nachdem Ilja Paul gründlich untersucht und festgestellt hatte, dass er außer Prellungen, Blutergüssen und kleineren Platzwunden keine größeren Verletzungen davongetragen hatte, durfte auch er an den Festivitäten teilnehmen. Das musste er sogar, denn alle waren sehr neugierig darauf, Pias Bruder und neuen Bewohner des Hades kennenzulernen. Paul würde bei ihnen bleiben, das war selbstverständlich. Auch er hatte nun wie alle anderen Bewohner der Unterwelt keinen Platz mehr an der Oberfläche, weder in der Hochstadt noch in der Unterstadt.

»Du wirst dich an die Dunkelheit gewöhnen«, versicherte Pia ihm. »Nach einer Weile ist es gar nicht mehr so schlimm.«

Zu einem längeren Gespräch mit ihrem Bruder kam sie nicht, da er sofort von Sam in Beschlag genommen wurde. Der war der Meinung, die beste Art, sich kennenzulernen, sei es, gemeinsam zu trinken. Ehe Paul sich's versah, hielt er ein großes Glas Schnaps in seiner ramponierten Hand und hörte sich Anekdoten an, die Sam und Lukas abwechselnd zum Besten gaben.

Das machte nichts. Pia würde noch genug Zeit haben, die sie mit ihrem Bruder verbringen konnte. Jetzt, da sie wieder vereint waren, würde sie nichts mehr trennen können.

Falk war noch immer verschwunden, und es gab Gerüchte, dass er MUC verlassen hätte. Niemand verstand, warum und wohin.

Iljas und Sams Aktion war in aller Munde. Man lachte sich über den Propheten kaputt, der auf Iljas Bluff mit dem Laserpointer hereingefallen war. Jetzt, da die Gefahr vorbei war, konnte auch Pia darüber lachen. Aber es war knapp gewesen. Sehr knapp.

Sie selbst konnte es dem Propheten nicht verübeln, dass er auf das Täuschungsmanöver hereingefallen war. Bis vor wenigen Stunden hatte sie noch nicht einmal gewusst, dass so etwas wie Laserpointer existierten. Auch wenn sie mittlerweile viel darüber gelernt hatte, so stellte sie die alte Welt noch immer täglich vor neue Rätsel.

»Nicht grübeln, Prinzessin, trinken!«, rief Aela ihr zu und winkte sie zu sich und ein paar anderen an den Tisch. Goliath saß auf ihrer Schulter und hatte seinen langen Schwanz um Aelas weißen Hals gewickelt, ganz so, als wollte er sicher sein, dass sie sich nicht wieder ohne ihn davonschleichen konnte, um sich in tödliche Gefahr zu begeben.

Pia setzte sich dazu und bekam prompt ein Glas Rotwein und einen Schnaps hingestellt. Um sie herum nahm die Party an Fahrt auf. Es wurde musiziert und gelacht. Jemand tanzte bereits. Bald würden es sicher mehr werden. Doch noch konnte sich Pia nicht entspannen und dem Alkohol und dem Partytreiben hingeben. Zu viele Fragen schwirrten in ihrem Kopf herum.

Ilja war die Schwester des Propheten. So unglaublich es auch klang, es war die Wahrheit. Unbewusst hatte Pia es bereits in dem Moment gespürt, als sie den Propheten das erste

Mal erblickte. Er war ihr so vertraut vorgekommen, ohne dass sie hätte sagen können, wieso. Nun war es ihr klar. Er sah Ilja unheimlich ähnlich, fast so, als wäre er eine männliche Version von ihr. Im Nachhinein wunderte Pia sich, warum sie die Verwandtschaft der beiden nicht sofort erkannt hatte. Aber die Ereignisse hatten sich überschlagen, und außerdem wäre der Gedanke, der Prophet und Ilja könnten Bruder und Schwester sein, noch vor ein paar Stunden völlig absurd gewesen.

Pia hatte sich immer schon gefragt, woher Ilja ihr großes Wissen und ihre Bildung hatte, ebenso wie eine häufig durchscheinende, vornehme, fast königliche Art. Nun war es ihr klar: Sie war Tochter des ersten Propheten und Begründers von MUC, wie es heute war. Ilja musste in der Hochstadt aufgewachsen sein.

»Wusstest du es?«, wandte sie sich schließlich an Aela, nachdem sie den Schnaps mit einem Zug geleert hatte. Er brannte und schmeckte noch immer nicht besser, als sie es in Erinnerung hatte, aber es machte ihr nichts mehr aus. Sie hatte sich daran gewöhnt.

»Was denn?«

»Na, das mit Ilja und dem Propheten.«

Aela lehnte den Kopf in den Nacken und stieß den Rauch ihrer Zigarette in kleinen Ringen aus. »Yup.«

»Warum hast du nie davon erzählt?«

Aela grinste. »Du hast nie gefragt.«

Pia rollte mit den Augen. »Sehr witzig.«

Aela sah sie mit ernstem Blick an. »Hör mal, wenn dein Onkel das größte Schwein in ganz MUC wäre und du täglich wünschen würdest, er wäre tot, würdest du dann damit hausieren gehen?«

Pia schüttelte den Kopf. »Nein, würde ich nicht. Entschuldige.«

Aela lächelte und lehnte ihren Kopf freundschaftlich an Pias. »Schon okay. Ilja hat damit gerechnet, dass du Fragen haben würdest. Geh ruhig zu ihr, sie meditiert am Wasserfall.«

»Warum ist sie nicht hier?«

»Nach aufregenden Ereignissen macht sie das immer so. Sie sagt, das hilft ihr, ihre Mitte zu finden. Sie kommt später zur Party.«

Auf dem Weg zum Wasserfall wurde Pia angestupst. Hinter ihr stand Nele.

»Hast du mir was mitgebracht?«, rief die Kleine.

Pia lächelte. Sie war überglücklich, dass das Mädchen wieder auf den Beinen war. Nele sah zwar noch etwas blass aus und hatte an Gewicht verloren, aber sie schien wieder so munter zu sein wie eh und je.

Pia ging in die Knie und umarmte sie. »Darfst du denn schon herumlaufen? Solltest du nicht im Bett sein?«

»Papa hat mir erlaubt, ein bisschen bei der Party dabei zu sein.«

Nele schmiegte sich an Pia und flüsterte in ihr Ohr. »Ich weiß, dass du mir die Medizin mitgebracht hast, damit es mir bessergeht. Danke, Pia.«

Pia war so gerührt, dass sie nicht wusste, was sie sagen sollte.

»Ich werde dir immer etwas mitbringen, Nele«, sagte sie schließlich. »Jetzt geh aber wieder zurück zur Party. Die anderen warten sicher schon auf dich.«

Nele drückte Pia einen feuchten Schmatzer auf die Wange und ging fröhlich kichernd davon. Sie hatte einen großen Verband an ihrem Bein und humpelte, aber das würde bald besser werden. Ihr schwarzer Hund folgte ihr schwanzwedelnd. Auch er schien glücklich zu sein, dass Nele auf dem Weg der Besserung war.

Pia setzte ihren Weg fort und fand Ilja in der Nähe des Wasserfalls auf dem Trainingsplatz. Sie machte ihre Schattenboxen-Übungen und kam Pia fast noch erhabener dabei vor als sonst.

Ilja hörte sie kommen und wandte den Kopf.

»Stell ruhig deine Fragen, Pia«, sagte sie mit einem Lächeln, ohne ihre Übung zu unterbrechen. »Ich kann sehen, wie sie an dir nagen.«

Pia wusste nicht, wo sie anfangen sollte. Wie war es möglich, dass Ilja die Anführerin des Hades war, der genaue Gegenpol zur Herrschaft ihres Bruders? Wie passte das zusammen? Das heute Erlebte hatte sie völlig überrascht.

»Du und der Prophet …«, begann sie schließlich.

»… sind Bruder und Schwester«, beendete Ilja ihren Satz. »Das ist richtig. Wir sind Zwillinge, um genau zu sein. Ich bin ein paar Minuten älter als er.«

»Aber wie ist das möglich? Ich meine, er ist der Prophet und du lebst hier im Hades?«

Ilja sagte einen Moment lang nichts, sondern beendete in Ruhe ihre Übung. Dann blickte sie Pia mit ernster Miene an. »Du hast die Hochstadt erlebt. Du hast gesehen, wie das Leben dort funktioniert. Nach welchen Prinzipien die Menschen leben und mit welchen Tricks sie es schaffen, die breite Bevölkerung der Unterstadt ruhig zu halten und für sich arbeiten zu lassen. Was hältst du davon?«

»Gar nichts«, sagte Pia freiheraus.

Ilja lächelte. »Siehst du? Genauso ging es mir auch. Ich bin in der Hochstadt aufgewachsen. Als Kind war es wundervoll. Ich hatte alles, was ich mir nur wünschen konnte. Doch als ich alt genug wurde, um zu begreifen, welchen Preis dieses Leben hatte, konnte ich es nicht mehr ertragen.«

Sie schwieg einen Moment und blickte in die Dunkelheit, aufs Wasser hinaus.

»Ich suchte nach Alternativen. Ich konnte nicht glauben, dass Vater recht hatte und es keine andere Möglichkeit gab, das Chaos zu beherrschen und den Menschen ein Leben in Freiheit und Würde zu ermöglichen. Die Antworten auf meine Fragen fand ich schließlich in uralten Texten, die lange vor der alten Zeit verfasst wurden. Bei alten Meistern wie Platon, Aristoteles, Kant. Und Buddha. Als ich mit Aela schwanger wurde, wollte ich, dass sie einmal ein anderes Leben führen kann. Doch in MUC gab es für meine Weltanschauung keinen Platz. So ging ich in den Untergrund. Das, was wir heute Hades nennen, wurde danach geboren.«

»Aber wieso lässt der Prophet uns unbehelligt hier leben? Elias hat mir erzählt, dass er genau weiß, dass wir hier unten sind.«

»Nathanael mag für dich und die meisten hier unten ein Monster sein, aber für mich ist er mein Bruder«, erwiderte Ilja. »Wir sind Zwillinge, zwei Teile eines Ganzen. Schwarz und Weiß, Yin und Yang, verstehst du? Wir wissen, dass wir uns nie einig sein werden. Er ist bis in die Tiefe seiner Seele von unserem Vater indoktriniert, ich habe mein eigenes Weltbild. Vor vielen Jahren haben wir einen Pakt geschlossen. Er könnte mich vernichten, und ich mit all meinem Wissen, wie es wirklich um die Hochstadt und seine Göttlichkeit steht, auch ihn. Aber wir tun es nicht.«

»Auch nicht nach dem, was heute geschehen ist?«

»Ich könnte ihn nie verletzen. Das wäre, als würde ich mir ins eigene Fleisch schneiden. Er wird das, was heute passiert ist, ad acta legen und uns in Ruhe lassen, so wie immer.«

Pia bezweifelte das. »Und wenn nicht?«

Ilja zuckte die Achseln und sah ihrem Bruder und dessen Sohn geradezu unheimlich ähnlich. »Dann hat er ein großes Problem.«

»Aber mach dir keine Sorgen. Niemand kennt seine Heiligkeit besser als ich«, fügte Ilja hinzu und lächelte wieder. »Sollen wir zu den anderen gehen?«

Die Party war mittlerweile noch ausgelassener geworden. Ilja wurde frenetisch gefeiert, als sie sich dazugesellte.

Robin trat mit zwei Gläsern in der Hand auf Pia zu.

»Das hast du vorher bei Aela stehengelassen.« Er reichte ihr den Rotwein und lächelte sie an. Seine hellbraunen Augen waren voller Wärme. Robin nahm ihre Hand und hielt sie fest.

Epilog

Winter

Der Wind wurde stärker und ließ Pias Haare wild flattern. Eine knallrote Strähne fiel ihr in die Augen, und sie wischte sie weg. Zum ersten Mal in ihrem Leben liebte sie ihre Haare. Am Morgen nach ihrer Siegesfeier hatte Aela sie zu einer fransigen, asymmetrischen Frisur geschnitten, die auf der linken Seite länger war als auf der rechten. Mit einem Mittel aus der alten Zeit hatte sie zudem einige breite Strähnen rot gefärbt.

Von der Berg-Prinzessin, dem naiven Mädchen, das vor fast einem Jahr nach MUC gekommen war, schien kaum noch etwas übrig zu sein. Und das war gut so. Sie war Teil einer Gemeinschaft, die täglich aufs Neue ums Überleben kämpfen musste – und doch jeden Augenblick ihres Lebens genoss.

MUC war zu ihrem Zuhause geworden. Eine Stadt voller Widersprüche und Gegensätze, auferstanden aus den Ruinen einer alten Zivilisation, die sich selbst vernichtet hatte.

Ilja und der Prophet lebten in ebendieser Stadt nach wie vor ihren nicht enden wollenden Geschwisterzwist aus, bei dem wohl niemals jemand als Sieger oder Verlierer hervorgehen würde. Sie waren zwei Teile eines Ganzen und konnten nicht ohneeinander … aber eben auch nicht miteinander.

Paul hatte sich gut im Hades eingelebt und würde schon bald eine Aufgabe zugeteilt bekommen. Pia war glücklich, ihn wieder in ihrem Leben zu haben. Sie hatten endlose Stunden miteinander geredet, getrunken und gelacht. Jetzt waren sie sich näher als je zuvor.

Und Robin …

Pia schloss die Augen und lächelte, als sie an ihn dachte. Robin war ein Geschenk.

Sie breitete die Arme aus und ließ den kühlen Wind an ihren Kleidern zerren. Es war Winter. Er kam in MUC ohne Schnee, dafür mit heftigen Stürmen, die den Oberflächenbewohnern stark zu schaffen machten.

Pia betrachtete die Stadt unter sich, die in grauen Nebelschwaden versunken dalag. Überall loderten kleine Feuer, und der Geruch von Holzkohle stieg bis zu ihr hinauf.

Sie stand auf dem Riesenrad, und die kleine Gondel wippte quietschend unter ihren Füßen im Wind hin und her. Irgendwo krähten ein paar Raben. Ansonsten war es hier oben friedlich wie immer.

Pia setzte zum Sprung an.

Es war eine abgefuckte Welt – aber es war ihre Welt.

Danksagung

Obwohl nur mein Name auf dem Cover steht, so gibt es doch viele Helfer im Hintergrund, ohne die MUC niemals das Licht der Welt erblickt hätte. Bei diesen möchte ich mich hiermit herzlichst bedanken!

Ich danke …

Meiner Familie für ihre Geduld und nie enden wollende Unterstützung; **dem Team von Droemer Knaur,** das mich unglaublich freundlich aufgenommen und so viel Mühe und Liebe in MUC gesteckt hat, insbesondere dabei **Martina Wielenberg,** meiner Editorin und Lektorin, dank der MUC so viel besser geworden ist, als es im Rohzustand war; meinen Agenten **Roman Hocke und Markus Michalek** sowie dem **Team der AVA International,** ohne deren Engagement ich bestimmt niemals einen Verlag gefunden hätte, dabei besonders **Markus Michalek** für seine Geduld und seine Fähigkeit, mich immer wieder zu motivieren oder mir einen (verdienten!) Tritt in den Hintern zu geben (danke, dass du von Anfang an am mich geglaubt hast!); **Susanne Lück** für ihre Hilfe mit dem Manuskript; **meinen besten Freunden** (in alphabetischer Reihenfolge) **Baris Aslan, Gabi Geist, Klaus-Peter Bülz, Stephan Schwarz, Sylvie Segerer-Schwarz,** welche nie den Glauben an mich aufgegeben haben, dabei insbesondere **Baris und Stephan** für ihre Hilfe mit der PR; **Lissy Kutschmann und Markus Ziegler,** ohne die es keinen Trailer gäbe; **Olliver Lentz** für die Kamera; **Renate Hasenfratz** für das tolle Foto; **meinen zwei Hun-**

den, die mir immer unter und neben meinem Schreibtisch assistiert haben, und last but not least **meinem Mann Christian** für seine Liebe, Wärme und Unterstützung und dass er mich durchgefüttert hat, damit ich meinen Traum verwirklichen kann! Ohne ihn gäbe es von MUC kein einziges Wort. *You complete my fate …*